古希腊罗马神话

Greek&Roman Mythology

［德］古斯塔夫 · 施瓦布（Gustav Schwab）◎著
光明◎译

CNS 湖南文艺出版社 HUNAN LITERATURE AND ART PUBLISHING HOUSE 博集天卷 CS-BOOKY

第二部　神的故事

诸神的事迹 / 032

诸神的爱情 / 043

第三部　英雄传说

英雄传说 / 074

对神不敬的人 / 357

目录 | contents |

第一部 神谱

第一部　神谱

旧神谱

天与地的起源

旧神谱记载了天与地的起源，一切皆从混沌开始。

卡俄斯（Chaos）：混沌之神。宇宙之初，只有卡俄斯，他是一个无边无际、一无所有的空间。卡俄斯本身就具有繁衍生命的能力，诞生了大地之母盖亚、地狱深渊之神塔尔塔洛斯、黑暗之神厄瑞波斯、黑夜女神尼克斯，世界由此开始。

盖亚（Gaea）：大地之母，卡俄斯之女，五大创世神之首，是大地的本体，她诞生了天空乌拉诺斯、海洋蓬托斯和山脉乌瑞亚。接着，她又和两位儿子生了许多神。和乌拉诺斯生了十二提坦（Titans），分别代表了世界最初的那些事物（日、月、天、时间、正义、记忆等），以及三个独眼巨人（勃隆忒斯、斯忒洛珀斯和阿尔盖斯，专门为宙斯制造闪电）和三个百臂巨人；和蓬托斯生了五个孩子，分别代表了不同的海洋。她算得上是众神之母，是奥林匹斯神的始祖。

塔尔塔洛斯（Tartarus）：地狱深渊之神，卡俄斯之子。五大创世神之一，可以说是地狱冥土的创造者、深渊的本体。他出生在大地盖亚之后，后来和盖亚生了盖亚最小的孩子——怪物提丰（Typhon）。塔尔塔洛斯是一个无形的深渊，位于世界的最底端，此后他是关押妖魔怪物和一些神祇的地方。宙斯取得统治权之后，就把一些曾经反对他的提坦神关押在塔尔塔洛斯。

厄瑞波斯（Erebus）：黑暗之神，卡俄斯之子。五大创世神之一，塔尔塔洛斯诞生后，在塔尔塔洛斯之上、盖亚之下诞生，是黑暗的化身与本体。他和他的妹妹黑夜女神尼克斯（Nyx）生了三位古老的神祇——太空之神埃忒耳（Aether）、白昼之神赫莫拉（Hemera）和冥河的渡神卡戎（Charon）。

尼克斯（Nyx）：黑夜女神，卡俄斯之女。五大创世神之一，厄瑞波斯诞生后在大地（盖亚）之上诞生，是黑夜的化身和本体。她是一位古老而强大的神祇，她不但同她哥哥生了三个孩子，还独自生了一大批神。

乌拉诺斯（Uranus）：天之神，五大创世神之一。盖亚的长子和丈夫，第一任神王。后来他的儿子克洛诺斯推翻了他的残暴统治。

蓬托斯（Pontus）：海神，盖亚之子和情人，最早的海神。

乌瑞亚（Ourea）：山神，盖亚之子。

克洛诺斯（Cronus）：盖亚与乌拉诺斯的十二个提坦神儿女中最年幼者，天、空间神。推翻乌拉诺斯成为第二任神王。

阿忒拉斯（Atlas）：普罗米修斯的兄弟。最高大强壮的神之一。因反抗宙斯失败而被罚顶天。

普罗米修斯（Prometheus）：十二提坦之一的伊阿佩托斯之子。最有智慧的神之一，被称为“先知”。人类的创造者和保护者。因触怒宙斯被锁在高加索山上，每日有一只鹰啄食其肝脏，然后又长好，周而复始，后被赫拉克勒斯救出。

埃庇米修斯（Epimetheus）：普罗米修斯的兄弟。最愚笨的神之一，被称为“后觉者”。因接收了宙斯的礼物——潘多拉为妻，结果从“潘多拉之盒”中飞出了疾病、罪恶等各种灾难，降临人间。

墨诺提俄斯（Menoetius）：普罗米修斯的兄弟，暴力愤怒之神，被宙斯用雷电劈中。

十二提坦巨神

提坦，是地母盖亚和天空乌拉诺斯所生的巨人族，分别代表了世界最初的那些事物，如日、月、天、时间、正义、记忆等。某些提坦神的子女，如普罗米修斯，有时也被称为提坦。他们曾经统治天国。

传说提坦神支持克洛诺斯推翻乌拉诺斯，把被乌拉诺斯囚禁的独眼巨神和百手巨神从塔尔塔洛斯解放出来。克洛诺斯巩固了自己的权力后，又将这些巨神关回原处。

第三代神王宙斯推翻克洛诺斯之后，部分提坦神起来反对奥林匹斯的新神，双方展开了激烈的战斗，奥特里斯山和奥林匹斯山成了厮杀的战场。奥林匹斯众神放出独眼巨神和百手巨神助战，取得了胜利。提坦神战败后被关进塔尔塔洛斯，后来与奥林匹斯众神和解，移居长乐岛。

克洛诺斯（Cronus）：盖亚与乌拉诺斯的十二个提坦神儿女中最年幼者。天、空间神，因为受到母亲的怂恿，阉割并推翻了父亲乌拉诺斯，成为第二任神王，其统治时期是希腊神话中的黄金时代。因为母亲预言他也将被自己的孩子推翻，所以他的子女一出生就被他吞进肚里，只有宙斯幸免。宙斯成年以后，迫他吐出众兄弟，并率领兄弟推翻了以克洛诺斯为首的提坦诸神。之后宙斯将第一代提坦神关在地底的塔耳塔洛斯中，克洛诺斯却逃走了。

瑞亚（Rhea）：十二提坦之一，时光女神。克洛诺斯的妻子，第二任神后。与克洛诺斯生下哈迪斯（Hades）、波塞冬（Poseidon）、宙斯、赫斯提亚（Hestia）、德墨忒耳（Demeter）和赫拉（Hera）。

俄刻阿诺斯（Oceanus）：十二提坦之首，大洋河流之神。生育了地球上所有的河流及三千海洋女神。

泰西斯（Tethys）：十二提坦之一，海洋女神；俄刻阿诺斯之妻。狄俄涅之母。

许配里翁（Hyperion）：十二提坦之一，光明与太阳之神。太阳、月亮和黎明之父。

提亚（Thea）：十二提坦之一，宝物、光和视力女神，许配里翁之妻。生下赫利俄斯（Helios）、赛勒涅（Selene）和厄俄斯（Eos）。

摩涅莫绪涅（Mnemosyne）：十二提坦之一，诗歌女神（Musa）之一，记忆之神。宙斯的第五位妻子，九缪斯之母。

伊阿佩托斯（Iapetus）：十二提坦之一，灵魂之神。与海洋女神克吕墨涅生下阿忒拉斯、普罗米修斯、埃庇米修斯和墨诺提俄斯。

克瑞俄斯（Crius）：十二提坦之一，生长之神。

忒弥斯（Themis）：十二提坦之一，法律、秩序和正义女神。宙斯的第二位妻子，时序三女神之母。

科俄斯（Coeus）：十二提坦之一，暗与智力之神。菲碧的丈夫。

菲碧（Phoebe）：也称福伯或福碧，十二提坦之一，暗夜女神勒托与星夜女神阿斯忒瑞亚之母。

其他神

卡戎（Charon）：冥河渡神，厄瑞波斯与尼克斯之子。

塔那托斯（Thanatos）：死神；黑夜女神尼克斯之子。

修普诺斯（Hypnus）：睡神；黑夜女神尼克斯之子。

厄里斯（Eris）：不和女神；黑夜女神尼克斯之女，最喜挑起不和，最著名的成就是挑起了“特洛伊战争”。

莫伊莱（Moerae）：命运三女神，黑夜女神尼克斯的三个女儿。分别是阿特洛波斯（Atropos）切断生命之线，拉刻西斯（Lachesis）决定生命之线的长度，克罗托（Clotho）纺织生命之线。

赫利俄斯（Helios）：最早的太阳神，许配里翁与提亚之子。与海洋女神克吕墨涅生下法厄同。

塞勒涅（Selene）：月亮女神，许配里翁与提亚之女。

厄俄斯（Eos）：黎明、曙光女神，许配里翁与提亚之女。

狄俄涅：冰海女神，是俄刻阿诺斯和泰西斯的女儿。与宙斯生下阿佛洛狄忒。

季节女神（时令女神）（Horae）：月亮女神塞勒涅诸女。

塔罗（Thallo）春（萌芽）女神

奥克索（Auxo）夏（生长）女神

卡尔波（Carpo）秋（结果）女神

时节女神荷赖（Horae）：太阳神赫利俄斯诸女。

奥格（Auge）晨光女神

阿那托勒（Anatole）日出女神

缪斯（Mousika）学习女神

戈那斯提卡（Gymnastika）运动女神

宁斐（Nymphe）沐浴女神

墨森布瑞亚（Mesembria）正午女神

斯蓬德（Sponde）奠拜女神

厄勒忒（Elete）祈祷女神

阿刻忒（Akte）餐饮女神

赫斯珀瑞斯（Hesperis）黄昏女神

狄希斯（Dysis）日落女神

阿尔克托斯（Arktos）晚霞女神

塔拉萨（Thalassa）：海面女神，埃特拉与赫莫拉的女儿，蓬托斯的妻子。

涅柔斯（Nereus）：蓬托斯和盖亚长子，外号“海中老人”。是个知识渊博、真诚善良的老神仙。

多丽斯（Doris）：俄刻阿诺斯之女，三千海洋女神之一。涅柔斯之妻。

海神女（Thenereids）：涅柔斯和多丽斯的五十个可爱的女儿。

新旧神之间的关系

旧神谱中的神都是先于奥林匹斯众神的古神，天神乌拉诺斯和地母盖亚所生的子女。新神谱以宙斯的家族为中心，居于奥林匹斯圣山。

十二主神

奥林匹斯众神，是古代希腊神话传统崇拜的诸神中的主要神祇。这些神祇以宙斯为中心，其中的十二位，相对其他神祇更为重要，被称为奥林匹斯十二神。不过，由于不同时期有不同的神被列入十二主神之内，实际上享有这份荣誉的神有十四位。而一定会出现是十位，分别是宙斯、赫拉、波塞冬、阿瑞斯、赫耳墨斯、赫淮斯托斯、阿佛洛狄忒、雅典娜、阿波罗及阿尔忒弥斯。

奥林匹斯主神之所以赢得诸神间的超然地位，在于他们与宙斯合力战胜了提坦巨神一族。在十二主神中，宙斯与他的兄弟姐妹——赫拉、波塞冬、德墨忒耳、赫斯提亚及哈迪斯六位占了差不多一半的位置；其余大多数是宙斯与其他女神所生的子女。

希腊神与罗马神的对应

希腊神话	罗马神话	英语名称	象征及主司
宙斯	朱庇特	Zeus/Jupiter	天空与天气
赫拉	朱诺	Hera/Juno	婚姻与家庭
波塞冬	涅普顿	Poseidon/Neptune	海洋与风浪
哈迪斯	普鲁同	Hades/Pluto	死亡与冥界
阿波罗	阿波罗	Apollo /Apollo	太阳与光明
阿尔忒弥斯	狄安娜	Artemis/Diana	狩猎与处女
阿瑞斯	玛尔斯	Ares/Mars	战争与破坏
雅典娜	密涅瓦	Athena/Minerva	智慧与学问
阿佛洛狄忒	维纳斯	Aphrodite/Venus	爱与美
赫淮斯托斯	乌尔肯	Hephaestus/Vulcan	火与技术
赫耳墨斯	墨丘利	Hermes/Mercury	情报与商业技术
狄奥尼索斯	巴克科斯	Dionysus/Bacchus	酒与迷醉、戏剧
赫斯提亚	维斯塔	Hestia/Vesta	家事与厨房
德墨忒耳	赛尔斯	Demeter/Ceres	谷物与丰饶

宙斯（Zeus）：

克洛诺斯之子，万神之王，主管天空。希腊神话中的至高神，掌握雷电，所以又被称为雷神。在母亲瑞亚的支持下，杀死父亲克洛诺斯，成为第三代神王。性格极为好色，常背着妻子赫拉与其他女神和凡人私通，私生子无数。

象征物是雄鹰、橡树、节棍、王座和山峰；他最爱的祭品是母山羊和牛角涂成金色的白色公牛。

赫拉（Hera）：

克洛诺斯之女，宙斯的姐姐和妻子。主管婚姻和生育，是女性的保护神；赫拉气质高雅，容颜美丽，且对伴侣忠贞不渝，无愧于天后的地位，但她的善妒亦闻名于世，因此，赫拉和宙斯经常发生激烈争吵。不过，宙斯的花言巧语总能让他们和好如初。

象征物是孔雀，因为这种有着五彩缤纷的羽毛、体现着满心星斗的鸟是美丽壮观的夜空的象征，而天空正是天后赫拉光彩照人的脸庞。

波塞冬（Poseidon）：

海之王，宙斯的二哥，安菲特里忒的丈夫，主管海洋和风浪。手持巨大三叉戟，是海洋的主宰，呼风唤雨，性格凶暴残忍。

在希腊神话中，海神和安菲特里忒夫妇与宙斯和赫拉夫妇是相对应的。宙斯和波塞冬两兄弟都以喜欢生孩子出名，他们的无数后代既有神灵，也有凡人。

马和牛是他的圣物，他非常喜欢马。因此，他统治海洋后，将几匹马变成了长有尾鳍的鱼马杂交动物。这样，它们在水中也能为他拉车。

哈迪斯（Hades）：

冥王哈迪斯是宙斯、波塞冬、德墨忒耳的兄长，主管冥界，力量强大，但性格平和，是众神中最神秘的神。他主管死亡，人们很少称呼他的真名，因为他始终穿着大衣，遮住脸和全身。除了抢夺丰收女神德墨忒耳之女——春神珀耳塞福涅为妻外，没有其他恶行。

最喜爱黑色，最爱的祭品是全身裹着黑纱的黑母羊或黑公牛。白杨树是他的圣树。

阿波罗（Apollo）：

射术、医药、科学的保护神，艺术、青春、音乐之神，公正的惩罚神，光明之神，还是太阳神。宙斯和暗夜女神勒托之子，宙斯的长子，月神和狩猎女神阿尔忒弥斯的孪生哥哥，全名为福玻斯·阿波罗（Phoebus Apollo），意思是“光明”或“光辉灿烂”。

代表着光明，永远年轻、美貌和谐与沉静。掌管医药、文学、诗歌、音乐等。十二大神中最俊美的男神。最了不起的本领是预言。

月桂树是他的圣木，最喜欢的宠物是海豚和乌鸦。

阿尔忒弥斯（Artemis）：

贞洁的狩猎女神，新月神，弯月是她的弓。阿尔忒弥斯是阿波罗的孪生姐姐，三位处女神之一。是女性纯洁的化身，也被称为处女的保护神。她是野生动物的主人，出色的弓箭手，神界的主要猎手。她另一大喜好就是舞蹈。

丝柏是她的圣木，鹿是她最喜欢的宠兽。

阿瑞斯（Ares）：

战神，宙斯和赫拉所生。是凶残、狡诈、冲动、非理性的，为战争而战争的神。曾与工匠之神的妻子、爱与美之神阿佛洛狄忒私通，被装进一张工匠之神特制的大网中而无法脱身。他与阿佛洛狄忒生下几个儿女，其中包括小爱神厄洛斯（丘比特）。

兀鹰是他的圣鸟，宠兽是狗，也有一说认为是猎犬。

雅典娜（Athena）：

智慧及战争女神，是宙斯与智谋女神墨提斯的女儿。三位处女神之一。雅典城的保护神。

阿瑞斯象征战争残酷冲动的一面，作为他的对立面，雅典娜代表着军事策略，象征着在计谋和智慧上更胜一筹，也代表正义之战。她勇敢、强大而又善良、仁慈，不过有时略有些小心眼，不愿别人比她强。她出生时宙斯头部剧烈疼痛，之后赫淮斯托斯将宙斯的头部用大斧劈开后，雅典娜手持长枪、身披战甲从中跳出，并从母亲墨提斯那里继承了高度的智慧和实践技能，因此成了艺术和手工业的保护神，即工艺神。因失手杀死好友帕拉斯而改名为帕拉斯·雅典娜（Pallas Athena）。

眼睛在夜里发亮的猫头鹰，还有公鸡和毒蛇，对眸子明亮的女神雅典娜来说，均为她的象征。

阿佛洛狄忒（Venus）：

爱神和美神，又是执掌生育与航海、性爱与美貌的女神，她代表最感性的生活观，象征着美丽、年轻和情欲的满足。她是宙斯和冰海女神狄俄涅的女儿。

桃金娘是她的圣树，鸽子是她的爱鸟。天鹅和麻雀也很受宠。

赫淮斯托斯（Hephaestus）：

火与工匠之神，锻造之神，宙斯和赫拉之子。不同于其他美丽的神，他长相奇丑，跛足。但性情温和，热爱和平，在天庭和人间都很受欢迎。

相传火山是他为众神打造神兵和神器的工匠炉。他是诸神的工匠，具有高超的技巧，制造了许多著名的神兵神器。传说阿波罗驾驶的日车、厄洛斯的金箭银箭、宙斯的神盾都是他铸造的。

赫耳墨斯（Hermes）：

神使，也是冥界的引渡之神，亡灵的接引者。是宙斯与风雨女神迈亚所生的儿子，是奥林匹斯山上最机灵的神。动作敏捷优雅，脚穿带翼凉鞋，头戴有翅膀的低冠帽，手握双蛇盘绕的金魔杖（为其特殊标志）。因速度如飞，成为天界众神传令的使者，后为旅人、商人、盗贼的保护神，经常化为凡人下界帮助保护者。是最聪明狡猾的神。传说，他是一位天才的雄辩家，所以他还是雄辩术之神。

狄奥尼索斯（Dionysus）：

好客的酒神与狂欢之神。宙斯与一名凡间女子塞墨勒的儿子，唯一有凡人血统的正式神祇，众神中最接近人类的一位，象征着非理性、放纵和激情；发明了葡萄酒，并推广了葡萄的种植。本身具有双重性格，他能给人带来欢乐和迷醉，但同时残忍、易怒——正像酒一样。

地面小神中的两个大神

赫斯提亚（Hestia）：

家灶及火焰女神，她是克洛诺斯与盖亚最大的孩子，掌万民的家事。她是位贞洁处女神，有名的三位处女神之一。

德墨忒耳（Demeter）：

丰产、农林女神，是克洛诺斯与盖亚的女儿，宙斯的二姐与第四位妻子。她掌管农业与丰收，给予大地生机，教授人类耕种。她与宙斯生下女儿珀耳塞福涅（Persephone）。

其他神

墨提斯（Metis）：水文女神、智谋女神，俄刻阿诺斯和海洋女神泰西斯的女儿，是一切生物中最聪明的。她是机智和计谋的女神，宙斯的第一位妻子，雅典娜的母亲。

欧律诺墨（Eurynome）：海洋女神，俄刻阿诺斯之女，宙斯的第三位妻子，美惠三女神之母。

勒托（Leto）：暗夜女神，暗与智力之神科俄斯与月神菲碧之女，被宙斯变身为天鹅所诱骗，成为宙斯的第六位妻子，阿波罗与阿尔忒弥斯之母。

阿斯忒瑞亚（Asteria）：星夜女神，暗夜女神勒托之妹。三位夜之女神中，尼克斯是夜之本体的化身，而勒托与阿斯忒瑞亚姐妹乃是夜的两种不同出现：勒托象征无星无月的黑暗之夜，阿斯忒瑞亚则对应星光璀璨之夜。

珀耳塞福涅（Persephone）：春神，德墨忒耳之女；冥王哈迪斯之妻，冥后。

赫卡忒（Hecate）：幽冥和魔法女神，世界黑暗面的象征。冥后的侍女。星夜女神阿斯忒瑞亚和破坏神珀耳塞斯的独生女。

厄洛斯（Eros）：小爱神，阿佛洛狄忒和阿瑞斯之子，能给自然界带来生机，授予万物繁衍的能力。其形象是一个裸体的小男孩，有一对闪闪发光的翅膀。这位可爱又淘气的小精灵有两种神箭：被其金箭射中者即与随后见到的第一个人坠入情网，而被其铅箭射中者会对另一个人产生莫名的仇恨。此外，他还有一束照亮心灵的火炬。尽管有时他被蒙着眼睛，但没有任何人或神，包括宙斯在内，能逃避他的恶作剧。有一次这位淘气的精灵被自己的箭射中，对人间少女普赛克炽热的爱在他心中升起，以至于他不顾母亲的干预，鼓起勇气让宙斯给予公正评判。厄洛斯起了重大作用的另一个著名的故事是伊耳戈英雄的远征。国王埃厄忒斯的女儿美狄亚，被厄洛斯的神箭射中，和伊阿宋一起寻觅金羊毛，并成为这位英雄的妻子。

赫柏（Hebe）：青春女神，宙斯和赫拉之女；是奥林匹斯山的斟酒女郎。后嫁给赫拉克勒斯为妻。

典伊（Canon Iraq）：冰雪女神。

潘（Pan）：牧神，赫耳墨斯之子，长着一对羊角和一双羊蹄，是个出色的作曲家和笛子演奏家。快乐和顽皮好色的神，经常和山林的女仙们跳舞。然而，由于他外表丑陋，总找不到老婆。

美惠三女神（Graces）：宙斯和欧律诺墨的女儿；众神的歌舞演员，为人间带来诸美；分别是

阿格莱亚（Aglaia）光辉女神

欧佛洛绪涅（Euphrosyne）欢乐女神

塔利亚（Thalia）激励女神

艺术女神（Muses）：宙斯和摩涅莫绪涅的女儿们，共有九人；亦称为缪斯或庇厄利亚的女神们（Pierides），因她们生于庇厄利亚地方。分别是

卡利俄珀（Calliope）雄辩和叙事诗

克利欧（Clio）历史

乌拉妮娅（Urania）天文

梅耳珀弥妮（Melpomene）悲剧

塔利亚（Thalia）喜剧

特普斯歌利（Terpsichore）舞蹈

依蕾托（Erato）爱情诗

波利海妮娅（Polyhymnia）颂歌

优忒毗（Euterpe）抒情诗

埃勒提亚（Eileithyia）：催产与难产女神，宙斯与赫拉之女。形象为手持火把的女子，象征分娩的痛苦以及新生的光明。她的儿子是护城之神索西波利斯（Sosipolis）。

厄里尼俄斯（the Erinnyes）：复仇女神，又被称为欧墨尼得斯（Eumenides）。无情地报复犯罪者，直到其死亡。对犯弑母大罪的人尤其严厉。共有三人。她们从乌拉诺斯的血液中诞生。分别是

提希丰（Tisiphone）

美嘉拉（Megaera）

阿耳刻托（Alecto）

普利俄阿德斯（The Pleiades）：阿忒拉斯的七个如花似玉的女儿。分别是：

伊莱卡（Electra）

迈亚（Maia）风雨女神，与宙斯生下赫耳墨斯。

塔吉忒（Taygete）

阿耳刻悠妮（Alcyone）

美罗珀（Merope）

塞莱诺（Celaeno）

丝黛罗普（Sterope）

时序三女神（Horae）：宙斯与正义女神忒弥斯的女儿。

欧诺弥亚（Eunomia）秩序女神

狄刻（Dike）公正女神

厄瑞涅（Eirene）和平女神。

安菲特里忒（Amphitrite）：海后，涅柔斯之女，波塞冬之妻。

特里同（Triton）：海神波塞冬和安菲特里忒之子，手拿一个大海螺，半人半鱼。

忒提斯（Thetis）：海洋女神，海神涅柔斯和海洋女神多丽斯的女儿，是他们的女儿之中最贤惠者。在提坦之战时，曾招来百臂巨人帮助宙斯反抗提坦（泰坦）神们。宙斯和波塞冬都追求过她，但忒弥斯预言忒提斯将生下比父亲更强大的孩子（普罗米修斯也知道这个秘密），宙斯得知这秘密以后，便把她嫁给了密尔弥冬人的王珀琉斯。在他们的婚礼上，唯独没有邀请不合女神厄里斯，于是厄里斯决意报复，暗中把一只金苹果扔在欢快的客人们中间，于是引发了金苹果事件，成为特洛伊战争的导火线。她生了个男孩，就是著名的阿喀琉斯，果然比父亲强大。

米诺斯（Minos）：宙斯和欧罗巴的儿子，克里特国王；以严密的法治而闻名，因此死后成为冥府的判官之一。

拉达曼迪斯（Rhadamanthys）：米诺斯的兄弟，亦是冥府判官之一。

卡吕普索（Calypso）：海上女神，阿忒拉斯的女儿，爱上了凡间的英雄奥德修斯，但由于宙斯的阻挠未能与其成婚。

阿刻罗俄斯（Achelous）：河神，俄刻阿诺斯和泰西斯的诸子中最长者。众海妖塞壬之父。

阿尔库俄纽斯（Alcyoneus）：天与地之子，最强大的巨人，在地上时不会被杀死。

阿玛耳忒亚（Amalthea）：海中仙女，有一可从中取食物的牛角。河神阿刻罗俄斯的角被赫拉克勒斯折断后，她将自己的一个送给阿刻罗俄斯。

伊里丝（Iris）：宙斯的使者，彩虹女神，人头鸟哈耳皮埃的妹妹。

阿尔刻（Arce）：提坦神使，霓虹女神，人头鸟哈耳皮埃的妹妹。

琉喀忒亚（Leucothea）：海中女神，波塞冬将奥德修斯的船打碎后，她曾搭救奥德修斯。

珀耳塞（Perse）：俄刻阿诺斯与泰西斯之女，是赫利俄斯的妻子。

克吕墨涅（Clymene）：俄刻阿诺斯与泰西斯的女儿，海洋女神之一。好像和若干个神都有过亲密关系，包括普罗米修斯和阿波罗等，并生育了不少子女。

喀耳刻（Circ）：赫利俄斯和珀耳塞的女儿，是个法力高强的女魔法师，能把人变为牲畜。

赫斯帕里得斯（Hesperides）：尼克斯的女儿们，守卫盖亚作为结婚礼物送给赫拉的金苹果树。

绪任克斯（Syrinx）：山林女神，为潘所追求，化为芦苇。

帕拉斯（Pallas）：特里同的女儿，雅典娜无意中杀死她，为纪念她，自己改名帕拉斯，自称为帕拉斯·雅典娜。

格劳克斯（Glaucus）：海神，善做预言。

塔罗斯（Talos）：巨人，青铜时代最后一人，守卫克里特岛。

墨诺提俄斯（Menoetius）：冥王的牧人。

阿斯特莱雅（Astraea）：正义女神，正义的化身。宙斯和忒弥斯之女，她持有衡量人世善恶的天平，原本被派到人间来掌管及审判是非善恶，后来因为看尽人间的丑陋而感到失望，怅然回到天庭，化为室女星座，因此阿斯特莱雅又叫“维耳戈”，即“处女”之意。

迈亚：风雨女神，森林女妖阿特拉斯的女儿，与宙斯生下赫耳墨斯。

许门：婚姻之神。

宙斯的婚姻关系

名字	与宙斯的关系	儿女
水文、智谋女神 墨提斯	堂／表姐：第一位妻子	雅典娜
正义女神 忒弥斯	姑／姨妈：第二位妻子	时序三女神
海洋女神 欧律诺墨	堂／表姐：第三位妻子	美惠三女神
丰产、农林女神 德墨忒耳	二姐：第四位妻子	珀尔塞福涅
记忆女神 摩涅莫绪涅	姑／姨妈：第五位妻子	九缪斯
暗夜女神 勒托	堂／表姐：第六位妻子	阿尔忒弥斯与阿波罗
天后 赫拉	三姐：第七位妻子	阿瑞斯、赫淮斯托斯、埃勒提亚和赫伯
风雨女神 迈亚	情人	赫耳墨斯
忒拜公主 塞墨勒	情人	酒神 狄奥尼索斯
阿尔戈斯公主 达那厄	情人	大英雄 提林斯王 珀耳修斯
阿尔戈斯公主 阿尔克墨涅	情人	大英雄 赫拉克勒斯
河神阿索波斯之女 安提俄佩	情人	忒拜王 安菲翁
河神阿索波斯之女 埃吉娜	情人	沃诺斯王、冥界判官 埃阿科斯
腓尼基公主 欧罗巴	情人	冥界判官 拉达曼提斯 小亚细亚吕喀亚王国的国王 萨耳珀冬 克里特王、冥界判官 米诺斯
斯巴达王后 勒达	情人	英雄 波吕丢刻斯
		美女 海伦
伊那科斯之女 伊俄	情人	埃及王 厄帕福斯
吕基亚公主	情人	吕基亚王

怪 物

恐怖怪兽

提丰（Typhon）：盖亚和塔尔塔洛斯最小的儿子，极度恐怖的怪兽；又称为堤福俄斯（Typhoeus）。

厄喀德那（Echidna）：半人半蛇的怪物。生了许多著名的妖怪——如勒耳那水蛇、涅墨亚狮子、喀迈拉、斯芬克司等。

斯芬克（Sphinx）：提丰和厄喀德那所生的怪物，有翼，长着美女的头和狮子的身子。因俄狄浦斯杀父，前往忒拜为害。

福耳库斯（Phorcys）：原始海神，盖亚和蓬托斯之子。他的配偶是刻托，他们拥有众多的孩子，大多数为海怪，统称为“福耳库德斯”，包括戈耳工等。

刻托（Ceto）：一个凶恶的海怪，盖亚和蓬托斯的女儿。她是叵测的大海给人带来的危险的化身，也是未知的陆地以及诡异生物的象征。

戈耳工（Gorgons）：福耳库斯与刻托的女儿，蛇发女妖三姐妹，居住在遥远的西方。她们的头上和脖子上布满鳞甲，头发是一条条蠕动的毒蛇，长着野猪的獠牙，还有一双铁手和金翅膀，任何看到她们的人都会立即变成石头。三姐妹中只有美杜莎是凡身，她的姐姐丝西娜和尤瑞艾莉都是魔身。

刻耳柏（Cerberus）：地狱狗，提丰和厄喀德那所生，把守冥府的大门。

拉冬（Ladon）：看守金苹果的百首龙，刻托和福耳库斯所生。

弥诺陶（Minotaur）：克里特岛上牛头人身的怪物，喜食人肉，尤其是童男童女，著名的克里特迷宫即为软禁它而建。

珀伽索斯（Pegasus）：飞马，波塞冬与美杜莎所生，当珀耳修斯割下美杜莎的头时，与克律萨俄耳一起从美杜莎头中跳出。

克律萨俄耳（Chrysaor）：波塞冬与美杜莎所生的怪物，飞马珀伽索斯的兄弟。

格莱埃（Graeae）：福耳库斯和刻托的三个女儿，与戈耳工是姊妹；她们共有一只眼睛、一只牙齿。

许德拉（Hydra）：提丰和厄喀德拉所生的水蛇，有九个头，因住在勒耳那大泽，又称勒耳那大蛇。

塞壬（Siren）：人面鸟身的海妖，她们住在一个海岛上，拥有天籁般的歌喉，以歌声诱惑并杀死路过的航海者。

美杜莎（Medusa）：原本是凡身。据说曾经是一位美丽的少女，非常傲慢，为海神波塞冬所爱。她在智慧女神的神庙里说，比女神还要美丽。雅典娜被激怒了，施展法术，把美杜莎的那头秀发变成了无数毒蛇。美女因此成了妖怪。更可怕的是，她的两眼闪着骇人的光，任何人哪怕只看她一眼，就会立刻变成一块毫无生气的大石头。

英雄及美女

潘多拉（Pandora）：宙斯（Zeus）首先命令火与锻冶神赫淮斯托斯（Hephaestus），使用水土合成搅混，依女神的形象做出一个可爱的女性；再命令爱与美女神阿佛洛狄忒（Aphrodite）淋上令男人疯狂的香味；智慧与工艺女神雅典娜（Athena）教她织布；神的使者赫耳墨斯（Hermes）传授她语言的天赋。

厄帕俄斯（Epeius）：希腊军中著名的巧匠，建造了木马。

厄瑞克透斯（Erechtheus）：雅典王，盖亚和赫淮斯托斯之子，由雅典娜抚养大。

厄忒俄克勒斯（Eteocles）：俄狄浦斯的儿子，抵抗攻打忒拜的七将，死于自己兄弟之手。

俄耳甫斯（Orpheus）：缪斯之一卡利俄珀和太阳神阿波罗的儿子；他能以琴声使山林，岩石移动，使野兽驯服。死后成为天琴座。

伊俄（Io）：是地中海地区某国公主，为宙斯所爱，将她变成小母牛，被赫拉派牛虻追逐，后在普罗米修斯的指引下逃脱。最后成为埃及女神伊西丝（Isis）。

欧罗巴（Europe）：美丽的人间女子，为宙斯引诱，是宙斯最著名的情人之一。

卡德摩斯（Cadmus）：欧罗巴的哥哥，忒拜城的建立者。

卡帕纽斯（Capaneus）：攻打忒拜的七雄之一。

卡珊德拉（Cassandra）：普里阿摩斯和赫卡柏之女；是女预言家，曾预言了特洛伊的毁灭。

代达罗斯（Daedalus）：全希腊最有名的建造大师，善于各种工艺技巧。

尼柔斯（Nireus）：泉水女神的儿子，希腊将领中最英俊者。

丢卡利翁（Deucalion）：普罗米修斯和克吕墨涅之子，皮拉的丈夫；宙斯发洪水毁灭人类时，只留下他们俩。

皮拉（Pyrrla）：厄庇墨透斯和潘多拉的女儿，丢卡利翁的妻子；唯一躲过宙斯洪水的两个人。

安菲阿拉俄斯（Amphiaraus）：著名先知，攻打忒拜的七雄之一。

安德洛玛刻（Andromache）：赫克托耳的妻子，以对丈夫钟爱著称。

安提罗科斯（Antilochus）：攻打特洛伊的希腊将领之一，以英俊勇敢著称，是阿喀琉斯的挚友之一。

伊卡洛斯（Icarus）：代达罗斯之子；和父亲一起逃离克里特时，因飞近太阳，蜡制翅膀融化，落水而死。

伊克西翁（Ixion）：拉庇泰国王；因试图对赫拉无理，宙斯将他缚在旋转的车轮上，永远在冥土受罚。

伊阿西翁（Jasion）：宙斯和海中某女神的儿子，他追求农业女神德墨忒耳，为宙斯所杀。

伊阿宋（Jason）：夺取金羊毛的伊耳戈英雄的首领；美狄亚的丈夫。

西西弗斯（Sisyphus）：人类中最狡猾者；死后在冥土受罚，

永远推巨石上山，但将及山顶巨石又复落下。

布里塞伊丝（Briseis）：特洛伊著名美女；为阿喀琉斯俘虏，由于她的美貌引起了希腊将帅不和。

克律塞伊丝（Chryseis）：特洛伊方面阿波罗祭司的女儿，为阿伽门农俘虏，后者拒绝将她交还给其父，结果导致太阳神的报复。

克吕泰涅斯特拉（Clytaemnestra）：阿伽门农的妻子，杀死了自己的丈夫，又被自己儿子杀死。

狄俄墨得斯（Diomedes）：特洛伊战争中，希腊方面著名的大英雄。

希波墨冬（Hippomedon）：攻打忒拜的七雄之一。

忒修斯（Theseus）：雅典王，希腊神话中的著名大英雄之一。

忒勒玛科斯（Telemachus）：奥德修斯的儿子，父亲从特洛伊战争中归来后，帮助父亲杀死所有求婚者。

忒拉蒙（Telamon）：夺取金羊毛的伊耳戈英雄之一。

忒瑞西阿斯（Tiresias）：忒拜先知，盲人，据说因无意中窥见雅典娜出浴而被判失明。

阿喀琉斯（Achilles）：珀琉斯和海中女神忒提斯之子，浑身刀枪不入，唯一的弱点是脚踝；特洛伊战争中希腊的最伟大英雄。

阿德拉斯托斯（Adrastus）：伊耳戈王，攻打忒拜的七雄之一。

阿伽门农（Agamemnon）：阿特柔斯之子，特洛伊战争中希腊方面的统帅。

墨涅拉俄斯（Menelaus）：阿特柔斯之子，阿伽门农的弟弟，海伦的丈夫；特洛伊战争中的希腊高级将领。

阿特柔斯（Atreus）：珀罗普斯和希波达弥亚的儿子，坦塔罗斯的孙子，阿伽门农的父亲。

坦塔罗斯（Tantalus）：宙斯的儿子，众神的朋友；因杀死儿子宴请天神，被罚入冥土永受饥渴之苦。

阿尔刻提斯（Alcestis）：珀利阿斯的女儿；以钟情丈夫著名，自愿代丈夫就死。

阿塔兰忒（Atalanta）：伊阿索斯和克吕墨涅的女儿，美丽而野性的女猎手。

欧律斯忒斯（Eurystheus）：珀耳修斯的孙子；赫拉克勒斯被罚为他做十二件大事。

拉奥孔（Laocoon）：特洛伊城的阿波罗祭司，因他劝告特洛伊人警惕木马，雅典娜震怒，派两条蛇将他咬死。

帕里斯（Paris）：特洛伊王子；由于他诱拐天下第一美女海伦而引起特洛伊战争。

埃涅阿斯（Aeneas）：他的父亲安喀塞斯是特洛伊王室的一个成员，母亲是爱神阿佛洛狄忒。安喀塞斯发下誓言绝不说出他同阿佛洛狄忒的关系，然而，当埃涅阿斯出生时，安喀塞斯向他的同伴吹牛时泄露了这一秘密，因而他受到惩罚，成为瞎子。

特洛伊沦陷的时候，埃涅阿斯率领他的勇士，背着他那成为瞎子的父亲冲出被焚烧的特洛伊城，后来和他的同伴在地中海一带漫游好几年，寻找新的家园。他的船在迦太基附近非洲海岸遇难，迦太基女王狄多深深爱上埃涅阿斯，并请求他住下来。当埃涅阿斯离开时，狄多伤心地自杀了。埃涅阿斯和他的同伴在色雷斯、克里特和西西里岛暂留过，以后来到台伯河畔的拉丁姆，国王拉丁努斯热情款待他们。埃涅阿斯帮助国王同鲁图利人作战，后来他与国王拉丁努斯的女儿拉维尼亚结婚。拉丁努斯死后，埃涅阿斯继承了王位。幸福而卓有成效地统治着他那和睦的特洛伊人和拉丁人，后在与埃特鲁斯坎人作战中被杀死。

帕耳忒诺派俄斯（Parthenopaeus）：阿德拉斯托斯的兄弟，攻打忒拜的七雄之一。

帕特洛克罗斯（Patroclus）：墨诺提俄斯之子，阿喀琉斯的密友，死于赫克托耳之手，他的死使阿喀琉斯重新参战攻打特洛伊。

法厄同（Phaethon）：赫利俄斯和克吕墨涅的儿子，因强驾太阳车，从天上跌下致死。

波吕尼刻斯（Polynices）：俄狄浦斯和伊俄卡斯忒的儿子，攻打忒拜的七雄之一。

美狄亚（Medea）：美丽的女魔法师，帮助伊阿宋取得金羊毛，并嫁给他，后因伊阿宋移情别恋，亲手杀死自己的两个儿子并设计杀死了伊阿宋的新欢。之后，伊阿宋自刎于宫殿门前。而美狄亚驾驶用魔法召唤出来的魔龙回到自己原来的故乡，取得了父亲对自己曾经与伊阿宋逃出宫的谅解，并用魔法帮助父亲夺回了王位。

珀利阿斯（Pelias）：伊阿宋的叔叔，篡夺了本应属于伊阿宋的王位。

珀琉斯（Peleus）：伊耳戈英雄之一，忒提斯的丈夫，阿喀琉斯之父。

珀罗普斯（Pelops）：坦塔罗斯之子，被其父做成菜肴给天神食用，后为命运女神复活。

珀涅罗珀（Penelope）：奥德修斯忠贞的妻子，丈夫远征特洛伊失踪后，拒绝了所有求婚者，一直等待丈夫归来。

珀耳修斯（Perseus）：宙斯和达那厄的儿子，希腊神话中的大英雄之一。

辛尼斯（Sinnis）：著名强盗，外号“扳松贼”，可用两棵松树将旅人撕裂。波塞冬之子，为忒修斯所杀。

达玛斯忒斯（Damastes）：著名强盗，外号“铁床贼”；没准儿也是波塞冬之子，为忒修斯所杀。

斯喀戎（Sciron）：著名强盗，强迫旅人为他洗脚。差不多也是波塞冬之子，被忒修斯杀死。

埃厄忒斯（Aeetes）：赫利俄斯和珀耳塞之子，喀耳刻之兄，美狄亚之父。

埃涅阿斯（Aeneas）：阿佛洛狄忒的儿子，特洛伊英雄之一。

埃俄罗斯（Aeolus）：希波忒斯之子，克苏托斯之父，众神的朋友，掌管诸风。

埃阿斯（Ajax）：忒拉蒙和厄里斯珀之子，通称大埃阿斯，特洛伊战争中的希腊英雄。

埃阿斯（Ajax）：俄琉斯之子，通称小埃阿斯，特洛伊战争中的希腊英雄。

俄琉斯（Oileus）：伊耳戈英雄之一。

恩底弥翁（Endymion）：埃特里俄斯俊美的儿子，为月女神塞勒涅所钟爱。

海伦（Helen）：宙斯和勒达的女儿，人间绝色，墨涅拉俄斯的妻子，被帕里斯拐走而引起特洛伊战争。

许拉斯（Hylas）：赫拉克勒斯的密友，美丽的男子，被水妖抢走。

淮德拉（Phaedra）：米诺斯的女儿，忒修斯之妻。

透克洛斯（Teucer）：河神斯卡曼德洛斯的儿子；第一个特洛伊王。

涅索斯（Nessus）：一个渡旅客过河的艄公，半人半马；因调戏赫拉克勒斯的妻子被杀掉，但临死设计害死赫拉克勒斯。

涅琉斯（Neleus）：伊耳戈英雄之一。

喀戎（Chiron）：半人半马，居住在位于希腊中东部屏达思山和爱琴海之间叫作塞萨利和阿卡迪亚的地区。他们经常因为放荡和好色而被描述成酒神狄奥尼索斯的追随者。喀戎是一个例外，不像其他的半人半马那样凶残野蛮，而以和善及智慧著称，所以在中文里也常被美称为“人马”。他是多位希腊英雄的导师，当中包括忒修斯、阿喀琉斯、伊阿宋、赫拉克勒斯。他也是医药之神亚斯克雷比奥斯的老师。人们称他的门徒为“皮力温英雄”。

阿德墨托斯（Admetus）：参加过卡吕冬野猪狩猎，伊耳戈英雄之一，以他忠贞的妻而著名。

菲罗克忒忒斯（Philoctetes）：赫拉克勒斯的朋友，赫拉克勒斯临死时将弓箭送给他。

普里阿摩斯（Priams）：特洛伊战争时期的特洛伊国王，帕里斯之父。

提丢斯（Tydeus）：攻打忒拜的七雄之一。

提提俄斯（Tityus）：宙斯和厄拉瑞的儿子，因对拉托那无理而在冥土受罚，肝脏为群鹰啄食。

塞墨勒（Semele）：卡德摩斯的女儿，和宙斯生狄奥尼索斯。

塔罗斯（Talus）：代达罗斯的外甥，因代达罗斯嫉妒而被杀。

赫克托耳（Hector）：普里阿摩斯和赫卡柏的儿子，帕里斯的兄弟，特洛伊最勇猛的英雄，为阿喀琉斯所杀。

赫伦（Hellen）：皮拉和丢卡利翁的儿子，“希腊”之名即从他而来。

赫拉克勒斯（Heracles）：希腊神话中最伟大的英雄，阿尔克墨涅和宙斯所生的儿子，以力大闻名。

赫西俄涅（Hesione）：普里阿摩斯的姊妹，被赫拉克勒斯从海怪手中救出，嫁给忒拉蒙。

第二部　神的故事

普罗米修斯

天和地被创造出来，大海波浪起伏，浪花拍击着海岸。鱼儿在水里嬉戏，鸟儿在空中歌唱。大地上动物成群，此时，还没有一个具有灵魂的、能够主宰周围世界的高级生物出现。

这时，普罗米修斯降生了，他是被宙斯放逐的古老的神祇族的后裔，是地母盖亚与乌拉诺斯所生的伊阿佩托斯的儿子。他机敏而睿智，知道天神的种子蕴藏在泥土中，于是用河水把泥土和成泥，按照世界的主宰，即天神的模样，捏成人形。为了给这泥人以生命，他从动物的灵魂中摄取了善与恶两种性格，将它们封进人的胸膛。在天神中，他有一个朋友——智慧女神雅典娜；她惊叹这提坦神之子的创造物，便朝具有一半灵魂的泥人吹送了神气，使它获得了真正的灵魂和呼吸。

这样，第一批人在世上出现了，他们繁衍生息，不久便形成了一大群，并遍布各处。但有很长一段时间，他们不知道该怎样使用他们的四肢，也不知道该怎样使用神赐的灵魂。他们视而不见，听而不闻，只是漫无目的地走来走去，却不知道发挥自身的作用。他们不知道采石，烧砖，砍伐林木制成椽梁，然后再用这些材料建造房屋，他们如同蚂蚁一样，蛰居在没有阳光的土洞里，觉察不了冬去春来夏至；他们做样样事情都毫无计划可言。

鉴于这样的情况，普罗米修斯便来帮助他的创造物。他教会他们观察日月星辰的起落；帮助他们发明了数字和文字，让他们懂得计算和用文字交换思想；还教他们驾驭牲口，来分担他们的劳动，使他们懂得给马套上缰绳拉车或作为坐骑。他发明了船和帆，人们从此可以在海上航行。

除此之外，他还关心人类生活中其他的一切活动。他教会人们占卜，圆梦，解释鸟的飞翔和祭祀显示的各种征兆；他引导人们勘探地下的矿产，帮助人们发现矿石，开采铁和金银；他还教会人们农耕技艺，使他们生活得更舒适。

就在不久前，宙斯放逐了自己的父亲克洛诺斯，推翻了古老的神祇族，普罗米修斯也出身于这个神祇族。现在，宙斯和他的儿子们是天上新的主宰，他们开始注意到刚刚形成的人类。神要求人类敬重他们，并以此作为保护人类的条件。

有一天，在希腊的墨科涅，神祇们集会商谈，确定人类的权利和义务。普罗米修斯作为人类的保护者出席了会议。为了使诸神既答应保护人类，又不给人类太重的负担，这位提坦神的儿子决意运用他的智慧来蒙骗神祇。他代表他的创造物宰了一头大公牛，请神祇选择他们喜欢的那部分。他把献祭的公牛切成碎块，分为两堆：一堆放上肉、内脏和脂肪，用牛皮遮盖起来，上面放着牛肚子；另一堆放的全是牛骨头，巧妙地用牛油包裹起来，这一堆比另一堆大一些。

全知全能的神祇之父宙斯看穿了他的把戏，说："伊阿佩托斯的儿子，尊贵的王，我的好朋友，你把祭品分得多不公平啊！"这时，普罗米修斯越发相信他骗过了宙斯，于是暗自笑着说："尊贵的宙斯，永恒的众神之主，你就按自己的心愿挑选一堆吧！”宙斯心里很气恼，却故意伸出双手去拿雪白的牛油。当他剥掉牛油，看清这全是剔光的骨头时，装着直到此时才发觉上当似的，气愤地说：“我看到了，伊阿佩托斯的儿子，你还没有忘掉你欺骗的伎俩！”

宙斯受了欺骗，决定报复普罗米修斯。他拒绝向人类提供生活必需的最后一样东西——火。可伊阿佩托斯的儿子非常机敏，马上想出了有效的办法。他拿来一根又粗又长的茴香秆，扛着它走近奔驰的太阳车，将茴香秆伸到太阳车的火焰里点燃，然后带着闪烁的火种回到地上。很快，第一堆木柴燃烧起来，并且越烧越旺。

宙斯见人间升起了火焰，大发雷霆。他眼看已无法把火从人类那儿夺走，便想出了新的灾难来惩罚人类，以便抵消火带给人类的福祉。他命令火神赫淮斯托斯雕刻一尊美女石像。雅典娜由于渐渐嫉妒普罗米修斯，也对他失去了友好，她亲自给石像披上了雪白的长袍，蒙上面纱，戴上花环，并束上了金发带。这金发带也出自赫淮斯托斯之手。他为了取悦他父亲，精心制作，金发带造型精巧，装饰有神态各异的动物形象；众神的使者赫耳墨斯给这妩媚迷人的形体传授语言的技能；爱神阿佛洛狄忒赋予她种种迷人的姿态。宙斯给这美丽的形象注入了恶毒的祸水，取名为潘多拉，意为“具有一切天赋的女人”，因为众神都馈赠给她一件危害人类的礼物。

宙斯把这个年轻的女人送到人间，正在地上自在游荡的众神见了这美得无法比拟的女人，都惊羡不已。潘多拉径自来到普罗米修斯的弟弟“后觉者”埃庇米修斯面前，请他收下宙斯给他的赠礼。埃庇米修斯心地善良，毫无猜疑之心。普罗米修斯曾经警告过他的弟弟，不要接受奥林匹斯山上统治者的任何赠礼，立即把它退回去。可是，埃庇米修斯忘记了这个警告，很高兴地接纳了这个年轻美貌的女人，直到后来吃了苦头，他才意识到是当初的行为招来了灾祸。

在此之前，人类遵照普罗米修斯的警告，因此没有灾祸，没有艰辛的劳动，也没有折磨人的疾病。现在，这个美丽的潘多拉双手捧上礼物，这是一个紧闭的大盒子。她一走到埃庇米修斯的面前，突然打开了盒盖，里面的灾祸像股黑烟似的飞了出来，并迅速地扩散到大地上。盒子底深藏着唯一美好的东西——希望，但潘多拉依照万神之父的告诫，趁它还没有飞出来的时候，就赶紧关上了盖子，因此希望永远关在盒内了。从此，各种各样的灾难充满了大地、天空和海洋。疾病日日夜夜在人类中蔓延、肆虐，而又悄无声息，因为宙斯不让它们发出声响。各种热病在大地上猖獗，死神步履如飞地在人间狂奔，带走了无数人的生命。

接着，宙斯开始向普罗米修斯本人施以报复。他把这名仇敌交到赫淮斯托斯和他的两名仆人的手里，这两名仆人外号分别叫作克拉托斯和皮亚，即强力和暴力。他们把普罗米修斯押到斯库提亚的荒山野岭，在这里，普罗米修斯被牢固的铁链锁在高加索山的岩石上，下面是可怕的万丈深渊。

赫淮斯托斯不太情愿执行父亲的命令，因为他很喜欢这位提坦神的儿子，他们是亲戚，还是同辈，都是他的曾祖父乌拉诺斯的子孙，也都是神祇的后裔。可是，因为他说了许多同情的话，执行残酷命令的两个粗暴的仆人直接把他批判了一通。普罗米修斯就这样被锁在悬崖绝壁上，他被直挺挺地吊着，无法入睡，也无法弯曲一下疲惫的双膝。“不管你发出多少哀诉和悲叹，都无济于事。”赫淮斯托斯对他说，“因为宙斯的意志是不可动摇的，你应该知道，这些最近才从别人手里夺得权力的神祇都是非常狠心的。”

这位囚徒被判受永久折磨，至少得三万年。他大声呼唤风儿、河川、大海和万物之母大地，以及注视万物的太阳来为他的苦痛作证，他的精神是坚不可摧的。“无论谁，只要他学会承认定数的不可制伏的威力，”他说，“就必须承受命中注定的痛苦。”宙斯听到了这句话，并体会出这句话中暗藏的玄机，再三威逼他，要他说明他的不吉祥的预言，即“一种新的婚姻将使诸神之王面临毁灭”，但普罗米修斯始终不肯开口。

宙斯言出必行，每天派一只鹫鸟去啄食被缚的普罗米修斯的肝脏。肝脏每天被吃掉，但是很快又恢复原状，并再次被鹫鸟啄食。这种痛苦的折磨他必须忍受，直到将来有人自愿为他献身为止。

为不幸的普罗米修斯解除苦难的一天终于来到了。在他被吊在悬岩上度过了漫长的悲惨岁月后，有一天，赫拉克勒斯为寻找赫斯珀里得斯来到这里。他看到鹫鸟在啄食可怜的普罗米修斯的肝脏，便取出弓箭，把那只残忍的鹫鸟从这位苦难者的肝脏旁一箭射落。然后他松开锁链，解放了普罗米修斯，带他离开了山崖。为了满足宙斯的条件，赫拉克勒斯把半人半马的肯陶洛斯族的喀戎作为替身留在悬崖上。喀戎虽然可以要求永生，但为了解救普罗米修斯，也为了不再忍受九头蛇毒的痛苦，他甘愿献出自己的生命，将自己与普罗米修斯交换，让普罗米修斯脱离痛苦，而自己放弃永生，这样双方都得以解脱。

为了彻底执行宙斯的判决，普罗米修斯必须永远戴一只铁环，环上镶了一块高加索山上的石子。这样，宙斯仍然可以自豪地宣称，他的仇敌依旧被锁在高加索山的悬崖上。

宙 斯

宙斯出生时，正值他父亲克洛诺斯当权，母亲瑞亚害怕宙斯被其父吞掉（克洛诺斯杀死自己的父亲乌拉诺斯才得到众神之王的王位，所以他的父亲诅咒他注定被自己的孩子杀死，就像他杀死自己的父亲一样，克洛诺斯对此十分害怕，自己的孩子刚出生就将其吞入腹中），所以宙斯刚出生就用一块石头代替，将他藏到克里特岛交给三位女仙抚养。在岛上，一只母山羊为他提供神圣的乳汁，一只雄鹰则给他带来仙酒；每当他哭叫时，瑞亚的仆人们就到摇篮边为宙斯跳舞，并用短剑敲击铜盾掩盖他的哭声，因此克洛诺斯一直未发现这一秘密。

宙斯在岛上一天天茁壮成长。一天，他和母山羊玩耍时不小心推倒了它，摔断了一只美丽的羊角。仙女阿玛尔忒亚赶忙为它治伤，宙斯则拾起这只羊角，赋予它神奇的魔力，并将它赠给了这名善良的仙女。这只羊角从此被称为“丰饶之角”，因它能出产各种美味的食物。

宙斯成年之后，用计救出了被父亲吞下的五个兄弟姐妹，并合力推翻了父亲克洛诺斯，最后登上王位。

阿波罗与阿尔忒弥斯

暗夜女神勒托怀了众神之父宙斯的孩子，受到天后赫拉驱赶，只能四处流浪。海神波塞冬怜悯她，从海中捞起提落岛给她居住。在岛上，勒托生下阿波罗和阿尔忒弥斯。

阿波罗是太阳神。清晨他身着紫色袍，坐在明亮的东方宫殿，准备开始每日穿越天空的旅行。白天，他驾着用金子和象牙制成的太阳车，给广阔无垠的大地带来光明、生命和仁爱。黄昏时分，他在遥远的西海结束旅行，返回东方的家中。

阿波罗还是音乐神和诗神。他可唤起人们倾注于圣歌中的各种情感。在奥林匹斯山上，他手执金质里拉，用悦耳的音调指挥缪斯的合唱。当他帮助波塞冬建造特洛伊城墙时，里拉奏出的音乐如此动听，以至于石头有节奏地、自动地各就其位。

有一次，他接受凡人音乐家马斯亚斯的挑战，参加一次竞赛。他战胜对方后，将对手剥皮致死，以惩罚他的狂妄自大。在另外一次音乐比赛中，他输给了潘，他就将裁判迈尔斯国王的耳朵变成了驴耳朵。他的儿子俄耳甫斯继承了父亲这方面的才能，他的竖琴使人与动物皆受感动。

阿波罗象征着青春和男子汉的美。金色的头发、庄重的举止、容光焕发的神态，这些足以使他受到世人的青睐。一位名叫克里提的美丽少女迷恋于他的英俊潇洒，跪在地上，从黎明到黄昏，双手伸向太阳神，凝视着那辆金质马车在蔚蓝的天空驰骋。虽然她的爱并未得到回报，但她对阿波罗的痴情从未改变。目睹这悲哀的场面，众神深受感动，将她变成了一株向日葵。

晚上，阿尔忒弥斯以庄重的姿态飞越夜空，她是月亮女神。

她坐在乳白色骏马驱动的马车中，向沉睡的大地散发出银色的光芒。

她终身未嫁，但至少有一次，当她看到英俊的恩底弥翁酣睡时，曾萌发过爱慕之情。阿尔忒弥斯心灵纯洁，容貌美丽安详，姿态端庄娴雅。如果阿波罗代表了男性美，那么阿尔忒弥斯则象征着女性美，还有贞洁。作为守护神，她把保护困境中的待嫁女子当作自己义不容辞的责任。少女们都来到她的圣坛前，祈求爱情与幸福。

作为阿波罗的孪生妹妹，她也是狩猎女神。她身穿及膝的短猎装，有喧闹可爱的仙女尾随身后。阿尔忒弥斯总是手持珍珠色的弓和发亮的箭，在林中漫游，寻找猎物。当她又累又热时，就来到泉水旁沐浴。作为狩猎女神的阿尔忒弥斯也有残酷的一面，比如对待阿克泰翁。

狄安娜与阿克泰翁

正是正午时分，人影缩短，太阳和东、西的距离正好相等。地上淌满了许多野兽的血，年轻的阿克泰翁和猎友们正在荒野中前进。他和善地对他们说：“朋友们，我们的网和长枪都滴着野兽的血呢，今天我们的运气真是不错。等到黎明女神再一次登上红车把白昼请回来的时候，我们再继续打猎吧。日神现在已经走到中天，它的热气已把地面烤裂。把这些网背回去，我们都休息一下吧。”

这地方有一个长满了针松和翠柏的山谷，名叫伽耳伽菲，是围着腰带的狄安娜（阿尔忒弥斯）经常休憩的地方。在山谷的幽深处，有一个隐蔽的山洞，这不是人工开凿的，而是大自然巧夺天工的创作。轻沙石上是一座拱门，门的一边有一道清泉，细流潺湲，流进一片池塘里，池塘四围都是青草岸。游猎的女神狄安娜每当感到疲倦的时候，常在澄澈的池水里沐浴。

这一天，狄安娜又来到了山洞，把猎枪、箭袋和松了弦的弓交给专管武器的侍女，另一位女仙拾起了她卸下的衣装，还有两人替她把凉鞋从脚上解下。梳头的侍女比别人更手巧，把狄安娜披在肩上的头发拢成一个发髻。其余的人，诸如涅菲勒、许阿勒、剌尼斯、普塞卡斯和菲阿勒就取瓮汲水，从狄安娜的肩头缓缓倒下。

狄安娜正在池边像往日一样沐浴的时候，卡德摩斯的外孙阿克泰翁正好结束了一天的围猎，走进树林中。这是个陌生的地方，阿克泰翁从没有来过，一时间不知道往哪边举步才好，无意中他走进了狄安娜的山洞，这也是命中注定的。他刚走进泉水叮咚的山洞，裸身的女仙们看见有男人进来，尖叫声几乎响遍了整个树林。她们赶紧把狄安娜围在中间，用自己的身体遮挡狄安娜的身体。但女神狄安娜比众女仙高出很多，别人还是能看到她美丽的胴体。她的脸红起来，既像天边的晚霞，又像黎明时刻东方的玫瑰色。

尽管女仙们把她围得很紧，狄安娜还是侧着身子向后看了一眼。当她看见阿克泰翁正望向她时，她恨不得弓箭在手才好，但这时候手里只有水，她情急之下便把水向年轻人的脸上泼去。她一面泄愤，一面诅咒他不得善终。她说："如果你想到处去宣扬你看过女神没穿衣服的样子，尽管说去吧，只要你能够。"她只说了这一句，经她洒过水的阿克泰翁就发生了变化，头上长出了长寿的麋鹿的犄角，头颈伸长了，耳朵变尖了，手变成了蹄子，两臂变成了腿，光滑的皮肤变成了斑斑点点的皮毛。最后，她还不忘给了他一颗小胆。

奥托诺厄英勇的儿子拔腿就跑，他一时还不明白为什么自己能够跑得这么快。在一片清水池塘里，他看见了自己新的陌生的面貌，他想："神呀，这是怎么回事？"但是说不出话来。他低声叹息，所能发出的声音只有叹息了，眼泪流了下来。只有神志和以前一样，还能和以前一样思考。怎么办呢？回到王宫去呢，还是在树林里藏起来？回去的话，实在是一件丢人的事，不回去又害怕。

正在进退两难的时候，阿克泰翁看见了自己的猎犬。这群猎犬正在追寻猎物，他看见了，立刻逃命；他现在逃命的路，正是当日追逐野兽的路。他一心想喊："我是阿克泰翁！你们不认识自己的主人了吗？"可他力不从心，说不出话来，猎犬大声的吠叫响彻山林。"黑毛狗"先上来一口咬住他的脊背，"爬山虎"咬住了他的肩膀，它们把主人缠住后，其余的狗也赶到了，一个个把尖牙咬入主人的身体里。最后，他身上没有一处没有伤痕。

阿克泰翁痛苦地呻吟着，他的声音虽然不像人声，但也不是鹿所能发出的，这惨痛的呼声萦绕在他所熟悉的山峦间。他屈膝跪下，好像在喊冤，又像在祈祷，他转过脸，默默地看，用目光代替了求救的手臂。但他的猎友们不知他是谁，照旧呐喊，驱狗上前，同时环顾四方，寻找阿克泰翁，他们以为他在很远的地方。

阿克泰翁听见自己的名字，悲哀地望着猎友们，猎友们却一味埋怨他不在场，埋怨他懒，不能来看看猎物被捉的景象。他倒的确很希望自己在远方，而事实上他在场，他只希望看到自己的猎犬所做的野蛮的事，并不愿亲身体验。凶猛的猎犬从四面八方把他围住，把化作麋鹿的主人咬得血肉模糊。

据说他遭受无数创伤而死，只有这样，身佩弓箭的狄安娜才能满意。

宙斯与伊俄

彼拉斯齐人是古希腊最初的居民。国王是伊那科斯。伊那科斯有一个非常美丽的女儿，名叫伊俄。

有一次，伊俄正在勒那草地上为他的父亲牧羊，奥林匹斯圣山的主宰宙斯一眼看见了她甜美的模样，心中燃起了火焰般的爱情。于是，他化身为凡人来到人间，用甜言蜜语引诱伊俄："哦，年轻美丽的姑娘，能够拥有你的人是多么幸福啊！可是，这世界上任何凡人都配不上你，你只适宜做万神之王的新妇。告诉你吧，我就是宙斯，你不用害怕！中午的太阳酷热难挡，跟我到左边的树荫下去休息吧，你为什么在正午的烈日下折磨自己呢？放心走进幽暗的树林吧，不用害怕，我是执着天国权杖的神，可以把闪电直接送到地面，我会保护你的。"

姑娘非常害怕，为了逃避宙斯的诱惑，飞快地奔跑起来。如果不是这位主神施展他的本领，使整个天地陷入一片黑暗，伊俄一定可以逃脱的。现在，她被包裹在云雾中，因为担心撞到岩石上或失足落水而放慢了脚步。正因为如此，伊俄落入宙斯的手中。

宙斯的妻子赫拉早已熟知丈夫的不忠。他无数次背弃妻子，而对凡人或半神的女儿动心。赫拉的猜疑与日俱增，她并不约束自己的愤怒和嫉妒，密切监视着丈夫在人间的一切寻欢作乐的行为。这时，她突然发现地上有个地方明明是晴天却突然间云雾迷蒙，看起来既不是从河川、山峦上升起，也不是由于别的自然的原因。赫拉顿时起了疑心，到处寻找她那不忠的丈夫。她寻遍了整个奥林匹斯圣山，依然找不到宙斯。“如果我没有弄错，”她恼怒地自言自语，“他一定在做伤害我感情的事！”于是，赫拉驾云降到地上，命令包裹着引诱者和他猎物的浓雾赶快散开。宙斯预先知道妻子来了，为了让心爱的姑娘逃脱妻子的报复，他把伊那科斯可爱的女儿变成了一头雪白的小母牛。

即使成了这副模样，美丽的伊俄仍然楚楚动人。赫拉立即识破了丈夫的诡计，假意称赞这美丽的动物，并询问这是谁家的小母牛。困窘的宙斯不得不撒谎说，这头母牛只不过是地上普通的生物。赫拉假装很满意他的回答，但要求丈夫把这个美丽的动物作为礼物送给自己。现在，受到欺骗的欺骗者该怎么办呢？他左右为难：假如答应赫拉的要求，他就将失去可爱的姑娘；假如拒绝她的要求，势必引起她的猜疑和嫉妒，那么这位不幸的姑娘就一定会遭到恶毒的报复。想来想去，宙斯决定暂时放弃姑娘，把这光艳照人的小母牛赠给妻子。赫拉装作心满意足的样子，用一条带子系在小母牛的脖子上，然后得意扬扬地牵着这位遭劫的姑娘走了。

女神虽说骗了宙斯，心里却仍然不放心。她知道要是找不到一个安置她情敌的妥善的地方，她的心里就会不得安宁。于是，她找到阿利斯多的儿子伊耳戈斯。这个怪物好像特别适合看守的差使，他有一百只眼睛，每次睡眠时只闭上一双眼睛，其余的都睁着，如同星星一样发着光。

赫拉雇了伊耳戈斯看守可怜的伊俄，使得宙斯无法劫走他落难的情人。伊俄在伊耳戈斯一百只眼睛的严密看守下，漫长的白天里就在草地上吃草。伊耳戈斯始终站在她的附近，瞪着一百只眼睛，一刻不放松地盯着她，忠实地履行看守的任务。有时候，他也会转过身去，背对着伊俄，可这并不妨碍他看守姑娘，因为他的额前脑后都有眼睛，伊俄始终都在他的视线范围内。太阳下山时，他就用锁链锁住她的脖子，防止她趁着夜色逃脱。伊俄吃着苦草和树叶，睡在坚硬冰凉的地上，饮着污浊的池水，因为她是一头小母牛。伊俄常常忘记她已经不再是人类，她想伸出双手，乞求伊耳戈斯的怜悯和同情，却突然想起她已没有手臂了。她想以感人的语言向他哀求，但她一张口，只能发出哞哞的叫声，连自己听了都吓了一跳。伊耳戈斯不是总在一个固定的牧场看守她，因为赫拉吩咐他不断地变换伊俄的居处，使宙斯难以找到她。这样，伊俄的看守牵着她在各地放牧。

一天，伊俄发现来到了自己的故乡，来到了她孩提时常常玩耍嬉戏的河岸。这时，伊俄第一次从清澈的河水中看到了自己的面容。当水中出现一个有角的兽头时，她惊吓得连连后退，不敢再看下去。怀着对姐妹们和父亲伊那科斯的依恋之情，她来到他们身边，但他们都不认识她。伊那科斯抚摸着小母牛洁白的身体，又从小树上捋了一把树叶喂她。伊俄感激地舔舐着他的手，用泪水和亲吻爱抚着他的手。老人却一无所知，他不知道自己抚摸的是谁，也不知道刚才谁在向他感恩。

伊俄难过的心都碎了，她终于想出了一个拯救自己的办法。虽然她变成了一头小母牛，但她的思想依然是人的思想，依然充满着人的智慧。她开始用脚在地上划出一行字，这个举动引起了伊那科斯的注意，他很快从地面上的文字中知道站在面前的原来是自己的亲生女儿。“天哪，我真是一个不幸的人！”老人惊叫一声，伸出双臂，紧紧地抱住落难女儿的脖颈，“我走遍全国到处找你，想不到你竟然变成这个样子！唉，见到了你比不见你更悲哀！你为什么不说话呢？可怜的孩子，你不能对我说一句安慰的话，只能用一声牛叫回答我！我以前真傻呀，一心想给你挑选一个般配的夫婿，想着给你置办新娘的火把，筹办未来的婚事。现在，你却变成了一头牛……”伊那科斯的话还没有讲完，伊耳戈斯这个残暴的看守，就从伊那科斯的手里抢走了伊俄，牵着她走开了。伊耳戈斯牵着伊俄爬上一座高山，用他的一百只眼睛警惕地注视着四周。

宙斯不能忍受心爱的姑娘长期遭受折磨。他把儿子赫耳墨斯召到跟前，命令他运用计谋，诱使伊耳戈斯闭上所有的眼睛，救出伊俄。赫耳墨斯带上一根能催人昏睡的荆木棍，离开了父亲的宫殿，降落到人间。他丢下帽子和翅膀，只提着木棍，乔装成一个牧人。他呼唤一群野羊跟着他，来到草地上。在这儿，伊俄啃着嫩草，伊耳戈斯看守着她。赫耳墨斯抽出一支牧笛。牧笛古色古香，优雅别致，他吹起了乐曲，比人间任何牧人吹奏的都更美妙。伊耳戈斯很喜欢这迷人的笛音。他从高处坐着的石头上站起来，向下呼喊：“吹笛子的朋友，不管你是谁，我都热烈地欢迎你。请坐到我身旁的岩石上休息一会儿！别的地方的青草都没有这里的茂盛、鲜美，你的羊儿会喜欢的。瞧，这儿的树荫下多舒服！”赫耳墨斯说了声“谢谢”，便爬上山坡，坐在他身边。两个人攀谈起来，越说越投机，不知不觉天快黑了。伊耳戈斯打了几个哈欠，一百只眼睛睡意蒙眬。赫耳墨斯又吹起牧笛，试图把伊耳戈斯催入梦乡。可是，伊耳戈斯怕他的女主人动怒，不敢松懈自己的职责，尽管他的眼皮全都快支撑不住了，他还是拼命地同瞌睡做斗争，让一部分眼睛先睡，而让另一部分眼睛睁着，紧紧盯住小母牛，提防它乘机逃走。

伊耳戈斯虽然有一百只眼睛，但从来没有见过那种牧笛。他感到好奇，不断打听这支牧笛的来历。“我很愿意告诉你，”赫耳墨斯说，“如果你不嫌天色已晚，并且还有耐心听，我很乐意告诉你。从前，在阿卡迪亚的雪山上住着一位著名的山林女神，她名叫哈玛得律阿得斯，又名绪任克斯。那时，森林神和农神萨图恩都迷恋她的美貌，热烈地追求她，但她总是巧妙地摆脱他们的追逐，因为她害怕结婚。如同束着腰带的狩猎女神阿尔忒弥斯一样，她要始终保持独身，过处女生活。有一天，强大的山神潘在森林里漫游时，看到了这个女神，并走近她，凭着自己显赫的地位急切地向她求爱。绪任克斯拒绝了他，夺路而逃，她一直逃到拉同河边。河水缓缓地流着，可是河面很宽，她无法蹚过去。姑娘很焦急，只得哀求她的守护女神阿尔忒弥斯帮助她，在山神还没追来之前，帮她改变模样。这时，山神潘奔到她面前，他张开双臂，一把抱住站在河岸边的姑娘。使他吃惊的是，他发现抱住的不是美丽的姑娘，而是一根芦苇。山神忧郁地悲叹一声，声音经过芦苇管时变得又粗又响。这奇妙的声音总算使失望的神祇得到了安慰。‘好吧，变形的情人啊，’他在痛苦中无奈地说，‘即便如此，我们也要结合在一起，永不分开！’说完，他把芦苇切成长短不同的小秆，用蜡把芦苇秆接起来，并以姑娘哈玛得律阿得斯的名字命名他的芦笛。从此以后，我们就把这种牧笛叫作绪任克斯。”

赫耳墨斯一边讲故事，一边目不转睛地观察着伊耳戈斯。故事还没有讲完，伊耳戈斯的眼睛一只只地依次闭上了。最后，他的一百只眼睛全闭上了，沉沉地昏睡过去。赫耳墨斯停止吹奏牧笛，用他的神杖轻触伊耳戈斯的一百只神眼，使它们睡得更沉。然后，赫耳墨斯迅速地抽出藏在上衣口袋里的一把利剑，齐脖子砍下他的头颅。

伊俄终于获得了自由，但仍然保持着小母牛的模样，只是已除掉了颈上的绳索。她高兴地在草地上来回奔跑，享受无拘无束的欢乐。当然，下界发生的这一切事都逃不过赫拉的眼睛。她又想出了一种新的方法来折磨自己的情敌。碰巧她抓到一只牛虻，就让这只牛虻飞去叮咬可爱的小母牛。小母牛忍受不住，几乎发狂。她惊恐万分，被牛虻追逐着逃遍了世界各地。她逃到高加索，逃到斯库提亚，逃到亚马逊部落，逃到博斯普鲁斯海峡，逃到阿瑟夫海。她穿过海洋到了亚洲。最后，经过长途跋涉，绝望的伊俄来到了埃及。在尼罗河河岸上，伊俄疲惫万分，她前腿跪下，昂起头，仰望着奥林匹斯圣山，眼睛里流露出哀求的目光。

宙斯看到了她，被深深地打动了，生起无限怜悯之情。他即刻来到赫拉那里，拥抱她，请求她对可怜的姑娘施以悲悯。他说，她没有诱惑他，她是清白无辜的。他指着神祇立誓的斯提克斯河，即阴阳交界的冥河，向妻子发誓，以后他将放弃对姑娘的爱情，不再追求她了。就在这时，赫拉也听到小母牛朝着奥林匹斯圣山发出的哀鸣声。这位神祇之母终于心软了，允许宙斯恢复伊俄的原形。

宙斯急忙来到尼罗河边，伸手抚摸着小母牛的背。奇迹立刻出现了：小母牛身上蓬乱的牛毛消失了，牛角也缩了进去，牛眼变小，牛嘴变成小巧的人的双唇，肩膀和两只手出现了，牛蹄突然消失。小母牛身子消失了。伊俄从地上慢慢地站起来，重新恢复了楚楚动人的美丽形象，格外惹人怜爱。就在尼罗河的河岸上，伊俄为宙斯生下了一个儿子厄帕福斯。

当地人民十分爱戴这位神奇得救的女人，把她尊为女神。伊俄作为女君主统治了那地方很长时间。不过，她始终没有得到赫拉的彻底宽恕。赫拉唆使野蛮的库埃特人抢走了她年轻的儿子厄帕福斯。伊俄不得不再次到处漂泊，寻找她丢失的儿子。后来，宙斯用闪电劈死了库埃特人，她才在埃塞俄比亚的边境找到了儿子。

她带着儿子一起回到埃及，让儿子辅佐她治理国家。厄帕福斯长大后娶门菲斯为妻，生下女儿利比亚，利比亚地方就以她而得名。厄帕福斯和他的母亲在埃及受到人们的尊敬和爱戴。在他们死后，为纪念他们，埃及人为他们建立庙宇，把他们当作神来崇拜，她是伊西斯神，他是阿庇斯神。

宙斯与欧罗巴

腓尼基王国的首府泰尔和西顿是个富饶的地方。国王阿革诺耳的女儿欧罗巴是个温柔美丽的姑娘，一直深居在父亲的宫殿里。一天夜里，她做了一个奇怪的梦。梦见世界的两大部分亚细亚和对面的大陆变成两个女人的模样，在激烈地争斗，都想要占有她。亚细亚长得完全跟当地人一样，而另一个女人有着陌生的面孔。

亚细亚十分激动，她温柔而又热情地要求得到她，说自己是养育她的母亲；陌生的女人却像抢劫一样强行抓住她的胳膊，试图将她拉走。“跟我走吧，亲爱的，”陌生女人对她说，“跟我去见宙斯！因为命运女神指定你做他的情人。”

欧罗巴醒来，心慌乱地跳个不停，脸都红了。她从床上坐起来，夜里的梦还清晰地浮现在眼前，跟白天的真事一样分明。她呆呆地坐了很久，一动也不动。“究竟是天上的哪一位神，”她琢磨着，“给我这样一个梦呢？梦中的那个陌生的女人是谁？我是多么渴望能够再次见到她啊！她待我是多么慈爱，即使动手抢我时，还温柔地冲我微笑着！但愿神祇让我再次返回梦境中去！”

清晨明亮的阳光抹去了夜间梦境留给姑娘的阴影。一会儿，和她年岁相仿的姑娘们跑来找她游戏玩耍，她们都是贵族的女儿。她们陪着欧罗巴散步，并把她引到海边的草地上，这是姑娘们时常聚会的地方，鲜花遍地，清风吹拂。姑娘们穿着漂亮的衣裙，上面绣着美丽的花卉。欧罗巴穿了一件长襟裙衣，衣服上用金丝银线织出了许多神祇生活的景致，据说这件价值不菲的衣服是火神赫淮斯托斯的杰作。善于呼风唤雨、常常引起地震的海神波塞冬曾把这件衣服送给利比亚，那时他们正在热恋之中。后来，这件衣服成了传家宝，传到利比亚的儿子阿革诺耳手上。

欧罗巴穿着这件精美的裙装，越发显得楚楚动人。她跑在同伴的前头，奔到海边的草地上。草地上鲜花怒放，格外芬芳。姑娘们欢笑着跑开，去采摘自己喜欢的花朵，她们有的摘风信子，有的寻紫罗兰，有的找百里香，还有的喜欢黄颜色的藏红花。欧罗巴也很快发现了她要找的花。她站在几位姑娘中间，双手高高地举着一束火焰般的红玫瑰，看上去特别像一尊爱情女神。姑娘们采集了各种鲜花，然后围在一起，坐在草地上，编织花环。为了感谢草地仙子，她们把花环挂在翠绿的树枝上献给她。

宙斯被年轻的欧罗巴的美貌深深地吸引了，可是，他害怕嫉妒成性的妻子赫拉发怒，又怕以自己的本来形象出现，难以诱惑这纯洁的姑娘，于是想出了一条诡计，变成了一头公牛。那是怎样的一头公牛啊！它不是普普通通、背着轭具、拉着沉重大车的公牛，而是一头膘肥体壮、高贵而华丽的公牛。牛角玲珑剔透，犹如精雕细刻的艺术品，晶莹闪亮，像珍贵的钻石。额前闪烁着一块新月形的银色胎记。金黄色的毛皮，一双蓝色的明亮眼睛燃烧着情欲，流露出浓浓的深情。

当然，宙斯在变形前，曾经把赫耳墨斯叫到跟前，吩咐他做一件事。“快过来，我的孩子，我的命令的忠实执行者。”他说，“你看到腓尼基王国了吗？你下去把在山坡上吃草的国王的牲口统统赶到海边去。”赫耳墨斯立即飞到西顿的牧场，把国王的牲畜从山上一直赶到草地，赶到阿革诺耳的女儿欧罗巴采集鲜花、编织花环的地方。赫耳墨斯不知道的是，他的父亲宙斯已经变成公牛，混在牛群中。

牛群在草地上慢慢散开，只有神祇化身的大公牛来到山坡的草地上，欧罗巴和一群姑娘正坐在这里嬉戏。公牛骄傲地穿过肥沃的草地，可它并不咄咄逼人，也不叫人感到害怕，看上去很是温驯可爱。欧罗巴和姑娘们注意到这头公牛，都夸赞公牛那高贵的气质和雍容的姿态。她们兴致勃勃地走近公牛，看着它，还伸出手去抚摸它油光闪闪的牛背。公牛似乎很通人性，它越来越靠近姑娘，最后，它依偎在欧罗巴的身旁。欧罗巴吓了一跳，不禁往后倒退了几步。当她看到公牛只是驯服地站在那里，就又壮着胆子走上前来，把手里的花束送到公牛的嘴边。公牛撒娇地舔舐着鲜花和姑娘的手。姑娘用手拭去公牛嘴上的白沫，温柔地抚摸着牛身。她越来越喜欢这头漂亮的公牛，最后壮着胆子在公牛的前额上轻轻地吻了一下。公牛发出一声欢叫，这叫声不像普通的牛叫，听起来如同吕底亚人的牧笛声，在山谷中回荡。公牛温驯地躺倒在姑娘的脚旁，无限爱恋地瞅着她，摇着头向她示意，请她爬上自己宽阔的背。

欧罗巴非常高兴，呼唤她的女伴们。“你们快过来，我们可以坐在这美丽的公牛的背上。我想牛背上坐得下四个人。这头公牛又温驯又友好，一点也不像别的公牛。我想它大概有灵性，像人一样，只不过不会说话！”她一边说，一边从女伴们的手上接过花环，挂在牛角上，然后壮着胆子骑上牛背，她的女伴们仍然犹豫着不敢骑。

公牛达到目的，便从地上一跃而起，貌似轻松缓慢地走着，但仍使欧罗巴的女伴们赶不上。当它走出草地，一片光裸的沙滩展现在面前，公牛忽然加快了速度，像奔马一样向前跑去。欧罗巴还没有来得及明白发生了什么事，公牛已经纵身跳进了大海，高兴地背着他的猎物游走了。姑娘害怕极了，右手紧紧地抓着牛角，左手抱着牛背，海风吹动着她的衣服，犹如张开的船帆。她非常恐惧，回过头张望着远方的故乡，大声呼喊女伴们，可风又把她的声音送了回来。海水在公牛身旁缓缓地流过，姑娘生怕弄湿衣衫，竭力提起双脚。公牛却像一艘海船一样，平稳地向大海的深处游去。不久海岸消失了，太阳沉入了水面。夜色朦胧中，惊恐不安的欧罗巴除了看到波浪和星星外，什么也看不到，她的心孤寂而苦涩。

公牛驮着姑娘一直往前，终于迎来了黎明，之后又在水中游了整整一天。周围永远是无边无际的海水，公牛十分灵巧地分开波浪，竟没有一点水珠溅到他那可爱的猎物身上。又一个傍晚来临，它们终于来到了远方的海岸，公牛登上陆地，来到一棵大树旁，让姑娘从背上轻轻滑下来，自己突然消失了。姑娘正在惊异，看到面前站着一个俊美如天神的男子。他告诉她，他是克里特岛的主人，如果姑娘愿意嫁给他，他可以保护姑娘。欧罗巴绝望之余，朝他伸出一只手去，表示答应他的要求。宙斯实现了自己的愿望，又像来时一样静悄悄地消失了。

一轮红日冉冉升起，欧罗巴从迷梦中渐渐醒来。她惊慌失措地望着四周，呼喊着父亲的名字。这时候，她想起了发生的事情，就哀伤地怨诉着："我是个卑劣的女儿，怎么可以呼喊父亲的名字？我不慎失身，必须忘掉一切！"她仔细地审视周围，反复地问着自己："我从哪儿来，到哪儿去？难道我真的醒着？难道这件羞人的事是真的？不，我肯定是无辜的，也许只是一场梦境在困扰我。"姑娘一边说着，一边用手揉了揉眼睛，好像是想驱除梦魇似的。可是，那些陌生的景物还在，不知名的山峦和树林包围着她，大海的波涛汹涌澎湃，冲击着悬崖峭壁，发出惊天动地的轰隆声。绝望中，姑娘愤恨不已，她高声地呼喊起来："天哪，要是那该死的公牛再出现在我的面前，我一定折断它的牛角，但这只能是我的愿望罢了！家乡远在天边，我除了死，还能有什么出路呢？天上的神祇，给我送上一头雄狮或猛虎吧！"

可是，猛兽并没有出现，欧罗巴看到的仍然只是一片陌生的景物，太阳从蔚蓝的天空露出容光焕发的笑脸。好像被复仇女神所驱使，欧罗巴突然跳了起来，“可怜的欧罗巴！”她大声地呼喊着，“如果你不想结束这种不名誉的生活，难道你不觉得父亲会咒骂你吗？你难道愿意给一位野兽的君王当侍妾，辛辛苦苦地受他奴役吗？你怎么能忘掉自己是一位高贵国王的公主？”

惨遭命运抛弃的姑娘痛恨万分，她想到了死，但一时间又没有死的勇气。突然，她听到背后传来一阵低低的嘲笑声。姑娘惊讶地回过头去，她看到女神阿佛洛狄忒站在面前，浑身闪耀着天神的夺目光彩。女神旁边是她的小儿子爱情天使，他弯弓搭箭，跃跃欲试。女神嘴角露出微笑，说道：“美丽的姑娘，赶快息怒吧！你所诅咒的公牛马上就来，它会把牛角送来给你让你折断。我就是给你托梦的那位女子。欧罗巴，你可以聊以自慰了吧！把你带走的是宙斯本人。你现在成了地面上的女神，你的名字将与世长存，从此，收容你的这块大陆，将按你的名字，被称作欧罗巴！”

欧罗巴恍然大悟，她默认了自己的命运，跟宙斯生了三个强大而睿智的儿子，他们是米诺斯、拉达曼提斯和萨耳珀冬。米诺斯和拉达曼提斯后来成为冥界判官。萨耳珀冬是一位大英雄，当了小亚细亚吕喀亚王国的国王。

太阳神与达芙妮

太阳神初恋的少女是河神珀纽斯的女儿达芙妮，他爱上她是由于触怒了小爱神丘比特。

原来阿波罗杀死了巨蛇皮同，兴高采烈之时，正好看见小爱神引弓拉弦，便嘲笑说："你这么小的孩子，玩弄大人的兵器做什么呢？你那张弓背在我的身上还差不多，只有像我这样的勇士才适合用它捕猎野兽，射伤敌人。就在刚才，我还射出了无数支箭，射死了这条巨大的蟒蛇。你实在应该满足于用你的火把点燃爱情的秘密火焰，而不应该夺走我应得的荣誉。"

维纳斯的儿子回答道："阿波罗，你的箭什么东西都能够射中，我的箭却能把你射中。众生不能和天神相比，所以你的荣耀根本不能和我的相比。"说着，他抖动翅膀，飞上天空，不一会儿便落在帕耳那索斯蓊郁的山峰上。他取出两支箭，正是传说中那两支作用正好相反的箭，金箭头的可以点燃爱情的火焰，铅铸的秃头的可以驱散爱情的火焰。小爱神把铅头箭射在达芙妮身上，金箭头的一支向阿波罗射去，一直射进了他的骨髓。阿波罗立刻感到炽热的爱情在心里燃烧，而达芙妮一听到"爱情"这两个字，立刻逃之夭夭。她跑到树林深处，径自捕猎野兽，和狄安娜竞争比美去了。

达芙妮用一根带子束住散乱的头发，越发美丽动人。很多年轻的小伙子都来追求她，但是，凡来求婚的人，她都厌恶；她不愿受拘束，不想男子，一味在人迹罕至的树林中徘徊，也不想知道爱情、婚姻究竟是什么。她的父亲常对她说："女儿，你欠我一个女婿呢！"他又常说："女儿，你还欠我许多外孙呢！"可是，她讨厌结婚的火炬，不但提不起兴趣，而且好像这是犯罪的事。她美丽的脸蛋羞得像玫瑰那么红，她用两只臂膊亲昵地搂着父亲的脖子说："最亲爱的父亲，请答应我，许我终身不嫁。狄安娜的父亲都答应她了呢。”疼爱女儿的父亲也就不得不让步了。

但是达芙妮啊，她的美貌使她不能达成自己的愿望，她的美貌妨碍了她的心愿。日神一见达芙妮就爱上了她，一心想和她成为恋人，他心里这样想，立刻就打算这样做。尽管阿波罗有着未卜先知的本领，这回却无济于事。浓烈的爱意就像收割后的田地里风干的麦秸，一燃就着，又像夜行人在破晓时，无心中把火把抛到路边，点燃了某一家的篱笆。日神也同样被火焰烧灼着，心急如焚，徒然用希望来添旺爱情的火。他望着她披散在肩头的长发，说道：“把它梳起来，不知要怎样呢？”他望着她的眼睛，像闪灿的明星；他望着她的嘴唇，光看看是不能令人满足的。他赞叹着她的手指、手腕和袒露到肩的臂膊。看不见的，他觉得更可爱。

她看见他，却比风跑得都快，她在前面不停地跑，他在后面边追边喊：“可爱的姑娘，珀纽斯的女儿，停一停！我追你，可不是你的敌人。停下来吧！你这种跑法就像看见了狼的羔羊，看见了狮子的小鹿，看见了老鹰的鸽子，但我追你是为了爱情，因为我爱你！可怜的我！ 我真怕你跌倒了，让荆棘刺伤了你不该受伤的腿。我怕因为我而害你受苦，你看这条路高低不平，我求你跑慢一点，不要跑了，停下来吧，看看是谁在追你。我不是什么山里人，也不是什么牧羊人。固执的姑娘，你不知道你躲避的是谁，因此你才逃跑。我统治着德尔斐、克斯洛斯、忒涅多斯、帕塔拉等国土，它们都奉我为主。我的父亲是朱庇特。我能揭示未来、过去和现在；通过我，丝弦和歌声才能协调。我箭无虚发，但是啊，有一支箭比我的射得还准，射伤了我自由自在的心。医术是我所发明，全世界的人称我为‘救星’，我懂得百草的功效。

然而不幸的是，什么药草都医不好爱情，能够医治万人的医道却治不好掌握医道的人。”

他还想说下去，但姑娘跑得更快，他的话还没有说完，她已不见。即使是逃跑的时候，她也非常美丽。迎面的风使她四肢袒露，衣服在风中飘荡，头发被风吹起，飘在后面真有一种动人的美。年轻的太阳神不愿多浪费时间净说些甜言蜜语，爱情推动着他加紧追赶，就像一只高卢的猎犬在旷野中瞥见一只野兔，飞速追赶，而野兔慌忙逃命；猎犬眼看就要咬着野兔，以为已经把它捉住，伸长了鼻子紧追着野兔的足迹；而野兔也不晓得自己究竟是否已被捉住，还是已经逃生，张牙舞爪的猎犬已落在后面了。

天神和姑娘正是如此，一个由于希望，一个由于惊慌而奔跑。但他跑得快些，好像爱情给了他一双翅膀，追得她没有喘息的机会。眼看太阳神就追到她身后，他的气息几乎就萦绕在她飘动的发间。她已经筋疲力尽，面色苍白，在这样一阵飞跑之后累得发晕。她望着附近珀纽斯的河水喊道：“父亲，你若听见我的声音，救救我吧！我的美貌太吸引人了，改变它吧，让它消失吧！”她的心愿还没说完，忽然间感觉两腿麻木而沉重，柔软的胸部箍上了一层薄薄的树皮。头发变成了树叶，两臂变成了枝干。一双美丽的脚不久以前还在飞跑，如今变成了不能动弹的树根，牢牢植入泥土，留下来的只有她动人的风姿了。

即便如此，太阳神依旧爱她，他用手抚摩着树干，觉得她的心还在新生的树皮下跳动。他抱住树枝，像抱着一个人那样，深情地亲吻着树干。尽管姑娘已经变成了一棵树，这棵树依然向后退缩不让他亲吻。太阳神说道：“既然你已经不能做我的爱人，你至少得做我的树。月桂树啊，我的头发上、竖琴上、箭囊上永远要永远缠绕着你的枝叶。我要让罗马大将在凯旋的欢呼声中，在庆祝的队伍走上朱庇特神庙之时，头上戴着你的环冠。我要让你站在奥古斯都宫门前，做一名忠诚的警卫，守卫着门当中悬挂的橡叶荣冠。我的头是常青不老的，我的头发也永不剪剃，同样，愿你的枝叶也永远享受光荣吧！”他结束了他的赞歌。月桂树新生的枝干摆动着，树梢像是在点头默认。

阿尔忒弥斯与恩底弥翁

恩底弥翁是位风度翩翩的牧羊人，他住在一座幽静明媚的山谷中，每天在小亚细亚的拉塔莫斯山牧羊，过着无忧无虑的日子。当羊群在四周茂盛的草地上逍遥自在地吃草时，他就在草地上沉睡，丝毫不受世间悲伤与忧虑的打扰。

一个皓月当空的夜晚，当阿尔忒弥斯驾着马车穿越天空时，无意中看到这位俊美的青年正在下面静谧的山谷中熟睡。她柔情缱绻，对他充满爱慕之情，并从月亮马车中滑翔而下，匆忙而深情地偷吻了一下他的脸。当熟睡中的恩底弥翁睁开双眼看到女神的时候，也有点神魂颠倒。但眼前的一切很快消失，以致他误认为这是一场梦幻。每天夜间，阿尔忒弥斯都从空中飘下偷吻熟睡中的牧羊人，她沉浸在美好的感情中，深深陶醉。

然而女神偶尔的一次失职引起了主神宙斯的注意。众神之父决定永远清除人间对女神的诱惑。他将恩底弥翁召到身边，令他做出选择——任何形式的死亡，或者在永远的梦幻中青春永驻。

牧羊人选择了后者。他仍睡在拉塔莫斯山上。每个夜晚，月亮女神怀着悲哀的心情看望他，偷吻他的脸庞。

厄科与那耳喀索斯

那耳喀索斯已经十六岁，很快就要长成一个青年了。他风度翩翩，许多小伙子和姑娘都爱慕他，但他非常傲慢执拗，任何小伙子或姑娘都不能打动他的心。

一次他正在追鹿入网，有一个爱说话的名叫厄科的女仙，看见了他。厄科的脾气是别人说话的时候她也一定要说，别人不说，她绝不先开口。

厄科这时候还具备人形，还不仅仅是一道回声。她虽然爱说话，但她说话的方式和现在也没有什么不同——无非是听了别人一席话，她来重复后面几个字而已。

这是赫拉干的。有一次，宙斯来到树林里和神女们游玩，被天后赫拉发现了，立刻到树林里来寻找。厄科知道赫拉的意图，故意缠住赫拉说个没完，神女们因此赢得了时间，一个个从宙斯身边跑掉了。赫拉得知实情后非常生气，便对厄科说："因为你的舌头欺骗了我，你将永远失去讲话的权利，但我为你留下一种本领，就是跟在别人后面，不断地重复别人说过的最后几个字。"从此，厄科纵然有千言万语也只能张口结舌，一句完整的话都说不出来了。不过，她听了别人的话后还是能重复最后几个字，把听到的话照样奉还。

当厄科看见那耳喀索斯在田野里徘徊，爱情的火焰不觉在心中燃起，她偷偷地跟在他后面。越是跟着他，越离他近，她心中的火焰便烧得愈炽热，就像涂抹了易燃的硫黄的火把一样，一靠近火便燃着了。她这时真想接近他，向他倾诉深情的言语。可她天生不会先开口，本性给了她一种限制。但是在天性允许的范围内，她是准备等他先说话，然后再用自己的话回答的。

也是机会凑巧，这位青年和他的猎友走散了，因此他喊道："这里有没有人？"厄科回答说："有人！"他吃了一惊，环顾四周，又大声喊道："来呀！"她也喊道："来呀！"他向后面看看，看不见有人来，又喊道："你为什么躲着我？"他听到那边也用同样的话回答。他停住了脚步，因为回答的声音使他迷惑不解。他又喊道："到这儿来，我们见面吧。"没有比这句话更让厄科高兴的了，她也喊道："我们见面吧。"为了言行一致，她从树林中走出来，想去拥抱她千思万想的人。然而他飞也似的逃跑了，一面跑一面说："不要用手拥抱我！我宁可死，也不愿让你占有我。"失落的她瞬间只回答了一句："你占有我！"

她遭到拒绝后，就躲进树林，把羞愧的脸藏在绿叶丛中，从此独自生活在山洞里，不再与任何人接触。她的情丝未断，尽管遭到拒绝，心里悲伤，情意反而更深厚了。她每夜辗转不寐，以至形容消瘦，皮肉枯槁，皱纹累累，丰润的姿容逐渐消失，只剩下声音和骨骼，最后只剩下了声音，据说她的骨头化作了顽石。她藏身于林木之中，山坡上再也看不见她的踪影，但是，人人得闻其声，因为她整个人只剩下了声音。

那耳喀索斯就这样以儿戏的态度拒绝了厄科，他还以同样的态度对待水上或山边的其他仙女，也曾这样对待男同伴。最后，有一个受他侮慢的青年，举手向天祷告说："我愿他只爱自己，永远享受不到他所爱的东西！”涅墨西斯（义愤报应女神）听见了他这合情合理的祷告。

附近有一片澄澈的池塘，池水晶莹，像白银一般，牧羊人或山边吃草的羊群牛群从来不到这里来。水平如镜，从来没有鸟兽落叶把它弄皱。池边长满青草，受到池水的滋润。池边也长了一片丛林，遮住烈日。那耳喀索斯打猎疲倦了或天气太热了，总到这里来休息，他爱这地方的幽美，爱这一池清水。

正当他俯首饮水解除口渴的时候，心里又滋长出另一种欲望。他在水里看见一个美男子的形象，立刻对他产生爱慕之情。他爱上了这个无体的空形，把一个影子当作了实体。他望着自己赞羡不已。他就这样目不转睛、分毫不动地凝视着影子，就像用帕洛斯的大理石雕刻的人像一样。他伏在地上，注视着影子的眼睛，就像是照耀的双星；影子的头发配得上和酒神、日神媲美；影子的两颊是那样光泽，颈项像是象牙制成的，脸面更是光彩夺目，雪白之中透出红晕。总之，他自己的一切值得赞赏的特点，他都赞赏。不知不觉之中，他对自己发生了向往；他赞不绝口，实际上他所赞美的正是他自己；他一面追求，同时又被追求，他燃起爱情，又被爱情焚烧。不知多少次他想去吻池中幻影，多少次他伸手到水里想去拥抱他所见的人儿，但他想要拥抱自己的企图没有成功。

他不知道他所看见的东西究竟是什么，却如饥似渴地追求着。水中幻象实际上在愚弄他，他却被它迷惑住。愚蠢的青年，一个稍纵即逝的幻象，你也想去捕获吗？你所追求的东西并不存在，你只需离开此地，你热爱的对象就消失了。你所见到的只是形体的映影，它本身不是什么实体。它随你而来，随你而止，随你而去——只要你肯去。

他饭不吃，觉不睡，一直待在池边，伏在绿草地上，一双眼睛死盯住池中的假象，看也看不够，而丧生之祸也正是这双眼睛惹出来的。他略略坐起，两手伸向周围的树木喊道：“树林啊，有谁曾像我这样苦恋过呢？你见过许多情侣到你林中来过，你应当知道。你活了几百岁，在过去漫长的岁月里，你可记得有人像我这样痛苦吗？我爱一个人，我也看得见他，却得不到。爱这件东西真是令人迷惘。我最感难受的是我们之间既非远隔重洋，又非路途险阻，既无山岭又无紧闭的城关。我们之间只隔着薄薄一层池水。他本人也想我去拥抱他，因为每当我把嘴伸向澄澈的池水，他也抬起头想把口向我伸来。我以为我必然会接触到他，因为我们真是心心相印，当中几乎没有隔阂。不管你是谁，请你出来吧！独一无二的青年，你为什么躲避我？当我几乎摸着你的时候，你逃到什么地方去了呢？ 我想，我的相貌、我的年龄，不致使你退避吧！很多仙子还爱过我呢。你对我的态度很友好，使我抱有希望，因为只要我一向你伸手，你也向我伸手，我笑，你也向我笑，我哭的时候，我也看见你眼中流泪。我向你点头，你也点头回答，我看见你那美好的嘴唇时启时闭，我猜想你是在和我答话，虽然我听不见你说什么。啊，原来他就是我呀！我明白了，原来他就是我的影子。我爱的是我自己，我自己引起爱情，自己折磨自己。我该怎么办呢？我是站在主动方面呢，还是被动方面呢？但我又何必主动求爱？我追求的东西，我已有了，可越有越感缺乏。我若能和我自己的躯体分开多好啊！这话说起来很不像情人应该说的话，我却真愿我所爱的不在眼前。我现在痛苦得都没有力气了，我活不长久了，正在青春年少，眼看就要绝命。死不足惧，死后就没有烦恼了。我愿我爱的人多活些日子，但是，我们两人原是同心同意，必然会同死的。”

他说完这番话之后，悲痛万分，又回首望着影子。眼泪击破了池水的平静，在波纹中影子又变得模糊了。他看见影子消逝，喊道：“你跑到什么地方去呢？你这狠心的人，我求你不要走，不要离开爱你的人。我虽然摸你不着，至少让我能看得见你，使我不幸的爱情有所寄托。”他一面悲伤，一面把长袍的上端扯开，用苍白的手捶自己的胸膛，胸膛上微微泛出一层红色，就像苹果有时候半白半红那样，又像没有成熟的累累葡萄透出的浅紫颜色。一会儿池水平息，他看见了泛红的胸膛，再也不能忍受下去了。就像黄蜡在温火前熔化那样，又像银霜在暖日下消逝那样，他受不了爱情火焰的折磨，生命慢慢地要耗尽了。白中透红的颜色褪落了，精力消损了，怡人心目的风采也消失殆尽，甚至连厄科所热恋的躯体也都保存不多了。

厄科看见他这副模样，虽然心里还没有忘记前恨，但是很怜惜他。每当这可怜的青年叹息说：“唉！”她也回答说：“唉！”当他捶打胸膛的时候，她也发出同样痛苦的声音。他望着熟识的池水，说出最后一句话：“唉，青年，我的爱情落空了！”他的话又在这地方引起了回声。他说声“再见”，厄科也说“再见”。

他把疲倦的头沉在青草地上，死亡把欣赏过自己主人风姿的眼睛合上了。他到了地府后，还是不住地在斯提克斯河水中照看自己的影子。他的姐妹们——奈阿斯——捶胸哀恸，剃掉头发，为她们的兄弟悲哀。厄科重复着她们的哭声。她们替他准备好火葬的柴堆、劈好的火把和灵床，却到处找不到他的尸体，只找到了一朵花，花心是黄的，周围有白色的花瓣，这就是水仙。这类花生长在池塘或溪旁时，总是低下头看着水里自己的影子。

维纳斯和阿多尼斯

阿多尼斯是罪恶之子，是塞浦路斯王喀倪剌斯与自己的女儿密拉的私生子。密拉因绝世的美貌而受到维纳斯的诅咒，爱上了自己的父亲。她趁夜与父亲幽会，当父亲得知情人竟是自己的女儿时，愤怒让他想杀死密拉。但密拉已怀有身孕，她发疯一样逃走了，最后被神化为一棵没药树，阿多尼斯便在树中孕育。

这个乱伦而怀孕的胎儿在树身内日渐成长，就想找条出路，脱离母体。树身的中部膨胀了，母亲觉得腹中沉重不堪，她感到产前的阵痛，却喊不出声音来，无法呼唤路喀那（即埃勒提亚）来帮她分娩。它看去像个挣扎着的产妇，弯着树身，时常发出呻吟，眼泪下落，树身尽湿。

慈祥的路喀那站在呻吟的枝丫旁，用手抚摩着它，口念助产的咒语。不久，树爆开了，生下了一个呱呱叫的男孩。林中的女仙们放他睡在柔软的草地上，用他母亲的眼泪当油膏，敷在他身上。甚至嫉妒女神也不得不称赞他的美，这个美与罪恶相伴而生的婴儿。

光阴如流水，不知不觉就飞逝了，任何东西，随它多快，也快不过岁月。这个以姐姐为母亲、以外祖父为父亲的孩子，好像不久前还怀在树身里，好像才出世不久，一转眼，可爱的婴孩早已变成了少年，竟已成人，比以前出脱得更俊美了，甚至连维纳斯看见了也对他产生爱情，这无疑是替母亲报了仇。

原来维纳斯的儿子背着弓箭，正在吻他母亲，无意中他的箭头在母亲的胸上划了一道。女神受伤，就把孩子推到一边，但伤痕比她想象的要深，最初她自己也不觉得。见到这位凡世的美少年后，她便如着迷一样，心中早没有了库忒拉岛、大海围绕的帕福斯、渔港克尼多斯、矿产丰富的阿玛托斯，她甚至远避天堂，情愿和阿多尼斯在一起，厮守着他，形影不离。

虽然平常她最爱在树荫底下休息，保养自己的容貌，增进自己的风采，现在她却翻山越岭，穿林木，披荆棘，把衣服拦腰束起，露出双膝，成了狄安娜的打扮。她也吆喝猎犬，追逐那没有危险的野兽，例如飞跑的野兔、长角的麋鹿，至于什么凶猛的野猪、贪心的豺狼，她却躲开，至于那些张牙舞爪的熊、满身牛血的狮子，她更是远远避开了。

她还警告过阿多尼斯，在这种野兽面前不可以太大胆。她说："在胆小的野兽面前，要显得勇敢，但在胆大的野兽面前逞强是很危险的。我的孩子，不要为我而去鲁莽冒险，也不要去招惹那些天生有武装的野兽，否则你得到荣誉，我却会付出很大的代价。青春、美貌、任何可以感动我维纳斯的那些东西，是绝不会使狮子、浑身是刺的野猪或凶恶的野兽的耳目心窍有所感动的。野猪露着弯弯的尖牙，它若冲来，真有雷电的力量；黄毛狮子如果发怒，更是势不可当。这一切，我都怕，我又都恨。"他问她缘故，她回答道："我来告诉你吧，你听了一定会惊奇，这件事发生在很久以前，它的结果很是惊人。因为我向来不打猎，现在着实疲倦了，看，那边正好有一棵杨树，树下一片阴凉，正在等我们去，那里又有草地可以做榻。我很想和你在草地上休息休息。”她说着就躺了下来，把头枕在他胸前，一面不时吻着他，一面说出下面的故事。

“你也许听说过有一个姑娘，在赛跑的时候，比男人都快。这并不是谣言，她确实曾把男人战败。你也很难判定是她跑得快更值得赞美，还是她的美貌更值得赞美。

“有一次，这位姑娘去求签问婚姻大事，神回答说：‘阿塔兰塔啊，男人会给你带来不幸，不要想嫁个男人。但你又逃不脱，你纵然活着，也和死了一样。’她接到神签，非常惶恐，就独身隐居在树林中，并且严词拒绝大批向她求婚的人。她说：‘你们是得不到我的，除非哪个比我跑得快。和我赛跑吧，胜过我的，我就做他同床共枕的妻子，如果落在后面，那么就得死。要比赛，就是这个条件。’她的条件固然残酷，但她的美貌又确实迷人，即使条件如此，还是有成群的冒失鬼前来求婚，要求试试运气。

“有一次，希波墨涅斯在座观看这不近情理的赛跑。他说：‘谁愿意为了娶妻而冒这么大的危险呢？’他责备那些青年过分热情。但是，等到自己看见阿塔兰塔的美貌和赤裸的身体——她美丽得简直和我或者和你一样，假如你是女子——他就呆住了，伸出手去喊道：‘请你们原谅，我不该责备你们，我方才不知道你们所追求的是这样的人物。’他一面赞扬，一面心里也发生了爱情，并且希望那些青年都输给她，又嫉妒又担心。

“他说道：‘我为什么不在这场比赛中试试运气呢？’有勇气的人必会得到天神帮助。希波墨涅斯正在心中盘算时，姑娘两脚如飞，在他面前跑过。他虽然佩服她跑得比箭还快，但更赞赏她的美。她在跑的时候，显得特别美。她齐到脚面的长袍迎着风向后飘荡，头发披在雪白的肩上，光彩夺目的腰带在膝盖前飘舞，洁白的少女身体上泛出红晕，和太阳透过紫红帘幕照在白玉大厅上的颜色一样。他正在注意观看这一切的时候，竞赛的人已经到了终点，阿塔兰塔已经戴上胜利者的花冠。那些输了的青年唉声叹气地如约受到惩罚。

“这些人的前车之鉴并没能阻挡希波墨涅斯，他站出人群，眼望着姑娘，说道：‘战胜这些笨手笨脚的青年又算什么光荣?和我比比吧！如果命运注定我胜，那么你败在我这样一个人手中也不算羞辱。我的父亲是翁刻斯托斯城的墨伽柔斯，他的祖父是海神涅普图努斯，因此我就是海上之王的曾孙。我的勇气也不亚于我的出身。假如我输了，那么你战败希波墨涅斯，必然会得到不朽的大名。’

“他说这话的时候，斯科纽斯的女儿眼睛望着他，面上露出柔情，不晓得是赢他好呢，还是让他赢了好。于是说道：‘不知哪位天神嫉妒美少年，要毁灭他，让他冒生命的危险来向我求婚。若叫我评判，我是不值这么大的代价的。我也并非被他的俊美仪表感动——虽然这的确足以感动我——而是我看他还不过是个孩子。他本人并没有使我动摇，是他那小小年纪使我动摇了。此外，他又如此勇敢，如此不怕死；据他说，他又是海神的第四代后裔，他又爱我，认为和我结婚即使命运不允许因而丧生也是值得——这些都是使我动摇的原因。外乡人，趁现在还不晚，赶快走吧，你要避免这桩流血的婚姻才是，和我结婚是有性命危险的。别家姑娘没有人会拒绝和你结婚的，很可能哪位有才智的姑娘会选中你。 但是已经有这么多人死在我手，又何必怜恤一个呢？他爱怎样便怎 样。他既然不以那些求婚者的死当作前车之鉴，既然不爱惜生命，那就让他死吧。但是，只因为他愿意和我一起生活，他就非死不可吗？就非让他受到不应得的处罚吗？我即使胜利，也会受人唾骂。但这过错也不在我。我衷心希望你放弃了吧，可你既然丧失理性到了这样的程度，但愿你比我跑得快。可怜的希波墨涅斯，你要是从没有见过我多好！你是应该生活的。但是如果我的命不这样苦，如果严厉的命运之神不禁止我结婚，你是我唯一愿意同床共榻的人。'姑娘说完，也没有人教导她，她第一次感觉到爱情的冲动。她也不知道是怎么回事，不知不觉中就坠入了情网。

"这时，大家和她的父亲都催促赶快照常举行比赛。海神的后裔希波墨涅斯就向我发出请求的呼声，他说道：'我求求库忒拉岛的女神来帮我完成这桩冒险的事业，完成她对我表示的爱情吧。'

"老实说，我很感动。情况紧迫，必须赶快去帮他。我这里有一片田野，本地人把它叫作塔玛索斯，是塞浦路斯岛上最肥沃的一块土地，古时候人们特意把它划出来献给我，用来供奉我的庙宇。田野上有一棵树，树叶是黄金的，果子也是灿烂的黄金，沉甸甸的压得树枝直响。

"我正从这里来，恰巧手里拿着三个刚摘下来的金苹果。我就单向他显相，别人都看不见，教他如何使用这苹果。这时号角吹出了信号，他们两个从起点像两支箭似的飞跑出去，脚就像不沾地一样。你简直难以相信，如果他们在海面上跑，脚都不会沾湿，在秋熟的麦田上跑，脚都碰不着麦穗。

"观众又是喊叫又是鼓掌，给希波墨涅斯喝彩，大声向他喊道：'希波墨涅斯，快跑啊，快跑啊，你一定会赢的。'究竟是墨伽柔斯的英雄儿子听了这些话更高兴，还是斯科纽斯的女儿听了更高兴，这倒很值得怀疑。当她本可以超过他的时候，她却屡次迟迟不前，用很长的时间望着他的脸，才无可奈何地超过他。这时他有些疲倦了，喉咙里又是喘气又觉得干燥，而终点还很远呢。

“他就把三个金苹果中的一个丢了出去。姑娘一见，显出喜爱的神情，很想拾起这灿烂的果子，就离开跑道，在地上拾起那还在滚转的金球。希波墨涅斯这回跑在她前面了，观众大声欢呼。她加快速度，弥补了耽搁和损失的时间，又把希波墨涅斯丢在后面了。

“第二个苹果又掷出来，她又停下，又追赶他，又把他超过。现在到竞赛的最后一段了。他说道：‘女神啊，你赏了我金苹果，现在来帮助我吧！’说罢，他用足气力把最后一个灿烂的金苹果向田野里斜掷出去，她若去拾，再回来，就会耽误很多时间。姑娘好像犹豫了一会儿，不能决定是去拾呢还是不拾。我就逼着她去捡起来，并且增加了果子的重量，因此既增加了她的负担，又使她拖延了时间。好了，不要让我的故事说得比赛跑的时间还长吧，姑娘落在了后面，胜利者把胜利品带了回去。

“阿多尼斯，难道我不应当受到感谢，不应当享受他的香烟供奉吗？但是，他忘恩负义，既不谢我，也不给我献祭。我当然愤怒，感到这是极大的侮辱，决定惩罚他们两个。

“有一次，他们两人正走过树林深处的一座庙宇，这座庙是古时候著名英雄厄喀翁为了还愿建造的，供奉的是众神之母库柏勒。他们走了半天路，需要休息。这时由于我的鼓动，希波墨涅斯忽然情欲大发。

“庙宇旁不远有一块像山洞似的凹进去的地方，上面有天生的海绵石遮盖，光线幽暗，自古以来就是个敬神的地方，里面有祭司们供着的许多木雕神像。他就进入这里，做出了不应做的事，玷污了圣地。那些圣像都把眼睛避开，头戴堡垒冠的众神之母几乎要把这对罪人投入地府的迷津，但又觉得这样的惩罚太便宜他们了。因此，她就在他们光润的颈项上盖上黄色的鬃毛，他们的手指变成了兽爪，手臂变成了兽腿，全身的重量大部分集中在胸部，他们的尾巴拖到地面的沙土上。

“他们的脸上带着怒气，一说话就发出吼叫的声音，他们的新婚洞房没有了，只能在草莽中徘徊。他们变成狮子之后，虽然可以恐吓别人，却只能老老实实地衔着环替库柏勒拉车。这种野兽，以及任何见人不避反而挺出胸膛和人厮斗的野兽，好孩子，为了我，你千万要躲避，不要去逞英雄，害了我们两人。”

她警诫他一番之后，驾起天鹅车，驰向天空去了。但是，青年阿多尼斯凭着自己有勇气，哪里把她的劝告放在心上？正巧他的一群猎犬追着了一头野猪，把它从巢里赶了出来，它正要从树林里蹿出去，他一枪投中了它的腰部。凶恶的野猪用嘴把血淋淋的标枪拔出，立刻来追赶阿多尼斯。这时他心慌了，拼命逃跑。野猪的长牙一下扎进了他的腰里，他就躺在黄沙地上，奄奄一息。

维纳斯驾着轻车，由飞翔的天鹅托着，正走在天空中央，还没到达塞浦路斯，远远就听见阿多尼斯垂死的叹息，立刻勒转天鹅，回头奔来。等在半空中看见他躺在血泊中已经死了，她立刻跳下车来，撕破衣裳，扯散头发，捶胸大恸。她一面埋怨命运女神，一面哭道：“我不能让你们什么都管。阿多尼斯，我一定永远用我的悲痛来纪念你，每年我一定让人们来纪念你的死，像我一样哀悼你。我一定要把你的鲜血变成一朵花。珀耳塞福涅，据说以前你曾得到允许，把一个女仙变成薄荷花，如此说来，我就不能把我的青年英雄变成一朵花吗？”说着，她便用芳香的仙露洒在他的鲜血上，鲜血沾着仙露，就像黄泥中的水泡一样膨胀起来。不消一点钟，地上就开出一朵血红的花，就像硬皮包着榴籽的石榴花那样红。但这花一开就谢，只要轻风一吹，脆弱的花朵就很容易落下。这花的名字就是风的名字。

阿瑞塞莎与阿耳法斯

阿瑞塞莎是位迷人的仙女猎人。每逢阿尔忒弥斯打猎时，她负责携带弓箭。她对工作专心致志，既不考虑赞美也不顾及爱情。一个炎热的夏日，她感到很热，正好找到一条凉爽的溪流，深感惬意。她跳入令人愉快的溪水中，开心地畅游。不一会儿，听到水泡声，她大吃一惊——那是河神阿耳法斯发出的闷雷声。

仙女向岸边游去，赤裸着身体跑开了，河神便化成凡人的样子在后面紧紧地追赶。他们一直向前飞奔，越过小山，跨过峡谷，翻越大山，掠过广阔的平原，直到西海的水域展现在眼前。精疲力竭的阿瑞塞莎哭叫着向她的保护神求救，阿尔忒弥斯迅速将一层云雾披在仙女的身上，但固执的阿耳法斯并未上当受骗。

一股冷汗从仙女的肢体上溢出，并且浑身上下淌着水珠，她变成了一眼泉水。河神认出了泉水就是仙女，他自己马上也变回了原来的模样，与仙女同流，享受她的陪伴。

阿尔忒弥斯只好劈开地面，仙女阿瑞塞莎便一直沉陷下去，穿过阴间，从希腊漂流到西西里岛，最后在锡拉库扎露面。结果河神忍受了阴间的黑暗，也变成了一条溪流出现在她面前。

他们交汇在一起，他终于得到了她的爱。

第三部　英雄传说

人类的世纪

神祇创造的第一纪人类乃是黄金的一代，那时候统治天国的是克洛诺斯。这代人生活得如同神祇一样，无忧无虑，没有繁重的劳动，也没有苦恼和贫困。大地给他们提供了各种各样的硕果，茂盛的草地上牛羊成群，他们平和地从事劳动，几乎不会衰老。当他们感到死期来临的时候，便沉入安详的长眠。当命运之神判定黄金的一代从地上消失时，他们都成为仁慈的保护神，在云雾中来来去去，施以善举，维护法律和正义，惩罚一切罪恶。

其后神祇创造了第二纪人类，这是白银时代。他们在外貌和精神上都与第一纪人类不同。孩子们在家中娇生惯养，受到母亲的溺爱和照料，他们百年都保持着童年，精神上不成熟。等到步入壮年时，他们的一生只剩下短短的几年了。放肆的行为使这一纪人类陷入苦难的深渊，因为他们不能节制感情，他们粗野傲慢，肆无忌惮地违法乱纪，并且不再给神祇献祭。宙斯十分恼怒，要把这个种族从地上消灭，因为他不能容忍人对神祇的不敬。当然，这个种族也不是一无是处，所以他们获得恩准，在终止生命后，可以作为魔鬼在地上漫游。

新一代的众神之主宙斯创造了第三纪人类，这是青铜时代。这一纪人与白银时代的人又完全不同。他们残忍而粗暴，只知道战争，总是互相厮杀。每个人都要千方百计地侮辱其他人。他们专吃动物的肉，不愿食用田野上的各种果实。他们顽固的意志如同金刚石一样坚硬，人也长得异常高大壮实。他们使用的是青铜武器，住的是青铜房屋，用青铜农具耕种田地，因为那时还没有铁。虽然他们长得高大可怕，却无法抗拒死亡。他们离开晴朗而光明的大地后，便降入阴森可怕的冥府之中。

当这青铜时代的人降入地府时，宙斯又创造了第四纪人类。这一纪人类应该住在肥沃的大地上，因为他们比以前的人类更高尚，更公正。他们是古代所称的“半神”的英雄们。可是，最后他们也陷入战争和仇杀之中，有的为了夺取俄狄浦斯国王的国土，倒在忒拜（底比斯）的七道城门前；有的为了美丽的海伦跨上战船，倒在特洛伊的田野上。当他们在战争和灾难中结束了在大地上的生存后，宙斯把他们送往极乐岛，让他们居住在那里。极乐岛在天边的大海里，风景优美。他们过着宁静而幸福的生活，富饶的大地每年三次给他们提供甜蜜的果实。

古代诗人赫西俄德说到人类世纪的传说时，慨叹道：“唉，如果我不生在现今人类的第五纪，如果我早一点去世或迟一点出生，那该多好啊！因为现在真是黑铁时代！人类彻底堕落，社会风气彻底败坏，充满着痛苦和罪孽；人们日日夜夜地忧虑和苦恼，不得安宁。神祇又不断地给他们增添新的烦恼，最大的烦恼却来源于自身。父亲反对儿子，儿子敌视父亲，客人憎恨款待他的主人，朋友之间也互相憎恨。人间充满着怨仇，即使兄弟之间也不像从前那样充满友爱。白发苍苍的父母得不到怜悯和尊敬，老人备受虐待。啊，无情的人类啊，你们怎么忘了神祇将要给予的判决，全然不顾年迈父母的养育之恩？处处都是强权者得势，欺诈者横行无忌，心里恶毒地盘算着如何去毁灭其他的城市和村庄。正直、善良和公正的人被践踏，作恶之人和硬心肠的渎神者却享受荣光。权利和克制不再受到敬重，恶人侮辱善人，他们说谎话，用诽谤和诋毁制造事端。实际上，这就是这些人如此不幸的原因。从前至善和尊严女神还常来人间，如今也悲哀地用白衣裹住美丽的身躯，离开了大地，回到永恒的神祇世界。”

这时候，留给人类的只是无边的绝望和痛苦，没有任何希望。

皮拉和丢卡利翁

在青铜世纪，世界的主宰宙斯不断地听到这代人的恶行，他决定扮作凡人降临到人间去，看看事实究竟怎样。当宙斯来到大地上，发现情况比传说中的还要严重得多。

一天夜里，他走进阿卡迪亚国王吕卡翁的大厅里，吕卡翁待客非常冷淡，他是个残暴成性的人。宙斯以神奇的先兆表明自己是个神，人们都跪下来向他顶礼膜拜，但吕卡翁不以为然，还嘲笑人们虔诚的祈祷。“让我们考证一下吧。”他说，“看看他到底是凡人还是神祇！”他暗自决定趁着来客熟睡的时候将来客杀死。吕卡翁悄悄地杀了一名人质，这是摩罗西亚人送来的可怜人。吕卡翁让人砍下他的四肢，扔在滚开的水里煮，其余部分放在火上烤，以此作为晚餐献给陌生的客人。这一切都逃不过宙斯的眼睛，他被激怒了，从餐桌上跳起来，将复仇的怒火投放在这个不仁不义的国王的宫院里。国王惊恐万分，想逃到宫外去。可是，他发出的第一声呼喊就变成了凄厉的号叫，他身上的皮肤变成粗糙多毛的皮，双臂支到地上，变成了两条前腿。没错，吕卡翁变成了一只嗜血成性的恶狼。

宙斯回到奥林匹斯圣山，他与诸神商议，决定根除这一代可耻的人。他决定用闪电惩罚整个大地，但又担心天国会被殃及，宇宙之轴会被烧毁。于是，他放弃了这种粗暴报复的念头，放下独眼巨人库克罗普斯，给他炼铸的雷电锤，向大地降下暴雨，让洪水灭绝人类。此时，除了南风，所有的风都被锁在埃俄罗斯的岩洞里。南风接受了命令，扇动着湿漉漉的翅膀直扑地面。南风可怕的脸黑得犹如锅底，胡须沉甸甸的，洪涛流自他的白发，雾霭遮盖着前额，大水从他的胸膛涌出。南风升在空中，用手紧紧地抓住浓云，狠狠地挤压。顿时，雷声隆隆，大雨如注，暴风雨摧毁了地里的庄稼。农民的希望破灭了，整整一年的辛劳都白费了。

宙斯的弟弟海神波塞冬也不甘寂寞，也赶来参加这场破坏，他把所有的河流都召集起来，说："你们应该掀起狂澜，吞没房屋，冲垮堤坝！"波塞冬亲自上阵，手执三叉戟，撞击大地，为洪水开路。河水汹涌澎湃，势不可当。泛滥的洪水涌上田野，犹如狂暴的野兽，冲倒大树、庙宇和房屋。水势不断上涨，不久便淹没了宫殿，连教堂的塔尖也卷入湍急的旋涡中。很快，水陆莫辨，整个大地陷入了一片汪洋。

人类面对滔滔洪水，拼命地寻找逃生的办法。有的爬上山顶，有的驾起木船，航行在早已被淹没的房顶上，船底扫过了葡萄架。鱼儿在枝蔓间挣扎，满山遍野逃遁的野猪被浪涛吞没，淹死。一群群人被洪水冲走，幸免于难的人后来也饿死在光秃秃的山顶上。

在福喀斯，有一座高山的两座山峰露出水面，这就是帕耳那索斯山。普罗米修斯的儿子丢卡利翁事先得到父亲的警告，造了一条大船。当洪水到来时，他和妻子皮拉驾船驶往帕耳那索斯。被创造的男人和女人再也没有比他们更善良、更虔诚的了。

宙斯俯视人间，看到千千万万的人中只剩下这对善良而信仰神祇的夫妻，他的怒火逐渐平息。他唤来北风，驱散了团团乌云和浓浓的雾霭，让天空重见光明。掌管海洋的波塞冬见状也放下三叉戟，驱使滚滚的海涛退去，海水驯服地退到高高的堤岸下，河水也回到了河床。树梢从深水中露了出来，树叶上沾满淤泥。群山重现，平原伸展，大地复原。

丢卡利翁看着四周，大地荒芜，一片泥泞，如同坟墓一样死寂，禁不住淌下了眼泪，对妻子皮拉说："亲爱的，我朝远处眺望，竟然看不到一个活着的人。我们两个人是大地上仅存的人类了，其他人都被洪水吞没了，可是，我们也很难生存下去。我看到的每一朵云彩都使我惊恐。即使一切危险都过去了，我们两个孤单的人在这荒凉的世界上，又能做什么呢？唉，要是我的父亲普罗米修斯教会我创造人类的本领，教会我把灵魂给予泥人的技术，那该多好啊！"皮拉听他说完，不禁痛哭起来，两个人的心中充满了悲伤，他们没了主意，只好来到法律和正义女神忒弥斯半荒废的圣坛前跪下，恳求说："公正的女神啊，请告诉我们，该如何创造已经灭亡了的人类种族，请帮助沉沦的世界重生吧！"

"从我的圣坛离开。"女神的声音回答，"戴上面纱，解开腰带，然后把你们母亲的骸骨扔到你们的身后去！"两个人听了这神秘的言语，十分惊讶。皮拉首先打破了沉默，说："高贵的女神，宽恕我吧。我踌躇着想要违背您的意愿，因为我不能扔掉母亲的遗骸，不想冒犯她的阴魂！”

丢卡利翁的心里豁然明朗，他顿时领悟了，于是好言抚慰妻子说：“亲爱的，你先不要着急。如果我的理解没有错，那么女神的命令并没有叫我们干不敬的事。大地是我们仁慈的母亲，石块一定是她的骸骨。皮拉，我们应该扔到身后去的其实是石头！”

对这样解释忒弥斯的神谕，两人心中还是十分忐忑，却又想不妨尝试一下。于是，他们转过身子，蒙住头，再松开衣带，然后按照女神的命令，把石块朝身后扔去。奇迹出现了：扔出去的石头不再坚硬，而是变得柔软，巨大，逐渐成形。人的模样开始显现出来，可还没有完全成形，好像艺术家刚从大理石雕琢出来的粗略轮廓。石头上湿润的泥土变成了一块块肌肉，结实坚硬的石头变成了骨骼，石块间的纹路变成了人的脉络。奇怪的是，丢卡利翁往后扔的石块都变成男人，而妻子皮拉扔的石头全变成了女人。

直到今天，人类并不否认他们的起源和来历，这是坚强、刻苦、勤劳的一代。人类永远记住了他们是由什么物质创造的。

法厄同

太阳神的宫殿是用华丽的圆柱支撑的，圆柱上镶嵌着闪亮的黄金和璀璨的宝石。飞檐是雪白的象牙雕成的，两扇银质的大门上是美丽的花纹和人像浮雕，记载着人间无数美好而又古老的传说。

一天，太阳神的儿子法厄同跨进宫殿来找他的父亲。他不敢走得太近，因为父亲身上环绕着一股炙人的热光，靠得太近他会受不了。

太阳神穿着紫色的长袍，坐在饰有耀眼的绿宝石的宝座上，在他的左右依次站着他的扈从：一边是日神、月神、年神、世纪神等，另一边是四季神。春神年轻娇艳，颈上饰以鲜花穿成的项链；夏神目光炯炯有神，披着金黄的麦穗衣裳；秋神仪态万千，手上捧着香甜诱人的葡萄；冬神寒气逼人，雪花般的白发显示出无限的智慧。生就一双慧眼的太阳神正襟危坐，突然看到惊奇于这天地间威武的儿子。

“你有什么事啊，我的孩子？”他亲切地问道。

“尊敬的父亲，”法厄同回答说，“我来找您是因为我心里难过，因为大地上有人嘲笑我，谩骂我的母亲克吕墨涅。他们说我自称是天国的子孙，其实根本就不是，还说我分明就是杂种，说我父亲是不知姓名的野男人。所以，我来请求父亲给我一些凭证，让我向全世界证明我的确是您的儿子。”

法厄同刚讲完话，太阳神立刻收敛围绕头颅的光环，吩咐年轻的儿子走近一些。他亲切地拥抱着儿子，说：“我的孩子，你的母亲克吕墨涅已将实情告诉了你。我想说的是，不管在什么地方，面对什么人，我永远也不会否认你是我的儿子。为了消除你的怀疑，你向我要求一份礼物吧，我指着冥河发誓，一定满足你的愿望！”

法厄同没有等父亲说完，立即接口道：“那么，请您首先满足我梦寐以求的愿望吧，让我有一天时间，独自驾驶你的那辆带翼的太阳车！别的我什么都不想要。”

太阳神立刻流露出后悔莫及的神色。他一连摇了几次头，最后忍不住大声说："我的孩子，如果我能够收回诺言，那该有多么好啊！你不知道，你的要求已经远远超出了你的力量。你还年轻，而且是人类！哪怕是一个神，也不敢像你一样提出如此狂妄的要求。因为除了我，他们中还没有一个人能够站在喷射火焰的车轴上。我的车必须行驶过陡峻的路，即使在早晨马匹精力充沛，拉车行路也很艰难。旅程的中点是在高高的天上。即使是我站在车上到达天之绝顶时，也感到头晕目眩。只要我俯视下面，看到辽阔的大地和无边无际的海洋，我就会吓得双腿发颤。过了中点以后，道路急转直下，需要牢牢地抓住缰绳，小心地驾驶。甚至在下面高兴地等待我的海洋女神也常常担心，怕我一不注意从天上掉入万丈海底。只要想一下，天在不断地旋转，我必须竭力保持与它平行逆转。因此，即使我同意，你又如何能驾驭它？我可爱的儿子，趁现在还来得及，放弃你的愿望吧，你完全可以从我焦虑的脸色体察到一个父亲沉重的心情。你可以重新提一个要求，从天地间的一切财富中挑选一样。我指着冥河起过誓，这一次，你要什么就能得到什么！"

可这位年轻人非常固执，不肯改变他的想法，而这位父亲已经立过神圣的誓言，怎么办呢？他不得不拉着儿子的手，朝太阳车走去。车轴、车辕和车轮都是金的，车轮上的辐条是银的，辔头上嵌着闪亮的宝石。法厄同对太阳车精美的工艺赞叹不已。

不知不觉中，天已破晓，东方露出了一抹朝霞，星星一颗颗隐没了，新月的弯角也消失在西方的天边。太阳神命令时光女神赶快套马。女神们从豪华的马槽旁把喷吐火焰的马匹牵了出来，马匹都喂饱了仙草，女神们有条不紊地给马套上漂亮的辔具。

太阳神用圣膏涂抹儿子的面颊，使他可以抵御熊熊燃烧的火焰，之后又把耀眼的金冠戴到儿子的头上，不断叹息着警告儿子说：“孩子，千万不要使用鞭子，但要紧紧地抓住缰绳。马会自己飞奔，你要做的仅仅是控制它们，使它们跑慢些。你不能过分地弯下腰去，否则，太阳车距离地面太近，熊熊烈焰会烧毁地面上的东西。可你也不能站得太高，当心把天空烧焦了。上去吧，黎明前的黑暗已经过去，抓住缰绳吧！或者——可爱的儿子，现在还来得及重新考虑一下，抛弃你的妄想，把车子交给我，让我来把光明带给大地，而你留在这里看着我，等我归来。”这个年轻人几乎没有听到父亲的话，就嗖的一声跳上车子，兴冲冲地抓住缰绳，朝着忧心忡忡的父亲点点头，表示感谢。

四匹生着双翼的马嘶鸣着，灼热的呼吸在空中喷出火花。马蹄踩动，法厄同驾着马车即将起程。外祖母忒提斯走上前来，她并不知道外孙的命运，亲自为他打开了两扇大门。广阔的天地展现在眼前，马匹跨出大门飞速向前，瞬间冲破了拂晓的雾霭。

马匹似乎知道了今天驾驭它们的是另外一个人，因为套在颈间的辔具比平日里轻了许多。如同一艘载重过轻、在大海中摇荡的船只，太阳车在空中颠簸摇晃，像是一辆空车。后来马匹觉察到驾车人并不熟练，它们离开了平日的故道，任意地奔突起来。

法厄同颠上颠下，感到一阵战栗，紧张得失去了主张，不知道该朝哪一边拉缰绳，也找不到原来的道路，更没有办法控制撒野奔驰的马匹。他无意中朝下望了望，看见一望无际的大地展现在眼前，立刻吓得脸色发白，双膝也因恐惧而颤抖起来。他回过头去，看到自己已经走了很长一段路程，再望前面，根本看不到尽头。他手足无措，不知道怎么办才好，只是呆呆地看着远方，双手抓住缰绳，既不敢放松，也不敢过分拉紧。他想吆喝马匹，但不知道它们的名字。惊慌之余，他看到星辰散布于天空，奇异而又可怕的形状如同魔鬼，不禁倒抽一口冷气，不由自主地松掉了手中的缰绳。

马匹拉动太阳车越过了天空的最高点，开始往下滑行，它们早已离开了原有的道路，漫无边际地在空中乱跑，一会儿高，一会儿低，有时几乎触到高空的恒星，有时几乎坠落下去。它们驾着马车掠过云层，云彩被烧烤得直冒白烟。后来，马儿又漫不经心地乱走，差点撞在一座高山顶上。

大地受尽炙烤，因灼热而龟裂，水分全蒸发了。田里几乎冒出了火花，草原干枯，森林起火。大火蔓延到广阔的平原，庄稼烧毁殆尽，耕地成了一片沙漠，无数城市冒着浓烟，农村烧成灰烬，农民被烤得焦头烂额。山丘和树林烈焰腾腾，据说，黑人的皮肤就是那时被烤成黑色的。河川翻滚着热水，可怕地溯流而上，直到源头，都快干涸了。大海在急剧地凝缩，从前是湖泊的地方，现在成了干巴巴的沙砾。

法厄同看到世界各处都在冒火，热浪滚滚，自己也感到炎热难忍。他的每一次呼吸好像都是从滚热的大烟囱里冒出来似的，他感到脚下的车子好像一座燃烧的火炉。浓烟、热气把他包围住了，从地面上爆裂开来的灰石从四面八方朝他袭来。最后他支持不住了，马和车完全失去了控制。乱窜的烈焰烧着了他的头发。他一头扑倒，从豪华的太阳车上跌落下去。可怜的法厄同如同一团燃烧着的火球，在空中急急坠落。最后，他远离了他的家园，广阔的埃利达努斯河接受了他，埋葬了他的遗体。

太阳神目睹了这悲惨的情景，抱住头，陷入深深的悲哀中。

水泉女神那伊阿得斯同情这位遭难的年轻人，埋葬了他。可怜法厄同的尸体被烧得残缺不全。绝望的母亲克吕墨涅与她的女儿赫利阿得斯（又叫法厄同尼腾）抱头痛哭。她们一连哭了四个月，最后温柔的妹妹变成了白杨树，她的眼泪成了晶莹的琥珀。

卡德摩斯和忒拜城

卡德摩斯是腓尼基国王阿革诺耳的儿子，欧罗巴的哥哥。宙斯变为公牛带走欧罗巴后，国王阿革诺耳痛苦万分，他派卡德摩斯和其他的三个儿子福尼克斯、基立克斯和菲纽斯外出寻找，并告诉他们，找不到妹妹不准回来。

卡德摩斯出门以后东寻西找，始终打听不到妹妹欧罗巴的消息。他无可奈何，又不敢回归故乡，无奈之中就去请求太阳神福玻斯·阿波罗赐给神谕，告诉自己该在何处安身。阿波罗迅即回答说："你将在一片孤寂的牧场上遇到一头牛，这头牛还没有套上轭具，你跟着它一直往前走，当它躺在草地上休息的时候，你可以在那里建造一座城，命名为忒拜。"

卡德摩斯刚要离开阿波罗赐给他神谕的卡斯塔利亚圣泉，忽然看到前面绿色的草地上有一头母牛在啃草。他朝着太阳神祈祷，表示深深的感谢，随后跟着母牛走向远方。母牛领着卡德摩斯蹚过了凯菲索斯浅流，站在岸边不走了，抬起头哞哞直叫，又回过头来看着跟在后面的卡德摩斯和他的随从，然后满意地躺在草地里。

卡德摩斯怀着感激之情跪在地上，亲吻着这块陌生的土地。后来，他想给宙斯献上一份祭品，于是派出仆人，吩咐他们到活水水源处取水，以供神祇饮用。附近有一片非常古老的森林，从来不曾被樵夫用斧子砍伐过，林中山石间涌出一股清泉，蜿蜒流转，穿过了层层灌木，泉水甘甜清冽。在这片森林里藏匿着一条毒龙，身体庞大，紫红的龙冠闪闪发光，眼睛赤红，好像喷射着熊熊的火焰，口中吐着三条芯子，犹如三叉戟，长有三层利齿。

卡德摩斯的仆人们走进山林，正要把水罐沉入水中打水时，蓝色的巨龙突然从洞中伸出头来，口中发出一阵可怕的吼声。仆人们吓得连水罐都从手中滑落了，浑身的血液像是凝固了一般。毒龙将多鳞的身体盘成一团，然后蜷曲着身子往前耸动，高昂着头，凶狠地俯视着这些人。最后，它终于朝腓尼基人冲了过来。他们被冲得七零八落，有的被咬死，有的被缠住勒死，有的因它喷出的臭气窒息而死，剩下的人也被毒涎毒死了。

卡德摩斯等了很久，想不出为什么他的仆人去了这么久还不回来。最后，他决定亲自去寻找他们。他披上一件狮皮，手执长矛和标枪，还有一颗勇敢的心，它比任何武器都更坚强。卡德摩斯进入树林后发现一大堆尸体，全是他的仆人。他也看到得胜的恶龙吐出血红的芯子，舔食着遍地的尸体。“可怜的朋友们啊！”卡德摩斯痛苦地大喊，“我要为你们复仇，否则就跟你们死在一起！”说着，他抓起一块大石头朝着巨龙扔去。那么大的石头，连城墙和塔楼都能打穿砸塌，可毒龙丝毫也没有受伤，它坚硬的厚皮和鳞片保护着它，如同铁甲。卡德摩斯又狠狠地扔出一杆标枪，枪尖深深地刺入恶龙的内脏。巨龙疼痛难忍，狂暴地转过头来咬下背上的标枪，枪尖却仍然留在体内，恶龙受了重伤。

卡德摩斯无畏的行动激怒了恶龙，它的咽喉迅速地膨胀开来，喷吐着剧毒的白沫。它箭似的冲来。卡德摩斯连忙后退了一步，用狮皮裹住身体，将长矛刺进龙的口中，恶龙一口咬住了长矛。卡德摩斯拼命用力抵住长矛，恶龙的牙齿纷纷掉落。终于，恶龙的脖子里流出血来，但伤势并不严重，还能躲避攻击，卡德摩斯很难一下子将它置于死地。然而，卡德摩斯越斗越勇，最后，他提着宝剑，看准机会，一剑朝恶龙的脖颈刺去。这一剑刺得又狠又重，不仅刺穿了恶龙的脖颈，而且刺进后面的一棵大栎树里，把恶龙钉在了树身上，恶龙被制伏了。

卡德摩斯久久地凝视着被刺死的恶龙，当他终于想离开的时候，忽然看到帕拉斯·雅典娜站在他的身旁。雅典娜命令他把龙的牙齿播种在松软的泥土里，说这是未来种族的种子。卡德摩斯听从女神的话，他在地上挖了一条又宽又深的沟，然后把龙的牙齿埋入泥土。突然，泥土下面活动起来。卡德摩斯首先看到一杆长矛的尖露了出来，然后看到土里冒出了一顶武士的头盔。整片树林都在晃动。不久，泥土下面又露出了肩膀、胸脯和四肢，最后，一个全副武装的武士从泥土里站起来。当然，不止一个。不一会儿，地下长出了一整队武士。

卡德摩斯吃了一惊，他准备投入新的战斗，连忙拉开了架势。可是，泥土中生出的一个武士对他喊道：“这位朋友，请别拿武器反对我们，千万别参加我们兄弟之间的战争！”他一边说，一边抽出剑对准刚从泥土中生长出来的一位兄弟狠狠地挥去，而他自己又被别人用标枪刺倒在地。一时间，一队人厮杀起来，杀得难解难分。大地母亲吞饮着她所生的第一批儿子的鲜血。到了最后，只剩下了五个人，其中一人后来取名为厄喀翁，他首先响应雅典娜的建议，放下武器，愿意和解，其他的人也同意了。

腓尼基王子卡德摩斯就在这五位士兵的帮助下建立了一座新城市。根据太阳神福玻斯的旨意，卡德摩斯将这座城市命名为忒拜。诸神为了嘉奖卡德摩斯，便把美丽的姑娘哈墨尼亚嫁给他为妻，并参加了婚礼，还送了不少礼物。爱与美的女神阿佛洛狄忒，即哈墨尼亚的母亲，送了一条贵重的项链和一条极为精致的丝面纱。

卡德摩斯和哈墨尼亚生了女儿塞墨勒。宙斯对塞墨勒十分爱慕。由于受到赫拉的诱惑，塞墨勒曾要求宙斯显露一下神的威仪。宙斯因为答应过要满足姑娘的要求，不敢食言，便驾着雷电，走近姑娘。塞墨勒忍受不住，临死前给宙斯生下一个孩子，就是狄奥尼索斯，又叫巴克科斯。宙斯把孩子交给塞墨勒的妹妹伊诺抚养。后来，伊诺带着另一个儿子墨里凯耳特斯为躲避丈夫阿塔玛斯的追杀，不幸失足落海。母子两人被波塞冬救起，成为救助落难人的海神。从此以后，伊诺称作洛宇科忒阿，她的儿子称作帕勒蒙。后来，卡德摩斯和哈墨尼亚年事已高，为子女们的不幸感到哀伤，于是双双前往伊里利亚。最后变做两条大蛇，死后进了天堂。

珀耳修斯

一种神谕告诉阿尔戈斯王阿克里西俄斯，他的外孙将会夺取他的王位，并谋害他的生命。

阿克里西俄斯便把女儿达那厄囚禁在铜塔中。宙斯化成金雨和达那厄相会，生下珀耳修斯。阿克里西俄斯将珀耳修斯和他的母亲达那厄装在一只箱子里，投入大海。

宙斯保佑着在大海中漂流的母子，引导这只箱子穿过风浪，最后箱子一直漂到塞里福斯岛，靠近了海岸。岛上有两位兄弟——狄克提斯和波吕得克忒斯，他们统治着塞里福斯岛。狄克提斯正在海边捕鱼，他看到水里漂来一只木箱，就把它拉上海岸。回到家中，兄弟二人对遭遗弃的落难人十分同情，便收留了他们。波吕得克忒斯娶达那厄为妻，并悉心抚育珀耳修斯。

珀耳修斯长大成人后，他的继父波吕得克忒斯劝他外出冒险，并希望他能够建功立业。勇敢的小伙子雄心勃勃，决心砍下女妖美杜莎那颗丑恶的脑袋，把它带到塞里福斯，交给国王。

珀耳修斯整理完行装就上路了。诸神引导他一直来到了远方，那是可怕的众妖怪之父福耳库斯居住的地方。珀耳修斯在那里遇到了福耳库斯的三个女儿：格赖埃。她们生下来就是满头白发，三个人只有一只眼睛、一个嘴巴，彼此轮流使用。珀耳修斯夺走了她们唯一的嘴巴和眼睛。她们要求归还她们这些不可缺少的东西。他提出一个条件，要她们指明到仙女那儿去的道路。这些仙女都会魔法，有几样宝物：一双飞鞋，一只神袋，一顶狗皮盔。无论谁有了这些东西，都可以随心所欲地自由飞翔，看到愿意看到的人，别人却看不见他。福耳库斯的女儿们给珀耳修斯指路，并且讨回了自己的眼睛和牙齿。

到了仙女那里，珀耳修斯得到了三件宝贝。他背上神袋，穿上飞鞋，戴上狗皮盔。此外，他又从赫耳墨斯那里得到一面青铜盾。他用这些神物把自己武装起来，向大海那边飞过去。那里住着福耳库斯的另外三个女儿，即戈耳工。

珀耳修斯发现戈耳工们正睡觉。她们的身上布满了鳞甲，没有头发，头上盘着一条条毒蛇。她们长着公猪的獠牙，她们有双铁手，还有金翅膀，任何人看到她们都会立即变成石头。珀耳修斯知道这个秘密。他背过脸去，不看熟睡中的女人，然后用光亮的盾牌做镜子，清楚地看出她们的三个头像，并认出了谁是美杜莎。雅典娜又指点他怎样动手，所以他顺利地割下了女妖的头。

珀耳修斯还没有收起刀，突然从女妖身躯里跳出一匹双翼的飞马珀伽索斯，后面又紧跟着一位巨人克律萨俄耳，他们都是波塞冬的后代。

珀耳修斯小心地把美杜莎的头颅塞在背上的神袋里，离开了那里。这时候，美杜莎的姐姐们从床上坐了起来。她们看见了被杀死的妹妹的尸体，便立刻展开翅膀，飞到空中追赶凶手。珀耳修斯戴着仙女的狗皮盔，躲过了跟踪和追捕。不过，他在空中遇到了狂风袭击，被吹得左右摇晃。当他摇摆着经过利比亚沙漠时，从美杜莎的脑袋上滴下的点点鲜血一直落到地上，变成了各种颜色的毒蛇，世界上许多地方从此有了危险的蛇类。

珀耳修斯继续向西飞行，最后在国王阿特拉斯的国土上降落下来，想休息一会儿。这里有一片丛林，树上结着金苹果，旁边守卫着一条巨龙。珀耳修斯请求让他在这儿住一夜，但没有得到允许。因为阿特拉斯想起古时候的预言说过，有一天，宙斯的一个儿子将夺走他的金苹果，所以狠心地把珀耳修斯逐出了宫殿。珀耳修斯十分愤怒，当场从神袋中掏出美杜莎的头颅，自己却背过身子，把头颅向国王递了过去。国王身材高大，如同一位巨人，看到美杜莎的头后顷刻间化成了石头。他的胡须和头发变成树林，双臂和肩膀变成了峭壁，头成了山顶；骨头成了岩石。他身体的每个部分都不断膨胀，终于成了一座大山。根据神祇的心愿，天体及其群星落在他肩头，由他来背负。

珀耳修斯重新系上飞鞋，戴上头盔，背上神袋飞上高空。他一路飞行，来到埃塞俄比亚的海岸边，这是国王刻甫斯治理的地方。珀耳修斯看到耸立在大海中的山岩上捆绑着一个年轻的姑娘。海风吹乱了她的头发，姑娘泪流不止。珀耳修斯为她的年轻美貌所动心，便问她："你为什么被捆绑在这里？叫什么名字，家住哪里？"

姑娘反绑着双手，起初沉默不语，害怕同一个陌生人说话。假如她能动弹，真想用双手蒙住脸。为了不给陌生人造成误会，以为她真的做了什么见不得人的事，所以她噙着眼泪，回答说："我叫安德洛墨达，是埃塞俄比亚国王刻甫斯的女儿。我的母亲曾吹嘘，我比海神涅柔斯的女儿，即海洋的女仙们更漂亮。海洋女仙们十分愤怒。她们共有姐妹五十人，一起请海神发大水淹没了整个国家。海神还派了一个妖怪，吞没了陆上的一切。神谕宣示：如果想使国家得到解救，必须把我——国王的女儿丢给妖怪喂食。国民顿时闹得沸沸扬扬，纷纷要求我的父亲献出女儿，拯救全国。我的父亲没办法，只好下令将我锁在这里。"

姑娘的话刚刚讲完，滔天的海浪滚滚而来。海水中冒出了一个妖怪，宽宽的胸膛盖住了整个水面。姑娘一见，吓得发出一声尖叫，她的父母亲也赶紧走来。他们看到女儿大祸临头，万分绝望，母亲因内疚流露出痛苦的神情。他们紧紧地抱着捆绑着的女儿，却无能为力。

珀耳修斯说："你们要哭，将来有的是时间，眼下最重要的是救人。我叫珀耳修斯，是宙斯和达那厄的儿子。姑娘如果是自由的，并愿意挑选配偶，她一定会首先看中我。像她现在这个样子，我却要向她正式求婚，并愿意前去搭救她。你们愿意接受我的条件吗？"父母庆幸遇到了救星，连连点头，不仅答应把女儿许配给他，还答应把王国送给他作为嫁妆。

说话间妖怪已经游了过来，只有一箭之地了。年轻人犹如一只矫健的雄鹰，从空中猛扑下来，用杀死美杜莎的利剑狠狠地刺进妖怪的背部，只有剑柄露在外面。他把剑拔出来，妖怪疼得蹿到空中，然后又沉入水底，疯狂地挣扎着。珀耳修斯一再朝它身上刺杀，直到它的口中涌出了黑血。海浪飘走了它的尸体，不久就从海面上消失了。珀耳修斯飞到岸边，登上山顶，解开姑娘的锁链，把她交给不幸的父母亲。他受到隆重的款待。

正当婚礼欢乐地举行时，王宫的前厅里突然骚动起来，并传来一声沉闷的吼声。原来国王刻甫斯的弟弟菲纽斯带了一批武士闯了进来。他从前追求过安德洛墨达，却在她危难时舍弃了她。现在他来重申自己的要求。

菲纽斯死死盯住他的哥哥和情敌，好像在思考先从哪一个下手。终于，他在疯狂中用尽全力，朝珀耳修斯掷出他的矛。可他的眼力不好，长矛一下子扎进垫子里。珀耳修斯乘机跳了起来，朝门口投出他的标枪，标枪直朝菲纽斯飞去。要不是菲纽斯蹦跳到祭坛后面，标枪肯定会穿透他的胸脯。虽然菲纽斯躲过了，他的一名随从却被刺中了前额，这下武士们全拥了上来，和参加婚礼的客人打成了一团。闯进来的武士人多势众，把珀耳修斯国王夫妇和新婚妻子团团围住。箭如飞蝗，从各个方向射过来。珀耳修斯背靠一根大柱，招架敌人，奋力阻止他们前进，杀死了一个又一个进犯的敌人。后来，他看到自己单凭勇力已经不起作用，于是，决定拿出最后一招。

“我也是被逼得没有办法了，我只好叫过去的仇敌帮助我了。请我的朋友都转过脸去！”说完，他从神袋里取出美杜莎的头，朝着逼近的对手伸了过去。对手正盲目地向着这里冲过来。可是，他们刚举手投矛时，手就举在空中僵住了，后面的人也一个个难逃变成石头的厄运。这时候，珀耳修斯干脆把美杜莎的头高高地举起，让别的人都能立即看见。他用这种办法把最后一批人变成了僵硬的石块。

直到这时，菲纽斯才后悔不该这样无理取闹，挑起事端。他看着左右两面姿态不同的石像，呼喊着朋友们的名字，但没有一个回答。他不相信似的用手触摸他们的躯体，然而他们都已变成了花岗岩。他惊恐万分，一改往日的骄横，绝望地哀求饶命，可是珀耳修斯不想宽恕他。

菲纽斯左躲右闪，不想看到那可怕的头颅，可是终于没有躲过。顿时，菲纽斯神色恐怖地变成了石头，站在那里，双手下垂，完全是一副卑贱的奴仆模样。

珀耳修斯终于能够带着年轻的妻子安德洛墨达回乡了，长久幸福的日子在等待着他。他还找到了母亲达那厄，但他仍不能避免给外祖父阿克里西俄斯带来灾难。外祖父由于害怕神谕，悄悄地逃往外地，到了彼拉斯齐国王那儿。当时，这里正在举行比武。珀耳修斯不知道外祖父就在这里，还准备去亚各斯问候外祖父。珀耳修斯看到比武十分高兴，他抓过一块铁饼扔了出去，不幸正好打中了外祖父。不久，他就知道了他所杀害的人是谁。他深深地哀痛死者，把他安葬在城外，并且交换了他所继承的王国。从此，命运之神再也不嫉妒他了。安德洛墨达给他生了一群可爱的儿子，他们一直保持住父亲的荣誉。

伊翁

雅典国王厄瑞克透斯有一个非常美丽的女儿，名叫克瑞乌萨。当她还是一位纯洁的少女时，在事先没有征得父亲同意的情况下，就成了太阳神阿波罗的新妇，并为他生了一个儿子。因为害怕父亲生气，她把孩子藏进一只柳条箱，放在她跟太阳神幽会的山洞里。她虔诚地祈祷众神会可怜这个不幸被遗弃的孩子。为了使儿子身上有个辨认的标记，她把自己当姑娘时佩戴的首饰挂在孩子身上。

儿子出世的事自然瞒不过阿波罗。他既不想辜负情人，也不想让自己的孩子落到无依无靠的境地，于是找到他的兄弟赫耳墨斯。作为神祇的使者，赫耳墨斯可以在天地之间自由来往，不受阻拦。“亲爱的兄弟。”阿波罗说，“有一位凡间女子为我生下了一个孩子，她是雅典国王厄瑞克透斯的女儿。因为畏惧父亲，她把孩子藏在一个山洞里。请你帮忙救下这个孩子，把用麻布包着的孩子连同箱子送到我在德尔斐的神殿，放在神殿的门槛上，其余的事情由我去办，因为他是我的儿子。”

赫耳墨斯飞到雅典，在阿波罗指定的山洞里找到了孩子，然后把他带到德尔斐。按照阿波罗的叮嘱，放在神殿的门槛上，并且掀开盖子，以便让人更容易发现里面的孩子。当然，这些事情是在夜里完成的。

第二天早晨，当太阳升起的时候，德尔斐的女祭司走向神殿，很快发现了睡在小箱子里的婴儿。她猜测这一定是个私生子，便想把他搬走，可神祇使她的内心产生了怜悯之情。女祭司最终把孩子从筐内抱起来，带在自己的身边养育，尽管她不知道谁是孩子的父母亲。

孩子一天天长大，终日在父亲的神坛前玩耍，却从未见过自己的亲生父母。他渐渐长成一个高大英俊的少年，德尔斐的居民都把他看作神庙的小守护者，都很喜欢他，让他看管献给神祇的祭品。他就在父亲的神殿里开心地生活着。

克瑞乌萨从那以后再也没有听到过太阳神阿波罗的消息，以为他早已将她和儿子忘掉了。这时，雅典人与邻国的欧俾阿岛的居民发生激烈的战事。最后欧俾阿人失败了，雅典人取得了战争的胜利，他们尤其感谢从阿开亚来的一位外乡人的帮助。他是希腊人的祖先赫伦的儿子，名叫克素托斯，是丢卡利翁的后代。他要求国王把女儿克瑞乌萨嫁给他，厄瑞克透斯同意了这桩婚事，但这件事情激怒了太阳神，为了惩罚克瑞乌萨，她一直没有生育。

若干年后，一直没有孩子的克瑞乌萨想去德尔斐神殿求子，其实这正是阿波罗的意思，他是绝不会忘掉自己的儿子的。克瑞乌萨公主和她的丈夫带着一群仆人动身了。一行人来达神殿时，阿波罗的儿子正跨过门槛，用桂花树枝装饰门框。他看见了这位高贵的夫人，很奇怪她一见神殿就掉下眼泪。他小心翼翼地问她为什么悲哀。“我不想了解您的伤心事，”他说，“不过，如果您愿意，请告诉我您是谁，从什么地方来？”

“我叫克瑞乌萨。”公主回答说，“我的父亲是厄瑞克透斯，雅典是我的故国家乡。”

这青年一听，高兴地喊了起来：“那是多么著名的地方，您的出身是多么高贵！不过，请告诉我，那些都是真的吗？我们从图画上看到，您的曾祖父厄里克托尼俄斯像棵庄稼一样，是从地里长出来的。雅典娜女神将泥土所生的孩子放在箱子里，让两条巨龙看守着，然后将箱子交给刻克洛帕斯的女儿去保护。听说那些女孩儿抑制不住好奇心，悄悄地打开了箱盖。等到她们看到男孩时突然发了疯，从刻克洛帕斯城堡的山岩上跳了下去。难道这些都是真的？”

克瑞乌萨默默地点点头，因为她祖先的遭遇使她想起了自己弃婴的事，她不知道此刻站在面前的就是自己的亲生儿子。男孩无拘无束地继续问着：“您的父亲厄瑞克透斯真的是因为地裂被吞没？波塞冬真的用三叉戟杀害了他吗？他的坟墓真的就在我所供奉的主人阿波罗所喜欢的那座山洞附近吗？”

“陌生的年轻人啊，请你别提起那座山洞。”克瑞乌萨打断他的话，“你根本不知道，那里是发生不忠诚和重大罪孽的地方。”公主沉默了一会儿，又振作了精神，把年轻人看作神殿的守护者，告诉他，自己是克素托斯王子的妻子，她和他前来德尔斐，是为了祈求神祇赐给她一个儿子。“福玻斯·阿波罗知道我没有孩子的原因，”她叹息着，“只有他才能帮助我。”

“您没有儿子，是个不幸的人吗？”年轻人同情地问了一句。

“我早就是个不幸的人了。”克瑞乌萨回答说，“我非常羡慕你的母亲，能有你这么一个聪明伶俐的儿子。”

“我不知道谁是我的母亲和父亲，我从未见过他们。”年轻人悲伤起来，“我也不知道我是从哪里来的。我的养母是神殿的女祭司，她因为怜悯抱养了我。从此，我就住在神殿里，成为神祇的仆人。”

公主听到这些，心里怦然一动。她沉思了一会儿，又把思想转了回来，心疼地说：“我认识一个女子，她的命运跟你的母亲一样。我是为了她，才来这里祈求神谕的。跟我一起来的还有她的丈夫。此刻，他为了听取特洛福尼俄斯的神谕，特地绕道过去了。趁他没有到，我愿意把那个女子的秘密告诉你，因为你是神的仆人。在她和现在的这个丈夫结婚前，曾经跟伟大的阿波罗交往甚密，没有征求父亲的意见便跟阿波罗生了一个儿子。因为没有办法，她将孩子遗弃了，从此就不知道儿子的音讯。为了在神祇面前打听她的儿子是否还活在这个世界上，我代这位女子亲自赶到这里。”

“这是多少年前的事情？”年轻人问。

“如果他还活着，那么跟你同龄。”克瑞乌萨说。

“您那位女友的命运跟我多么相似啊！”年轻人悲叹道，“她寻找自己的儿子，我寻找自己的母亲。而这一切都发生在一个遥远的国度里，只是我们彼此并不相识。可您别指望香炉前的神祇会给你一个满意的答复。因为您是在用你朋友的名义控诉他的不义，而神祇是不会自己认错的！您明白吗？”

“别说了！”克瑞乌萨打断他的话，“那位女子的丈夫过来了。

我向你吐露的秘密千万别让他知道。”

克素托斯高高兴兴地跨进神殿，向他的妻子走来。“特洛福尼俄斯给了我一个吉利的预言，他说我不会不带着一个孩子回去的。咦，这位年轻的祭司是谁？”克素托斯问。年轻人走上一步，谦恭地回答，他只是阿波罗神殿的仆人。这里是德尔斐人最敬重的圣地，而那些命运之签所挑中的人在里面，他们围着三脚香炉，听取女祭司宣示神谕。

克素托斯听到这话，立即吩咐克瑞乌萨，跟前来求取神谕的人一样，赶紧用花枝装饰自己，在阿波罗的祭坛前虔诚祈祷，祈求神祇赐给他们一个吉祥的神谕。克瑞乌萨看到露天祭坛上放着桂树花环便走了过去，克素托斯连忙走进圣殿的里间。很快，克素托斯王子兴冲冲地走了出来。他突然狂热地抱住守在门外的年轻人，连声叫他“儿子，我的儿子”，并要求他也拥抱自己，给自己送上一个儿子的吻。

年轻人不知道发生了什么事，以为克素托斯疯了，便用力将他推开，可克素托斯并不在乎。“神已亲自给我启示。”他说，“神谕宣示：我走出门来遇到的第一个人便是我的儿子。这是神祇的一种赐予。至于什么原因，我并不明白，因为我的妻子从来没有替我生过孩子。可我相信神灵的话，他也许会亲自向我阐明的。”

听完这些，年轻人也不由得高兴起来，不过还有些不知足。当他承受着父亲的拥抱和亲吻时，悲叹道：“我亲爱的母亲，您在哪里呢？您是谁呢？我什么时候才能见到您慈祥的脸庞呢？”这时候，他心里又产生一丝疑虑，不知道克素托斯的妻子是否愿意认他为儿子，因为她没有亲生的孩子，也不认识他。另外，雅典城会不会接受这位不合法的王子呢？

他的父亲竭力安慰他，答应不在雅典人和妻子面前认他为儿子，还给他取了一个名字，叫伊翁，即漫游天涯海角的人。

此时，克瑞乌萨还在阿波罗的祭坛前祈祷，一动也不动。但她的祈祷突然被女仆们的喧嚷声打断了，她们跑来向女主人抱怨道："不幸的女主人啊，您的丈夫满怀喜悦，可是您永远得不到一个儿子。阿波罗赐给您丈夫一个儿子，一个已经长大成人的儿子。请您仔细想一想，这可能是从前他和另外一个女人生的。他从神殿里走出来的时候正好遇到了儿子，他为重新找到自己的孩子激动不已。"

神祇没有让公主的心灵开窍，她竟未能看穿近在身旁的秘密，仍在继续为自己的命运悲哀。过了一会儿，她鼓起勇气，打听这位突如其来的儿子叫什么名字。"就是守护神殿的那个年轻人，您见过他。"女仆们回答，"他的父亲给他取名叫伊翁。我们不知道谁是他的母亲。您的丈夫现在到巴克科斯祭坛去了，因为他想悄悄地为他的儿子向神献祭，然后在那里举行一个庄严的宴会。他严肃地吩咐我们，别把这件事告诉您。可我们出于对您的爱护，违抗了他的命令。您可千万别说是我们告诉你的！"

这时，从众人中间走出一个老仆人，他一心忠于厄瑞克透斯家族，因此对女主人十分忠诚。他认为克素托斯国王是不忠实的丈夫，因此非常愤怒，他给克瑞乌萨出主意，要除掉这个私生子，以免他继承厄瑞克透斯的王位。克瑞乌萨想着自己被现在的丈夫和从前的情人抛弃，悲愤难忍，就同意了老仆人的阴谋，并对他讲明了她从前跟太阳神的关系。

克素托斯带着伊翁离开神殿后，他们一起登上巴那萨斯的山顶，那是祭祀巴克科斯神的地方。王子在这里浇酒在地祭祀之后，伊翁在仆人的帮助下在旷野上搭了一顶华丽的帐篷，上面盖着他从阿波罗神庙里带来的精美的花毯。帐篷里面摆了长桌。桌上放满了装有丰盛食物的银盘和斟满名酒的金杯。

雅典人克素托斯派使者到德尔斐城，邀请所有的居民前来参加盛宴。不久，帐篷里挤满了头戴花环的贵客。在饭后用点心的时候，走出一位老人，他那奇怪的姿态使客人们哈哈大笑。老人为宾客们敬酒。克素托斯认出他是妻子克瑞乌萨的老仆人，于是当着客人的面夸奖他的勤奋和忠诚，大家也称赞他慈祥善良。等到宴会终席，笛声吹起时，老仆人连忙吩咐其他仆人，撤去小杯，摆上金银大碗，好像要给年轻的新主人斟酒。果然老人走近酒桌，满满地倒了一碗酒。他趁人不注意时将金碗轻轻晃了晃，因为碗底早已预先放了致人死命的毒药。

老人来到伊翁面前，往地上滴了几滴酒，算是祭祀。正在这时，伊翁听见旁边站着的一个仆人不经意地骂了一句什么。伊翁是在神殿里长大的，知道在神圣的教仪中这是一种不祥的预兆，便把杯里的酒全倒在地上，并吩咐仆人重新给他递上一只杯子斟上酒，然后用这杯酒进行隆重的浇祭仪式。客人们全都跟他这样做。

外面飞进来一群圣鸽，它们都是在阿波罗神殿里长大的。鸽子飞进帐篷后看到地上全是浇祭的美酒，都飞下去竞相抢饮。别的鸽子喝过祭酒后都安然无恙，只有饮过伊翁倒掉的第一杯酒的那只鸽子扑扇着翅膀，在发出一阵哀鸣后，不一会儿就抽搐而死。

伊翁愤怒地从椅子上站了起来，紧握双拳，大声叫道："是谁竟想谋害我？老头子，你说！是你在酒里放了毒药，然后把杯子给了我。"他一把抓住老人，不让他逃脱。老人承认了这件罪行，但把罪过推在克瑞乌萨身上。听了这话，伊翁离开帐篷，客人们义愤填膺，一齐跟在后面。

在帐篷外的空地上，伊翁对着天空高举双手，朝着围在他四周的德尔斐贵客说："神圣的大地啊，你可以为我作证，这个异国的女子竟然想用毒药除掉我！"

"用石头打死她！用石头打死她！"周围的人异口同声地喊道，并跟着伊翁一起去寻找那个罪恶的女子。克素托斯随着人流，不知道到底该怎么办。

克瑞乌萨在阿波罗的祭坛旁等待着罪恶阴谋的结果，结果却出乎她的意料。远处的嘈杂声把她从沉思中惊得直跳起来。她还不知道外面是怎么一回事时，她丈夫身旁一名忠实于她的仆人急匆匆地抢先跑了进来，告诉她阴谋已经败露，德尔斐人要来找她算账。听到这个消息，克瑞乌萨的女仆人一齐将她围了起来，保护她。"女主人，您必须紧紧抓住祭坛，别松开。"她们说，"如果这个圣地不能让您免遭伤害，那么，他们所犯的杀人流血的罪行也是不可饶恕的。"刚说到这里，暴怒的人群在伊翁的率领下已经越来越近，风中传来了他的讲话声："诸神啊，请大发慈悲吧，他们告诉我是继母对我下了毒手。她十分憎恨我，她在那里呀？你们一齐动手，把她从最高的山顶上推下去吧！"一群人来到祭坛旁。伊翁抓住这个女人，他不知道她正是他的亲生母亲，却把她看作不共戴天的仇敌；他想拖着她离开祭坛，此刻，神圣的祭坛成了她不可侵犯的避难所。

阿波罗不愿看到自己的儿子成为杀死生母的凶手。他把神谕暗示给女祭司，让她明白事情的原委，知道她领养的孩子不是克素托斯的儿子，而是阿波罗和克瑞乌萨的儿子。女祭司立刻离开了三足圣坛，找出她从前在殿门口找到的盛放婴儿的小箱子，匆忙来到祭坛前，正好看到克瑞乌萨在伊翁的拉扯下拼命挣扎。

伊翁看到女祭司，连忙迎上去。“亲爱的母亲，尽管你没有生我，我却愿意叫您母亲！您听说了吗？我刚刚逃脱了一场祸事！我才刚刚得到了父亲，他的妻子却策划谋杀我！我差点死于非命。”

女祭司听后警告他说：“伊翁，请以一双干干净净的手回到雅典去！”

伊翁沉思了一会儿，思考着合适的回答：“杀掉自己的敌人，难道没有道理吗？”

“在我把话讲完之前，你千万别动手！”仁慈的女祭司说，“你看到这只小箱子了吗？你就是装在这个柳条箱里被放在这儿的。”

“这只小箱子跟我有什么相干？”伊翁问。

“里面还有包裹你的麻布呢，亲爱的孩子。”女祭司说。

伊翁惊叫起来，“这是一条线索，它可以帮助我找到我的生母。”女祭司把小箱子递过去，伊翁从里面取出一堆小心折叠着的麻布。他含着泪，悲伤地注视着这些宝贵的纪念品。

克瑞乌萨也渐渐恢复平静，她一眼看到伊翁手里的麻布和小箱子，立刻明白了真情。她跳起身来离开了祭坛，高兴地叫起来：“我的儿子！”她说完，便伸出双手紧紧抱住惊异不已的伊翁。伊翁满腹狐疑地看着她，不情愿地挣脱了身子。

克瑞乌萨往后退了几步，说："这块麻布将证实我的话。孩子！你把它摊开，就能找到我当年给你做的标记。这块布的中间画着戈耳工的头，四周围着毒蛇，如同盾牌一样。"伊翁半信半疑地打开麻布，突然惊喜地叫了起来："啊，伟大的宙斯，这儿的确是戈耳工，这儿是毒蛇！"

"箱子里还有一条金龙项链，"克瑞乌萨继续说，"是用来纪念厄里克托尼俄斯箱子里的巨龙的。这是送给婴儿挂在脖子上的首饰。"伊翁又在箱子里搜索了一阵，幸福地微笑着，他找到了金龙项链。

"最后一个信物，"克瑞乌萨说，"是橄榄叶花环，这是用从雅典的橄榄树上摘下来的橄榄叶编成的，是我亲手把它戴在新生儿的头上的。"伊翁伸手在箱子底又搜索了一阵，果然找到一个美丽的橄榄叶花环。

"母亲，母亲！"他呼喊着，哽咽着，一把抱住母亲的脖子，在她的面颊上连连亲吻。最后他松开了手，想去寻找父亲克素托斯。这时，克瑞乌萨对他说出了他出生的秘密，说他就是太阳神阿波罗的儿子。

克素托斯把伊翁看作神祇恩赐的宝贝。三人都到阿波罗神殿里，感谢神恩。女祭司坐在三足祭坛上给他们预示，伊翁将成为一个大族的祖先，即爱奥尼亚人的祖先。克素托斯和克瑞乌萨满怀喜悦和希望，带着重新找到的儿子返回雅典。德尔斐城的居民都出门夹道欢送，祝愿他们未来的幸福生活。

代达罗斯和伊卡洛斯

雅典的代达罗斯是墨提翁的儿子，厄瑞克透斯的曾孙，也是厄瑞克提得斯家族的人。他是一位伟大的艺术家，是位建筑师和雕刻家。世界各地的人都十分赞赏他的艺术品，说他的雕像是活的，是具有灵魂的创造物，因为从前的雕刻家创作的石像都是闭着眼睛的，双手连着身体，都是垂落的姿势。而代达罗斯是第一个让雕刻的人像睁开眼睛、往前伸出双手，并迈开双腿好像走路一样的雕刻家。然而，代达罗斯尽管如此富有才华，却是一个爱虚荣和爱嫉妒的人。这一缺点诱使他作恶，终于使他陷于悲惨的境地。

代达罗斯有个外甥，名叫塔洛斯。塔洛斯向他学艺，其天分比代达罗斯要高，并立志做出更大的成就。还在儿童时代，塔洛斯就已经发明了陶工旋盘。他用蛇的颌骨作为锯子，用锯齿锯断一块小木板，后来，他又依样造了一把铁锯，从而成为锯子的发明者。他还发明了圆规。他将两根铁棍联结起来，然后让其中一根固定位置，让另一根旋转。他是个善于动脑筋的人，还发明了别的巧妙的工具，而这一切都是他独立完成的，没有他舅舅的帮助。他因而出了名，赢得了很大的声誉。

代达罗斯担心他的学生会超过他，嫉妒的火焰悄然滋长，终于有一天，代达罗斯将塔洛斯从雅典城墙上推了下去，残酷地杀害了自己的学生。代达罗斯埋葬尸体的时候，十分惊恐，慌里慌张中被人发现了。他撒谎说在埋一条蛇，可他仍被指控谋杀，受到雅典最高法院的传唤和审讯。结果被判有罪，但他竟然逃脱了，流亡阿提刻，后来到了克里特岛。他拜见了国王米诺斯，并在那里住下来，还成了国王的朋友，被当作有名望的艺术家，受到极大的尊重。

国王委派他给牛头人身的巨怪弥诺陶建造一所房子，要让进去的人都迷失方向。代达罗斯头脑灵活，精心建造了一座迷宫。里面迂回曲折，使进去的人晕头转向，不由自主地就会走到岔道上去。无数的过道互相交错，犹如迈安德洛斯河迂回的河水，一会儿顺流，一会儿倒流，又回到它的源头。迷宫造好后，代达罗斯走进去察看，竟然连设计者自己都几乎找不到出口。弥诺陶从此深藏在迷宫的深处。根据古老的规定，雅典城每九年必须给克里特国王送上七名童男童女，作为进贡弥诺陶的祭品。

代达罗斯虽然受到赞誉，但离家日久，心中难免萦绕着思乡之情，而且他感觉到国王其实并不信任他，待他缺乏真诚，因此他不愿意在这个孤岛上虚度一生，想设法逃走。考虑了很长时间，代达罗斯高兴地想到，米诺斯虽然可以从陆上和水上封住去路，但空中是畅通无阻的。于是，他开始收集整理大大小小的羽毛，把最小最短的羽毛拼成长羽毛，看上去像天生的一般。他用麻线和蜡将一片片羽毛做成羽翼，看起来像鸟的翅膀一样。

代达罗斯有一个儿子叫伊卡洛斯。每当代达罗斯做活的时候，这孩子喜欢站在他的身旁，用一双小手帮父亲劳动。父亲也听凭他在一旁随意地摆弄羽毛，微笑地看着他笨拙的动作。终于一切都完成了。代达罗斯把翅膀缚在身上试了试，真的像鸟一样飞了起来，轻轻地升上天空，然后降落下来。他耐心指导儿子伊卡洛斯如何操纵羽翼。他已经给儿子做了一对小的。“你要当心，”他叮嘱道，“要时刻记住，必须在半空中飞行。如果飞得太低，羽翼会碰到海水，沾湿了就会变得沉重，你就会坠落到大海里；如果飞得太高，翅膀上的羽毛会因为靠近太阳而着火。”代达罗斯一边说，一边把羽翼给儿子缚在他的双肩上，但他的手在微微地发抖，心中充满不安的情愫。最后，他拥抱了儿子，还给了他一个鼓励的吻。

两个人鼓起翅膀渐渐升上了天空。父亲飞在前头，像带着初次出巢的雏鸟飞行的老鸟一样，小心地扇着翅膀，不时地回过头来，指导儿子飞行。开始时一切都很顺利。不久他们就到达萨玛岛上空，随后又飞过了提洛斯和培罗斯。伊卡洛斯兴高采烈，他感到飞行是一件轻松的事情，不由得骄傲起来。于是，他操纵着羽翼朝高空飞去，可是，惩罚飞快地来临了！强烈的阳光融化了封蜡，用蜡封在一起的羽毛开始松动。在伊卡洛斯发现之前，羽翼已经完全散开，从他的双肩上滑落下去。不幸的孩子用两手在空中绝望地扇动，但他怎么可能凭借两条胳膊飞起来呢？最后，他一头栽落到汪洋大海中，滚滚波涛淹没了他小小的身躯。

这一切发生得很突然，瞬间便结束了，代达罗斯根本没有觉察到。当他再次回过头来时，没有看见自己的儿子。“伊卡洛斯，伊卡洛斯！”他预感不妙，大声呼喊起来，“你在哪里？我到哪里才能找到你？”他惊恐地朝下面望去，看到了海面上漂着的那些羽毛。代达罗斯连忙收住羽翼，降落在一座海岛上，他张大眼睛，满怀希望地寻找着。然而，过了一会儿，汹涌的海浪把他儿子的尸体推上了海岸。天哪！被他杀害的塔洛斯以此报了仇雪了恨！绝望的父亲掩埋了儿子的尸体。为纪念他的儿子，埋葬伊卡洛斯的海岛从此就叫作伊卡利亚。

代达罗斯怀着悲痛继续飞行。他飞向西西里岛，这里是国王科卡罗斯统治的地方。就像从前在克里特岛上受到米诺斯的款待一样，他在这里也受到盛情接待，被当作贵客。他的艺术天才使当地居民十分惊喜。他在那里兴修水利，造了人工湖泊，又把湖水顺着河流一直送到附近的大海。在陡峭的山峦之顶，有一块无法攀登的险要地方，连树木也难生长，代达罗斯在上面建造了一座坚固的城池，修筑了一条羊肠小道盘旋而上。这样的城堡只要三四个人就可以守护，固若金汤，科卡罗斯国王选择这座难以攻克的城堡存放他的珍宝。代达罗斯在西西里岛上完成的第三件工程是在挖了一个深洞。他从洞里巧妙地引取地下火的热气，所以，洞里舒适得如同暖室，好像安装了取暖设备一样。此外，他还扩建了厄里克斯山上的阿佛洛狄忒神庙，给女神献祭了一个金蜂房。代达罗斯精心雕刻，那些小蜂窝十分逼真，跟天然的蜂窝一模一样。

克里特国王米诺斯听说代达罗斯逃到西西里岛，非常恼怒，决心派出强大的军队，把他重新抢回来。他装备了一支舰队，从克里特一直驶往西西里岛。他的军队上岛以后驻扎下来，派出使者要求国王科卡罗斯交出逃亡的代达罗斯。科卡罗斯听了这异邦君主蛮横的要求非常愤怒，但装作答应他的要求，邀请他亲自来商谈。米诺斯来了，受到科卡罗斯的盛情款待，并建议他洗个温水澡来消除长途跋涉的疲劳。等到米诺斯坐在浴缸里时，科卡罗斯让人不断加火升温，直到把米诺斯烫死在沸水里。西西里国王把米诺斯的尸体交给克里特人，说米诺斯是在洗澡时失足跌入沸水池中的。克里特的士兵在阿格里根特城郊隆重地埋葬了米诺斯，并在他的墓旁建造了一座阿佛洛狄忒神庙。

代达罗斯一直待在西西里岛，他在这里培养了许多有名的艺术家，成为西西里岛土著文化的奠基人。虽然他受到敬重和礼遇，但由于儿子惨死海中，他的内心一直有着悲伤的情绪，晚年时更加忧郁。最后，他死在西西里，并被埋葬在那里。

珀罗普斯

坦塔罗斯亵渎神祇，而他的儿子珀罗普斯与父亲相反，敬奉神祇十分虔诚。父亲被罚入地狱后，珀罗普斯流亡到希腊。这个少年下巴上还没长出胡须时，就早已选中了一位妻子。女孩名叫希波达弥亚，是伊利斯国王俄诺玛诺斯和斯忒洛珀的女儿。

这个女孩子不是那么容易娶到手，因为一个神谕曾经对父亲预言，女儿结婚时，父亲便会死亡。父亲信以为真，因此千方百计地阻挠任何人前来向他女儿求婚。他让人四处张贴告示，说凡愿意和他女儿结婚的人，必须跟他赛车，只有赢他的人才能娶他的女儿。如果国王赢了，那么他的对手就得被杀死。

比赛的起点是比萨，终点是哥林多海峡的波塞冬神坛。国王规定了车辆出发的顺序：他先给宙斯献祭一头公羊，让求婚者驾着四马战车先走，献祭仪式完毕后，他就开始追赶。他的车夫叫密耳提罗斯；国王站在车上，手执一根长矛。他如果追上竞赛者，就有权用长矛将对手刺死。

爱慕希波达弥亚年轻美貌的求婚者虽然听说了这个苛刻的条件，但都不以为然，以为国王俄诺玛诺斯年老体弱，知道赛不过年轻人，故意让年轻人先走一程，这样，即使输了，也可为自己找到一个体面的借口。

年轻人纷纷赶到伊利斯，向国王要求娶他的女儿为妻。国王很友好地逐个接待他们，给他们提供一辆漂亮的马车。他自己则去向宙斯献祭公羊，而且一点也不匆忙紧张。献祭仪式完毕，他登上一辆轻便车，前面由两匹骏马菲拉和哈尔彼那拉动。它们奔跑飞快，赛过强劲的北风。他很快就赶上了前面的求婚者，残忍地用长矛刺穿他的胸膛。就这样，十二名求婚者冤死在他的长矛下。

珀罗普斯为求婚来到这座海滨半岛，这座岛后来就叫作珀罗普纳索斯，不久就听到求婚者在伊利斯惨死的消息。于是，他趁着黑夜来到海边，大声地呼唤强大的守护神波塞冬。波塞冬应声驾浪来到他的面前。

“伟大的神啊，如果您自己也喜欢爱情女神的礼品，那么就请交给我，让我不会受到俄诺玛诺斯的长矛的伤害，请赐给我神车，让我以最快的速度到达伊利斯，我虔诚地祈求您保佑我取得胜利。”珀罗普斯的祈求立即生效，一阵哗哗声，波涛中推出了一辆金光闪闪的神车，前面有四匹带翼的飞马拉动，速度犹如飞箭。珀罗普斯飞身上车，一阵风似的向伊利斯驶去。俄诺玛诺斯看到珀罗普斯来到时，大吃一惊，因为他一眼就认出了这是波塞冬的神车。他并没有拒绝与小伙子按照原定的条件进行比赛。此外，他对自己的骏马充满信心。

珀罗普斯经过长途奔驰，十分疲劳。他和骏马休息了几天，精力恢复后，才去参加比赛，快要接近终点时，依照惯例，先给宙斯献祭了公羊的国王追了上来，挥舞着长矛，准备刺向前面求婚者的后背。珀罗普斯的保护神波塞冬赶来救助，他弄松了国王的车轮，马车摔得粉碎。俄诺玛诺斯飞出马车，即刻坠地而死。

这时候，珀罗普斯驾着四匹飞马顺利地到达终点。他回头一看，只见国王的宫殿烈火熊熊，原来是雷电击中了宫殿，烧得只剩下一根柱子露在外面。珀罗普斯驾着飞车奔到火光冲天的宫殿里，勇敢地救出了她的未婚妻希波达弥亚。

后来，他统治了伊利斯全国，并夺取了奥林匹亚城，创办了闻名于世的奥林匹克运动会。他和妻子希波达弥亚生了很多儿子。儿子长大后，分布在珀罗普纳索斯全境，各自建立了自己的王国。

普洛克涅和菲罗墨拉

潘狄翁是从泥土中生出的厄里克托尼俄斯的儿子，后来成了雅典的国王。潘狄翁娶了漂亮的女水神策雨茜泼，她生下双生子厄瑞克透斯和波特斯，还生下两个女儿普洛克涅和菲罗墨拉。

有一次，忒拜国王拉布达科斯同潘狄翁发生了争斗，率领军队侵入阿提喀。雅典人经过激烈的抵抗，最后都退缩在城内。潘狄翁眼看兵临城下，匆忙向英勇善战的色雷斯国王忒瑞俄斯求援。忒瑞俄斯是战神阿瑞斯的儿子，他迅速率领军队前来解围，最后把忒拜人赶出了阿提喀。潘狄翁为了感谢他，把女儿普洛克涅远嫁给这位声名赫赫的英雄。不久，普洛克涅生下儿子伊迪斯。

不知不觉五年过去了，普洛克涅远离家园，内心感到孤寂，顿生对妹妹菲罗墨拉的思念之情。于是，她对丈夫说："如果你爱我，就请让我回雅典去，把我妹妹接来。或者你去那里，将她接来。你对父亲说，她在这里逗留一段时间就会回去的。不然父亲会担心，不愿放女儿离开很长时间。"

忒瑞俄斯同意了，带着仆人乘船驶往雅典，不久到了雅典的海港城市拜里厄司，受到岳父的热情接待。忒瑞俄斯向岳父转告了妻子的愿望，并向国王保证，菲罗墨拉不会待多长时间。

到了宫殿后，菲罗墨拉亲自前来问候姐夫忒瑞俄斯，不断地向他询问姐姐的情况。忒瑞俄斯见她光彩照人，美艳动人，爱慕之情像烈火一样炽热，暗暗打定主意要得到菲罗墨拉。他暂时按捺住情绪，一本正经地说起普洛克涅对妹妹的想念之情，心中却在酝酿着邪恶的计划。潘狄翁对他赞不绝口，菲罗墨拉也被他迷住了，她恳求父亲同意她到远方看望姐姐。国王答应了女儿的请求。

第二天清晨，年迈的潘狄翁含着热泪同女儿分别，他紧紧地握住女婿的手说："我的儿子，因为你们一致要求，我就把心爱的小女儿托付给你了。凭着我们的情谊，对着天上的诸位神祇，我恳请你，千万要像慈祥的父亲一样爱护妹妹，而且不久后就将妹妹送回来。"他一边说，一边吻着自己的孩子，然后跟他们告别，并请他们转告对女儿普洛克涅和外孙的问候。

船开了，渐渐驶入大海。不久就到了色雷斯，船稳稳地驶进港口，他们一起上了岸。水手们由于旅途疲劳都赶回家去。忒瑞俄斯悄悄地把菲罗墨拉带进密林深处，把她锁在一间牧人小屋里。

菲罗墨拉又惊又怕，流着泪询问姐姐的情况。忒瑞俄斯谎称普洛克涅已经死了，为了不让潘狄翁哀伤，他故意编造了邀请菲罗墨拉的故事。实际上他是为了娶菲罗墨拉为妻，才赶往雅典的。他一边说，一边假惺惺地哭了起来，装成一副伤心的样子。无论菲罗墨拉如何苦苦哀求，都无济于事，她只得流着痛苦的眼泪，不情愿地成了忒瑞俄斯的妻子。

可是，没过多久她就恢复了理智，心里涌起不祥的预感和可怕的怀疑。她默默地思忖，忒瑞俄斯为什么将自己锁在远离宫殿的密林深处，像对待犯人一样？为什么他不让我像真正的王后一样住在他的宫殿里呢？

有一天，她无意中听到仆人们的议论，知道普洛克涅还活着，顿时明白她跟忒瑞俄斯的婚姻是一场罪恶，她成了姐姐的情敌。怒火油然而生，她仇视姐夫对姐姐的背叛，飞快地冲进他的房间，大声对他说她已经知道了真相。她狠狠地诅咒他，发誓要把他卑鄙的行径和罪恶的伎俩公布于众，让人人都知道他是一个无耻的人。

她的话激怒了忒瑞俄斯，也让他感到害怕。为了保险起见，他不愿意让任何人知道他的丑行，可又不敢杀害一个无辜的女子。他想出了一个恶毒的办法。他用剑割掉了她的舌头，她不能说话了。现在，他不再担心有人暴露他的秘密了。他像什么也没有发生似的离开了她，严厉地命令仆人对她严加看管，不准有任何疏忽。

忒瑞俄斯回到宫殿，普洛克涅问他怎么没有同妹妹一起回来。他假惺惺地含着眼泪说，菲罗墨拉已死，并已埋葬了。普洛克涅听了，悲恸欲绝，她脱下金银彩服，换上一件黑纱长服，又为妹妹建了一座空墓，摆上供品奠祭妹妹的亡灵。

一年过去了，受到残酷对待的菲罗墨拉顽强地活了下来，她在严密的看管下，失去了一切自由。她口不能言，无法向世人揭露忒瑞俄斯的卑鄙和可耻的行径。可是，不幸使她变得更加聪明，她坐在织机旁，在雪白的麻纱布上织出了紫铜色的字样，她要把她的悲惨遭遇让姐姐知晓。她费力织成了麻布，然后做着手势哀求仆人将麻布送给王后普洛克涅。仆人不知道其中的奥妙，就答应了。

普洛克涅摊开麻布，发现了上面的字样，知道了丈夫干的骇人听闻的暴行。她欲哭无泪，甚至发不出一声叹息，因为痛苦太深了，她脑子里只有一个念头——报仇！向暴徒报仇！

夜幕降临，色雷斯的女人们热烈庆祝着巴克科斯酒神节。王后也戴上葡萄花环，手执酒神杖，匆忙跟着一群女子来到丛林。她内心充满悲愤和痛苦，大声呼喊，发泄满腔怒火。她躲过看守，悄悄地走近孤零零的牧人小屋，她抑制不住激动的心情，扑向妹妹，拉着她逃了出来，回到忒瑞俄斯的宫殿。

普洛克涅把妹妹藏在一间密室里，告诉她："眼泪救不了我们！为了报仇雪恨，我做好了一切准备。"清晨，她的儿子伊迪斯走进来问候母亲。普洛克涅木然地看着他，小声地自言自语："他长得多么像他的父亲啊！"儿子用小手臂钩住母亲的脖子，在她脸上吻了个遍。母亲的心只是稍微感动了一阵，然后，她一把推开孩子，拿出准备好的尖刀，怀着疯狂的复仇愿望，用力刺进亲生儿子的心口。

国王忒瑞俄斯坐在祖先的祭坛前，他的妻子送上美味的菜肴，他吃完后问道："我的儿子伊迪斯在哪里？"

"远在天边，近在眼前，他离你不能再近了！"普洛克涅冷笑着说。

忒瑞俄斯不解地朝四周张望，这时菲罗墨拉走了进来，把一颗血淋淋的孩子脑袋扔在他的脚下。他顿时明白了一切，马上掀翻了餐桌，拔出剑来扑向拼命逃跑的两姐妹。

她们跑得像飞一样快。跑着跑着，她们真的长出了翅膀，一个飞进了树林，另一个飞到屋顶上。普洛克涅变成了一只燕子，菲罗墨拉变成了一只夜莺，胸前还沾着几滴血迹，这是杀人留下来的印痕。卑鄙残暴的忒瑞俄斯变成了戴胜鸟，高耸着羽毛，撅着尖尖的嘴，永远地追赶着夜莺和燕子，成为它们的天敌。

皮格玛利翁和象牙雕像

塞浦路斯人皮格玛利翁看到一些女子过着荒唐的生活，因而感到厌恶，决定不娶妻室，长期独身而居。

皮格玛利翁有一项绝技，就是雕刻。他虽然坚持单身，却用一块雪白的象牙刻成了一座雕像，这是一位美丽的姑娘，姿容绝世，绝非肉体凡胎的女子可以媲美。雕像完成后，皮格玛利翁一下就爱上了自己的作品。雕像的面部就像是真正的少女的脸庞，仿佛是有生命的，还带着一点羞涩。雕刻技艺之高，使人看不出是人工的创造。皮格玛利翁对雕刻的美人赞赏不已，心里充满了对这假人的热爱。

他时常伸手去抚摸它，看它究竟是血肉之躯还是象牙。他实在不愿承认这迷人的姑娘是象牙雕的。他吻它，而且觉得对方有反应。他对着它说话，握住它纤细的手臂，只觉自己的手指陷进它的手臂，又怕捏得太重，捏出伤痕来。他向它说了许多温存的话，深情款款表达自己的心声。有时又送给它许多姑娘们喜爱的礼物，比如贝壳、光滑的卵石、小鸟、五颜六色的花朵，以及树上滴下的泪珠似的琥珀。他替它穿起衣服，给它戴上宝石指环，脖颈上佩戴一长串项圈，耳朵上戴上珍珠耳环。这些都很美，但是，不加装束的雕像本身的美并不亚于这些装饰品。他在床上铺好紫红色的床单，让姑娘睡在上面，称它为同床共枕的人，还把一个软绵绵的鸟绒枕放在姑娘的头下，好像它有感觉似的。

这一天正是爱神维纳斯的节日，全塞浦路斯岛都集会庆祝。一只只小母牛的角上挂着金彩，被牵到神坛前，雪白的颈上吃了一刀，献上祭祀的神坛。神坛上香烟缭绕，摆满供奉给维纳斯的祭品。皮格玛利翁也不由得供上祭品，结结巴巴地祷告说："万能的天神啊，如果您什么都能赏赐，请赏给我一房妻室吧……"他没敢说"把我的象牙姑娘许配给我"，只说道："把一个就像我那象牙姑娘一样美好的女子许配给我吧！"金发的维纳斯正好在场，听到了祷告人的心意，于是显示了吉兆，祭坛上的火焰连跳三跳，发出三次特别耀眼的光芒。

皮格玛利翁回到家中，立刻去看雕像，俯在榻边吻她。她经他一触，好像有了热气。他又吻她一次，并用手抚摩她的胸口。手触到的地方硬度消失，手指陷了下去，就像黄蜡在太阳光下变软一样。这位多情人十分惊讶，又高兴又怀疑，生怕自己弄错了，再三地用手去试。不错，果然是真人的躯体！他的手指感到脉搏在跳动，身体有着真人的温度。这位帕福斯英雄连连感谢维纳斯，又去吻那嘴唇，这回是真的嘴唇了，娇艳而柔软。姑娘感到有人在吻她，脸蛋立刻羞红了。她抬起浓密的睫毛向光亮处张望，一眼便看见了天光和自己的情郎。

这对甜蜜的恋人结婚的时候，维纳斯也光临了，因为这段婚姻是她成全的。月亮九度圆缺之后，幸福的夫妻俩生了一个女儿，名叫帕福斯，他们生活的这座岛就因为这个可爱的女孩而得名。

伊耳戈英雄

珀利阿斯的险恶用心

伊阿宋是埃宋的儿子，克瑞透斯的孙子。克瑞透斯在帖撒利的海湾建立城池和爱俄尔卡斯王国，并把王国传给儿子埃宋。后来，埃宋的弟弟珀利阿斯篡夺了王位。埃宋死后，他的儿子伊阿宋逃到半人半马的肯陶洛斯族人喀戎那儿，喀戎训练伊阿宋做一个英雄。

珀利阿斯年迈时，他为一种神谕而感到不安。神谕警告他提防只穿一只鞋的人，他反复思忖，也猜不透这话的含义。

伊阿宋二十岁时，动身返回故乡，要向珀利阿斯讨回王位继承权。他带了两支长矛，一支用来投掷，一支用来刺杀。他身上裹着野豹皮，长发披散在肩上。在途中，他经过一条大河，河旁一位老妇求他帮助她渡过河去。实际上，她是神祇之母赫拉，是国王珀利阿斯的仇人。在河中，伊阿宋一只鞋子陷在泥淖里拔不出来。他就一只脚穿着鞋子，一只脚赤着，继续赶路。

伊阿宋来到爱俄尔卡斯的市场上，一群人正在忙忙碌碌，原来是他叔父珀利阿斯正在那里虔诚地祭献海神波塞冬。人们看到伊阿宋英俊魁梧，气宇轩昂，都很惊异，以为是阿波罗或阿瑞斯来到了人间。正在摆设祭品的国王看到走过来的伊阿宋，也不禁吃了一惊，因为这个外乡人只穿了一只鞋子。当神圣的祭祀仪式完毕后，他立即朝这个外乡人走去，问他是谁，家在哪里。珀利阿斯问话时尽量装作若无其事的样子，内心却充满疑虑和恐惧。

伊阿宋大胆地回答，他是埃宋的儿子，在喀戎的山洞里长大。现在他回来了，想看看父亲的旧居。伊阿宋谦和地对叔父说："国王哟，你知道，我是合法君王的儿子，你所占据的一切都是属于我的。但我仍愿意把羊群、牛群和土地都留给你，尽管这些都是你从我父王那儿夺去的。我其他什么都不要，只要讨回我父王的权杖和王位。"

狡黠的珀利阿斯很快地镇定下来，亲切地说："我愿意满足你的要求。但你也必须答应我的一个请求，替我做一件事。我因为年迈体衰，已经无力做这件事了。长久以来，我夜里做梦老是梦到佛里克索斯的阴魂。他要求我让他的灵魂平静，满足他的一个愿望。就是到科尔喀斯的国王埃厄忒斯那儿去，取回他的遗骸和金羊毛。照理该我去，但我现在只得把这光荣的使命交给你了，你可以从中获得无上的荣誉。当你带回这宝贵的战利品时，你就能得到权杖和王位。"

金羊毛的来历

佛里克索斯是希腊北部玻俄提亚国王阿塔玛斯的儿子，当国王离开第一个妻子和忒拜的奠基人卡德摩斯的女儿伊诺结婚后，两个孩子受到后母虐待，整个王国也受到毁灭性瘟疫的侵袭。伊诺在丈夫耳边进谗言，终于使国王相信他的儿子法瑞克斯是这次灾害的罪魁祸首，并要将他献给宙斯以结束瘟疫。可怜的孩子被推上了祭坛，将要被处死。

佛里克索斯的生母是云神涅斐勒，为了搭救儿子，她让儿子和女儿骑在有双翼的公羊背上逃走。公羊的毛是纯金的，是她从神使赫耳墨斯那儿得到的礼物。姐弟俩骑着这头神奇的羊凌空飞翔，当他们飞过隔开欧洲和亚洲的海峡时，女儿赫勒由于看到浩瀚的海洋而头晕目眩，最终掉进大海淹死。这个海峡从此就叫作赫勒斯海峡。佛里克索斯则平安到达黑海沿岸的科尔喀斯，受到国王埃厄忒斯的热情接待，并把女儿卡尔契俄珀许配给他。

佛里克索斯宰杀金羊祭献宙斯，感谢保佑他逃脱。他把金羊毛作为礼物献给国王埃厄忒斯，国王又将它转献给战神阿瑞斯，将它钉在纪念阿瑞斯的圣林里，并派一条火龙看守着。因为神谕告诉他，他的生命跟金羊毛紧紧地联系在一起，金羊毛存则他存，金羊毛亡则他亡。

伊阿宋真的同意了。他没有看出叔父的真正用意是要他冒险身亡，欣然答应完成这次冒险事业。

乘船出发

希腊著名的英雄们都被邀请参加这一英勇的壮举。聪明绝顶的建筑师阿利斯多的儿子伊耳戈在佩利翁山脚下，在雅典娜的指导下，用在海水里不会腐烂的坚木造了一条华丽的大船，船上共有五十支船桨。大船用造船者的名字命名为“伊耳戈”号，这艘船是希腊人在海上航行的最大的一艘船。帆具用多多那神庙前的一棵会说话的栎树上的木料制成，木板可用来占卜，这是女神雅典娜的赠物。华丽的大船两侧装饰着富丽的花纹板，但船体很轻，所以英雄们可以把它扛在肩上运走。

大船造好装备停当后，伊耳戈船上的水手抽签决定自己在船上的位置。伊阿宋担任船上的指挥，提费斯掌舵，眼力敏锐的林扣斯为领航员，著名的英雄赫拉克勒斯掌管前舱，阿喀琉斯的父亲珀琉斯和埃阿斯的父亲忒拉蒙负责后舱。其余的水手还有宙斯的儿子卡斯托耳和波吕丢刻斯，皮罗斯国王涅斯托耳的父亲涅琉斯，忠贞妻子阿尔刻提斯的丈夫阿德墨托斯，杀死卡吕冬野猪的墨勒阿革洛斯，天才的歌手俄耳甫斯，帕特洛克罗斯的父亲墨诺提俄斯，后来当了雅典国王的忒修斯和他的朋友庇里托俄斯，赫拉克勒斯的年轻朋友许拉斯，海神波塞冬的儿子奥宇弗莫斯和小埃阿斯的父亲俄琉斯。

起航前，所有的英雄都给波塞冬和其余海神献祭，并虔诚地祈祷。当所有的英雄在船中就位后，伊阿宋一声令下，拔锚起航。五十支船桨一起划动，大船乘风破浪地前进，不久，爱俄尔卡斯港就远远地被抛在后面。英雄们意气风发，驶过了海岛和山峦。第二天，海上起了一阵大风，汹涌的波浪把他们一直送到雷姆诺斯岛的港口。

雷姆诺斯岛的女人们

雷姆诺斯岛一年前发生了一件怪事，女人们几乎都杀死了她们的丈夫，因为她们的丈夫从色雷斯带回了许多外乡女子，爱神阿弗洛狄忒激起了她们的妒火。女人中只有许珀茜柏勒原谅了她的父亲托阿斯国王，将他藏在木箱里，抛在大海上，任其漂流。

从此以后，女人们总是担心色雷斯人会来袭击雷姆诺斯，她们常常怀着戒心站在岸边眺望海上，提防有船只突然驶来。当她们看到“伊耳戈”号快速靠近海岸，不由得惊恐起来。她们全副武装，纷纷冲出城门，像亚马逊女人国的士兵一样，在海岸上严阵以待。

伊耳戈英雄们看到海岸上麇集着一群武装的女人，却没有一个男人，非常惊异。他们派出一位使者，手持和平节杖，乘一只小船靠岸，去见女王许珀茜柏勒。使者彬彬有礼地传达了伊耳戈英雄们的请求，让他们进港休息。女王建议把食物、美酒和其他的必需品送上船去，以这种友好的姿态来保障自身的安全，让这批异乡人远远地待在城外。

一个老得连说话都十分费劲的女人建议说：赶快把一切财产交给异乡人，让他们来治理这个城市。老人的建议得到了女人们的赞同。女王派出一名年轻的女子随使者一起回到船上，向伊耳戈的英雄们表达了她们的愿望。英雄们听了都很高兴，他们毫不怀疑，还以为许珀茜柏勒是在父亲死后和平地继承王位的。

伊阿宋披上雅典娜赠送的紫色斗篷，动身进城了。当他穿过城门的时候，女人们拥出门来欢迎他，对这位客人感到很满意。伊阿宋按照礼仪，双目注视地上，疾步朝女王的宫殿走去。侍女们打开宫门，热情地欢迎贵客。年轻的女使者把他一直领进女君主的内室。

许珀茜柏勒低垂着头，脸颊上泛起一阵红晕。她以温柔而羞涩的声音说："异乡人，你们为什么缩在城外呢？雷姆诺斯城里没有男人，你们一点也不用害怕。我们的丈夫不讲信义，背弃了我们。他们把战争中抢来的色雷斯女人纳为小妾，并且移居到她们的故乡去了，还带走了儿子和男佣，我们却孤孤单单地被抛在这里。所以，我希望你们留在这里。假如你愿意，你可以代替我坐我父亲的王位，做我们的首领。我们的王国是大海中最富饶的岛屿，这地方你们一定会喜欢。希望你回去以后把我的建议告诉你的伙伴们，别再停留在城外了。"

伊阿宋回答："尊敬的女王，我们怀着感激的心情接受您的帮助。我会把您的建议告诉我的同伴，我也愿意重新回到城里来。但我们都不能接受王杖和岛屿，还是请您自己执掌吧！并不是我看不起它们，而是在遥远的地方，激烈的战争还在等待着我。"

伊阿宋回到船上，英雄们同意进城。伊阿宋直接住在宫里，其他人分住在这里那里，大家都很高兴。只有赫拉克勒斯生来厌恶女色，仍然坚持跟少数几个伙伴留在船上。现在城内家家欢宴，美酒飘香，欢歌笑语，献祭的烟火缭绕，袅袅地飘上云霄。女人和客人都虔诚地膜拜岛屿的保护神赫淮斯托斯和他的妻子阿佛洛狄忒。出航的日期一天天地拖延，要不是赫拉克勒斯忍不住催促他的伙伴们动身，伊耳戈的英雄们就会一直留恋下去！

"你们这些傻瓜，"他鄙夷地说，"难道自己国家的女人还不够你们享受吗？难道你们是为妻室才到这里的？难道你们想要留在雷姆诺斯像农人一样地过日子吗？你们以为天上的神祇会取来金羊毛，放在我们脚下吗？我们干脆回去算了。按照我的意思，让伊阿宋留在这里娶许珀西柏勒为妻，生一大堆儿子，从此，听凭别的英雄创立丰功伟绩吧！”赫拉克勒斯生性倔强，没有人敢违抗他。众人收拾停当，准备出航。

城里的妇人们猜到了他们的意图，不得不屈服于命运的安排。伊阿宋第一个回到船上，其他人也跟着他上了船。英雄们解下缆绳，摇动船桨。不久，就把雷姆诺斯岛抛在了后面。

与杜利奥纳人的致命误会

从色雷斯来的风把伊耳戈英雄们的大船，吹送到夫利基阿海岸。那里有一座基奇科斯岛，岛上住着杜利奥纳人，他们的邻人是极其野蛮的土著巨人。这些巨人有六条胳膊：宽阔的肩膀上各长一条，两腰又各长两条。

杜利奥纳人是海神的子孙，海神保护他们不受巨人的侵犯。他们的国王是虔诚的基奇科斯。他听说海上驶来一艘大船，便马上和全城人出来迎接伊耳戈英雄，并请他们把船停在港口，因为国王曾经听到过一种神谕：如果有一队高贵的英雄前来，他应该友好接待，千万不能和他们发生冲突。国王牢记神谕，所以热情地款待他们，宰杀了许多牲口，并送上美酒，慷慨地招待伊耳戈英雄。

基奇科斯国王还是个青年，伊耳戈英雄们告诉他出航的目的和意图，他也给他们详细指点应走的路程。第二天清晨，他们登上一座高山，观察这岛在海上的方位。突然，一群巨人从四处拥来，用巨大的山石把港口封堵起来，不让船只进出。“伊耳戈”号还留在港口，仍由不愿上岸的赫勒克勒斯守卫，他看到来了一批巨人侵犯港口，便持弓搭箭，射死了许多巨人。其他英雄闻讯赶来，把巨人们打得一败涂地，如同砍伐下来的树木躺倒在港口周围。伊耳戈英雄们取得了胜利，再次扬帆起航。

夜里，海上的风向转了。在伊耳戈英雄们还没觉察到的时候，又被大风吹回杜利奥纳海岸，他们还以为到了夫利基阿港呢！杜利奥纳人被登陆的嘈杂声从睡梦中惊醒，急忙拿起武器应战，认不清对方原来就是他们昨天隆重款待过的朋友。

双方展开了不幸的厮杀！伊阿宋英勇无比，亲手把长矛刺入慷慨而又虔诚的国王基奇科斯的胸膛。杜利奥纳人逃回城内，紧闭城门。到第二天太阳升起时，双方这才发现闹了一场可怕的误会。

伊阿宋和他的英雄们看到国王躺在血泊中，心中充满了无限的悲痛，接连三天，他们和杜利奥纳人一起哀悼死者。最后，英雄们又扬帆出海了。国王的妻子克利特因忧伤过度而死。

赫拉克勒斯留了下来

在暴风雨中航行一程后，伊耳戈英雄们在奇奥斯城附近的俾斯尼亚海湾登陆。生活在这里的密西埃人友好地款待客人，燃起熊熊的篝火为他们取暖，用绿色的树叶为他们铺上柔软的床，晚餐时还送上丰富的食物和美酒。

赫拉克勒斯在途中放弃了一切舒适的享受。这次他又离开了同伴们，独自走进茂密的树林，去寻找一棵结实的松树，用来削制一支更好的船桨。不久，他果然发现了一棵合适的大树。他双手抱住树干，用力将大树连根拔起，看上去大树像被飓风吹倒一样。

这时，赫拉克勒斯的朋友许拉斯也离开了餐桌。赫拉克勒斯在征伐德律约时，因争吵打死了许拉斯的父亲，后来把他领回来抚养，让他当了自己的仆人和朋友。许拉斯带了一只铁罐，到泉边去为主人和朋友们取水。一轮圆月发出清辉，年轻的许拉斯映着月光，显得更加英俊。他到了泉边，弯下腰去打水，水中的女仙被他美丽的身影迷住了，突然伸出左手抱住他的脖子，又用右手抓住他的手臂，把他拖入水中。

泉水附近的波吕斐摩斯正在等候赫拉克勒斯，突然听到许拉斯的呼救声，却找不到他。这时，赫拉克勒斯从树林里出来。

“我必须告诉你一个不幸的消息。”波吕斐摩斯急忙对他说，“许拉斯去泉边打水，却未见回来。不知道是被强盗抓去，还是被野兽吃了，我只听到他恐怖的呼喊声。”赫拉克勒斯听到这话，愤怒地扔下松树，急忙朝泉边奔去。

启明星高高地悬挂在山峰上空。微风吹拂，送来凉意。舵手催促英雄们赶快上船。他们借着顺风，趁着月色愉快地航行了一程，突然有人发现还有两位伙伴——波吕斐摩斯和赫拉克勒斯没有上船。是回去找他们，还是继续航行，这个问题引起大家激烈的争执。伊阿宋一言不发，静静地坐在那里，忧心如焚。

忒拉蒙沉不住气了，暴怒地说：“你怎么能若无其事坐在这里？也许你怕赫拉克勒斯比你强，夺去你的荣誉！你听到大家的议论了吗？即使同伴们都支持你，我也愿意独自回去寻找失落的伙伴。”他的眼里射出愤怒的火光。要不是北风神波瑞阿斯的两个儿子卡雷斯和策特斯抓住他的双手阻止他，他真的会逼迫大家驶回去。

正在他们吵得不可开交时，从波涛滚滚的海里跳出了海神格劳科斯。他用强劲有力的手拖住船尾，高声喊道：“英雄们，你们吵什么？你们为什么要违背宙斯的愿望，把勇敢的赫拉克勒斯带往埃厄忒斯？命运注定他另有一番英雄事业要干。而许拉斯已经被水仙抢去，这个水仙被爱情之箭射中了。赫拉克勒斯是为了他才留下来的。”说完话，他又沉入水中，海面上留下一个急转的黑色旋涡。忒拉蒙感到羞愧，他走到伊阿宋面前，恳求谅解说：“伊阿宋，别生我的气，我因忧虑失去了理智。忘掉我的粗暴行为，让我们和好如初吧！”伊阿宋握住他的手，表示和好。于是，他们高高兴兴地在海上继续航行。

波吕斐摩斯留在密西埃人那里，并为他们建了一座城池。赫拉克勒斯继续去宙斯要他去的地方。

拳击手波吕丢刻斯和珀布律喀亚国王

第二天清晨，他们来到一个伸入大海的半岛附近，抛了锚，准备休息。这里是珀布律喀亚王国，国王是野蛮的阿密科斯。阿密科斯生性好斗，他规定外乡人必须和他进行拳击比赛，只有取胜才能离开他的王国，为此，许多人的性命断送在他的手里。

伊耳戈英雄刚上岸，阿密科斯就上前挑衅。伊耳戈的英雄中，有一个希腊最杰出的拳击手，名叫波吕丢刻斯，他是宙斯和勒达的儿子。一听国王的挑战，他被激怒了，跳上前去接受挑战。珀布律喀亚国王上下打量着这个勇士，眼珠子骨碌碌地转动着。波吕丢刻斯微微一笑，显得十分镇静。他伸出双手，试着挥动了一阵，看看它们是否因为长久掌舵而变得不灵活了。当英雄们离开大船时，双方早已面对面地站好位置。国王的一个奴仆朝他们丢下两副赛拳的皮套。

波吕丢刻斯仍然默默地微笑着，拿起就近的一副手套，转过身来，让朋友们套紧在双手上。珀布律喀亚国王也同样这样做了。

拳击开始了。国王朝希腊人奋力冲过来，连连出击，使波吕丢刻斯没有喘息和还手的机会。但波吕丢刻斯总是巧妙地躲过他的攻击，不让他的重拳落到身上。不一会儿，他就发现了对手的弱点，于是伺机向他挥去重重的几拳，国王这才领略到对方的厉害。双方你一拳，我一拳，咬牙切齿地格斗起来，直到两人都气喘吁吁，才站开来休息，深深吸口气，擦去满头大汗。

当他们重新交手的时候，阿密科斯一拳朝对方脑袋击去，不料打空，只打中对方的肩膀。波吕丢刻斯乘机挥拳击中国王的耳根，国王痛得跪倒在地上。

伊耳戈英雄们齐声欢呼。珀布律喀亚人急忙过来帮助国王。他们挥舞棍棒和长矛，朝波吕丢刻斯冲了过来。伊耳戈英雄们也拔刀迎战，护住了自己的朋友。

一场血战后，珀布律喀亚人抵挡不住，被迫逃进城中。英雄们拥入畜栏，得到了丰富的战利品。夜晚，他们就留在岸上，包扎伤口，向神祇献祭，通宵欢乐地畅饮美酒。他们还从桂树上折下树枝，编成花冠戴在头上。俄耳甫斯弹着琴，大家唱着赞美歌。

菲纽斯和女人鸟

黎明时，伊耳戈英雄继续他们的航程。经历了几次冒险，他们来到俾斯尼亚的对岸抛锚休息，英雄阿革诺耳的儿子菲纽斯住在这儿。因为他滥用了阿波罗传授给他预言的本领，所以到了晚年突然双目失明。那些丑陋而讨厌的长着妖妇头的女人鸟，不让他安安静静地用餐。它们尽可能抢走他面前的饭菜，又把剩下的饭菜弄脏，使他无法食用。但他一想到宙斯的一个神谕，便感到欣慰。神谕说，北风神波瑞阿斯的儿子和希腊水手到来时，他就可以安静地进餐。

现在他听说来了一条船，便急忙来到岸边。他已经饿得皮包骨头，活像一个影子，衰弱得走起路来摇摇晃晃。当来到伊耳戈英雄们的面前时，他累得倒在地上。英雄们围住这个可怜的老人，看到他枯槁的样子，非常惊讶。

老人苏醒过来，恳求他们："英雄们，如果你们真像神谕暗示我的那样，是我的救星，那就赶快援助我吧。复仇女神不仅使我双目失明，而且派来可怕的怪鸟抢劫和糟蹋我的食物。你们援助的不是一个外乡人，而是一个希腊人，阿革诺耳的儿子菲纽斯，过去也是一个国王。能够救我脱离苦难的是波瑞阿斯的儿子，他就是克勒俄帕特拉的弟弟，也是我的妻弟。原来北风神波瑞阿斯曾因追求雅典国王厄瑞克透斯的女儿奥律蒂里阿遭到拒绝而发怒，把她从空中带到遥远的色雷斯，住了下来，生下两个儿子策特斯和卡雷斯，还生了两个女儿克勒俄帕特拉和茜欧纳。"

波瑞阿斯的儿子策特斯听到这话，立刻上前拥抱他，并答应请他的兄弟们帮助，为国王驱除这些怪鸟。

他们为他摆下一桌丰盛的食物，他还没来得及进食，一群怪鸟就一阵风似的从空中扑下来，贪婪地啄食。英雄们大声吆喝，可它们无动于衷，仍然在餐桌上吞食，直到把一切都吞光，然后飞上天空，留下一片令人无法忍受的恶臭。

策特斯和卡雷斯拔剑追赶它们，宙斯又借给他们双翼，赋予他们无穷的力量。他们越追越近，几乎伸手就能抓住它们，马上要砍断它们的脖子了。突然，宙斯的使者伊里斯出现了，朝他们呼唤道："波瑞阿斯的儿子们，千万别杀死伟大的宙斯的猎犬——女人鸟。但我可以指着斯提克斯河发誓：这些怪鸟再也不会折磨阿革诺耳的儿子了。"策特斯和卡雷斯听到这话，停止了追赶，返回船上。

希腊的英雄们为年老的菲纽斯准备圣餐，宴请这位饿得奄奄一息的国王。他贪婪地吞食着洁净而丰盛的食物，好像这一切发生在梦中一样。夜晚，年迈的国王菲纽斯为感谢他们，便给他们说了一个预言。

"你们最初将在塞诺斯狭窄的海峡中碰到撞岩，这是两座陡峭的山岩。它们不是从海底生长的，而是从远方漂来的，有时海流将它们聚拢相撞，有时又将它们分开。两山之间潮水奔腾，发出可怕的吼声。如果你们不想被挤碎，在经过两山之间时必须用力地飞快划桨，让船能像鸽子一样飞过。过了那里之后，你们会来到玛丽安蒂纳海滨，那是通向地狱的入口。你们将经过许多山川、海湾、亚马逊女人国和汗流满面地从地下挖掘铁矿的卡律贝尔人的地方。最后，你们将到达科尔喀斯海滨，宽阔的法瑞斯河的湍急水流从那儿流入大海。最后你们将看见埃厄忒斯国王的宏伟的城堡，就在那里，有一条从不睡觉的巨龙看守着悬挂在栎树树冠上的金羊毛。"

英雄们听了老人的话，心里不寒而栗。他们正想询问别的问题，波瑞阿斯的两个儿子已经从空中降落在他们中间。他们给国王带来了伊里斯的口信，国王听了十分欣慰。

可怕的撞岩

伊耳戈英雄们又踏上了新的冒险旅途。几天之后，他们听到远方传来雷鸣般的巨响，这是附近海面上浮动的两座巨大的撞岩发出的轰响，伴随着海岸上巨大的回音和海浪的呼啸声。提费斯在舵旁细心观察，把稳船舵。年轻的奥宇弗莫斯从船舱里站起来，手上托着一只鸽子。菲纽斯曾经预言，如果鸽子能够无所畏惧地从两座撞岩间飞过，那么他们就可以放心地前进。

两座巨岩刚刚分开的时候，奥宇弗莫斯急忙放出鸽子。大家满怀期待地注视着。鸽子正飞过去，两座巨岩又开始互相靠近。海水在海峡中掀起巨浪，海空都在咆哮，两座漂浮的巨岩快要靠在一起了，只给鸽子留下一线飞越的空间。鸽子扇动翅膀，终于安全地飞了过去，撞合的岩石夹掉了鸽子的尾羽。

提费斯高声地鼓励划桨的英雄乘巨岩分开之机奋勇划去。海水把船一下吸了进去，船随着水流向前，灾难威胁着他们。巨浪排山倒海似的席卷而来，英雄们不禁倒抽一口气，急忙埋下头来。提费斯镇定自如，下令停止摇桨。巨浪翻滚着冲入船底，把船高高托起，高过了正在合拢的巨岩。现在，他们齐心协力，拼命划桨。突然，旋涡又把船扯进悬岩中间，岩石差点擦到船身。要不是雅典娜暗中悄悄地推了一把，他们的船就会被撞得粉碎。不过，撞合的岩石还是夹住了船尾的几块木板。木板被压成碎片掉进海里，瞬间就被冲走了。当他们重新见到蓝天和空旷的大海时，真觉得自己像是从地狱里逃出来的。

“这不是由于我们的力量才取得成功的！”提费斯大声说，“是雅典娜助了我们一臂之力。现在我们再也用不着害怕了，因为根据菲纽斯的预言，我们以后碰到的其他险阻都能轻松地闯过！”伊阿宋却悲伤地摇了摇头说：“善良的提费斯啊，当珀利阿斯说服我担负此任时，这倒使神祇们为难了。其实我倒愿意当时被他剁成碎块！现在我日日夜夜为你们的生命担忧。我能够使你们免除危险，带领你们平安地回到家乡吗？”伊阿宋说这话，只是试试他的同伴们的心。英雄们都热烈地向他欢呼，要求继续前进。

亚马逊部落和卡律贝尔王国

英雄们又精神饱满地继续航行，终于来到忒耳莫冬河的入海口。这条河同世界上其他河流都不同，它发源于深山之中的一处泉水，流了一段后分成九十六条支流，奔流入海。亚马逊人就住在一条最宽的河流入海处。

这个民族全是女子，是战神阿瑞斯的后裔，生性好战。她们不是住在城里，而是分成许多部落，散居在乡村。伊耳戈英雄们如果从这里登陆，那么毫无疑问跟亚马逊女人会有一场血战，因为她们能与善战的英雄们匹敌。

一阵西风吹来，使船改变了航向，伊耳戈英雄们避开了好战的亚马逊女人。经过一天一夜的航行，如同菲纽斯预言的那样，他们到达卡律贝尔王国。这儿的人既不务农，也不放牧，整天在荒凉的土地里采掘铁矿，以此与邻国的人交换食品。他们在阴暗的地窖和浓密的烟雾中艰苦地劳动，过着没有欢乐的日子。

阿瑞蒂亚的鸟

伊耳戈英雄们到达阿瑞蒂亚，或称阿瑞岛的时候，一只鸟儿扇动翅膀飞临大船上空，射出一支尖尖的羽毛箭，击中英雄俄琉斯的肩头。俄琉斯痛得倒在船舱里，不能继续划桨。他的同伴们给他拔出羽毛，包扎伤口。他们看到这样的飞箭十分奇怪。不一会儿又飞来第二只鸟。克吕蒂沃斯弯弓搭箭，一箭射去，飞鸟应声落下，掉在船上。

“看来岛屿近在眼前了！”富有航海经验的安菲达姆斯说，“别理这些鸟儿。它们一定很多，假如我们登陆，可没有这么多箭去射杀它们。我们得想个办法驱逐这些好斗的飞鸟。我建议你们都戴上插有高高羽饰的头盔，再用闪亮的长矛和盾牌装点在船上，然后大声吼叫。鸟儿听到叫声，看到头盔上的羽毛、尖锐的长矛、闪光的盾牌，一定会吓得飞走的。”

大家称赞这是一个好主意，全都照他的建议做了。他们再没有看到一只鸟。当他们临近海岛，并撞击矛和盾发出一阵阵轰轰的声响时，无数受惊的鸟儿从岸上飞起，掠过船的上方，像乌云一样。伊耳戈的英雄们用盾牌护住自己，鸟儿尖锐的羽翎飞蝗似的落下来，却无法伤害他们。这些惊恐的鸟儿穿过大海，远远飞到对面的海岸上。伊耳戈的英雄们登上了海岛。在这里，他们意外地遇到了朋友和伙伴。

佛里克索斯的儿子们

他们上岸走了没几步，遇到了迎面走来的四位衣衫褴褛的年轻人。其中一个打招呼说：“好心的人啊，不论你们是谁，请帮帮我们这些可怜的落难人吧，给我们几件衣服穿，再给我们一点食物充饥！”伊阿宋友好地帮助他们，并询问他们的姓名和身世。

“你们一定听过关于佛里克索斯的故事，他是阿塔玛斯和涅斐勒的儿子。”这个年轻人回答说，“他把金羊毛带到了科尔喀斯，国王埃厄忒斯把大女儿卡尔契俄珀许配给他，我们就是他的儿子。我的名字叫伊耳戈斯，我们的父亲佛里克索斯不久前去世了。我们根据他的遗嘱，航海去取他留在俄耳科墨诺斯城的宝物。”

听了这话，英雄们非常高兴。伊阿宋立即认他们为堂兄弟，因为他们的祖父阿塔玛斯和克瑞透斯是亲兄弟。这几个小伙子继续说到他们的船怎样遭遇风浪而沉没，他们怎样抱着一块船板，漂流到这无人救助的岛屿。伊耳戈英雄们也把出海的意图告诉他们，希望他们加入自己的队伍。

四个年轻人一听，惊恐得瞪大了眼睛。“我们的外祖父埃厄忒斯是个残酷的人，据说是太阳神的儿子，具有非凡的力量。他统治着科尔喀斯地方的无数种族，而金羊毛旁边还有一条可怕的巨龙看守着。”

埃阿科斯的儿子珀琉斯霍地站起来说：“你们别以为我们会败在科尔喀斯国王的手下，别忘了我们也是神祇的子孙！”

到达科尔喀斯

第二天清晨，“伊耳戈”号又扬帆出航了。经过一昼夜的航行，他们看到了高加索的山峰隐隐约约地耸立在海面上。暮色降临时，他们听到空中鸟儿急飞的声音，那是去啄食普罗米修斯肝脏的苍鹰。它在船的上方的空中飞翔，猛烈地扇动强健的翅膀，掀起一阵阵大风，鼓起了船帆。一会儿，他们听到远方传来普罗米修斯的呻吟声，因为雄鹰正在啄食他的肝脏。又过了一阵，呻吟声消失了。他们看到苍鹰在高空中扇动着翅膀，往回飞去。

当天夜里，他们到达了目的地，即法瑞斯河的出海口。几个人卸下船帆，然后把船划到宽阔的河面上，溯流而上，波浪似乎都在船前绕开了道路。船的左边是高加索山和科尔喀斯王国的都城基泰阿，右边是广袤的田野和阿瑞斯的圣林。在那里，一条巨龙瞪大不眠的眼睛，看守着挂在栎树树冠上的金羊毛。

伊阿宋站起来，端着盛满酒的金杯，高举起来，浇祭河流和大地母亲，祭奠诸位神祇以及在途中死去的英雄们。他请求诸神帮助，保护“伊耳戈”号。伊阿宋当即吩咐把船停在阴凉的河湾里。他们一躺下就睡着了。

伊阿宋走进埃厄忒斯的宫殿

清晨的阳光把他们唤醒，伊耳戈英雄们开始商量。伊阿宋站起来说：“我有个建议：大家都安静地留在船上，不过得拿着武器，做好准备。我想带佛里克索斯的四个儿子，另外再从你们之中挑选二人，一起到国王埃厄忒斯的宫殿去。我婉言问他是否愿意把金羊毛交给我们。毫无疑问，他会拒绝我们的要求，但这样做所发生的一切后果，都必须由他负责。谁知道呢，也许我们的劝说能够使他改变主意。上次他不是也曾被人说服，同意收留从后母那儿逃出来的无辜的佛里克索斯吗？”

年轻的英雄们同意伊阿宋的建议。于是，他手持赫耳墨斯的和平杖，带着佛里克索斯的儿子们和他的同伴忒拉蒙和伊利斯国王奥革阿斯离开大船。他们踏上一块长满柳树的田野，看到树上吊着许多用链子捆着的尸体，感到很恐怖。死者生前不是罪犯，也不是被杀害的外乡人。在科尔喀斯有个风俗，死去的男人不许火化或者土葬，而要用生牛皮裹起来，吊在远离城市的树上，让尸体风干。只有妇女死后才埋葬入土。

科尔喀斯是一个人数众多的民族。为了让伊阿宋和他的同伴不被居民发现，伊耳戈英雄的保护女神降下浓雾把他们遮掩起来。直到他们进入宫殿后，雾才消散。他们站在宫殿的前庭，看着厚实的宫墙、巍峨的大门和雄伟的立柱，都感到惊讶不已。整个建筑围了一道石墙。他们悄悄地跨过前院的大门，院子里有上面爬满葡萄藤的亭子和四股川流不息的喷泉。奇怪的是，一股喷出牛奶，一股喷出葡萄酒，一股喷出香油，最后一股喷出冬暖夏凉的水。

这是技艺高超的赫淮斯托斯为国王精工制成的。他还制造了口中喷火的铜牛和坚固的铁犁。赫淮斯托斯将这些工艺品全部献给埃厄忒斯的父亲太阳神，感谢太阳神在与巨人之战中救出了他，让他躲进太阳车里逃跑。

他们由前院走进中庭。两旁廊柱从左右分开，通往许多宫室和林荫道。伊耳戈英雄们往前走时，看到几座相对的宫殿。一座宫殿里住着国王埃厄忒斯，另一座宫殿里住着他的儿子阿布绪尔托斯，其余的住着宫女和国王的女儿卡尔契俄珀和美狄亚。

小女儿美狄亚平常很少露面，因为她是赫卡忒神庙的女祭司，常常住在神庙里。这天早晨，希腊人的保护女神赫拉让她留在宫殿里。正当她离开自己的房间准备去姐姐那里时，途中突然碰到了这些英雄。她惊叫起来，卡尔契俄珀听到叫声，急忙开门出来，失声欢叫起来，因为她看到面前站着自己的四个儿子。他们立即扑入母亲的怀抱。母子五人团聚，悲喜交集。

爱神之箭

埃厄忒斯和他的王后厄伊底伊亚也闻声赶来。不一会儿，庭院里挤满了人，一片欢腾。奴仆们有的为款待客人忙着宰杀一头大公牛，有的劈木柴，生火，还有的在忙着烧水。正当大家忙碌的时候，爱神抽出一支箭，瞄准国王的女儿美狄亚。谁也没有发现飞箭，美狄亚也没看见，她只觉得心口一阵灼痛，不时地深深吸着气，然后偷偷地抬头注视着伊阿宋。她不再想别的事，心中充满甜蜜的痛苦，脸上羞得绯红。欢乐的嘈杂声中，没有人发现美狄亚的心事。

喷火的神牛

仆人们端上佳肴美酒，伊耳戈英雄们已经沐浴更衣，高高兴兴地在餐桌旁坐下，享用丰盛的美食，并且畅饮起来。席间，埃厄忒斯的外孙叙述了途中的遭遇，国王乘机悄悄向他打听这些外乡人的情况。

“我不想对您隐瞒，外祖父。”伊耳戈附在他的耳后低声说，“这些人是为了金羊毛才来找你的。有个国王想把他们赶出他们的国土，因此派给他们这个危险的任务。他希望这群英雄会惹起宙斯的愤怒，招致佛里克索斯的报复。帕拉斯·雅典娜帮助他们建造了一艘坚固的大船，这船经得起惊涛骇浪。全希腊的英雄们都勇敢地集合在这条船上。”

国王听后吃了一惊，十分恨他的外孙们，他认为一定是他们引来了这么多外乡人，进了他的王宫庭院。国王眼里充满着怒火，大声地说：“你们这些强盗，滚出去，别让我看见你们！你们不是来取金羊毛，而是来抢我的王杖和王位的。要不是你们远道而来，做了我的宾客，我不会饶了你们！”

忒拉蒙听后十分生气，正想站起来回骂国王，伊阿宋及时阻止了他，温和地说：“埃厄忒斯，请你放心，我们并不是来抢劫的。谁愿意漂泊过海，经历如此险恶的航程，前来夺取别人的财产呢？是可怜的命运和暴君的命令把我推上了这条路。你如果把金羊毛送给我，全希腊人都会因此称赞你，我们也一定会报答你的好意。如果你遇上战事，我们就是你的盟友，我们将为你而战！”

伊阿宋说这些话，是想和国王和解，国王却在暗暗思忖究竟是立刻把他们杀死，还是先试试他们的力量。他细细想了一会儿，觉得后一个办法比较合适，于是渐渐地平静下来，说：“何必如此胆怯呢？如果你们真是神祇的子孙，就有本事把金羊毛取回去。我喜欢勇敢的男子汉，愿意把一切都赏赐给他们。可是，你们如何才能向我显示你们的本事和力量呢？我有两只神牛在阿瑞斯的田地里吃草，它们有着铜蹄，鼻中喷火。我习惯用这两头牛耕地，当土地全耕好后，我在垄沟里撒下的不是谷物，而是可怕的龙牙，而收获的是一群男人。他们从四面八方朝我拥来，我必须挥动长矛，把他们一个个刺倒在地。每天，我清晨给牛套上轭具耕种，直到晚上收获后我才能休息。外乡人，如果你能够像我一样，当天完成这件事，你就可以带走金羊毛。否则我是不能给你的，因为勇敢的男子汉是不畏艰难险阻的。”

伊阿宋默默地坐在那儿，拿不定主意，因为他不敢冒昧答应做一件恐怖的冒险事。后来，他坚定地说：“不管这任务多么艰巨，我愿意经受考验。我愿意为此而死。对一个凡人来说，难道还有比死更糟糕的吗？命运把我送到这里，我愿意听从命运的安排。”

伊耳戈的建议

伊阿宋和两位同伴立即从座位上站起身来，佛里克索斯的儿子中只有伊耳戈斯愿意跟他们走，他们离开了宫殿。美狄亚的目光透过面纱注视着伊阿宋，她的灵魂早已跟着他一路去了。当她重新回到自己的房间时，她不禁淌下了眼泪，自言自语：“我干吗悲伤呢？这位英雄跟我有什么相干呢？无论他是最显赫的英雄，还是最糟糕的胆小鬼，甚至他命该死去，这都是他的事情。可是，唉，但愿他能逃脱厄运！仁慈的女神赫卡忒，保佑他平安回家吧！如果他注定要被神牛制伏，那么也该让他预先知道，至少我为他可怕的命运感到担心！”

回船的路上，伊耳戈对伊阿宋说：“你也许不赞成我的建议，不过我还是愿意告诉你。我认识一位姑娘，她从幽冥女神赫卡忒那儿学会了调制魔汤。如果我们能够争取她的援助，我敢肯定你准能胜利地完成这项任务。只要你愿意，我就去试试，争取得到她的支持。”

“如果你愿意去，我的朋友，”伊阿宋说，“我不会阻止你。可我们依靠一个女人才能回去，那是多么难为情的事。”

说话间他们已经来到船上，伊阿宋告诉同伴们他对国王作的承诺。好一会儿，他的朋友们坐在那里没吭声。最后，珀琉斯站起来打破了沉默。他说：“伊阿宋，如果你想履行你的诺言，那就请你准备吧！如果你觉得没把握，那就干脆别去做。可是，在这种情况下，你要知道，你的朋友们面临的结局只有死亡，没有别的了。”

忒拉蒙和另外四个伙伴忍不住跳了起来，一想到这是一场艰难的冒险，就感到亢奋，渴望拼杀一场。伊耳戈使他们安静下来，继续说：“我认识一位姑娘，她擅长魔法。她是我母亲的妹妹，让我去说服母亲，争取那位姑娘的支持。到那时候，我们才能讨论伊阿宋如何去完成他的任务。”

他的话刚说完，突然出现了一种预兆：一只被秃鹰追赶的鸽子，扑进伊阿宋的怀里，俯冲下来的秃鹰却像石头一样掉在船尾的甲板上。看到这情景，一位英雄突然想起年迈的菲纽斯的预言，阿佛洛狄忒将会帮助他们返回家园。因此所有的人都同意伊耳戈的计划。大船靠岸停泊，英雄们在船上等着伊耳戈回来。

伊耳戈找到了母亲，请她说服她妹妹美狄亚帮助希腊英雄。卡尔契俄珀十分同情这些外乡人，可她不敢触怒父亲，现在儿子恳切央求，便答应帮助他们。

美狄亚烦躁不安地躺在床上，她做了一个噩梦，梦见伊阿宋正准备跟公牛搏斗，但不是为了金羊毛，而是为了要娶美狄亚为妻，把她带回家乡。但跟公牛展开生死搏斗的是她自己，她战胜了公牛。不料她的父亲失信了，拒绝履行事先对伊阿宋许下的诺言，因为应当由伊阿宋而不是由她制伏神牛。为此他父亲和这位外乡人发生了激烈的争执，双方都推她当公断人，她却袒护外乡人。她的父母痛哭流涕，突然间大叫起来——美狄亚也从梦中惊醒了。醒来后，她急着想去找她的姐姐。可是又犹豫不决，在前厅徘徊了好一阵。她四次想走进去，又四次缩了回来。最后，她痛苦地扑在自己的床上哭了起来。她的贴身女侍看到她在流泪，十分同情她，急忙跑去告诉卡尔契俄珀。

美狄亚答应援助伊耳戈英雄们

卡尔契俄珀连忙赶到妹妹这儿，看到她双手蒙面在哭泣，便关心地问她发生了什么事，是不是病了。美狄亚听了姐姐的询问，羞得脸上泛起一阵红晕。她欲言又止，最后爱情使她鼓起勇气。她巧妙地绕了一个弯说："卡尔契俄珀，我心里难受，是为你的儿子担忧，我怕父亲会把他们和外乡人一起杀掉，一个可怕的梦给了我这个预感。但愿神祇保佑，不让梦里的事实现。"

卡尔契俄珀听了很吃惊："我正是为了这件事来找你的，我请求你支持他们，反对我们的父亲！"她抱住美狄亚的双膝，姐妹俩都悲伤地哭泣起来。

美狄亚说："我指着天地对你起誓，为了拯救你的儿子，只要我能做的，我都乐意去做。"

"那么，为了我的孩子，你也应该给那位异乡人一些魔药，让他能在那场可怕的决斗中幸运地保全生命。我的儿子伊耳戈以他的名义请求我，希望得到你的帮助。"

美狄亚的心高兴得剧烈跳动起来，脸上泛出红晕，不由自主地说："卡尔契俄珀，如果我不把保全你和你的儿子的生命当作我最关心的事，那么就让我活不到明早。明天我将一早就去赫卡忒神殿，把制伏神牛的魔药拿给那个外乡人。"

卡尔契俄珀离开了妹妹的住房，赶紧给伊耳戈送去这个值得庆幸的消息。

整整一夜，美狄亚同自己进行着激烈的斗争。"我是否许诺得太多了？"她问自己，"为了一个外乡人，我用得着花费这么大精力吗？是啊，我应当救他一命，让他去心中所愿去的地方。他事情成功之日，却是我的死期，到那时恶毒的流言会攻击我，说我不惜有辱门庭去为一个外乡人殉情。那流言该是多么可怕啊！”

她从房里取出一只小箱子，里面放着还魂药和致死药。她正想尝尝致死药的滋味，突然想到生之欢乐和甜美。她觉得太阳好像也比以前更美丽，心里充满了对死的恐惧。这时，伊阿宋的保护女神赫拉改变了她的心绪。美狄亚几乎等不到天亮就取来了许诺的魔药，并带着它到她所喜爱的英雄那儿去。

伊阿宋和美狄亚相爱了

天刚破晓，美狄亚就一骨碌从床上跳下来。夜间的悲哀都已消失。她轻手轻脚走过大厅，吩咐十二个侍女给她套车，送她到赫卡忒神殿。同时，她从小盒子里取出一种叫作普罗米修斯油的药膏，把它盛在贝壳里。如果有人祈求幽冥女神后，用这种药膏涂抹全身，那他在当天就能刀枪不入，火烧不伤，并能战胜任何敌人。这种药膏是用一种树根的黑汁制成的，树根吮吸了普罗米修斯的肝脏滴入地里的血，因此才含有黑汁。

马车套好后，美狄亚亲自执着缰绳和马鞭驱车出城，其余的侍女们在车后步行。美狄亚来到神殿，对侍女们说：“女友们，我想我犯下了罪孽，因为没有避开这些外乡人。我姐姐和她的儿子伊耳戈要求我帮助他们的首领制伏神牛，并用魔药使他免遭伤害。我假装答应了，并且约他到神殿里来，单独与他会面，那是为了得到他的礼物，过后我再分给你们。其实，我要给他毒药让他完蛋。现在你们都走开，以免他产生怀疑。”侍女们对这狡猾的计划都感到满意，遵照吩咐走开了。

伊耳戈和他的朋友伊阿宋带着预言家莫珀索斯一路赶来。今天赫拉使伊阿宋更加英俊。美狄亚不时地从门里朝外张望，一听到脚步声或风声，都急忙抬起头来张望。伊阿宋和他的朋友终于跨进了神庙。他高大威武，犹如大海中升起的天狼星一样，神采奕奕。姑娘猛地看到英雄，连呼吸都停住了，只觉得眼前变黑，双颊一阵发热，心慌意乱得不知道如何是好。伊阿宋和美狄亚面对面地站着，沉默了好一会儿，最后伊阿宋打破了沉默。

"为什么您见到我害怕呢？我是来请求援助的。请把答应您姐姐的魔药给我吧，我迫切需要您的帮助。不过请别忘记，我们是在一个神圣的地方，任何的欺骗在这儿都是罪孽。我们伊耳戈英雄的母亲和妻子们也许在悲悼我们的命运，您的援助将免除她们的忧虑和痛苦。那样，您将受到希腊人的尊重，他们将会把您当作神祇。"

美狄亚默默地听他说完，微笑着低垂着眼帘，为受到他的称赞而高兴。许多话涌到嘴边，她恨不得把心事告诉他！可她还是一声不吭，只是解开包巾，取出小盒子，伊阿宋连忙从她手中接了过去。她多么希望乘机把她的心也一起交给他，如果他需要。他们都害羞地垂下眼帘，然后，两人又相对而视，渴求的目光交织在一起，激起许多爱慕的火花。过了许久，美狄亚尽了最大努力，才说出话来：

"听着，我将告诉你如何做。在我父亲把龙牙交给你让你去播种后，你先在河水里沐浴，然后穿上黑衣，在地上挖一个圆形土坑，填上一堆木柴，杀一只小羊羔，架在木柴堆上烧成灰，再用甜甜的蜂蜜给赫卡忒祭献一杯饮料，等这一切做完后再离开木柴堆。你听见身后的脚步声或狗吠声，不能回头，否则献祭不会有用。第二天清晨，你用我给你的魔药涂抹全身。它会给你无穷的力量，甚至能与神祇匹敌。你还应该把你的长矛、宝剑和盾牌也抹上膏油样的魔药，这样一来你就能刀枪不入，神牛喷出的火也无法烧伤你。当然，这些只能在当天有效，你就在那一天去战斗。我还可以给你其他帮助。当你套上神牛，耕遍了土地，种下龙牙，并看到龙牙破土而出的时候，别忘记往那儿扔一块大石头。他们将会激烈地争夺石头，你可以乘机冲进去把他们杀死。然后你就可以毫不费力地从科尔喀斯取回金羊毛，离开这里！对，从此以后，你可以离开这里，到你所喜欢的地方去。”

她一边说，一边淌下了眼泪，因为她想到这位外乡人又要航海远去，无比悲伤。她握住他的右手，因为心里的悲痛已使她忘形了。“你回去以后，别忘掉美狄亚，我也会想念你的。告诉我，要回去的地方在哪儿？是啊！你将和你的伙伴们乘坐美丽的船回到那儿去了。”

伊阿宋感到自己已经控制不住感情了，他深深地爱上了美狄亚，于是急切地说：“请相信我，高贵的公主！我只要能够逃离大难，将会日日夜夜地想念你。我的家乡在帖撒利的爱俄尔卡斯，那是普罗米修斯的儿子丢卡利翁建造了许多城市和庙宇的地方。在那里，人们还不知道你们的国家叫什么名字。”

“这么说你住在希腊。”她说，“希腊人要比我们这里的人慷慨大方。因此，别告诉他们你在这里的遭遇，只是在你孤独时默默地想念我吧！即使这里的人全都把你忘掉，我也会想念你的。

假如你忘记了我，那么让爱俄尔卡斯的风吹来一只小鸟，通过它，我会使你知道你是通过我的帮助才逃离厄运的！唉，我多么愿意亲自来到你的家乡，亲自提醒你一声啊！”说到这里，姑娘的眼泪像断了线的珍珠滚落下来。

“你在说什么呀？”伊阿宋回答，“让你的风吹走吧，让你的鸟飞走吧！假如你跟我一起回到希腊，一起回到我的故乡，那里的人都会尊重你，把你当神祇一样崇拜。因为你的帮助，他们的儿子、兄弟和丈夫才逃脱了死亡。而你，将属于我，除了死神以外，谁都不能把我们分离！”

美狄亚听到这话感到十分幸福，同时又隐隐地感觉到，要离开自己的祖国，会是多么可怕。不过，她还是渴望到希腊去，因为赫拉已把这种渴望埋在她的心里。女神希望美狄亚离开科尔喀斯到爱俄尔卡斯去，并帮助伊阿宋戳穿珀利阿斯的阴谋。

时间过得很快，美狄亚早就该回去了。要不是细心的伊阿宋提醒她，她也许真的忘记回家了。“你该回去了，”伊阿宋说，“否则别人会疑心的。我们以后在这里再见面吧。”

伊阿宋完成了埃厄忒斯的使命

美狄亚朝侍女们走去，她们连忙迎了过来，但美狄亚一点儿也没有注意到她们焦灼的神色，因为她的灵魂好像浮在云雾里。她轻捷地登上车，催动马车回到宫中。

伊阿宋满怀喜悦地回到船上，兴奋地告诉同伴们，美狄亚已经把魔药交给了他。伊耳戈英雄们都很高兴。第二天早晨，国王把几颗龙牙交给了他们，这正是被底比斯国王卡德摩斯杀死的那条龙的牙齿。国王毫不担心，因为他相信伊阿宋绝对对付不了神牛，完不成播种龙牙的任务，也休想保住自己的命。

这天夜里，伊阿宋在河水里沐浴。他按照美狄亚的吩咐，又给赫卡忒献祭。女神听到他的祈祷，从洞府中出来，头上盘着一群丑恶的毒龙，举着熊熊燃烧的栎树枝，地狱的猎犬狂吠着围着她转来转去。伊阿宋十分害怕，可他没有忘记恋人的吩咐，头也不回地向前走去。

第二天，埃厄忒斯穿上结实的铠甲，上次他同巨人作战时穿过这身铠甲。他头上戴着四羽金盔，手中拿着四层牛皮的盾牌。这盾牌很重，除了他和赫拉克勒斯，几乎无人能够举起。他的儿子给他牵来快马。国王只是想作为一个旁观者去观战，但还是愿意全身披挂，好像亲自临阵一样。

伊阿宋遵照美狄亚的吩咐，用魔油涂抹了长矛、宝剑和盾牌，又用神油把自己的身体涂抹了一遍。他突然感到四肢增添了无穷的力量。同伴们摇船送他们的首领到阿瑞斯田野，伊阿宋接过国王递给他的盛着尖硬龙牙的头盔。地上放着套牛耕田用的轭犁和犁头，全是铁铸的。他细细地观察了这些工具，然后把枪头紧紧扎在长矛柄上，并放下头盔，然后手持盾牌，朝前走去，寻找神牛。不料关在地洞里的神牛突然从另一端地下钻了出来，向他冲来。它们鼻孔里喷射着火焰，全身笼罩在烟雾中。

伊阿宋镇定自若，叉开双腿站定，把盾牌放在身前，等待神牛的进攻。牛低着头，昂着角，呼啸着朝他奔来，可激烈的冲击并没有使伊阿宋后退半步。现在，神牛退回几步，咆哮着跳起双腿，鼻孔里喷着火焰，又狠狠向他冲击过来。伊阿宋岿然不动，姑娘的魔药保护了他。突然，他看准机会，一把抓住牛角，用尽力气，把牛拖到放轭具的地方，并踢着它的铁蹄，迫使它跪倒在地上。然后，他又用同样的方法制伏了第二头牛。这时，他扔下盾牌，冒着公牛喷吐的烈火，双手按住跪在地上的两头神牛。不管公牛力气多大，现在一点也动弹不得。看到这里，埃厄忒斯也不禁惊叹这位外乡人的神力。卡斯托耳和波吕丢刻斯兄弟俩如同事先商量好的那样，把地上的轭具交给伊阿宋，随即飞快地跳开。他敏捷地将它紧紧地套在牛脖子上，然后套上铁犁。

伊阿宋重新拾起盾牌，把它用皮带挂在背上，然后拿起装满龙牙的头盔，手执长矛，用枪尖抵着暴怒的神牛拉犁耕田。地上犁出了深沟，土地在沟里翻起砸碎。伊阿宋一步步地跟在后面播下龙牙，同时又小心地注视着身后，看看毒龙的子孙是否已破土而出，并朝他扑来。神牛使劲拖着犁踏着铁蹄前进。下午，整块土地全部耕完了。伊阿宋解下牛轭，扬起武器猛地一挥，神牛吓得一溜烟地逃了回去。

伊阿宋看到垄沟里还没有长出龙的子孙，就回到船上，准备休息。同伴们围着他，高声向他欢呼。可他默不作声，只是用头盔盛满河水，畅饮起来，以解烈火般的干渴。他觉得双腿又充满力量，心里重新满怀着斗争的欲望。

地里冒出了巨人。阿瑞斯的田野里，长枪和盾牌闪耀着银光。伊阿宋举起一块巨大的圆石，远远地扔在巨人的中间，然后悄悄地蹲下，用盾牌掩护自己。科尔喀斯人大声惊叫起来，埃厄忒斯也惊得呆呆地望着那块大石头。这块石头，四个人才能移得动，可伊阿宋一个人就搬了起来。

地上冒出来的巨人开始像恶狗争食一样，他们怒吼着互相残杀，杀得难分难解。伊阿宋扑过去，把这批巨人全部砍倒。

国王大怒，一言不发地转身离开，回到城里去了，想着如何才能对付伊阿宋。

美狄亚取得金羊毛

一整夜，国王埃厄忒斯和贵族在宫中商议如何才能战胜伊耳戈英雄，因为他知道白天发生的事情，都是在女儿的帮助下才成功的。赫拉女神看到伊阿宋面临的危险，因此使美狄亚的内心充满疑惧。美狄亚预感到父亲已经知道她提供了援助，并担心侍女们也知道了事情的底细。她想来想去，决定逃走。

她念着咒语，宫殿的大门自动打开了。她赤着脚穿过一条条窄小的街道，城门的守卫没有认出她来。她来到城外，向海岸走去，终于看到了伊耳戈英雄们为庆祝伊阿宋的胜利而通宵燃烧的篝火。

她大声呼唤姐姐的小儿子弗隆蒂斯的名字。在她第三次呼喊时，他听出了美狄亚的声音。英雄们先是吃了一惊，接着把船摇到岸边。还没等船靠岸，伊阿宋一步就跳上了岸，弗隆蒂斯和伊耳戈也随后跟了上来。

“救救我吧！”姑娘急切地叫道，“一切都暴露了，在我的父亲还未骑上快马追来之前，我们赶快驾船逃跑吧！哦，我再帮你们将金羊毛搞到手。我决定施用催眠术将恶龙送入梦乡。你们就可以乘机取走金羊毛。不过你，外乡人啊，可得当着众英雄的面向神祇发誓，当我孤身一人到了你们那遥远的国土时，你要保证维护我的尊严！”

伊阿宋内心一阵欢喜，轻轻地把姑娘从地上扶起来，抱住她说："亲爱的，让主宰婚姻的宙斯和赫拉作证，我愿意把你当作我的合法妻子带回故乡！"他发完誓，把自己的手放在她的手中。

美狄亚吩咐英雄们连夜行动，把船摇到圣林去夺取金羊毛。伊阿宋和美狄亚从另一条穿过草原的小路，走到圣林。他们看见那棵高大的栎树上张挂着的金羊毛在黑夜中放光，对面不眠的恶龙毫无倦意地看守着。它一见来人，便伸长脖子，发出一阵阵可怕而又尖厉的吼叫。

美狄亚毫无畏惧地迎上去，她以一种甜美的声音祈求神祇中最有神奇威力的睡神斯拉芙，为她呼唤恶龙入睡。同时，又请求伟大的幽冥女神赐福给她，帮助她实现自己的计划。毒龙在美狄亚魔幻般的催眠歌中昏昏欲睡，弓起的背垂了下来，盘旋的身子也慢慢地伸展开来。只有那颗丑恶的脑袋还直立着，并张开巨口，好像要吞食步步走近的两个人。美狄亚跳上一步，用杜松树枝把魔液洒在巨龙的眼睛里。一股异香直扑龙鼻，使它昏迷。现在，它闭着嘴，伸直了身体，睡熟了。

按照美狄亚的吩咐，在她用魔油涂抹巨龙头额的时候，伊阿宋连忙从栎树上取下金羊毛。两个人迅速逃离阿瑞斯树林。伊阿宋把金羊毛扛在肩膀上，这宝物从他的脖子一直垂到脚跟，闪着金光，把夜间的小路照得通明。他连忙把它卷起来，因为他担心恶人或神祇看中这件宝物，把它抢走。

天刚蒙蒙亮，他们上了船。同伴们围着两人问长问短，都想用手摸一摸金羊毛。伊阿宋却不答应，将它用一件新斗篷盖住，然后对朋友们说道：

"我们返航，回家乡去！由于这位姑娘的帮助，我们终于完成了使命，我要把她带回家乡，娶她为我的合法妻子。一路上你们应该帮我好好照顾她，我相信事情还没有了结，埃厄忒斯一定会带领人追上来阻挡我们的归路。所以我们一半人划桨，另一半人持矛执盾，准备迎敌。”大船箭一般地朝着河流的出海口驶去。

伊耳戈英雄们带着美狄亚逃跑

埃厄忒斯和所有的科尔喀斯人终于知道了美狄亚的恋情，以及她逃跑的事。他们拿着武器，在市场上集合，然后急急地赶往河边。埃厄忒斯乘坐太阳神给他的四马战车，左手执着圆盾，右手擎着大火把，身旁插着粗大的长矛，他的儿子阿布绪尔托斯亲自驾车。

大队人马来到河流入海口时，“伊耳戈”号早已驶进大海，只见一个小黑点在海浪中上下颠簸。国王放下盾牌和火把，高举双手，对着天空，请宙斯和太阳神证明敌人对他所犯下的罪孽，然后愤怒地对他的居民宣布：如果他们不能在海上或岸上捉住他的女儿美狄亚，全要砍头。科尔喀斯人马上扬帆出海，直往前面的黑点追去。船队由阿布绪尔托斯指挥，黑压压的一片。

“伊耳戈”号鼓起船帆在海上顺风航行。第三天清晨，船驶进哈律斯河，到达巴夫拉哥尼阿海岸。在这里，按美狄亚的吩咐，他们献祭救了他们的赫卡忒女神。英雄们想起菲纽斯的预言，要他们回来的时候走另一条路，但没有人知道路在哪里。还是佛里克索斯的儿子伊耳戈有办法，他从祭司们的记载中知道，他们的船正向伊斯河进发，这条河发源于遥远的律珀恩山，它的一条支流流入爱奥尼亚海，另一条支流流入西西里海。正当他向大家说明的时候，天空中出现了一道宽阔的长虹，给他们指明了方向，同时刮起一阵顺风。他们毫不犹豫地向前航行，一直到了伊斯河注入爱奥尼亚海的河口。河水平稳地流动着，似乎在欢迎英雄们凯旋。

科尔喀斯人没有停止追赶。他们驾着轻舟，抢在英雄们的前头到达伊斯河的入海口，埋伏在各个岛屿和海湾里，封锁了英雄们的归路。伊耳戈英雄们看到科尔喀斯士兵人多势众，急忙下船上岸，躲在一座岛屿上。科尔喀斯人紧紧地追寻他们，一场短兵相接的遭遇战一触即发。

被逼得走投无路的希腊人准备谈和。双方议定：伊耳戈英雄们可以带走国王许诺过的金羊毛，但他们必须把国王的女儿美狄亚送到另一座岛屿的阿尔忒弥斯的神庙中，等待当地国王的仲裁，判定她到底是回到父亲那里，还是随伊耳戈英雄们前往希腊。

杀死阿布绪尔托斯

听到这消息，美狄亚忧心忡忡，把她心爱的人拉到一旁，流着泪说："伊阿宋，你怎么处置我呢？你难道忘了在困难时对我立下的庄严誓言吗？我对你信任，才轻率地离开了故乡，离开了母亲。我由于对你痴心，才帮你取得了金羊毛。为了你，我看轻了自己的名分；为了你，我像你的妻子一样随你到希腊去，你应当保护我。千万别让我独自留下来！假如我不得不被判给我父亲，那我的生命就完了；假如你遗弃了我，那么有一天你在灾难中会无限地怀念我；金羊毛也会像梦幻一样离开你，消失在地狱之王哈迪斯的手里；我的复仇的灵魂将要搅得你心神不宁，驱使你离开故乡，就像我被你诱骗离开自己的故乡一样！”她任凭感情的洪流尽兴地发泄，激动得快要发狂了。

伊阿宋望着她，受到良心的责备，于是解释说：“你放心吧，我并没有认真对待这个条约。我们只是为了你才找了一条缓兵之计，因为我们面临着一大群敌人。如果我们真的与他们开战，就会悲惨地战死，那时你的处境会更加不幸。我明说了吧，实际上这个条约只是一种策略，希望以此击败阿布绪尔托斯。”

听到他的话，美狄亚又向他献上一条残忍的计策。“我已经作了一次孽，惹出了一场祸，现在我不能回头了，因此也不怕继续作孽。我要帮你打败科尔喀斯人，我将引诱我的弟弟，让他落到你的手里，你去准备丰盛的酒席，我再争取说服使者们都离开他，让他单独和我在一起。这时，你就可以乘机杀死他。”

英雄们给阿布绪尔托斯设下了圈套，给他送去许多礼物，其中有一件是雷姆诺斯女王送给伊阿宋的华丽的金袍。机敏的美狄亚告诉使者，让阿布绪尔托斯在深夜前往另一岛上，到阿尔忒弥斯神庙里，她将在那里思量一个计谋，为他重新取回金羊毛，让他带回去交给父亲。美狄亚撒谎说，她是身不由己，被佛里克索斯的儿子们用暴力抓住，交给外乡人的。

事情果然如她所希望的那样发生了。阿布绪尔托斯对美狄亚庄严的誓言深信不疑。他在漆黑的深夜摇船来到这神圣的岛上，希望从姐姐那儿获得制伏外乡人的计谋。这时，伊阿宋挥着寒光闪闪的宝剑从背后冲出来。美狄亚急忙转过身子，拉上面纱遮住眼睛，她不忍看见弟弟被杀害的惨状。可怜的国王的儿子像祭坛上的羔羊一样被伊阿宋一剑砍死。无所不察的复仇女神从她的秘密住处看到了这件恐怖的事，眼中流露出阴暗的光。

伊阿宋擦去手上的血迹，掩埋了尸体。美狄亚举起火把，向伊耳戈英雄们发出信号。他们拥上阿尔忒弥斯岛，如同猛兽进入羊群一样，扑向阿布绪尔托斯的随从，他们没有一个生还。

伊耳戈英雄们踏上归途

珀琉斯见事情成功，急忙劝大家赶快离开河口，免得其余的科尔喀斯人知道内情后追来。后来，科尔喀斯人果然追上来，但赫拉在天上闪着可怕的闪电，他们被镇住了，不敢再追。可是，他们没有抓住国王的女儿，又失掉了国王的儿子，回去无法交代，因此，最后都留在河口的阿尔忒弥斯岛，并且定居下来。

伊耳戈英雄们经过了许多海湾和海岛，其中有阿特拉斯的女儿，即卡吕普索女王统治的岛屿。他们相信已经看到远方耸立的故乡的山峰。可是，赫拉由于畏惧被激怒的宙斯的意图，就在海上刮起了一阵大风，将船漂到荒凉的埃莱克特律斯岛。

这时，雅典娜镶在船上的占卜木板开口说道："宙斯的恼怒，你们逃避不了，所以只能在海上漂泊。除非魔法女神喀耳刻给你们洗却谋杀阿布绪尔托斯的罪孽！卡斯托耳和波吕丢刻斯应该向神祇祈祷，让他们在海上指点一条路，让你们能够找到太阳神和珀耳塞的女儿，即喀耳刻。"

英雄们听到这块神奇的木板说出如此可怕的话来，又惊奇又害怕。只有孪生兄弟卡斯托耳和波吕丢刻斯勇敢地站起来，祈求不朽的神祇帮助他们。但是，船被刮到埃利达努斯河口，那里正是太阳神的儿子法厄同在太阳车上被烧死坠海的地方，直到现在水中还冒着热气和火花。法厄同的几个姐妹现在已变成高高的白杨树，耸立在河岸上，在风中发出阵阵的叹息声。晶莹的泪珠犹如琥珀一般滴落在地上，一部分被太阳晒干，一部分被潮水冲到埃利达努斯河里。

英雄们虽然靠坚固的船摆脱了危险，但是他们也失去了一切乐趣。白天，曾经收留烧焦的法厄同尸体的埃利达努斯河上飘来一阵阵恶臭，他们闻了直恶心。深夜，他们又清楚地听到赫利阿得斯姐妹们的悲哭声，听到她们琥珀般的泪珠如油一样滴进海里。

后来，他们来到罗达诺斯河的入海口。这时幸亏赫拉突然出现，以清晰的神祇的声音叫他们赶快离开，否则他们驶入，必将毁灭。赫拉降黑雾罩住大船，他们不知白天黑夜地航行，经过无数凯尔特人的部落，终于看见了第勒尼安海岸，随即平安地到达喀耳刻的岛屿。

魔法女神喀耳刻

他们在这里找到了魔法女神。她正伏在海边，用海水洗头。她曾做了一个梦，梦见她的房间和整幢房子里血流成河，大火吞食着她用来迷惑外乡人的魔药，可她用手掌掬起血水，浇灭了熊熊的火焰。噩梦使她惊醒了，她跳下床，奔到河边，在这里又是洗衣服，又是洗头发，好像上面真的沾了血迹似的。成群的怪兽跟在她身后，就像牲口跟着牧人一样。

伊耳戈英雄们一见喀耳刻，就知道她是残暴的埃厄忒斯的妹妹，惊得心里发慌。女神摆脱了黑夜梦境的恐惧后，很快镇静下来，转身回去，她呼唤那些怪兽，像抚摸狗似的用手抚摸它们的毛。

伊阿宋吩咐所有的人都留在船上。他和美狄亚上岸，喀耳刻不知道两位外乡人的来意，她请两人坐下。美狄亚低着头，用手蒙住脸。伊阿宋把杀害阿布绪尔托斯的宝剑插在地上，双手紧握剑把，闭着眼睛，把下巴支在手上。喀耳刻这才明白，来人希望寻得帮助，他们由于漂流的辛苦，由于请求恕罪，来向她求救。

出于对宙斯的敬畏，喀耳刻宰了一只乳狗，向哀求者的保护神宙斯献祭，祈求宙斯允许她为他们洗刷罪过。她吩咐女仆水泉女神那伊阿得斯把所有赎罪的祭品全部端出去，送入大海，自己则站到炉旁，庄严焚烧祭供的圣饼，祈求复仇女神的息怒，恳请万神之父赦免犯有罪孽的人。

祭供完毕后，她在两个人的面前坐了下来，问他们家住哪里，从何而来，为什么请求她保护。她问话的时候，又想起梦中鲜血淋漓的可怕景象。美狄亚抬起头来回答。看到她的双眼，喀耳刻吃了一惊，因为美狄亚跟喀耳刻一样，也有一双金光闪闪的眼睛。凡太阳神的子孙，都有这样一双眼睛。

喀耳刻要求她用家乡的语言回答。美狄亚开始用科尔喀斯地方的语言叙述起来，讲到埃厄忒斯、伊耳戈英雄以及她本人的命运，只是隐瞒了谋杀她的弟弟阿布绪尔托斯的事实。魔法女神知道她没说出的这件事，但她心里同情这位侄女。她说："可怜的孩子，你未能正大光明地离开家乡，却犯下了巨大的罪孽。你的父亲一定会追到希腊，为他被杀的儿子报仇。我不想惩罚你，因为你恳求保护，而且你是我的侄女。可是，我也不能帮助你，你带那位外乡人赶快离开吧。不管他是什么人，我都无法提供帮助。我既不能支持你的计划，也不能赞同你的逃跑！"听到这话，美狄亚心里很痛苦，她用面纱捂住脸伤心地哭起来。伊阿宋抓住她的手，牵着她走出了喀耳刻的宫殿。

女妖塞壬

赫拉对自己的保护人非常同情。她派女使伊里斯穿过彩虹小道，找来大海女神忒提斯，请她保护船和伊耳戈的英雄们。伊阿宋和美狄亚上了船，突然吹起了一股暖和的西风。英雄们高兴地扬帆起航，大船乘着风势慢慢地驶入了大海。

不一会儿，他们看到面前有一座美丽的岛屿。那是迷惑人的女妖塞壬的住地。她们用美妙的歌声诱惑过往船只的水手，然后将他们葬身鱼腹。现在，她们正对着伊耳戈英雄唱着动听的歌儿。英雄们正在抛缆绳，准备靠岸。俄耳甫斯突然从座位上站起来，开始弹奏古琴，悠扬的琴声盖过了女妖的歌声。同时船后吹来一阵瑟瑟作响的南风，把女妖的歌声吹到了九霄云外。

只有一个英雄，来自雅典的忒勒翁的儿子波忒斯，他听了女妖甜美的歌声，实在抵制不了诱惑，便丢下船桨，跳入大海，去追逐那令人销魂的歌声。要不是西西里岛的厄里克斯高山守护神阿佛洛狄忒及时发现，并把他从水中拉上来，扔在岛屿的山脚下，他也许早就完蛋了！从此，他就住在那里。伊耳戈英雄们以为他已葬身鱼腹，十分伤心。

涅柔斯的女儿们

英雄们继续前进，来到一处海峡，他们在那里又面临新的危险。这儿一边是峻峭的西拉山岩，伸向海里的陡岩，好像要把过往的船只撞得粉碎。另一边正是卡利布提斯大漩涡，海水急速旋转，好像要把过往船只吞没。中间的海里有无数的险礁。过去这儿是火神赫淮斯托斯的地下冶炼场，现在只有从海里冒出的浓烟，把天空染得一片漆黑。

当伊耳戈英雄来到这里时，海洋女仙们——海神涅柔斯的女儿，都赶来救助。珀琉斯的妻子忒提斯亲自在船尾给他们掌舵。她们围着大船游泳，遇到漂浮的山岩靠近时，她们抓起船，像球似的朝前传过去。于是，“伊耳戈”号一会儿随着波浪被托到空中，一会儿又随着波浪沉进浪底。赫淮斯托斯站在礁石顶上，肩上扛着锤子，观赏着这一幕幕惊心动魄的场景。赫拉从晨星闪烁的空中俯视着，她紧紧抓住雅典娜的手，她已经看得头晕眼花了。

最后，伊耳戈英雄冲破重重险阻，平安地进入了辽阔的大海，并来到善良的淮阿喀亚人和他们虔诚的国王阿尔喀诺俄斯居住的岛上。

科尔喀斯人追击而来

伊耳戈英雄们在岛上受到热情的接待，他们准备放松一下好好休息休息，这时科尔喀斯人的船队又绕道而来，突然出现在海边，大批的人上了岸。他们要求把美狄亚带回故乡，如果不答应，便要和希腊人决一死战。伊耳戈英雄们正想迎战，善良的阿尔喀诺俄斯连忙阻止他们。

美狄亚抱住国王的妻子阿瑞忒的双膝说：“我恳求您，别让他们把我送回故乡去。我不是轻率出逃的，实在是因为我畏惧父亲，才下决心跟伊阿宋出走的。他会把我作为新妇带回家乡。请您同情我，并愿神祇保佑您长寿，多子多孙，赋予您的城市不朽的荣誉。”她又向各位英雄跪下恳求。每一个英雄都摩拳擦掌、信誓旦旦地向她保证，即使国王阿尔喀诺俄斯想把她交出去，他们也要把她救回来。

深夜，国王跟他的妻子商议如何处置这位从科尔喀斯逃来的姑娘。阿瑞忒为她求情，并对他说，英雄伊阿宋愿意娶她为合法妻子。阿尔喀诺俄斯是一个好心肠的人，他听了非常感动。

“当然，为了这个姑娘我也愿意亲自拿起武器，把科尔喀斯人赶出海岛。可是，我又担心这样会违反宙斯的以礼待人的神训。再说，得罪强大的国王埃厄忒斯也不是明智之举。所以，我的决定是这样的：如果她还是一位未婚的姑娘，那么应该把她交给她的父亲去处置；如果她已是伊阿宋的妻子，那么我不能让她离开丈夫，破坏他们的幸福，因为她已属于丈夫，而不是属于父亲。”

阿瑞忒听到国王的决定，吃了一惊，她连夜派出一名使者，把消息传给伊阿宋，并劝他赶在黎明前结婚。伊阿宋征求同伴们的意见，大家都赞成这样做。他们选择了一处圣洁的山洞，让美狄亚成了伊阿宋的妻子和伴侣。

第二天清晨，海岸和田野沐浴着阳光，淮阿喀亚人聚集在城里的街道上。岛屿的另一端站着科尔喀斯人，他们手执武器，随时准备开战。阿尔喀诺俄斯走出宫殿，手握金王杖，宣布对姑娘的裁决。伊阿宋走上前去，发誓埃厄忒斯国王的女儿美狄亚是他的合法妻子。阿尔喀诺俄斯听到这话，又传参加婚礼的证人上来，他们作证此事确实。于是，国王庄严地宣判，美狄亚已是伊阿宋的妻子，因此不能把她交给科尔喀斯人。他答应保护伊耳戈英雄。科尔喀斯人再反对也无效。国王声明，他们可以作为和平的居民，住在岛上，或者驾船离开。

科尔喀斯人要不回美狄亚，害怕埃厄忒斯国王会动怒杀了他们，因此不敢再回去。他们选择了前一种做法，留在岛上。伊耳戈英雄们告别了国王阿尔喀诺俄斯，继续航行。

伊耳戈英雄们最后的冒险

他们又经过了许多海岸和岛屿，现在故乡伯罗奔尼撒的海岸已隐隐可见。突然，船遭到一阵狂暴的北风的袭击，在海上漂泊了九天九夜，漂过了利比亚海，最后来到非洲的瑟堤斯海湾。这里满是稠密的大叶藻，浮着一层厚厚的泡沫，犹如平静的沼泽地。周围是伸展的沙滩，沙滩上既没有野兽，也没有飞鸟。

“伊耳戈”号被潮水冲上了沙滩，船身牢牢地搁浅在沙滩上。他们大吃一惊，纷纷跳下船来。前面是无边无际的泥淖，空旷、荒凉得如同天空一样。没有泉水，没有道路，没有牧舍，只有死一般的寂静。

英雄们好像在瘟疫流行的城里遇到传染的人一样，一筹莫展。夜晚，他们饿着肚子和衣躺在沙地上，默默地等死。如果不是利比亚的保护者、三位半人半神的女仙怜悯他们，那么这些人真会悲惨地死去！三个仙女全身披着山羊皮，在炎热的中午，来到伊阿宋身旁，轻轻揭开他盖在头上的斗篷。伊阿宋惊惧地跳起来，虔诚而恭敬地注视着她们。

“不幸的人啊，”她们说，“我们知道你们的苦难。可是，你们不用再发愁了，当海洋女神驾起波塞冬的马车时，你们感谢长久孕育你们的母亲吧。从此，你们就能顺利地返回希腊。”

女仙们说完就不见了，伊阿宋把这隐晦的、令人兴奋的神谕告诉同伴们。正当他们苦苦思索时，又一个神奇的征兆出现了：一匹巨大的海马从海里跳上岸来，金黄的鬃毛披散在马背上，抖搂了身上的水滴飞奔而去。

珀琉斯高兴地欢呼起来："谜语般的神谕中已有一半得到了解释。海洋女神已卸下了马车，那车子正是这匹马拉的。长久孕育我们的母亲，便是'伊耳戈'号。我们把船扛在肩上，走过这块泥地，顺着地上海马的足迹走去，它一定会指引我们到达停泊的地方。"

英雄们扛起大船，在泥淖里走了整整十二天。到处都是荒凉的沙滩，要不是神祇给了他们信心和力量，他们也许早在第一天就死了。他们终于来到忒律托尼的海湾，大家疲倦地把船从肩膀上放下来。由于干渴难忍，他们到处寻找水源。

歌手俄耳甫斯在找水的途中，碰到黄昏女神赫斯珀瑞斯的四个女儿，她们都是善于唱歌的仙女，住在巨龙拉冬看守金苹果的圣园。俄耳甫斯恳求她们给焦渴的人指示有泉水的地方。她们顿生同情之心。其中最为仁慈的埃格勒，告诉他一件奇事：

"昨天，这里出现了一个勇敢的强盗。他杀掉巨龙，抢走了金苹果，他一定会帮助你们。他是一个极野蛮的人，他一脸愤怒的表情，眼睛闪闪发亮，身上披着粗糙的狮子皮，手中拿着橄榄棒和射死巨龙的弓箭。他也是从沙漠里出来的，因口渴难忍到处找不到水源，便朝一块岩壁踢了一脚。说来奇怪，岩壁如中了魔似的，缝隙中顿时流出了清凉的泉水。这个巨人伏在地上，用双手捧着水喝，喝足后便躺在地上休息。"

埃格勒说着，把岩泉指给他看。英雄们全闻声赶来。清凉的山泉救活了他们干枯的生命，大家又变得很高兴。一个英雄一边用泉水滋润一下炽热的嘴唇，一边说："那个人是赫拉克勒斯，他救了大家，但愿我们还能遇到他！"

他们分头到处去寻找。当他们垂头丧气地走回来时，都说没有看见他，只有锐眼林扣斯说曾见到他一眼。不过，他正在远处，要追他回来是不可能的。

他们又上船航行。把船开出忒律托尼海湾，进入一望无际的大海，海面上刮起了逆风，船受阻横在港口里。他们听从歌手俄耳甫斯的建议，上岸给当地的神祇献祭船上最大的三脚鼎。在回来的途中，他们遇到海神忒律托尼。他扮成少年模样，从地上捡起一块泥土，交给伊耳戈英雄奥宇弗莫斯，表示尽地主之谊。奥宇弗莫斯接过土块，将它藏在胸前。

"我父亲把这块海域赐给了我。"海神说，"我成了当地的保护神。你们看，那里冒着黑水的地方，是海湾到大海的狭窄通道。你们往那边划，我再给你们送上一阵顺风，你们很快就会到达伯罗奔尼撒。"他们满心高兴地上了船。忒律托尼扛起了三脚鼎，又消失在海浪中。

航行了几天后，伊耳戈英雄平安地来到了喀耳巴托斯岛，他们想从这里转向克里特岛。但岛上的守护者是可怕的巨人塔洛斯，他是青铜时代的人类留下来的人。宙斯让他把守欧罗巴，并吩咐他每天都迈开铜腿在岛上巡视三次。塔洛斯的身体是青铜的，因此不会受伤，只有脚踝上有一块是肉，有着筋脉和血管。谁要是知道这一点，把它打中，就能够杀死他。因为他毕竟是凡人，不是永生的。

伊耳戈英雄朝海岛驶来。塔洛斯正站在海边的礁石上，一看见外乡人来了，便抓起石块朝船上掷去。英雄们吃了一惊，急忙摇桨往后躲避。为了逃脱危险，他们尽管口渴难忍，还是准备放弃登陆计划。

这时美狄亚站起身来，说："男子汉们，你们听着，我知道怎样制伏这怪物。把船靠过去，靠在石块掷不到的地方。"说完，她登上甲板，伊阿宋跟在她身旁。美狄亚小声地念着魔咒，三度召唤命运女神，以及到处追逐生命的地狱猎狗。她又使用魔法使塔洛斯闭上眼皮。噩梦侵入他的灵魂，在梦中他抬起肉脚，蹬在尖锐的石头上，伤口血流如注。他痛醒了，挣扎着想站起身来，却像一棵砍断一半后被大风吹倒的松树一样摇晃着，突然大吼一声，栽进海里。伊耳戈英雄们平安地上了岸，他们在岛上舒舒服服地休息到第二天清晨。

当他们刚刚离开克里特岛的时候，又碰到新的可怕的危险。天空突然变得一片漆黑，黑暗好像从地狱里升腾起来，连接着天空。他们不知道现在是在海上，还是顺着波浪流向塔尔塔洛斯。伊阿宋高举双手，祈求太阳神阿波罗把他们从可怕的黑暗里拯救出来。

太阳神听到了他的祈求，从奥林匹斯圣山上降下来，跳到大海里的一块岩石上，手执金弓，射出一支锃亮的银箭。在闪亮中，他们看到前面有一座小岛。在那里，他们抛锚停泊，等待着天明。

当他们又在灿烂的阳光中航行在海上时，奥宇弗莫斯讲起夜间做的怪梦：忒律托尼送给他的土块在胸间好像吃饱了奶，有了生命，长成一个可爱的少女。她对他说："我是忒律托尼和利彼亚的女儿。把我交给海神涅柔斯的女儿吧，让我在靠近阿娜弗的海上生活。然后我会重新在阳光中生活，并赡养你的子孙。”

因为他们刚才停泊的岛叫阿娜弗，所以伊阿宋马上明白了梦中的意思。他劝说朋友，把怀里的泥块扔进大海。奥宇弗莫斯照他说的做了。啊，看哪！在英雄们的眼前，一座草木丰盛的岛屿长出了海面。他们称它为“卡里斯特”，意即最漂亮的岛。后来，奥宇弗莫斯同他的子孙就住在岛上。

这便是伊耳戈英雄们最后的冒险。不久，他们就到了伊齐那岛，并从那里平安地进入爱俄尔卡斯海湾。伊阿宋把“伊耳戈”号搁在科任托斯海峡上，献祭给海神波塞冬。天长日久，大船破成灰烬后，神祇们就把它安放在天上，它在南方的天空闪亮，成了一颗亮晶晶的星星。

伊阿宋和美狄亚的结局

伊阿宋最后还是没能得到爱俄尔卡斯的王位，尽管他为了王位历经危险的旅程，把美狄亚从她的父亲那里夺走，并残酷地杀害了她的弟弟阿布绪尔托斯。他不得不把王国让给珀利阿斯的儿子阿卡斯托斯，自己带着年轻的妻子逃往科任托斯。

他们在科任托斯住了十年，美狄亚给他生下三个儿子，前两个是双胞胎，名叫忒萨罗斯和阿耳奇墨纳斯，第三个儿子叫蒂桑特洛斯，年龄尚小。在这段时间里，美狄亚依然年轻美貌，品格高尚，举止得当，所以深得丈夫的喜爱和尊重。

但是，人总有老去的一天。当她年龄大了，不再有当年的美丽时，伊阿宋又迷上了科任托斯国王克雷翁漂亮的女儿格劳克。伊阿宋瞒着美狄亚向她求婚。国王答应了婚事，选下了结婚的日子。直到这时，他才打定主意，说服妻子美狄亚解除婚约。他发誓说，并不是他已经厌恶她，而是为孩子们着想，为了孩子的将来考虑，他不得不和王室结亲。美狄亚一听，怒不可遏，大声地呼唤诸神为他以前立下的誓言作证，但伊阿宋不顾这些，还是准备与国王的女儿结婚。

美狄亚绝望了，急得团团转。“请死神怜悯我吧！呵，我的父亲，我的故乡，我可鄙地离开了你们！我杀害了我的亲弟弟！但是，伊阿宋没有资格惩罚我，我是为了他才犯罪的。啊，正义女神，求你毁灭他，毁掉他那年轻的情人！”

她正在怒气冲冲地徘徊，国王克雷翁向她走来。

“你竟敢仇恨你的丈夫！立即带着你的儿子，离开我的国家。”

美狄亚压住怒火，平静地说：“你为什么怕我作恶呢？你没有对我干什么坏事，没有欠我的债。你看中了那个男人，就把女儿嫁给了他，我为什么要怪你呢？我虽然仇恨我丈夫，但木已成舟，但愿他们像夫妻一样生活下去。只是让我还住在你的王国里吧，即使受了极大的屈辱，我也会一声不吭，屈从强者对弱者安排的命运！”

克雷翁看到美狄亚眼里的仇恨，不相信她的话。就在美狄亚抱住他的双膝，并以他的女儿格劳克的名字发誓时，国王还是不敢相信她。

美狄亚无可奈何，请求延缓一天，以便她为孩子们找一个去处。国王考虑了一下说：“我并不是一个无情的人。有许多次我由于怜悯和宽容，愚蠢地做了让步。现在也是这样，我感到让你拖延一天，这做法并不聪明。可是，我还是答应你吧。”

美狄亚得到了她所希望的，又变得狂妄起来。有个计划她在脑子里闪过，但还不敢采用，现在她决定加以实现。首先，她想作最后一次努力，向她的丈夫指明过失，以便他回心转意。她走到伊阿宋面前说："你背叛了我，现在又找到了新妇，连自己的孩子都弃置不顾。假如你没有孩子，我还可以原谅你，可现在我无法原谅你。你以为听你发誓忠于爱情的神祇已不存在了吗？你以为现在又有了新法律，就可以背弃誓言吗？现在，我把你当作朋友一样问你，你要我到哪里去呢？难道你想把我送回父亲那里？那里是我为了你才背弃了他，杀害了他的儿子的地方。你难道忘了吗？还有什么地方可以让我安身呢？假如你的前妻领着你的儿子像乞丐似的到处漂泊，你觉得这是一件光彩的事吗？"

伊阿宋无动于衷，他只答应给她和孩子们一笔金钱，并写信给各地的朋友们收留她。美狄亚对这种救助不屑一顾。"去结婚吧，你的婚礼将是痛苦的！"

她离开后又对刚才说出的话感到后悔，并不是她改变了主意，而是担心她的话会引起伊阿宋的怀疑。所以，她再次请伊阿宋来，语气温和地对他说："伊阿宋，请原谅我刚才所说的话。我一时气愤说了伤感情的话，我现在明白了，你的做法是为了我们的利益。我们流亡到这里，一无所有，你想通过一场新的婚姻为你、为你的孩子，最终也为我求得幸福。好吧，今后你可以把孩子接回去，让他们跟继母的孩子们一起生活。孩子们，过来吧，来吻一下你们的父亲，原谅他，就像我已经原谅了他一样！"

伊阿宋真的以为她原谅了他，不禁喜出望外，并向美狄亚和孩子们做出了各种各样的保证。美狄亚以更甜蜜的语言让他相信，她已不再恨他了。她请求丈夫把孩子留在宫殿里，让她一人离开。为了得到国王和格劳克的同意，她又从自己的储藏室里取出珍贵的金袍，交给伊阿宋，送给新娘，作为礼物。伊阿宋踌躇了一会儿，还是答应了。他派了一个仆人，将礼物送给新娘。

伊阿宋不知道，这些珍贵的衣袍都是用浸透了魔药的衣料缝制的。美狄亚和丈夫告别之后，就时时刻刻地等待着新妇收下这些礼物的消息。有一位可靠的仆人会把消息告诉她的。终于，仆人气喘吁吁地奔了过来，在远处就嚷道："美狄亚，赶快逃走！你的女仇人和她的父亲都已死去。国王的女儿看到你的丈夫非常开心，然而她看到孩子时，又用面纱蒙着眼睛，转过脸去，不想搭理孩子。伊阿宋竭力安慰她，还为你说了不少好话，并把礼物拿给她看。国王的女儿看到美丽的金袍时，高兴极了，马上答应新郎提出的一切要求。当你的丈夫和儿子离开后，她马上贪婪地看着这些美妙的衣袍，迫不及待地将斗篷披在身上，又把金色的花环戴在头上，喜不自胜地在镜子前上下打量。后来，她还高兴地在房间里走来走去，像一个小姑娘似的为自己的新装而得意。可是，很快，她变得面色苍白，四肢痉挛，摇摇晃晃地往后退着，还没有走到椅子跟前就栽倒在地上，翻着白眼，口吐白沫。仆人赶紧去找国王，另外几个仆人去喊她的未婚夫。突然，她戴在头上的花环喷出了火焰，火焰烤得她的皮肉吱吱作响。当国王悲伤地赶到时，只见女儿的尸体已烧得变了形。绝望中的国王扑向女儿拥抱她，可是他中了女儿身上那件漂亮衣服上的剧毒，也死了。伊阿宋的情况怎么样，我还不知道。"

仆人一口气说完这些情况，美狄亚听了还不解恨，复仇的怒火熊熊燃烧。

她如同复仇女神一样奔出去，准备给她丈夫和自己一个致命的打击。她来到儿子的卧室，这时天已晚了。“我的心啊，不要软。为什么在做这可怕却又十分必需的事情时要犹豫呢？忘掉他们是你的孩子，忘掉你是生养他们的母亲，只要在这一瞬间忘记他们，以后你可以为他们痛哭一辈子！你不杀死他们，他们也会死在仇人的手里。”

当伊阿宋赶回家中，要为年轻的新妇向美狄亚复仇时，他听到房间里传来孩子们的惨叫声。他奔进去，看到他的儿子们倒在血泊中，像献祭的供品一样被杀害了。他到处找美狄亚，却没有找到。

伊阿宋走到屋外，听到空中传来隆隆声。他抬头一看，那个可怕的杀人凶手坐在用魔法招来的龙车上，升上天空，离开了她用一切手段复仇的人间。

伊阿宋无法惩罚她，陷于绝望中，谋杀阿布绪尔托斯的场面又浮现在眼前。他没有别的选择，只有自杀而死。

俄耳甫斯和欧律狄刻

古希腊色雷斯地方有个著名的诗人与歌手叫俄耳甫斯，他的父亲便是太阳神兼音乐之神阿波罗，母亲是司管文艺的缪斯女神卡利俄珀。

婚姻之神许门飞过无边的天空，他穿着橘红色的长袍，飞到喀孔涅斯人当中，听见俄耳甫斯的声音正在一声声召唤他。但是，俄耳甫斯召唤他又有什么用呢？的确，许门在俄耳甫斯结婚时确实是在场，可他既未给新婚夫妇祝福，也没有露出笑容，更没有显示吉兆。他所举的火炬不住噼啪作响，浓烟熏眼，任怎样扇也点不着。

婚礼的结束比开始还要糟，新娘和陪伴她的一群女仙在草地上散步，一条蛇在她的脚踝上咬了一口，新娘中毒而死。洛多珀的歌者俄耳甫斯在阳世恸哭尽哀已毕，想到阴间去走一遭，看能否寻回爱妻，于是壮着胆子走进泰那洛斯的大门，下到地府。他走过成群的有形无体的死人的鬼魂，终于见到了统治这些鬼魂和这片阴森地域的冥王和他的王后珀耳塞福涅。

俄耳甫斯弹起竖琴，一边唱，一边说道："神啊，你们统治着地下的世界，凡人迟早都会来到这里。请允许我实话实说，暂且把花言巧语放在一边。我来到这个并不让人感到愉快的地方，并非寻找塔尔塔洛斯，也不是来降伏怪物美杜莎。我到此的原因是寻找我的妻子，她误踏了一条蛇，蛇咬了她，因此她中了毒，死神夺去了她的青春妙龄。我不否认我也曾试图忘记这些伤心事，但爱神早在我与妻子初相识时就已经征服了我。在人间，爱神是妇孺皆知的，可他在这里是不是也那么有名，我就不得而知了。不过，我猜他在这里也不是默默无闻的。我曾听闻一个旧日的传说，说您的王后就是被您抢来的，如果此话不虚，那么您和爱神也是有瓜葛的。我恳请这阴森的世界、广大而死寂的国土帮助我，请告诉我，我短命的欧律狄刻的命运究竟如何了。凡人的一切都是神的恩赐，我们虽然在人间有片刻的停留，但迟早只有一个归宿，我们都要到这里来的，这里是我们最后的家。我尊敬的神啊，您对人类的统治最为长久。我的妻子，等她尽了天年，也终究会归您管辖的。我求你开恩，把她赐还给我。如果命运拒绝我的权利，不还我妻子，我就决定不回人间了。既然您喜欢人们死，我想我们两个都死掉的话，您能够更高兴些。”

俄耳甫斯一面弹着竖琴，一面说了这番话，旁边那些无血无肉的鬼魂听了也不禁流下泪来。坦塔罗斯顾不上追波逐浪了；伊克西翁惊讶不已，连轮子都不转动了；秃鹰不去啄提堤俄斯的肝脏了；柏洛斯的孙女们也不装水入瓮了；连西西弗斯也坐在石头上不动了。据传说，复仇女神也被他忧伤的琴声感动，第一次流下热泪。

冥王和他的王后不忍拒绝俄耳甫斯的请求，他们传来欧律狄刻。她由于脚上受伤，走路还是一跛一跛的。俄耳甫斯见到妻子，马上要把她领回去，但是，冥王说明有个条件——不出阿维尔努斯山谷不准回头看她，否则就要收回原命，欧律狄刻将回到下界，也就意味着俄耳甫斯将永远失去她。

夫妻俩沿着一条上坡小路走着，四周一片死寂，没有一点声音。路很陡，什么都看不清楚，淹没在一片漆黑之中。眼看快到人间和地狱的边界了，他忽然怕她没有跟上来，就忍不住回头看了一下。立刻，她就向滑到黑暗的深渊中滑去，他连忙伸出手想抓住她的手，但是，不幸的人啊，他扑了一个空，什么也没抓住。她虽然第二次死去，但她并没有埋怨丈夫，丈夫是爱她的呀！她最后只说了一声“再见”，他恐怕并没有听见，她便又落回原来出发的地方了。

俄耳甫斯眼看着妻子再一次离去，愣愣地站着发呆，就像一个人看见了脖上拴着铁链的三头狗一样，吓得麻木了，直到本性变了，自己化为顽石才不感觉害怕；又像自愿承担别人的罪名的俄勒诺斯和自诩美貌的不幸的勒泰亚 。

俄耳甫斯请求允许他再渡迷津，但是，地府的守卫把他赶了出去。他穿着肮脏褴褛的衣服在冥河岸边痴痴地坐了七天，水米未进，每日以忧思、悲伤和眼泪充饥。后来，他埋怨地府之神太残忍，回到洛多珀和北风呼啸的海摩斯山去了。

转眼已是三年过去，太阳已三度到了宝鱼宫，俄耳甫斯一直不和女性谈情说爱，也许因为他上次遭到了不幸的结局，也许因为他立誓不再娶妻。虽然如此，许多女子都热恋着这位诗人，也有许多人因为遭到他的拒绝而悲伤。

俄耳甫斯把爱情转移到少年童子身上，爱着他们短促的青春和如花的妙年，并因此在特刺刻各邦树立了风气。特刺刻有一座山，山上有一大片平原，长满了茂盛的绿草，只是最初并无树荫。这位天神下凡的乐师就在这里坐着，弹着竖琴，就在他坐着的地方，长起了一片绿茵。

赫拉克勒斯的功绩

赫拉克勒斯是宙斯与伊耳戈公主阿尔克墨涅生的儿子，阿尔克墨涅是珀耳修斯的女儿，忒拜国王安菲特律翁的妻子。安菲特律翁也是珀耳修斯的儿子，是泰林斯国王，但后来离开了那个城市，移居忒拜。

赫拉痛恨阿尔克墨涅做了丈夫的情人，当然，她对赫拉克勒斯也很忌恨，因为宙斯向诸神预言，他的这位儿子前途无量。当阿尔克墨涅生下赫拉克勒斯时，她担心他在宫中安全没有保障，于是将他放在篮里，篮子上盖了一点稻草，然后放到一个地方，这地方后来被称为赫拉克勒斯田野。

如果不是一个神奇的机会，使雅典娜跟赫拉经过那地方，这孩子肯定活不了。雅典娜看到孩子生得漂亮，非常喜欢。她很可怜他，便劝赫拉给孩子喂奶。孩子力气太大，吸得赫拉疼痛不已。赫拉生气地把孩子扔到地上。雅典娜同情地把孩子抱起来，带回城里，交给王后阿尔克墨涅代为抚养。

阿尔克墨涅一眼就认出这是自己的儿子，她高兴地把孩子放进摇篮。她由于畏惧赫拉才遗弃了孩子，没想到满怀嫉妒的女神竟用乳汁救活了情敌的儿子。不仅如此，赫拉克勒斯吮吸了赫拉的乳汁，从此脱离了凡胎。但赫拉很快就明白那个孩子是谁，而且知道他现在又回到了宫殿。她十分后悔当时没有把他除掉，随即她派出两条毒蛇去杀害孩子。

深夜，孩子沉浸在甜蜜的酣睡中。熟睡的女佣和母亲都没有发现两条毒蛇从敞开的房门里游了进来。它们爬上孩子的摇篮，缠住孩子的脖子。孩子大叫一声醒了过来，感到脖子被缠得难受。这时他显示了神的力量。两手各抓住一条蛇使劲一捏，竟把两条蛇捏死了。

国王安菲特律翁疼爱孩子，把他看作宙斯赐予的礼物，这时他手持宝剑跑来。当他听到并看到所发生的事情时，他又惊又喜，为儿子的神力而感到自豪。他把这件事看作一个预兆，派人找来忒拜的盲人占卜者提瑞西阿斯。这位提瑞西阿斯是宙斯赋予预言能力的人，他预言孩子的未来：他长大以后，将杀死陆上和海里的许多怪物；他将战胜巨人，在他历尽艰险后，将享有神祇们的永久生命，并赢得青春女神赫柏的爱情。

所受的教育

国王安菲特律翁决心让儿子享受配做一个英雄的教育。他聘请了各地英雄给年轻的赫拉克勒斯传授种种本领。他亲自教他驾驶战车；俄卡利亚国王欧律托斯教他拉弓射箭；哈耳珀律库斯教他角斗和拳击；刻莫尔库斯教他弹琴唱歌。宙斯的双生子之一卡斯托耳教他全副武装在野外作战；阿波罗的儿子，白发苍苍的里诺斯教他读书识字。

赫拉克勒斯显示了学习的天赋和才能。可是，他不能忍受折磨，而年老的里诺斯又是一个缺乏耐心的教师。有一次，他无端责打赫拉克勒斯。赫拉克勒斯顺手抓起竖琴，朝老师头上砸去，里诺斯即刻倒地身亡。赫拉克勒斯十分后悔，他被传到法庭。为人正直而又知识渊博的法官拉达曼提斯宣布他无罪。法官颁布了一条新法，由于自卫而打死人者无罪。但安菲特律翁担心力大无穷的儿子以后还会犯下类似的罪过，所以把他送到乡下去放牛。

赫拉克勒斯在这里过了几年，当他十八岁时，已长成希腊最英俊、最强壮的男子汉。他面临着命运的挑战。

选择生活道路

赫拉克勒斯离开了牧人和牛群，来到一块寂静的地方，思考他的人生道路到底该怎样选择。这时，美德女神和幸福女神同时出现，引导赫拉克勒斯选择自己的生活道路。幸福女神许诺安逸的一生，美德女神鼓励他成就善事和大事，但是不能享受荣华富贵，女神说一切收获都不会从天上掉下来。如果希望神祇保护，首先应该敬奉他们；要得到朋友们的爱戴，就该为朋友做好事；

要国家尊重你，就应该为它服务；要全希腊推崇你的美德，就应该为全希腊谋幸福；有播种才有收获，想赢得战争，就得学会战争的艺术；要保持矫健的体魄，就应该通过艰苦的劳动使它强健。当死亡来临的时候，不会默默地毫无光彩地走进坟墓，荣耀仍留人间，受到后世的仰慕。

赫拉克勒斯决心选择“美德”之路。

最初的英雄行为

众所周知，那时，希腊丛林密布，沼泽遍野，到处是凶恶的猛狮、公猪以及其他作恶的野兽。因此，清除这些孽障，把希腊从这类危害人的野兽中解放出来，乃是古代英雄们的伟大目标之一。赫拉克勒斯首先打死了基太隆山脚下为非作歹的狮子，剥下狮皮，披在肩上，然后把狮头做成了头盔。

他凯旋时遇到了明叶国王埃尔吉诺斯派出的使者，他们向忒拜人收取年贡，这是一种既不合理又令人感到屈辱的沉重负担。赫拉克勒斯把这些烂施淫威的使者们打翻在地，然后捆起来，送回去给他们的国王。埃尔吉诺斯蛮横地要求忒拜国王交出凶手。忒拜国王克瑞翁畏惧对方的权势，准备满足对方的要求。

赫拉克勒斯动员了一批勇敢的青年同他一起抵抗敌人。埃尔吉诺斯的军队被彻底击溃，自己也战死沙场。可是，赫拉克勒斯的后父安菲特律翁也在战争中中箭身亡。战争结束后，赫拉克勒斯迅速挺进明叶京城奥耳科墨诺斯，他冲进城里烧毁了王宫，毁坏了城池。全希腊人都赞颂他的丰功伟绩。

忒拜国王克瑞翁为嘉奖他，把女儿墨伽拉许配给他，后来墨伽拉为他生了三个儿子。诸神也送给这位半神半人的英雄许多礼物：赫耳墨斯送给他一把剑，阿波罗送给他一张弓，赫淮斯托斯送给他金箭袋，雅典娜送给他崭新的青铜盾。他的母亲阿尔克墨涅却改嫁了，嫁给了法官拉达曼堤斯。

参加与巨人的战斗

赫拉克勒斯受到诸神的珍贵馈赠，心中感激不尽。不久，他有了报答的机会。

地母盖亚为乌拉诺斯生下一群巨人，这些怪物面目狰狞，杂乱的长须、长发，身后拖着一条带鳞的龙尾巴，这就成了他们的脚。母亲鼓动他们反对宙斯，因为宙斯成了世界的新主宰，把盖亚从前生下的一群儿子，即提坦巨人们全都打入了地狱塔尔塔洛斯。几年后，他们冲破了地狱，在帖撒利的田野上冒出来。一看到他们，星星变色，连阿波罗都掉转了太阳车的方向。巨人们登上了帖撒利山，准备从那里向天空发起冲击。

神祇的使者彩虹女神伊里斯，连忙召集诸位天神、水神以及地府里的命运女神，一起商量办法。冥后珀耳塞福涅离开了她的冥府；她的丈夫，冥王哈迪斯也骑着畏光的骏马爬上金光闪闪的奥林匹斯圣山。如同一座被包围的城市的居民们从四面八方拥来卫城一样，神祇们集合在奥林匹斯圣山。

大自然又像造物时一样陷于一片混乱。巨人们拔掉一座又一座高山，以山作梯一步步地朝着神祇的住地爬上去，手里拿着燃烧的栎木大棒和巨大的石块，像风暴一样向奥林匹斯的冲击。神祇们得到一则神谕，如果没有一名凡人参与战斗，神祇们就杀不死前来侵犯的巨人。

盖亚听到这消息，急忙寻找一种方法，以保证自己的儿子们不受凡人的伤害。这需要一种药草。然而，宙斯抢先一步，他不让朝霞、月亮和太阳露出光芒。当盖亚在黑暗中到处寻找药草时，宙斯却把药草收割起来。他请雅典娜将药草交给自己的儿子赫拉克勒斯，并要求他前来参战。

奥林匹斯圣山上燃起熊熊的战火。战神阿瑞斯端端正正地坐在战车上，车前的骏马高声嘶鸣，他驾着马车朝着密集的敌人冲了过去。阿瑞斯手执闪闪发光的金盾，照耀得比火焰还要明亮。他的战盔上的羽毛在风中呼呼作响。他一枪刺穿了蛇足巨人珀洛罗斯，又驾着战车碾过他的肢体。但这巨人直到看到凡人赫拉克勒斯爬到奥林匹斯山顶时，才灵魂出窍而死。

赫拉克勒斯环顾战场，为自己的弓箭找到了目标：他一箭射中阿耳克尤纳宇斯，巨人滚落下去，可接触到大地，他又复活了。按照雅典娜的吩咐，赫拉克勒斯也追了下去。他把阿耳克尤纳宇斯从地上举起，阿耳克尤纳宇斯一离开大地就死去了。

巨人珀耳菲里翁气势汹汹地朝赫拉克勒斯和赫拉猛扑过来，要跟他们决一死战。宙斯看着这一切，马上让巨人产生要看一看神后的念头，他刚掀开赫拉的面纱，宙斯用炸雷击中了他。赫拉克勒斯射出一箭，使他当场毙命。

巨人的战斗行列里奔出了眼中直喷火花的埃菲阿耳斯。阿波罗和这位半神一起动手，射出两箭，射中了埃菲阿耳斯的双眼。酒神狄奥尼索斯举起酒神杖，将律杜斯打倒在地。赫淮斯托斯单手扔出一把烧得通红的铁弹，灼热的铁弹像暴雨似的浇下，巨人刻吕提俄斯当场倒地身亡。雅典娜则举起西西里岛，猛地朝正在逃跑的恩刻拉杜斯砸去，把他压住了。巨人波吕波特斯被波塞冬在大海上追击，一直逃到爱琴海的可斯岛。波塞冬即刻劈裂海岛的一角，将他埋在里面。赫耳墨斯头上戴着地狱神谱路同的战盔，杀死了希波吕托斯。另外两位巨人也被命运女神的铁棒砸死。其余的巨人被用雷电击毙，或被赫拉克勒斯用弓箭射死。

战斗结束，诸神称赞赫拉克勒斯的赫赫战绩。宙斯把参战的神祇称作“奥林匹斯人”，这是勇敢者的称号。凡间女子为宙斯所生的两个儿子，即狄奥尼索斯和赫拉克勒斯，也获得了这光荣的称号。

欧律斯忒斯的任务

在赫拉克勒斯出世之前，宙斯曾经在神祇会议上宣布，让珀耳修斯的第一个孙子主宰所有其他的珀耳修斯的子孙。他是想把这份荣誉给他和阿尔克墨涅所生的一个儿子。可是，赫拉十分不满这种光荣归于自己情敌的儿子，于是施展诡计，让珀耳修斯的另一位孙子欧律斯忒斯提前出世，本来他要比赫拉克勒斯晚出世。因此，欧律斯忒斯成了迈肯尼的国王，后来出生的赫拉克勒斯成了他的臣民。

国王注意到他的那位年轻的兄弟声名显赫，于是为了为难他，给他布置了一大堆困难的任务。赫拉克勒斯不愿服从，不甘当凡人的奴仆，便离开家来到德尔斐，请求神谕。神谕昭示说：欧律斯忒斯由于赫拉的诡计骗取了王位，诸神将予以纠正，但赫拉克勒斯必须完成国王交给的任务。等到这些任务完成以后，他就可以成为神。

赫拉仍然妒恨赫拉克勒斯，虽然他在与巨人作战中援助过神祇们。她乘机让赫拉克勒斯的心头的郁闷变为野性的狂暴。赫拉克勒斯控制不了自己，他甚至想要杀害他所珍爱的侄儿伊俄拉俄斯。这位侄儿连忙逃走。

赫拉克勒斯在狂暴中用箭射死了他和墨伽拉所生的孩子们，并想象他是用箭射杀巨人。他疯狂了很久才解脱出来。看到自己闯下了大祸，他陷入更深的悲哀之中。他闭门不出，不见任何人。随着时光的流逝，他心头的痛苦有所减轻，重新振作起来，决心去完成欧律斯忒斯交给的任务。

剥下尼密阿巨狮的皮

这头巨兽生活在伊耳戈利斯地区的伯罗奔尼撒，尼密阿和克雷渥纳之间的大森林里。狮子凶悍无比，人间的武器根本不能伤害它。有人说，狮子本是巨人提丰和半人半蛇的女怪厄喀德那所生的儿子，还有人说，它是从月亮掉到地上来的。

赫拉克勒斯出发去捕杀狮子。他来到克雷渥纳，遇见一位名叫莫洛耳库斯的短工，受到热情的接待。莫洛耳库斯正想宰杀一头牲口献祭宙斯，赫拉克勒斯却说："让你的牲口再活三十天吧！如果那时我能顺利地打猎回来，那么你就可以给救星宙斯献祭，如果我死了，你就应当给我献祭，把我当作升入神祇的英雄。"

几天后，赫拉克勒斯来到尼密阿的大森林里。他在林间四下寻找，却看不到狮子的足迹。傍晚，狮子在一条林中小路上慢慢走来。它刚刚捕食回来，头上、鬣毛和胸脯上还滴着点点鲜血，舌头舔着嘴唇上的血。赫拉克勒斯连忙躲进茂密的树丛里，悄悄地等它走近，并用箭头瞄准它的腰部，赫拉克勒斯拉开弓射去一箭，他的箭没有射伤它，却像射在石头上一样被反弹回来。狮子昂起浴血的头，转动着眼睛四下张望，露出可怕的牙。现在，它正好把胸脯对着赫拉克勒斯。这位半神半人的英雄抓住时机，朝它的心脏处射去第二支箭。可是，这次也一样，箭伤不了它。

赫拉克勒斯要射第三支箭时，狮子已经看到了他。它暴怒地夹起长尾巴，脖颈因狂暴而膨胀，鬣毛竖起，弓起背，瞪着血红的大眼，发出沉闷的吼叫，向它的敌人扑来。赫拉克勒斯扔下手中的箭，右手挥着木棒朝狮子头狠狠打去，击中它的脖子，狮子倒在地上。随即它跳起来，但扑了个空。赫拉克勒斯没有等它恢复过来，立即冲上去。他干脆把身上背的弓箭全扔在地上，腾出双手，抱住狮子的脖子，狠命地卡住狮子的喉咙，狮子挣扎了一阵，终于断了气。

赫拉克勒斯费尽周折也没有把狮皮剥下来，因为任何铁器都无法在它身上划出一道口子。最后，他想出一个办法，用狮子的利爪划破了它自己的皮，终于把狮皮剥了下来。后来，他用这张奇异的狮皮缝制了一件铠甲，还做了一只新头盔，出发回泰林斯去。

赫拉克勒斯按照约定来到莫洛耳库斯那儿时，正好过去了三十天。莫洛耳库斯忙着给赫拉克勒斯的亡灵献祭，当这位英雄突然出现在他的面前，不禁惊喜交加。两人一起给宙斯献祭，而后，赫拉克勒斯亲切地同他告别，往故乡走去。

当国王欧律斯忒斯看见赫拉克勒斯披着可怕的狮皮回来时，吓得双腿发颤，他畏惧英雄的神力，从此，再也不让赫拉克勒斯走近自己，各项命令都由珀罗普斯的儿子库泼洛宇斯为他转达。

杀死九头蛇许德拉

许德拉是提丰和厄喀德那所生的女儿。她是在阿耳哥利斯的勒那沼泽地里长大的，常常爬到岸上糟蹋庄稼，危害牲畜。她凶猛异常，身躯硕大无比，其中八个头可以杀死，而第九个头，即中间直立的一个却是杀不死的。

赫拉克勒斯驱车前往，为他驾车的是他的侄儿伊俄拉俄斯，伊俄拉俄斯一直伴随着他，是他不可分离的左右手。

到了阿密玛纳泉水附近的山坡时，他们看到许德拉正在洞内。赫拉克勒斯一连射了几箭，把许德拉引出了洞。许德拉咝咝地嘘着气冲到赫拉克勒斯的面前，咄咄逼人地昂着九个头。赫拉克勒斯无所畏惧地迎上去，用力抓住她，卡得紧紧的。但她猛地缠住赫拉克勒斯一只脚。赫拉克勒斯举起木棒使劲打她的头，但打碎了一个，马上又长出一个。

一只巨蟹跑来参战，帮助许德拉。它用巨钳咬住赫拉克勒斯的脚。赫拉克勒斯怒不可遏地挥棒将它打死，同时呼喊伊俄拉俄斯来援助他。伊俄拉俄斯举着火把，用熊熊燃烧的树枝灼烧刚长出来的蛇头，不让它长大。赫拉克勒斯乘机砍下许德拉的那颗不死的头，将它埋在路旁，上面压着一块沉重的石头。接着，他又把蛇身劈作两段，并把箭浸泡在有毒的蛇血里，从此，中了他箭的敌人再也无药可医。

生擒刻律涅亚山上的牝鹿

这是一头漂亮的动物，金角铜蹄，自由自在地住在亚加狄亚的山坡上，是女神阿尔忒弥斯在首次打猎时捉到的五头牝鹿之一，只有她被放回树林，因为命运女神规定，有一天让赫拉克勒斯为追捕她而累得疲惫不堪。

赫拉克勒斯追了她整整一年，一直追到北极净土族人居住的地方和伊斯忒河的发源地。据说，这里的太阳一年只出来一次。赫拉克勒斯终于在安诺埃城附近，邻近阿尔忒弥斯山的拉同河岸上，追上了牝鹿。为了迫使她停下来，他迫不得已射了一箭，射中她的腿。然后把受伤不能奔跑的牝鹿逮住，扛在肩膀上往回走。途中，他遇到女神阿尔忒弥斯和她的哥哥阿波罗。她责问他为什么伤害她放生的牝鹿，甚至想夺走她的猎物。

“伟大的女神，这不是我在闹着玩，”赫拉克勒斯辩解说，“我也是迫于无奈，否则我怎么能完成欧律斯忒斯交给我的任务呢？”这话总算平息了女神的怒火。赫拉克勒斯扛着活牝鹿回到迈肯尼。

活捉厄律曼托斯山上的野猪

这头野猪是用来献祭给女神阿尔忒弥斯的圣物，可是，它在厄律曼托斯一带糟蹋庄稼，危害甚大。

赫拉克勒斯在前往厄律曼托斯的途中，来到西勒诺斯的儿子福罗斯的家中。半人半马的福罗斯是肯陶洛斯人，他热情地端出一盆烤肉招待客人，自己吃生的。赫拉克勒斯希望向主人讨要美酒，福罗斯笑着说：“尊贵的客人，在我的地下室里有一桶酒，它属于我们全体肯陶洛斯人。我不敢把它打开，因为我知道肯陶洛斯人并不慷慨。”

“打开吧，我答应你，保证你不受他们的攻击。我现在真是口渴难忍！”

这桶酒是酒神巴克科斯亲自送给一个马人的，并吩咐他不能提前打开，直到第四代马人之后，赫拉克勒斯到来时才能打开。

福罗斯走到地下室。他刚把酒桶打开，马人们闻到一股扑鼻的酒香，都蜂拥而来，手拿石块或木棒，把福罗斯的地下室团团围住。赫拉克勒斯拿起火把将第一批肯陶洛斯人打回去，又射箭追击余下的人，一直追到伯罗奔尼撒半岛东南角的玛勒河，那是赫拉克勒斯的老朋友喀戎居住的地方。肯陶洛斯人纷纷投奔喀戎。赫拉克勒斯朝他们射去一箭，箭头擦过一个肯陶洛斯人的手臂，射中喀戎的膝盖，这时他才发现他射中了幼时的好朋友。

他从朋友的膝盖上拔下箭，又用精通医道的喀戎自己调制的药膏敷在伤口上。但因为箭已浸过许德拉的毒血，伤口是无法医治的。喀戎吩咐他的弟兄把他抬回洞穴，希望能够死在朋友的怀里。可惜这个愿望也是空妄的，因为他忘掉自己是不死的，他将永远忍受伤痛的折磨。赫拉克勒斯含泪告别了喀戎，答应不管花多大的代价，也要请死神满足老朋友的愿望，让他解脱痛苦。我们知道，他实现了自己的诺言。

赫拉克勒斯重新回到福罗斯那里，这位朋友已经死了。原来他从一个肯陶洛斯死者的身上拔出一支箭，不禁惊叹这支短箭竟有如此大的力量，能杀死一条生命。他顺手把箭丢到地上，不料箭划破了自己的脚，他即刻毙命。赫拉克勒斯十分悲伤，将朋友葬在一座山下，这座山从此就叫作福罗山。

赫拉克勒斯继续上路去寻找野猪。他大声吼叫，把野猪赶出丛林，又在后面追赶，一直把它赶到雪地里，终于用活结把精疲力竭的野猪套住。他遵照国王欧律斯忒斯的命令活捉了厄律曼托斯山上的野猪，将它送到迈肯尼。

清扫奥革阿斯的牛棚

这件事似乎是一位英雄不屑干的，要他在一天内把奥革阿斯的牛棚打扫干净。奥革阿斯是伊利斯的国王，养有大量的牛。他的牛群全都按古代的习惯关在宫殿前面的牛棚里，里面共有三千多头牛。多年来里面堆满了牛粪。赫拉克勒斯不知道该如何行事，才能在短短一天内把牛粪清除干净。

赫拉克勒斯来到国王奥革阿斯面前，愿意给他清扫牛棚，但他没有说这是欧律斯忒斯交给他的任务。奥革阿斯打量着眼前这位身披狮皮的魁梧的男子，想到这样一位高贵的武士愿意干一件仆人干的活，禁不住笑了起来："外乡人，假如你真能在一天之内，把宫殿前面的牛棚打扫干净，我将把牛群的十分之一送给你。"

赫拉克勒斯接受了这个条件。他在牛棚的一边挖了一条沟，把阿尔弗俄斯和佩纳俄斯河的河水引进来，流经牛棚，把里面大堆的牛粪冲刷干净。结果，他连手都没有弄脏，就完成了任务。

奥革阿斯这时听说赫拉克勒斯是奉欧律斯忒斯之命来做这件事的，便想赖账，否认他的诺言，不给赫拉克勒斯任何报酬，还说，赫拉克勒斯如不服，他们可以对簿公堂。当法官审理时，奥革阿斯的儿子菲洛宇斯出庭作证，宣称那是真的，他的父亲答应给赫拉克勒斯重赏。奥革阿斯大怒，没等做出判决，便命令他的儿子和外乡人立即离开他的王国。

驱赶斯廷法罗斯湖的怪鸟

赫拉克勒斯完成了任务，高高兴兴地回到欧律斯忒斯的王国，可是国王宣布这次任务因赫拉克勒斯要报酬，不能算数。

他又派赫拉克勒斯去完成第六件任务，即赶走斯廷法罗斯湖的怪鸟。

这是一种巨大的猛禽，铁翼，铁嘴，铁爪，十分厉害，它们抖擞的羽毛犹如射出的飞箭，它们的铁嘴能够啄破青铜盾。它们栖息在阿卡迪亚的斯廷法罗斯湖畔，在那儿它们伤害了无数的人畜。

赫拉克勒斯来到四周是密林的湖畔。一群怪鸟在林中惊恐地飞来飞去，好像害怕被狼吃了似的。赫拉克勒斯眼睁睁地看着鸟在空中飞，却无法制伏它们。突然，他感到有人在肩膀上轻轻地拍了一下，回头一看，原来是雅典娜，她交给他两面大铜钹，那是赫淮斯托斯为她制造的。她教赫拉克勒斯怎样使用铜钹驱赶怪鸟，说完话就不见了。

赫拉克勒斯在湖旁爬上一座小山，使劲敲起铜钹恐吓怪鸟，它们经受不了这刺耳的声音，都仓皇地飞出树林。赫拉克勒斯乘此机会弯弓搭箭，连射几箭，几只怪鸟应声落地，其余的也急忙飞走。它们飞越大海，一直飞到阿瑞蒂亚岛，从此再也没有回来。

驯服克里特岛上的公牛

克里特的国王米诺斯答应海神波塞冬，要把海里出现的第一个动物当作祭品献给他，因为米诺斯认为在他的领土内没有一种动物值得献给这位伟大的神灵。波塞冬很受感动，特地让一头健壮的公牛从海浪里浮现出来。米诺斯看到这头公牛，非常喜欢，实在舍不得把它献给海神，于是将它悄悄地藏在自己的牛群里，然后用另一头公牛代替它献祭。

海神非常生气，他让海里来的这头公牛变得疯狂起来，在克里特岛为非作歹，大肆破坏，赫拉克勒斯得到的第七项任务，便是驯服克里特岛上的公牛，并将它带回献给国王欧律斯忒斯。

赫拉克勒斯来到克里特岛，见到了国王米诺斯。米诺斯十分高兴，他已经为这头公牛伤透了脑筋，巴不得有人为他除掉这个祸害。米诺斯亲自帮助赫拉克勒斯把这头疯狂的公牛抓住。赫拉克勒斯有非凡的力量，他把狂暴的公牛制伏得服服帖帖，然后骑在牛背上，像是乘船航行一样，回到了伯罗奔尼撒。

欧律斯忒斯国王对他做的这件工作十分满意，但他看了公牛后，又把它放了。公牛一旦脱离了赫拉克勒斯的控制，又发起狂来。它跑遍拉哥尼亚和拉加狄亚地区，然后穿过地峡，到达阿堤喀的马拉松，到处作恶，如同过去在克里特岛上一样，直到很久后才被希腊英雄忒修斯制伏。

制伏狄俄墨得斯的牝马

狄俄墨得斯是战神阿瑞斯的儿子，又是好战的皮斯托纳人的国王。他养了一群凶猛狂野的牝马，必须用铁链子紧锁在铁制的马槽上。喂养牝马的饲料不是燕麦，而是误入城堡的不幸的外乡人。

赫拉克勒斯来到这里，做的第一件事就是制伏管理马厩的卫士，然后把凶残无道的国王扔进马槽。这些马吃过国王后，立即变得驯服了，它们老老实实地听从赫拉克勒斯的指挥，一直被赶到海边。

突然，赫拉克勒斯听到背后人声嘈杂，原来皮斯托纳人全副武装地追了上来。赫拉克勒斯连忙做好战斗准备。他把马匹交给他的同伴阿珀特洛斯看管，阿珀特洛斯是赫耳墨斯的儿子。

赫拉克勒斯离开后，牝马又都变得疯狂起来。当赫拉克勒斯打退了皮斯托纳人重新回来的时候，他发现同伴已被马吃掉了，只剩下尸骨。赫拉克勒斯十分难过，他在附近造了一座阿珀特拉城，纪念自己的朋友。

最后，他又制伏了这些牝马，把它们顺利地交到欧律斯忒斯的手中。欧律斯忒斯将这些马献祭给天后赫拉。后来这些牝马生育马驹，长期繁殖下来，据说马其顿的国王亚历山大骑过的一匹马就是它们的子孙。

赫拉克勒斯做完这件事以后，便随同伊阿宋和伊耳戈英雄们去科尔喀斯夺取金羊毛。

征服亚马逊人

欧律斯忒斯有一个女儿，名叫阿特梅塔。欧律斯忒斯命令赫拉克勒斯夺取亚马逊女王希波吕忒的腰带，把它献给阿特梅塔。

亚马逊人居住在本都的特耳莫冬河两岸，是一个女人国。她们买卖男人生育，把生下的女孩留下，并养育她们长大。自古以来，这个民族就尚武好战。她们的女王希波吕忒佩带一根战神赠予的腰带，这是女王权力的标志。

赫拉克勒斯召集了一批志愿参战的男子汉，乘船去冒险。经过许多周折后，他们进入黑海，最后来到特耳莫冬河口，又顺流而上，驶入亚马逊人的港口特弥斯奇拉。他们在这里遇到了亚马逊人的女王。女王看到赫拉克勒斯相貌堂堂，身材魁梧，对他非常敬重。她听说英雄远道而来的目的后，一口答应将腰带送给赫拉克勒斯。

可是，天后赫拉憎恨赫拉克勒斯。她扮成一个亚马逊女子，混杂在人群中散布谣言，说一个外乡人想要劫持她们的女王。亚马逊人大怒，袭击住在城外帐篷里的赫拉克勒斯，但没有一个人是赫拉克勒斯的对手。女王希波吕忒献出了腰带，那是在作战前她已答应献出的。

赫拉克勒斯在回迈肯尼的途中，在特洛伊海岸上又经历了一场新的冒险。在这里他发现特洛伊国王拉俄墨冬的女儿赫西俄涅被捆绑在一块岩石旁，恐惧地等待来吞食她的妖怪。

海神波塞冬曾经给拉俄墨冬建造了特洛伊城墙，国王却吝惜钱财，没有付报酬。为了报复，海神派海怪践踏土地，危害人畜，直到国王拉俄墨冬在绝望中被迫交出自己的女儿，以求得自身和地方的太平。

赫拉克勒斯经过那里的时候，国王请求他援助，并答应，只要他救出自己的女儿，就送给他一群漂亮的骏马，这些马还是宙斯送给拉俄墨冬父亲的礼物。

赫拉克勒斯埋伏在海怪出没的地方，等待着。妖怪终于来了，它张开血盆大口准备吞食姑娘。赫拉克勒斯猛地冲上去，跳进它的喉咙，进入它的腹腔，用刀割碎它的内脏，然后从它的身上挖了一个洞，爬了出来。这次，拉俄墨冬又不遵守诺言，没有送上马匹。赫拉克勒斯愤恨地离开了。

牵回巨人革律翁的牛群

革律翁是住在伽狄拉海湾厄里茨阿岛上的巨人，他有一群棕里透红的牛，由另一个巨人和一只双头猎犬替他看管。他高大如山，长着三头六臂，并有三个身体，六条腿，世上没有一个人敢和他作战。

赫拉克勒斯深知要完成这项艰巨的任务需要周密的准备，因为革律翁的父亲是世界上闻名的富人，他的外号叫“黄金宝剑”，是全意卑利亚的国王。意卑利亚后来分成西班牙和葡萄牙。除了革律翁，他还有三个身体高大的勇猛的儿子，每人统率一支威武善战的军队。正因为如此，欧律斯忒斯国王才交给赫拉克勒斯这样一项任务，他希望赫拉克勒斯在征伐这个国家时被打死在那里，再也不能回来。

可是，赫拉克勒斯对此任务并不畏惧，他像从前一样组建军队，然后乘船在利比亚登陆，在这里他和巨人安泰俄斯作战。安泰俄斯是海神波塞冬和地母盖亚所生的儿子，凡经过利比亚的过路人，都必须跟他格斗。安泰俄斯只要不离开大地，就能从大地母亲的身上汲取力量。赫拉克勒斯把他打倒三次，终于发现他恢复力量的秘密。于是，他用强有力的手臂把安泰俄斯举在空中，将他掐死。他又清除了利比亚凶猛的动物。

在沙漠地区经过长途旅行后，他终于来到一个富庶的河网地区。在这里，他建立了一座巨大的城市，把它称作赫卡托姆皮洛斯，意为“百座城门”。最后，他又来到了大西洋，在这里他竖立了两根石柱，即“赫拉克勒斯石柱”。这里骄阳似火，酷热难忍。赫拉克勒斯抬头望天空，威胁地举起弓箭，想把太阳神射下来。太阳神惊叹他的大无畏精神，于是借给他一只金钵，这是他夜间旅行所用的宝物。赫拉克勒斯乘坐金钵渡海到意卑利亚。他的战船张着船篷，紧跟在他的身边航行。在那里，克律萨俄耳的三个儿子率领三支军队严阵以待，准备迎敌。赫拉克勒斯勇猛地冲上岸去。他不必和军队对阵，而是把他们的首领一个个打翻在地，杀死他们，然后占领了他们的国土。

随后，他来到厄里茨阿岛，革律翁和他的牛群就在这里。岛上那只双头狗发现了赫拉克勒斯，吠叫着扑了上来。赫拉克勒斯挥动木棒，打死了恶狗。看守牛群的巨人看到狗被打死，想上来援助，也被一棒打死。赫拉克勒斯急忙赶着牛群，离开了那里。可是，革律翁在后面追了上来，随后进行了一场激战。赫拉来帮助巨人革律翁。赫拉克勒斯不客气地射去一箭，射中了女神，赫拉急忙逃走。巨人虽然有三个身体，但他三个身体连接的腹部中了致命的一箭，倒地死去。

凯旋的途中，赫拉克勒斯赶着牛群经过意卑利亚和意大利。当他到了意大利南部的勒奇翁姆时，有一头公牛逃走，渡过海峡到了西西里岛，赫拉克勒斯立即赶着其余的公牛下了水。他抓住一头牛的角，泅水到了西西里，终于顺利地穿过意大利、伊利里亚和特拉刻，最后到了希腊。

现在，赫拉克勒斯已完成了十项任务，有两件欧律斯忒斯却认为不能算数，因此他不得不再补做两项。

摘取赫斯珀里得斯的金苹果

很久以前，宙斯跟赫拉结婚时，所有的神祇都给他们送上礼物。地母盖亚也不例外，从西海岸带来一棵枝叶茂盛的大树，树上结满了金苹果。夜神的四个女儿名叫赫斯珀里得斯，被指派看守栽种这棵树的圣园。帮助她们看守的还有拉冬，它是百怪之父福耳库斯和大地之女刻托所生的百头巨龙，从不睡觉。它走动时，一路上总会发出震耳欲聋的响声，因为它的一百张嘴发出一百种不同的声音。按照欧律斯忒斯的命令，赫拉克勒斯必须从巨龙那儿摘取赫斯珀里得斯的金苹果。

赫拉克勒斯踏上了漫长而艰险的旅途。他漫无目的地走着，走到哪儿是哪儿，全靠运气和机遇，因为他不知道赫斯珀里得斯到底住在哪里。

他首先来到帖撒利，那是巨人忒耳默罗斯居住的地方。他有坚硬的头颅，碰到过往旅客就追上去用头将他顶死。但这次他的脑袋撞在赫拉克勒斯的头上，被撞得粉碎。

赫拉克勒斯继续赶路，来到埃希杜罗斯河附近，遇到了一个怪物，那是阿瑞斯和波瑞涅的儿子库克诺斯。赫拉克勒斯不知他的底细，向他打听赫斯珀里得斯的圣园在哪儿。他没有回答，并向赫拉克勒斯挑战，当场被赫拉克勒斯打死。这时候，战神阿瑞斯急忙赶来，要为死去的儿子报仇，赫拉克勒斯不得不迎战。可是，宙斯不愿意看到他们当中有一个流血，因为他俩都是他的儿子，他用一道雷电把他们隔开。

赫拉克勒斯继续前进，穿过伊利里亚，跨过埃利达努斯河，来到一群山林水泽女神的面前。她们是宙斯和忒弥斯的女儿，居住在埃利达努斯河的两岸。赫拉克勒斯向她们问路。“你去找年老的河神涅柔斯。”女神们回答，“他是一位预言家，知道一切事情。你要趁他睡觉的时候袭击他，将他捆起来，然后他会告诉你真情。”

尽管河神能够变成各种模样，但赫拉克勒斯按照女神的建议制伏了他。直到问清了在哪里可以找到赫斯珀里得斯的金苹果，赫拉克勒斯才放了他。

后来，他又穿过利比亚和埃及，统治那里的国王乃是波塞冬和吕西阿那萨的儿子波席列斯。在连续九年的干旱后，塞浦路斯的一个预言家宣布了一个残酷的神谕：只有每年向宙斯献祭一个外乡人，才会使土地变得肥沃。为感谢他所说的神谕，波席列斯国王把预言家作为第一个祭品杀死。后来，这个野蛮的国王对这每年的残暴的祭礼很感兴趣，以至于到埃及来的外乡人全遭杀害。赫拉克勒斯也被抓了起来，被捆绑着送到祭供宙斯的圣坛前。但赫拉克勒斯挣脱了捆绑的绳子，把波席列斯国王连同他的儿子和祭司统统杀死。

赫拉克勒斯继续前进，他在高加索山上释放了被缚的普罗米修斯，又顺着这个被解放了的提坦神所示的方向，来到阿特拉斯背负青天的地方，附近是赫斯珀里得斯看守金苹果的圣园。普罗米修斯建议赫拉克勒斯不要亲自去摘金苹果，最好派阿特拉斯去完成这项任务。赫拉克勒斯一想也对，于是他答应在阿特拉斯离开的这段时间里亲自背负青天。阿特拉斯把肩扛天空的重担交给了赫拉克勒斯，然后朝圣园走去。他想法引诱巨龙昏昏入睡，并挥刀杀死了它，又骗过看守的仙女们，摘了三个金苹果，高高兴兴地回到赫拉克勒斯的面前。

“不过，”他对赫拉克勒斯说，“我的肩膀尝够了扛天的滋味，也感到没有重负的轻松，我不愿再扛了。”说完，他把金苹果扔在赫拉克勒斯脚前的草地上，自己转身就走。

赫拉克勒斯瞬间想出一个办法来摆脱肩上的重负。“喂，我想找一块软垫搁在头上，”他对已经走出一段距离的阿特拉斯说，“否则，这副重担都快把我的脑袋压裂了。”

阿特拉斯认为这是一个合理的要求，因此同意代他再扛一会儿。他接过了担子，但是，要等赫拉克勒斯来接替他，那可不知道要等多长时间了，因为赫拉克勒斯早已从草地上拾起金苹果，迅速离开了。

赫拉克勒斯把金苹果带给了国王欧律斯忒斯。国王感到懊丧的是赫拉克勒斯又活着回来了，原希望他会在摘取金苹果时丧命。其实他并不喜欢金苹果，因此就把金苹果送给了赫拉克勒斯。他把它供在雅典娜的圣坛上，女神再把这些圣果送回原来的地方，让赫斯珀里得斯继续看管。

带回地狱的恶狗刻耳柏洛斯

欧律斯忒斯一直没能除掉伟大的英雄，反而帮助他赢得了更大的荣誉。许多人对赫拉克勒斯感激不尽，因为他免除了人们的许多苦难。现在，狡猾的国王又想出了最后一项冒险任务，这是任何英勇的神力都无法施展的——去和地狱的恶狗拼斗，并把冥王的看门狗刻耳柏洛斯带回来。这狗有三个头，狗嘴滴着毒涎，长着一条龙尾，头上和背上的毛全是盘缠着的条条毒蛇。

为了准备这场可怕的冒险，赫拉克勒斯来到阿提喀的厄琉西斯城，那里的祭司精通阴阳世界的秘密之道。他首先在这个神圣的地方洗刷了赫拉克勒斯杀害肯陶洛斯人的罪孽，然后由祭司奥宇莫尔珀斯传授秘道。赫拉克勒斯获得了神秘的力量，不再惧怕恐怖的地狱。

传说在伯罗奔尼撒半岛南端的忒那隆城，有一个通往地狱的入口。赫拉克勒斯来到这里，由亡灵引导神赫耳墨斯带领，下降到深渊，来到普鲁同统治的地方。城门前转悠着许多悲哀的阴魂，它们一见有血有肉的人，立即惊吓得四散奔逃。

走近城门时，赫拉克勒斯看见了他的朋友忒修斯和庇里托俄斯。庇里托俄斯是陪忒修斯来地府向冥后珀耳塞福涅求爱的，他们两人由于这种狂妄的念头而被普鲁同锁在他们坐下休息的石头上。两人看到老朋友赫拉克勒斯经过身旁，便向他伸出手救援，希望通过赫拉克勒斯的力量重新回到阳间。赫拉克勒斯抓住忒修斯的手，把他从镣铐中解脱出来。当他又想解救庇里托俄斯时，却失败了，因为大地在他脚下剧烈地震动。

再往前走，赫拉克勒斯又认出了阿斯卡拉福斯。他曾经诽谤珀耳塞福涅偷吃普鲁同的红石榴，因此被珀耳塞福涅的母亲得墨忒耳变成了猫头鹰，还把一块大石头压在他身上。赫拉克勒斯为他搬开了石头。为了使焦渴的鬼魂喝上一口牛血，赫拉克勒斯杀了普鲁同的一头牛，但这得罪了牧牛人墨诺提俄斯。他向赫拉克勒斯挑战，赫拉克勒斯拦腰抱住他，捏断了他的肋骨。冥后珀耳塞福涅急忙出来求情，他才放下墨诺提俄斯。

冥王普鲁同站在死城的门口拦住了赫拉克勒斯，不让他进去。赫拉克勒斯射去一箭，击中冥王的肩膀，他痛得如同凡人一样乱跳乱叫。他尝到了苦头，所以当赫拉克勒斯要他交出地狱恶狗刻耳柏洛斯时，他没有拒绝，只是提出了一个条件，不能使用武器。

赫拉克勒斯同意了。他只穿了胸甲，披着狮皮，去捕捉恶狗。在冥河的河口上，他看到那只三头狗。它昂起三个头狂吠，回声如同打雷。赫拉克勒斯用双腿夹住三个狗头，用手臂扑住狗脖子，不让它逃脱，但狗的尾巴，完全是条活龙，妄图抽击他，并要咬他。赫拉克勒斯仍紧紧地掐住狗脖子，终于制伏了这只恶狗。他举起狗，带着它离开冥府，从亚哥利斯的特律策恩附近的另一个出口回到了阳间。

地狱恶狗刻耳柏洛斯一见到阳光，害怕得吐出了毒涎，滴到地上，于是地上长出剧毒的乌头草。赫拉克勒斯用铁链拴住刻耳柏洛斯，把它带到提任斯，交给欧律斯忒斯。欧律斯忒斯惊讶得几乎不敢相信自己的眼睛，现在他才相信他是不可能除掉宙斯的这个儿子的。他只好听凭命运的安排，并吩咐赫拉克勒斯把地狱恶狗送回地府，交给它的主人。

不守信的欧律托斯

赫拉克勒斯经过种种辛劳和努力，排除无数的困难和障碍，完成了国王欧律斯忒斯交给的任务，终于不必再受他的奴役，回到了忒拜。由于他在疯狂时杀害了自己跟妻子墨伽拉所生的几个孩子，因此再也不能跟妻子一起生活。后来，当侄儿伊俄拉俄斯表示愿意娶墨伽拉为妻时，赫拉克勒斯点头答应了。他自己开始寻求一个新妇。他把爱情转移到漂亮的伊俄勒身上，她是攸俾阿岛的俄卡利亚国王欧律托斯的女儿。赫拉克勒斯童年时曾跟欧律托斯学习射箭。

有一天，国王宣布如果有人在箭术上超过他和他的儿子，便可以娶他的女儿为妻。赫拉克勒斯闻讯后急忙赶到俄卡利亚，混在竞赛者的中间。在比赛中，他证明自己不愧为欧律托斯的学生，因为他不仅胜过了国王的儿子，而且胜过国王欧律托斯。国王极其隆重地接待了他，心中却为女儿担忧。因此，国王推托说，他需要有充分的时间来考虑一下这件婚事。欧律托斯的大儿子伊菲托斯跟赫拉克勒斯正好同龄，他对赫拉克勒斯的箭术极口称赞，毫无嫉妒，并成了这位英雄的朋友。他劝父亲接纳这位技艺超群的贵客。但欧律托斯固执己见，赫拉克勒斯深受打击，就离开了王宫，在外漂泊了很长时间。

一天，仆人来到国王欧律托斯面前，禀报说，有一个强盗偷走了国王的牛群。这盗贼是奸诈而狡猾的奥托吕科斯，他的窃技闻名遐迩。欧律托斯不相信，恼怒地说："这一定是赫拉克勒斯干的。他是杀害自己孩子的刽子手！我不答应把女儿许配给他，他就干出了这样卑鄙的报复勾当！"伊菲托斯极力为他的朋友辩护，委婉地劝说父亲，并表示愿意和赫拉克勒斯一起去寻找被偷掉的牛。

赫拉克勒斯看到伊菲托斯来找自己非常高兴。他热情地招待了王子，并答应一起去寻找被偷走的牛。但是，他们一无所获，只好往回走。当他们爬上提任斯的城墙，想从高处察看丢失的牛时，赫拉克勒斯的疯病突然发作了。愤怒的赫拉使他失去理智，把忠诚的朋友伊菲托斯看作他父亲的同谋，狂暴地把伊菲托斯从高高的城墙上推了下去。

救出阿德墨托斯的妻子

赫拉克勒斯忧伤地离开了俄卡利亚的王宫，到处漂泊，此时，发生了一件奇事。

在帖撒利的弗赖城住着高贵的国王阿德墨托斯，他的妻子阿尔刻提斯年轻漂亮，对丈夫十分忠诚，爱丈夫胜过一切。

有一次，宙斯用雷电把神医阿斯克勒庇俄斯劈死，因为宙斯担心他连死人都能救活。阿斯克勒庇俄斯是阿波罗的儿子。阿波罗在悲痛中杀死了为主神宙斯锻造雷电棒的独眼巨人，他担心宙斯发怒报复，便急忙逃出了奥林匹斯圣山，在人间寻找避难所。那时，斐瑞斯的儿子阿德墨托斯友好地接待了他，让阿波罗为他看守牛群。后来宙斯赦免了阿波罗，于是，他成了阿德墨托斯的保护神。

阿德墨托斯年老体衰，生命即将结束，因为阿波罗是神，所以预先知道，于是他劝说命运女神拯救阿德墨托斯，免得他受地狱之苦。命运女神答应，如果有人愿意代他去死，就可以让他逃脱死亡。阿波罗来到弗赖，告诉他的老朋友他的气数将尽了，但又向他透露了免于一死的方法。阿德墨托斯是个正直的人，但他眷恋生命。他的家人和仆人听说他们的国王生命即将结束，都吃了一惊。阿德墨托斯希望找一个愿代他去死的人，但没有一个人肯答应。尽管他们将要失去阿德墨托斯这样的贤君，但要他们履行这样的义务，谁也不愿承担。甚至国王的年迈的父亲斐瑞斯和上了年纪的母亲，知道死神已在向他们招手，他们随时都会离开人间，但仍不愿意放弃一点生命，来拯救自己的儿子。只有他的妻子阿尔刻提斯，一个正当青春年华的女人，愿意代丈夫去死。她刚说完这话，死神塔那托斯立即来到王宫，准备把她带到地府去。

阿波罗看到死神来临，急忙离开国王的宫殿，免得玷污了他的圣洁。忠贞的阿尔刻提斯随即沐浴更衣，穿上节日的华服，戴上首饰，然后在家里的祭坛前向地府女神祷告，愿意充当死神的祭礼。说完，她一一地拥抱了孩子和丈夫，然后，走进小房间，准备在那里迎接地府的使者。

“我愿意坦白地告诉你，”她对丈夫说，“你的生命比我的宝贵，因此我愿意为你去死。要是没有你，我也不愿活下去。不过你的父亲母亲背叛了你，他们其实是应该为你做出牺牲的。那样，你就不致孤独地生活，去抚养失去母亲的孩子们。但神祇既然已做出这样的安排，那么，我只得请求你，别忘掉我为你做的事，而且，你还应该答应我，不要把我们喜欢的孩子交给一个继母，因为她会虐待这些可怜的孩子的。”

阿德墨托斯含着眼泪，向他的妻子发誓，她活着是他的妻子，在她死后，她仍然是他的妻子。阿尔刻提斯把哭哭啼啼的孩子交给了阿德墨托斯，随即晕死过去。

宫殿里正在准备丧事的时候，赫拉克勒斯正好到了弗赖，来到王宫前。阿德墨托斯强忍着悲痛，热情地欢迎这位远方来的朋友。赫拉克勒斯看到他穿着丧服，便问宫里发生了什么事。阿德墨托斯为了不使朋友难过，故意闪烁其词，没有直接回答，因此赫拉克勒斯还以为宫中死了一位无足轻重的远房女子，没有显出悲伤的样子。他叫一位仆人陪着他到餐厅，并给他美酒。他看到仆人很悲哀，责问出了什么事。当他知道事情的经过后，立即决定要救出这位代替丈夫死去的女子。他怀着这样的决心，不声不响地离开了王宫。

阿德墨托斯回到自己的房间，看到失去母亲的孩子，心里非常悲伤，仆人的任何安慰都无法减轻他的痛苦。突然，他看到赫拉克勒斯走进大门，后面跟着一个遮着面纱的女人。“你连妻子去世的消息都不告诉我，”他说，“那是不应该的。你接待我，让我住在王宫里，看上去好像只是遇到一件小事。我因为不知道实情，做出许多违反礼仪的事情，我不愿让你继续痛苦下去了。我又回到这里，只有一个原因：我在一场比武中赢得一位年轻的女子，我把她交给你，给你当个女佣。我正要进行新的比武，在回来前，你一定要多多关心她的生活。”

阿德墨托斯听了他的话急忙解释说：“并不是我轻视朋友或不认朋友。我没有把妻子去世的消息告诉你，那是我不愿意看到你再搬到另一位朋友家里去住。现在我请你把这位女子给弗赖城的任何一个人，不必给我。我怎么能每天看着她在我屋里而不流泪呢？我难道可以把亡妻的房间腾出来给她住吗？另外，我还担心弗赖人的风言风语和我那亡妻的责备！”

不过，阿德墨托斯还是抑制不住好奇心，朝遮着面纱的女人又看了一眼。“不管你是谁吧，”他对她说，“你的身材和外形跟我的妻子阿尔刻提斯十分相像。诸神在上，赫拉克勒斯，把这位女人带走吧，别再苦苦地折磨我了。我看见她如同看见妻子一样，心里有说不出的悲伤。”

“所以让时间来减轻你的痛苦吧。亡妻已经无法召唤回来了，也许过一阵你会再娶一个妻子，也许她会给你带来生活上的欢乐。还是让我把这位高贵的姑娘送进你的房间吧，你至少可以试试看。如果事实证明她不能让你的生活变得轻松愉快，她就会离开你的！”

阿德墨托斯不想辜负友人的一番好意，他只好不情愿地命令仆人把这位姑娘带到内房去，但赫拉克勒斯不同意，“国王陛下，请别把这无价之宝交到仆人手上！你应该亲自带她过去。”

“不行。”阿德墨托斯说，“我不能碰她一下，否则我就违背了对亡妻亲口许下的诺言。她可以进内房了，可是，不能由我送去。”

赫拉克勒斯仍然坚持要阿德墨托斯亲自送去。他没有办法，只得朝戴着面纱的女人伸出一只手去。

赫拉克勒斯高兴地说，“你就收留她吧！你仔细瞧瞧这位年轻的姑娘，看看她跟你的妻子是否相像？”说着，他伸手揭开女子头上的面纱。国王惊讶得目瞪口呆，他看见了自己的妻子，高兴地把妻子搂进怀里。她却沉默着，无法对丈夫深情的呼喊做出回答。

“再过三天。”赫拉克勒斯对他说，“等到给她的亡灵祭供结束时，你就能够听到她说话的声音了。你尽可以放心地把她带回房间去。她又回到了你的身边，那是为了报答你对外乡人的热情款待！”

为翁法勒服役

尽管赫拉克勒斯是在疯狂时把伊菲托斯推下城墙的，但他心里仍然感到罪孽的沉重负担。他到各地向国王求情，希望洗净自己的罪过，但都遭到了拒绝。后来，他找到了阿弥克勒的国王得伊福斯，国王同意为他净罪，但神祇为惩罚他而让他身患重病。

后来赫拉克勒斯获得一则神谕：他只有卖身为奴当三年苦差，并把这笔卖身钱送给死者的父亲，才能消除罪孽。赫拉克勒斯不得不按照这一苛刻的要求去做。他带领几个朋友，乘船来到亚细亚，把自己卖给翁法勒为奴。翁法勒是伊尔达奴斯的女儿，梅俄尼恩的女王。

赫拉克勒斯托人给欧律托斯送上了卖身钱。欧律托斯拒绝收下，后来只得把钱交给了伊斐托斯的儿子。直到这时，赫拉克勒斯才恢复了气力，疯疾才治愈。

他为翁法勒当奴仆，制伏了所有危害和扰乱地方的强盗，维护了女主人和周围邻居们的安全。当时住在以弗所的克耳库泼人抢劫掠夺，做尽了坏事，赫拉克勒斯把他们彻底打败。他把那些俘虏来的人用绳子捆绑起来，押送到翁法勒的面前。

奥丽斯的国王茜洛宇斯原是波塞冬的儿子，他捕捉过往旅客，强迫他们在国王的葡萄园里劳动。赫拉克勒斯痛恨他的横行霸道，用铁铲将他打死，又将他所有的葡萄藤连根挖掉。

翁法勒经常遭到伊托纳人的骚扰。赫拉克勒斯奋起反击，把伊托纳人彻底征服，把他们变成奴隶，为翁法勒服役。

在利底亚有一个名叫里蒂埃塞斯的人，是弥达斯的儿子。他作恶多端，危害乡里。他是一个极富有的人，很热情地把客人邀请回家，视若贵宾，在晚宴后，他强迫他们为他耕地，而在更深夜静时，就把客人杀害。赫拉克勒斯杀死了这个恶霸，把他的尸体丢在密安得河里。

赫拉克勒斯在一次远征中来到杜利奇岛。他看到沙滩上躺着一具尸体，原来这是不幸的伊卡洛斯的尸体。他佩着父亲为他制造的鸟翼逃出克里特的迷宫，可他忘记了忠告，飞离太阳过近，以至于鸟翼融化脱落，栽入海里身亡。赫拉克勒斯无限同情地掩埋了他的尸体。为纪念这位朋友，他把这座岛称作伊卡里尼。伊卡洛斯的父亲，建筑师和雕刻家代达罗斯为感谢赫拉克勒斯的功德，在伊利斯的比萨建造了一座赫拉克勒斯纪念碑。一天，赫拉克勒斯来到比萨，由于夜晚天黑，他把纪念碑前的雕刻当作一个活人，以为在向他寻衅，于是抓起石块，把石像砸得粉碎。

赫拉克勒斯在为翁法勒服役期间还参加了围猎卡吕冬公猪的活动。

翁法勒十分赞赏她的仆人的勇敢，她猜这位仆人一定是位有名的英雄。当听说他就是宙斯的儿子赫拉克勒斯时，她立即使他恢复了自由，并让他成为自己的丈夫。从此以后，赫拉克勒斯过着东方人的豪华生活，他逐渐忘掉了美德女神在他年轻时给她的教诲，沉湎在享受中，不思进取，连妻子翁法勒也开始瞧不起他了。

她自己披上他的狮皮，而把女人的衣服给他穿上，用来羞辱他。赫拉克勒斯迷恋于她的爱情，竟甘愿坐在妻子的脚旁为她纺羊毛。他在原先几乎能够顶住天空的脖子上挂了一条金项链，两只健壮的胳膊上戴上玉石手镯，头上戴着女人的发饰，身上披上一件女人的华丽长袍。他跟女佣们坐在一起，面前放着纺车，粗大的手指纺着细长的纱线，他卖力地干着，担心完不成任务会遭到女主人的嘲笑和责骂。有时候，当翁法勒高兴的时候，她让穿着女人长袍的丈夫给她和女佣们讲他年轻时的英雄业绩：他是怎样在摇篮里捏死了大蛇，怎样从哈得斯那里牵回地狱恶狗刻耳柏洛斯。那些女人们喜欢听他的故事，如同听精彩的童话一样。

赫拉克勒斯给翁法勒服役的期限快满了，他突然从昏聩中清醒。他惭愧地脱掉穿在身上的女人长袍，又恢复了宙斯儿子的本来面目，浑身充满了力量。

向往昔的敌人复仇

赫拉克勒斯恢复自由后，首先前往特洛伊，他要征服那个暴虐而又专制的国王拉俄墨冬。赫拉克勒斯对他的违约一直耿耿于怀，决定报复他。

赫拉克勒斯穿着狮皮来到忒拉蒙面前，看到他正在用餐。忒拉蒙连忙从桌旁站起身，热情地给他在金杯里斟满酒，叫他坐下一起喝酒。赫拉克勒斯为朋友的热情所感动，他用手指着苍天，祈祷说："父亲宙斯，如果你愿意施恩，愿意听从我的请求，那么请赐给忒拉蒙一个勇敢的儿子，一个无敌的儿子，就像穿着尼密阿狮皮的我一样勇敢。"赫拉克勒斯的话还没有讲完，宙斯给他送来一只矫健的雄鹰。赫拉克勒斯兴奋地叫起来："喂，忒拉蒙，你即将得到你梦寐以求的儿子了！他将像这只雄鹰一样矫健。孩子的名字就叫埃阿斯。"

不久，他和忒拉蒙以及其他的英雄一起征战特洛伊。在特洛伊登陆时，他把看守船只的任务交给俄琉斯，自己则率领着英雄们向特洛伊进发。拉俄墨冬急忙率军袭击英雄们乘坐的船只，并在战斗中杀害了俄琉斯。但拉俄墨冬归来时，发现已经被赫拉克勒斯的勇士们包围住了。同时，英雄们又围困了特洛伊城。

忒拉蒙攻破城池，一马当先冲进特洛伊城，赫拉克勒斯紧跟在他的后面。大英雄一生中第一次被人在战斗中超过了自己，他又气又急，妒火中烧，于是拔出宝剑，想把走在前面的忒拉蒙砍翻在地。忒拉蒙正好回头一看，猜到了赫拉克勒斯的意图，他连忙弯下腰去，把近旁的砖石收集过来堆成一堆。当他的对手问他在这里做什么时，他回答说："我在这里为胜利者赫拉克勒斯建造一座圣坛！"这话让大英雄感到十分惭愧，他们又一起战斗。

赫拉克勒斯援弓搭箭，射死了拉俄墨冬和他的几个儿子，只有一个儿子幸免于难。特洛伊城被占领后，赫拉克勒斯把拉俄墨冬的女儿赫西俄涅作为战利品送给了忒拉蒙。同时他又允许姑娘在俘虏中挑选一个人，让那位俘虏获得自由，姑娘挑选了她的兄弟波达尔克斯。"好吧，他就归你了。"赫拉克勒斯说，"可是，他必须先忍受耻辱，当一名奴仆。然后你用一笔赎金将他赎回，这样他才能得到自由！”这孩子被当作奴隶卖掉了，赫西俄涅从头上扯下了贵重的首饰作为兄弟的赎身钱。因此，这位兄弟后来就叫作普里阿摩斯，意即“被买来的人”。

赫拉忌恨赫拉克勒斯，不让他得到圆满的结局。从特洛伊回去的途中，他们遇到了暴风雨，但宙斯出来搭救，才使赫拉的企图未能得逞。经过一些征战，赫拉克勒斯决定再去报复国王奥革阿斯。赫拉克勒斯攻占了他的厄利斯城，把国王和他的儿子全都杀死。后来，他把王国送给菲洛宇斯，菲洛宇斯由于和赫拉克勒斯友好曾被国王放逐。

取得这场征战的胜利后，赫拉克勒斯恢复了奥林匹克运动会。在运动会期间，连宙斯也变作人的模样前来与赫拉克勒斯角斗。他常常输给自己的儿子，尽管如此，他还是衷心祝贺赫拉克勒斯，称赞他是了不起的大力士。

赫拉克勒斯和得伊阿尼拉

赫拉克勒斯在伯罗奔尼撒半岛做出了许多英雄业绩后，又来到埃陀利来和卡吕冬，找到国王俄纽斯。俄纽斯的女儿得伊阿尼拉，长得非常美丽迷人。

在她来卡吕冬前，她住在珀洛宇宏，那是她父亲王国里的另一座城市。河神阿刻罗俄斯倾慕得伊阿尼拉的美貌，前来求婚。可他长得丑陋无比，叫人害怕。他起初变作一头公牛，后来又变作一头有闪光龙尾的巨龙，最后，他虽然变作牛头人形，蓬乱的下巴底下却流出一股清泉。得伊阿尼拉见到这个奇形怪状的求婚者十分害怕，绝望地向神祇祈祷，请求一死。但河神逼得越来越紧，她的父亲也并非不愿意将女儿嫁给阿刻罗俄斯，因为这位河神是神祇的子孙。

正在这时，赫拉克勒斯慕名前来求婚。他早在地府时就已经听朋友墨勒阿革洛斯讲起妹妹的天姿国色。他知道，不经过一番激烈的争夺是得不到这样一位美丽的女郎的。

头上长角的河神看到赫拉克勒斯前来争夺他的意中人，气得青筋暴突，企图用牛角顶撞赫拉克勒斯。国王俄纽斯看到这两个求婚者激烈争夺，并不想阻拦，他宣布，谁取得了胜利，他就把女儿许配给谁。

在国王、王后和他们的女儿得伊阿尼拉的面前，两个求婚者勇猛地拼斗起来。最后，宙斯的儿子占了上风。他抓住一只牛角，尽力把牛一扔，可怜一只牛角早已断成两截，河神阿刻罗俄斯只得告饶，赫拉克勒斯成了胜利的求婚者。后来，海中女仙阿玛尔亚用各种水果汁，如石榴、葡萄等浇在阿刻罗俄斯的断角里，才治好了他的创伤，让他又长出了新的牛角。

赫拉克勒斯跟得伊阿尼拉举行了婚礼。可是，结婚并没有改变他的生活方式，他一如既往，总是到处漫游冒险。有一次，他又回到了妻子身旁。但是，无意之中他失手打死了一个侍童，又不得不流亡，他的年轻的妻子和他的小儿子许罗斯陪伴着他。

邪恶的涅索斯

赫拉克勒斯从卡吕冬来到特拉奇斯的朋友刻宇克斯那里。一路上，赫拉克勒斯经历了一生中最危险的事。他来到奥宇埃诺斯河时，看到肯陶洛斯人涅索斯。涅索斯每次都向来回的旅客索要渡河费，他是用双手把来往行人抱着过河的。涅索斯认为拿这笔钱是对得起良心的，因为神祇们相信他诚实，才把这任务交给他的。赫拉克勒斯自然用不着他的帮助，他迈开大步，涉水而过。妻子得伊阿尼拉却需要涅索斯的帮助。

得伊阿尼拉年轻漂亮，涅索斯在河中被她迷住了，竟用手在她身上乱摸起来。赫拉克勒斯在对岸突然听到妻子的呼叫声，定睛一看，发现这个半人半马的怪物在侮辱他的妻子，立刻心头火起。他在涅索斯上岸时，把他射倒在地上。

得伊阿尼拉挣脱了肯陶洛斯人的手臂，朝丈夫那里疾步奔去。垂死的涅索斯仍然不忘报复，他朝她呼喊，欺骗她说："听着，俄纽斯的女儿！你是我抱着渡河的最后一个人，所以你有掩埋我尸体的责任。你把我的伤口中流出来的最后一滴血保留起来！它会起到神奇的作用。你要是用它涂抹你丈夫的衣服，从此以后，除了你，他再也不会爱上另一个女人！"

涅索斯说完这些居心险恶的话就死了。得伊阿尼拉虽说从来也不会怀疑丈夫对自己的忠诚和爱情，可是，她仍用一只杯子接过肯陶洛斯人的最后一滴血，并保存起来，赫拉克勒斯一点儿也不知道。

他们经历了一些别的冒险后，终于找到了朋友刻宇克斯。他是帖撒利的国王，很友好地接待了赫拉克勒斯夫妇，让他们和他住在一起。

赫拉克勒斯的结局

赫拉克勒斯经历的最后一次冒险是讨伐俄卡利亚国王欧律托斯。赫拉克勒斯为了报复他，召集了一支强大的军队，围困了俄卡利亚，并攻破城池，打死了国王和他的三个儿子，俘虏了年轻美貌的伊俄勒。

得伊阿尼拉在家里焦急地等待着丈夫的作战消息。这时王宫里发生一阵欢呼声，一名使者飞奔回来，报告说："您的丈夫大获全胜，即将回来！他的仆人利卡斯正在向城外的人民宣布胜利的喜讯。赫拉克勒斯要推迟几天才能回来，因为他在欧玻亚的刻奈翁半岛上准备给宙斯献祭。"

不久，随从利卡斯带了一群俘虏回来了。"问候你，尊贵的夫人。"他对得伊阿尼拉说，"赫拉克勒斯的正义事业已经取得了胜利。我们攻占了城池，抓获了一批俘虏。您的丈夫说，请您善待这些俘虏，尤其是这位跪在你脚下的不幸女子。"

得伊阿尼拉同情地看着这位年轻的女子。她把姑娘从地上扶起来，说："你是谁呢，可怜的女人？你好像还没有结婚，而且一定出身于高贵家庭！利卡斯，告诉我，这位年轻姑娘的父亲是谁？"

"我怎么知道呢？你为什么要问我呢？"利卡斯躲躲闪闪地回答，他的表情透露出他似乎隐瞒了一桩秘密。"自然，这个女子。"利卡斯踌躇了一会又说，"绝不会出身于俄卡利亚的小户人家。"

听到这里，年轻的姑娘长叹一声，仍保持沉默。得伊阿尼拉感到奇怪，但不便再问，只是叫人把姑娘送进内室，不要亏待她。利卡斯执行她的吩咐时，起先进来的那名使者走近女主人，悄悄地对他说："得伊阿尼拉，你不要相信利卡斯的话，他对你隐瞒了事情的真相。他曾经亲口说过，赫拉克勒斯是为了这位年轻的女子才讨伐俄卡利亚的。她就是伊俄勒，即欧律托斯的女儿。赫拉克勒斯认识你前，就对她十分爱慕。她这次来可不是当你的女佣，而是成了你的竞争对手。她是赫拉克勒斯的情人。”

得伊阿尼拉十分悲伤，可她马上又镇静下来，命令丈夫的仆人利卡斯前来见她。利卡斯见夫人如此通情达理，便把一切都告诉了她。得伊阿尼拉一点也没有责备他，只是让他稍等片刻，她要为丈夫准备一件礼物，来回报他送给她这些俘虏。按照肯陶洛斯人涅索斯临死前的吩咐，她把他的毒血制成血膏，藏在不见阳光的地方，她以为那是无害的，只是一种唤回赫拉克勒斯的爱情和忠心的魔药。现在她悄悄地钻进那间小房间，取出血膏，用羊毛沾着将它涂在一件珍贵的衣服上。然后，她把衣服折起来，锁在一只漂亮的小盒子里。做完这一切后，得伊阿尼拉把使用过的羊毛随手扔在地上，然后走到外面，把礼物交给利卡斯。

“请把这件衣服带给我的丈夫。”她吩咐道，“这是我亲自缝制的。除了他，谁也不能穿这件衣服。他在穿这件衣服祭拜神祇前，不能把它放在火旁或阳光底下，这是我的愿望。我交给你一枚戒指作为信物，他就会知道这确实是我真实的口信。”

利卡斯答应照她的吩咐去做。他带着礼物赶到欧玻亚，送给准备献祭的主人。得伊阿尼拉偶然走进盛放血膏的小房间，看见地上涂过魔药的羊毛在阳光下已化为灰烬，不禁大吃一惊，预感事情不妙。她吓得在宫里团团转，不知道怎么办才好。

儿子许罗斯终于回来了，身旁却没有父亲。“唉，母亲哟。”他充满仇视地对母亲叫喊着，“我真希望世界上从来就没有你，希望你从来就不是我的母亲！”她听了儿子的话，吃了一惊，连忙问道：“孩子，你这是怎么啦？”

“我刚从刻奈翁回来，母亲。”儿子抽泣着说，“正是你毁了父亲的生命！”

得伊阿尼拉面色惨白，但仍镇静地问他：“这是谁告诉你的，我的儿子？谁敢诬蔑我做下这种伤天害理的事？”

“不，没有人告诉我，是我亲眼看到父亲的悲惨结局。”儿子说，“我在刻奈翁遇到他时，他正忙着宰杀牲口，准备给宙斯献祭。这时利卡斯来了，他带来了你的礼物，那是一件该受诅咒的衣服。父亲立刻把它穿在身上，对这件漂亮的衣服他很喜欢。他开始献祭。那天一共宰了十二头公牛。开始时，父亲十分安详地做着祷告。但是，当祭坛上的火焰升腾时，他浑身冒出了豆粒大的汗珠，那件紧身衣像是用铁铸在他身上的一样，他一阵阵颤抖，好像毒蛇在咬他似的。父亲大声呼唤利卡斯。利卡斯其实是无辜的，他忠实地转交了你的那件有毒的紧身衣。利卡斯来了，他重复了一遍你吩咐他的话。父亲马上抓住他，把他在海滨的岩石上摔死，又把他的尸骨扔进大海，他疯狂的举动使人不敢靠近他。他在地上痛苦地号叫打滚，然后又突然跳了起来。他诅咒你和你们的婚姻。最后，他对着我喊道：‘儿子，如果你同情父亲，那就赶快送我上船回去，我不能死在异乡。’我们将他抬到船上，他痛苦得大声吼叫，但总算回到了故乡。你马上就能看到他，不是活着，就是死了。这就是你干的好事，母亲，你可耻地谋害了人间最伟大的英雄！”

得伊阿尼拉对儿子的责备没有辩解，她绝望地离开了他。有几人仆人听她说过涅索斯送给她的那种爱情魔药，他们告诉了这个孩子，说他在愤怒中错怪了母亲。儿子听说后急忙朝不幸的母亲追去。可是，他来得太晚了。得伊阿尼拉直挺挺地躺在丈夫的床上，死了。她的胸口上放着一把利剑。儿子伏在母亲的身旁，痛哭着抱住母亲的尸体，为自己过激的语言深深地感到后悔。突然，他听说父亲回到了宫殿，吓得连忙跳起身来。

“儿子，”赫拉克勒斯大声地叫着，“儿子，你在哪里呀？拔出宝剑来，对准你的父亲，对准我的脖子，杀死我吧！这样才能解脱你母亲赐予我的痛苦！”然后，他又绝望地转向站在一旁的人，向他们伸出双手，大声地说：“没有一杆长矛，没有一头野兽，没有一支巨人的队伍能够制伏我。一个女人的手却征服了我！我的儿子哟，杀死我吧，然后再去惩罚你的母亲！”

当许罗斯告诉他，母亲是无意之中害了他，并且为了抵罪，已经拔刀自尽了。赫拉克勒斯顿时惊呆了，由悲愤转为悲哀。他立即让儿子许罗斯同他以前爱过并成了他的俘虏的伊俄勒结婚。

因为德尔斐的神谕中说，赫拉克勒斯必将死在特拉奇斯地方的俄塔山上，所以他不顾身体疼痛，仍然叫人把自己抬到俄塔山的山顶上。他又叫人架起了一堆木柴，把他搁在木柴堆上，并命令点火，但没人愿意执行这一命令。最后，经不住他再三恳求，他的朋友菲罗克忒斯看到他痛苦难忍，才站出来准备点火。赫拉克勒斯为感谢他，特地把自己战无不胜的弓箭送给他。

木柴刚被点燃，天上就闪起了闪电，助长了火势。最后，降下一朵祥云，在隆隆的雷声中将这位不朽的英雄送到奥林匹斯圣山。当木柴烧成灰烬时，伊俄拉俄斯和别的一些朋友准备捡拾他的遗骨，然而什么也没有找到。他已从凡人变成了天神。他们给他献祭，尊奉他为神祇。后来，所有的希腊人都把他当神来崇拜。

在天上，他碰到雅典娜。她把这位英雄引入诸神的行列。赫拉宽恕了他，还把自己的女儿——永恒的青春女神赫柏嫁给了他。他们住在奥林匹斯圣山上，生育了很多美丽且永生的孩子。

忒修斯的冒险

雅典国王忒修斯是埃勾斯和埃特拉所生的儿子。埃特拉是特洛曾国王庇透斯的女儿，父系祖先是国王埃利希突尼奥斯，以及传说中从地里长出来的雅典人；母亲的先祖是伯罗奔尼撒诸王中最强大的珀罗普斯。珀罗普斯的儿子庇透斯建立了特洛曾城。有一次，他亲自接待了在伊阿宋出发寻找金羊毛前二十年就已经统治雅典的国王埃勾斯。

埃勾斯没有儿子，因此十分惧怕有五十个儿子并对他怀有敌意的兄弟帕拉斯。他想瞒着妻子悄悄再婚，生个儿子，安慰他的晚年，并继承他的王位。他把自己的心思吐露给朋友庇透斯。幸运的是，庇透斯正好得到一则神谕，说他的女儿不会有公开的婚姻，却会生下一个有名望的儿子。于是，庇透斯决意把女儿埃特拉悄悄地嫁给埃勾斯。

埃勾斯与埃特拉结了婚，在特洛曾待了几天后将要回雅典。他在海边跟新婚的妻子告别，把一把宝剑和一双绊鞋放在海边的一块巨石下，说："如果神祇保佑我们，并赐给你一个儿子，那就请你悄悄地把他抚养长大，不要让任何人知道孩子的父亲是谁。等到孩子长大成人，身强力壮，能够搬动这块岩石的时候，你将他带到这里来。让他取出宝剑和绊鞋，然后到雅典来找我！"

埃特拉果然生了一个儿子，取名忒修斯。忒修斯在外公庇透斯的扶养下长大。母亲从未说过孩子的生身父亲是谁。庇透斯对外说他是海神波塞冬的儿子。特洛曾人把波塞冬看作城市的保护神，对他特别尊重，把每年采下的新鲜果实献祭波塞冬。波塞冬手中的三叉戟就是特洛曾城的标志。因此，国王的女儿为一位受人敬仰的神生了一个儿子，这完全是一件光荣的事。

孩子渐渐长大，不仅健壮英俊，而且沉着机智，勇力过人。一天，埃特拉把儿子带到海边的岩石旁，吐露了他的真实身世，并要他取出可以向他父亲埃勾斯证明自己身份的宝剑和绊鞋，然后带上它们到雅典去。

忒修斯抱住巨石，毫不费力地把它掀到一旁。他佩上宝剑，又把鞋子穿在脚上。尽管母亲和外祖父一再要求他走海道，可他不愿意乘船。那时候从哥林多地峡前往雅典的陆路到处有拦路的强盗和恶徒。有几个强盗虽然已被赫拉克勒斯打死了，但他在吕狄亚的女王翁法勒手下当奴隶的时候，希腊的暴力活动又猖獗起来，因为没有人能够制止他们。从伯罗奔尼撒到雅典的旅途上充满了危险，尤其对外乡人非常残暴，可是，忒修斯决心以赫拉克勒斯为榜样。

忒修斯小时候见过赫拉克勒斯，当忒修斯只有五岁的时候，赫拉克勒斯前来拜访过他的外祖父，忒修斯也荣幸地跟大英雄同桌用餐。赫拉克勒斯用餐时把披在身上的狮子皮解下来，放在一旁。其他孩子看到狮子皮时都吓跑了，忒修斯却一点儿也不怕。他拿起斧子大胆地朝狮子皮扑了过来，他还以为眼前是一头真狮子呢！自从这次见了赫拉克勒斯以后，他一直仰慕这位英雄，并想着将来怎样像他一样建立功绩。此外，赫拉克勒斯和忒修斯还有亲戚关系。他们的母亲是表姊妹，因此，十六岁的忒修斯怎么能眼看着自己的表兄到处建功立业，而自己回避斗争呢？

“人们把我当作海神的儿子，如果我从海上安全渡过去，如果我的信物鞋子上没有沾上征战的灰尘，宝剑上也没留下血迹，我真正的父亲又会怎么说呢？”忒修斯的这些话讲得慷慨激昂，外祖父听了很高兴，因为他过去也是一位勇敢善战的英雄。母亲听了儿子的话，连连为儿子祝福。忒修斯整理了行装，勇敢地踏上征途。

忒修斯在寻访父亲的路上

忒修斯最先遇到的人是大盗佩里弗特斯，他常常把路人打成肉饼，外号叫“舞棍手”。当忒修斯来到埃比道罗斯地带时，这个穷凶极恶的强盗猛地从密林里窜出来，挡住他的去路。忒修斯面无惧色，对他大喝一声便向强盗扑去。两人斗了几个回合，“舞棍手”便被打死了。忒修斯拾起死者的铁棍，带在身边，作为一种胜利的纪念品和武器。

到了科任托斯，他又遇到了另一个恶徒，即扳树贼辛尼斯，因为他力大无穷，两手能同时把两棵松树扳下来。他把捕捉到的过往行人绑在树梢上，然后让树梢猛地向上弹去，使他的肢体撕为两半。忒修斯愤怒地挥舞着铁棍，很快就打死了这个恶棍。

辛尼斯有一个漂亮而温柔的女儿珀里吉纳，她看到父亲被杀，惊恐地逃走了。忒修斯追上去寻找。情急之中，姑娘藏在灌木丛里，天真地祈求树丛救她一命。她发誓，如果树丛愿意救她，掩护她，那么今后决不损伤或焚烧树林。忒修斯喊她出来，并保证不伤害她，她才走了出来。从此，她就在忒修斯的保护下生活。后来忒修斯把姑娘嫁给俄卡利亚的国王，欧律托斯之子达埃阿纳宇斯为妻。她的子孙们都遵循她的诺言，从来不焚烧树林。

到达墨伽瑞斯边界时，他又遇到无恶不作的大盗斯喀戎。这强盗通常出没于墨伽瑞斯和阿提喀山林地区，住在高大的岩洞之中。他有一个恶劣的习惯，抓住了外乡人就命令他们给他洗脚。趁外乡人不注意，他就飞起一脚，把他们踢进大海里淹死。忒修斯这次也如法炮制，把他一脚踢进大海里淹死。

后来他进入阿提喀地区，在埃琉西斯城附近遇到了强盗刻耳库翁。刻耳库翁强迫过往行人同他角力，败给他的人就被杀掉。忒修斯接受了他的挑战，并战胜了他，为地方除了一大祸害。

不久，忒修斯遇到最残酷的拦路大盗达马斯特斯，外号叫“铁床匪”。这个强盗有两张床，一张很长，一张很短。如果过往的外乡人是个小个子，他就把他带到大床跟前，说：“你看到，我的床太长了，朋友，还是让我把你拉长吧，让你努力适合这张床！”说完就用力把外乡人的身体拉长，直到他断气为止；如果来的客人是高个子，他就让客人睡小床，然后说：“真对不起，朋友，这张床太小了，不是为你做的。这样吧，我来帮你一下。”说着就把客人的脚砍掉，砍得正好跟床一样长。忒修斯抓住这个高大的强盗，强迫他睡在小床上，用利剑砍断了他的身体，直到他痛苦地死去。

忒修斯在艰难的旅途中几乎没有遇到一个热情友好的人。后来，他来到菲索斯河，碰到了几个菲塔利腾族人。他们热情地接待了忒修斯。应他的要求，主人们按照传统的风俗给他洗礼，为他涤除沾染的血迹，并在家中设宴款待他。当他恢复精力后，他衷心感谢正直的主人，然后朝着父亲的故乡前进。

忒修斯在雅典

忒修斯到了雅典，可是，并没有他所期望的平静和快乐。市民互不信任，城市一片混乱，他父亲埃勾斯的王宫也笼罩在魔影里。美狄亚自从离开了科任托斯，就来到了雅典，并且骗取了国王埃勾斯的宠爱。美狄亚答应用魔药让国王恢复青春，两人同居度日。

美狄亚精通魔法，知道忒修斯到了雅典。她生怕被忒修斯赶出王宫，便劝说埃勾斯，把进宫的那位外乡人毒死，她说他是个危险的奸细。埃勾斯根本不认识自己的儿子。他看到市民相互争斗，以为是外乡人在捣鬼，因此猜疑一切新来的人。

忒修斯进宫来用早餐，他非常高兴能让父亲辨认一下面前的人到底是谁。装有毒药的酒杯已经端到面前了，美狄亚焦急地等待着年轻人喝下去。但忒修斯把酒杯推到一旁，他渴望在父亲面前显示一下当年的信物。他装作要切肉，抽出从前父亲压在岩石下的宝剑，想引起父亲的注意。

埃勾斯一看到这熟悉的宝剑，立即奔过去扔掉忒修斯面前的酒杯。他对忒修斯询问了几句，确信面前的青年就是他从命运女神那里祈求得来的儿子。他张开双臂，拥抱儿子，并把他介绍给周围的人。忒修斯也把旅途上的险遇说给他们听。雅典人热烈地欢迎这位年轻的英雄。

美狄亚被国王驱逐出境，她逃回故乡科尔喀斯。那时候他父亲埃厄忒斯的王位已被他弟弟篡夺，美狄亚取得了父亲的谅解，并用魔法帮助父亲重新登上了王位。

忒修斯和米诺斯

忒修斯成了王子，并成为王位的继承人。他立下的第一个功绩便是诛杀叔父帕拉斯的五十个儿子。他们早就觊觎王位，现在对这个突然到来的外乡人十分憎恨，因为他将来不仅要治理国家，还要支配他们。五十个儿子拿到武器，设下埋伏，准备袭击忒修斯，可他们的传令兵把这一阴谋向忒修斯告发了。忒修斯立即冲到他们的埋伏地点，把五十个人统统杀死。

为了不使这场自卫诛杀引起人民的反感，忒修斯立即外出，干了一件有利于人民的冒险事：制伏马拉松野牛。这头野牛原是赫拉克勒斯从克里特捉来，后来又奉欧律斯忒斯之命放掉，它在阿提喀危害人民。忒修斯把野牛捉住，带回雅典，供人观看，后来又将它宰杀，献祭给太阳神阿波罗。

这时，克里特的国王米诺斯已经三次派使者来索取贡物。因为米诺斯的儿子安德洛革俄斯在阿提喀被人阴谋杀害，米诺斯起兵为儿子报仇，给那里的居民造成很大的灾难，神祇们也使那儿遭到旱灾和瘟疫，使那里一片荒凉，于是阿波罗神庙降下神谕：雅典人如果能够平息米诺斯的愤恨，取得他的谅解，那么雅典的灾难和神祇们的愤怒都会立即解除。雅典人向米诺斯求和，答应每九年进贡七对童男童女给克里特。米诺斯接到童男童女后，将他们关进有名的克里特迷宫里，再由丑陋的半人半牛的怪物弥诺陶把他们杀死。现在又到了第三次进贡的时间，童男童女面临着可怕而又残酷的命运。他们的父母埋怨埃勾斯是灾祸的祸根，说他让一个私生子继承了王位，却对别人家的孩子漠不关心，任人宰杀。

忒修斯知道了这件事。他乘大家集合的时候，毅然站起来，宣布自己愿意去，并且用不着抽签，雅典人赞赏他的勇敢无私。埃勾斯听说后，急忙奔过去，再三要求他改变主意，但忒修斯态度坚决，意志坚定，他安慰他的父亲，并保证一定能够制伏弥诺陶，不让其他的童男童女受到损害。

以前，装着童男童女的船都挂黑帆，现在埃勾斯听到儿子自豪的讲话，便交给舵手一张白帆。他吩咐说，如果忒修斯平安回来，就把船上的黑帆换成白帆，否则，仍挂黑帜表示失败了。

抽签以后，年轻的忒修斯带着抽中签的童男童女首先来到阿波罗神庙，以众人的名义向阿波罗神献祭白羊毛缠绕的橄榄枝，作为祈求保护的礼物。然后，他们登上了令人悲哀的大船。德尔斐的神谕曾告诉他应该选择爱情女神做他的向导。忒修斯虽然不理解这是什么意思，但他仍向爱情女神阿佛洛狄忒献祭，结果很有效。

忒修斯和阿里阿德涅

忒修斯到了克里特岛，被带到国王米诺斯面前时，这位充满青春活力的美男子深得国王妩媚动人的女儿阿里阿德涅的青睐，她偷偷地向忒修斯吐露了爱慕之意，并交给他一只线团，指导他把线团的一端拴在迷宫的入口，然后跟着滚动的线团一直往前走，直到的弥诺陶居处。另外，她又交给忒修斯一把用来斩杀弥诺陶的利剑。

米诺斯把忒修斯等人送入迷宫。忒修斯走在前面。他用两件宝物战胜了弥诺陶，并带着童男童女顺着线团又幸运地钻出了迷宫。他们出来以后，阿里阿德涅跟他们一起出逃。忒修斯听从她的建议，把克里特人的船底全部凿通，使米诺斯无法追赶他们。

上船后，他们以为太平无事了，便无忧无虑地顺船来到迪亚岛，这座海岛后来被称作那克索斯。忒修斯在梦中突然见到酒神巴克科斯。酒神声称阿里阿德涅跟他早就订了婚，他威胁忒修斯，如果不把阿里阿德涅留下来，就降下灾难。忒修斯从小跟外祖父一起长大，外祖父告诫地要敬畏神灵，因此他怕神祇迁怒于他，只得将悲哀的公主留在荒凉的孤岛上，自己乘船离去。这天夜里，酒神巴克科斯把阿里阿德涅带到德里沃斯山。到了山上，他隐身而去，不久，阿里阿德涅也悄然不见了。

忒修斯和他的随从因失掉了阿里阿德涅都很颓唐，所以忘了船上仍然挂着黑帆，没有改挂白帆，海船带着悲哀的标志飞快地朝家乡的海岸驶去。埃勾斯正在海岸上翘首眺望，突然看到远方驶来的船上挂着黑帆，以为儿子已经死了，顿时绝望地跳入大海。后来，为了纪念他，这片海域就叫埃勾海（爱琴海）。

很快，忒修斯率领众人登陆了。他在海岸上向神祇献祭，并派了一名使者前往城里，把童男童女们获救的消息告诉大家。他看到有些人高兴地迎接他，有些人沉浸在无限的悲哀之中，搞不清到底是怎么一回事。

国王的死讯传来。使者听到这消息，回到海滨，他看到忒修斯正在庙中献祭，所以站在门外，没有声张，生怕悲伤的消息扰乱了神圣的仪式。等到浇祭完毕后，他才把埃勾斯国王的死讯告诉了忒修斯，忒修斯顿时晕倒在地上。

忒修斯当了国王

忒修斯悲痛地埋葬了父亲，然后将阿提喀童男童女乘坐的那艘船献给阿波罗，那是一只能容纳三十个水手的船。雅典人为怀念这次神奇的历险，设法保全这只船，把船上的朽木不断地更换。因此，许多年以后，在亚历山大大帝时还可以看到这一古老而珍贵的纪念物。

忒修斯当了国王。事实表明他不仅在战斗中是位英雄，在治理国家方面也是天才，在这方面他甚至超过了自己树立的榜样赫拉克勒斯。在他执政之前，阿提喀的居民大多数居住在雅典小城和周围的农庄以及稀稀落落的村庄里。要把村民们召集起来，那真是一件十分困难的事。于是，忒修斯把整个阿提喀地区的居民全部集中在城里，把零星的村庄组织起来，建成一个统一的国家。他并没有使用武力完成这一伟大的事业，而是周游各方，亲自去各个村镇，找各方人商谈，征得他们的同意。说服穷人或低贱的人并不费事，因为他们和富人联合起来并不吃亏。为了说服富人和有权势的人，忒修斯宣布限制国王的权力，并答应制订一部保障他们自由的宪法。

“至于我本人，”他说，“我只愿在战争时当你们的首领。平时当一名保护宪法的人。我认为，所有的居民都应该享受平等的权利。”许多贵族认识到这种改革可能会对他们带来利益，因此持欢迎态度，还有一些守旧的人，畏惧忒修斯在民众中的威信，畏惧他的权力和惊人的胆量，因此，趁着忒修斯还没有强迫他们的时候，也纷纷表示愿意接受他的劝说。

忒修斯取消了各个市镇单独的市议会和独立的机构，在市中心建立一个共同的市议会。他还给全体居民规定了一个假日，称为“泛雅典节”，即全体雅典人的共同节日。从此，雅典才发展成为一个真正的城市，被越来越多的人所接受、传诵。从前它只是一座国王的城堡，建造的人把它称作“开克虏帕斯堡”，周围只有几间居民的住房。为了更加扩大这一城市，忒修斯保证所有居民享有同等权利，以此吸引新的移民，他希望雅典成为一个多民族聚居的中心。可是，为了避免大量的人拥来造成混乱，他在新城内把居民分为贵族、农民和手工业者三大阶级，并为各阶级规定了独自的权利和义务。作为国王，他也限制自己的权力。正如他亲口答应的那样，他让国王的权力受到贵族议会和人民会议的节制。

和亚马逊人的战争

忒修斯建立新国家后，把雅典娜女神作为雅典的保护神，对波塞冬也十分敬仰，把自己看作波塞冬特别看顾的宠儿。他在哥林多地峡举行了神圣的角力赛会。正在这时，雅典又面临一场意外的战争威胁。

忒修斯早年冒险时，曾到达亚马逊河岸。奇怪的是那些好战的亚马逊女人并不畏惧这位魁梧的英雄，反而待他为宾客，送给他许多礼物。忒修斯不但喜欢这些礼物，而且看中了一个美丽的亚马逊女子，名叫希波吕忒。忒修斯邀请她上船，等她上船后，忒修斯马上解缆开船，将美丽的姑娘带回雅典，然后同她结了婚。好斗好战的亚马逊女人对他的拐骗行为感到愤怒，长久以来，一直在寻找机会报复。

有一天，她们突然开来了一支船队，登上陆地，攻占了雅典，甚至在雅典的城中心扎下营盘。居民们早已惊恐地逃进了城堡。双方对峙着，好长时间都不敢贸然进攻。后来，忒修斯给复仇女神献祭，得到神谕，才开始巡视城堡，组织战斗。开始时，雅典的男子们遭到亚马逊女人的猛烈攻击，一直退到复仇女神厄里尼厄斯的神庙。后来，亚马逊女人的右翼被击退，许多人被杀死。

王后希波吕忒在战斗中跟丈夫一起抗击亚马逊人，但一支飞镖从忒修斯旁边击中了她，把她刺死了。为纪念这位亚马逊女子，雅典人为她建立了一根大柱。后来战争和平解决，双方缔结了和约。亚马逊人离开了雅典，退回本国。

忒修斯和庇里托俄斯

忒修斯身强力壮，以勇敢著称。那时候还有一位闻名于世的英雄庇里托俄斯，他是伊克西翁的儿子，很想跟忒修斯比一比高低，于是故意偷走忒修斯的几头牛。当他听说忒修斯全副武装地追击他时，他觉得非常高兴，就在一旁守候，准备较量。

两个英雄相遇了，各自赞赏对方的英武和胆略，因此不约而同地把手中的武器放在地上，庇里托俄斯伸出右手，要求忒修斯裁决他偷牛的事，而忒修斯眼中闪着欢乐的光芒，回答说："我想得到的唯一的满足，乃是让你成为我的朋友和战友。"两位英雄立即拥抱在一起，相互立誓，永远忠于友谊。

不久，庇里托俄斯与拉庇泰族人希波达弥亚结婚，邀请忒修斯参加婚礼。拉庇泰人是帖撒利地区的有名种族，是凶猛、粗犷的山民，他们是最先驯服马匹的人类。新娘虽出身这野蛮的种族，却长得身材苗条，面孔标致，并生性善良。客人们都祝贺庇里托俄斯娶了一位如意的妻子，帖撒里地区的贵族全应邀前来参加婚宴。

庇里托俄斯的亲戚肯陶洛斯人也来了，他们是半人半马的怪物，是在云端里降生的。庇里托俄斯的父亲伊克西翁原来是拉庇泰国王，他残杀了岳父达埃翁，逃到宙斯那里，竟向神后赫拉提出无礼的要求。宙斯用一片乌云冒充赫拉，伊克西翁拥抱乌云，生下了那些半人半马的怪物，肯陶洛斯人为此被称为“云雾子孙”。他们是拉庇泰人的仇敌。但这次由于是新郎的亲戚，所以高高兴兴地来参加婚宴。

婚礼在欢乐的气氛中进行，大家尽兴地饮酒。肯陶洛斯人中最野蛮的欧律提翁饮酒过多，他看到美丽的新娘希波达弥亚，不禁情意迷乱，想把她抢走。谁也没有注意到那是怎么发生的，客人们突然看到怒气冲冲的欧律提翁一把抓住希波达弥亚的头发，把她拖走。希波达弥亚竭力挣扎，大呼救命。其他一些喝得醉醺醺的肯陶洛斯人以为这是一个动员令，要他们照样行事，于是，他们各人拖走一个宫里的使女或前来参加婚礼的女客人。顿时女人们的惊叫声和呼喊声响成一片，新娘的亲戚朋友们都异常愤怒地从座位上跳起来。

“你中了什么邪，欧律提翁！”忒修斯大声叫道，“你竟敢当着我的面侮辱庇里托俄斯，这不是在侮辱两个英雄吗？”说着，他从欧律提翁的手中抢回新娘。欧律提翁没有说话，挥手朝忒修斯的胸口打了一拳。忒修斯的手上没有武器，他顺手抓起一个铜壶，朝他劈面砸过去。欧律提翁躲闪不及，被打倒在地，头上鲜血淋漓。

其他的马人见到同伴被打，立刻呼喊起来，霎时杯盏飞舞，酒瓶碰撞。突然，一个马人从祭坛前抓起供品，另一个马人举起烛台朝人群中扔了过来。第三个马人摘下挂在墙上作为装饰和祭品用的鹿角进行还击，把拉庇泰人打得伤亡惨重。

庇里托俄斯勃然大怒，把手中的长矛朝大个子马人珀特勒奥斯刺去。珀特勒奥斯正想从地上拔起一棵大栎树当武器，但他被矛钉在树干上。另一个马人狄克提斯被忒修斯打倒在地，摔倒时压断了一根粗大的梣木。第三个马人想上来报仇，被忒修斯一棍打死。

契拉罗斯是肯陶洛斯人中生得最漂亮的一个。一头金黄的卷发，蓄着胡须，脖子、肩膀、双手和胸部都长得十分匀称，身体的下半部虽然是马身，也很好看。他和他美丽的爱人许罗诺默来参加婚宴。宴会上他们亲热地偎依在一起，现在更是互相支持，共同战斗。契拉罗斯被利矛射中，凄惨地倒在情人的怀抱里死去。许罗诺默朝他弯下腰去，吻着他，她拔出刺中契拉罗斯心脏的利矛，伏在矛尖上自杀身死。

战斗还在激烈地进行着，最后马人被彻底打败。他们在逃跑的时候互相践踏，又被追赶的人杀掉不少。直到这时，庇里托俄斯才稳稳地占有了他的新娘。第二天清晨，忒修斯跟他告别。由于这次共同的战斗，他们兄弟般的情谊更加坚强，牢不可破。

不忠的淮德拉

忒修斯正处在他命运的转折点。在他年轻时，他把米诺斯的女儿阿里阿德涅从克里特岛带走，而她的小妹妹淮德拉也跟着她一起出走，因为她不想离开他们。后来，阿里阿德涅被酒神巴克科斯抢去，淮德拉跟着忒修斯来到雅典，因为她不敢回到暴虐的父亲那里。直到父亲去世，她才回到了故乡克里特，住在哥哥，即国王丢卡利翁的宫殿里。她长成了一个聪慧、漂亮的女郎。

忒修斯自从妻子希波吕忒死后一直未娶。他听到很多人赞美淮德拉妩媚动人，心中暗暗地希望她能跟姐姐阿里阿德涅一样美丽、善良。克里特的新国王丢卡利翁对忒修斯产生了好感。当忒修斯从庇里托俄斯的血腥的婚礼上战斗回来后，这两个国王结成了攻守同盟。忒修斯请求丢卡利翁将妹妹淮德拉嫁给自己为妻，得到了国王的同意。不久，忒修斯带着年轻的妻子从克里特回国。

妻子真的像阿里阿德涅一样漂亮，忒修斯顿时觉得年轻了许多，他的新婚充满了幸福和甜蜜。妻子一连生了两个儿子，阿卡玛斯和得摩丰。可是，淮德拉对婚姻的态度不像她的容貌那样美好，她不是一个贞洁的女人。

忒修斯有个儿子叫希波吕托斯，跟淮德拉同岁，年轻英俊，她喜欢他胜过他的父亲。希波吕托斯的母亲是亚马逊女人，父亲曾把年幼的希波吕托斯送往特洛曾，在埃特拉的兄弟们那儿接受教育。希波吕托斯长大成人后，愿把自己的一生献给女神阿尔忒弥斯，对女人还从来没有产生过欲望。

希波吕托斯回到雅典和厄琉西斯，并在那里参加神圣的庆典。淮德拉第一次看到他，还以为面前站着年轻时的忒修斯。他优美的身姿和纯洁的心灵点燃了她心中的烈火，可她把感情深深地埋藏在心里。希波吕托斯走了以后，她在雅典的城堡上给爱神建造了一座神庙，后来这座神庙被称为“眺望的阿佛洛狄忒神庙”，从这里可以远眺特洛曾。她每天坐在那里眺望大海，心潮随着波浪起伏。

有一次，忒修斯前往特洛曾旅行，探望亲戚和儿子，淮德拉伴随着他。在这里，她仍然压制着炽烈的热情，常常躲在桃金娘树下悲叹自己的命运。最后，她实在控制不住了，就向年老的乳母吐露了心事。这是一个狡黠无知的老女人，她答应把后母的相思之情转告希波吕托斯。

当他听到她的口信后，十分厌恶，当不义的后母建议他推翻自己的父亲，和她共享王位时，他十分害怕。他认为听到这样的一个罪恶的建议就是亵渎神明。

这时忒修斯外出了，淮德拉正想利用这个机会，但希波吕托斯声称，他绝不跟后母在一起。他赶走了年老的乳母后，跑到野外打猎，为他可爱的女神阿尔忒弥斯服役，以此远离王宫。他想等到父亲回来，到那时再把情况告诉父亲。

淮德拉遭到拒绝后，良知和私欲在内心激烈交战，最后，还是恶念占了上风。忒修斯回来后，他发现妻子已自缢，手上拿着一封遗书。上面写道："希波吕托斯破坏了我的名誉。我无路可走，与其对丈夫不忠，还不如一死了之。"

忒修斯气得发抖，他呆呆地站了一会，最后伸出双手指着青天，祈求道："父亲波塞冬，您爱我胜过自己的儿子您从前曾答应可以满足我的三个愿望，现在我请求您马上就实现。我只要满足一个愿望，让我那可鄙的儿子在今天日落前就毁灭！"

他的诅咒刚说完，希波吕托斯已经打猎回来了。他知道父亲回来了，立刻走进宫殿。听到父亲的咒骂，他平静地回答说："父亲，我的良心是纯洁的，我没有做过任何坏事。"忒修斯不相信，他把后母的信递给他，并将他驱逐。希波吕托斯呼求保护女神阿尔忒弥斯为他的纯洁和无辜作证，然后流着泪离开了他的第二故乡特洛曾。

当天晚上，一位使者来到国王忒修斯的面前说：“国王啊，你的儿子希波吕托斯已经离开了人间，是他的车子杀害了他！”

“哦，波塞冬！”忒修斯大喊一声，感谢地举起了双手，指着苍天说：“你今天真的如同我的父亲一样，听从了我的请求！”

使者告诉他：“我们几个仆人正在河边刷马。主人希波吕托斯走过来，命令我们立即备马套车。当一切都准备好以后，他举起双手向天祈祷说：‘宙斯，如果我是一个坏人，那么就请你把我除掉！而且，不管我是生是死，都要让我的父亲知道，他斥责我是没有理由的！’

“说完，他跳上马车，抓住缰绳，向亚各斯和埃比道利亚奔去。我们到达荒凉的海滩，突然，我们听到一阵嘈杂的声响，犹如地底下传来的雷声。我们看到海面上升起一股排山倒海似的波浪，波涛间，一个妖怪分开水面走了出来。是一头巨大的公牛，它叫喊一声，地动山摇。可是希波吕托斯抓住缰绳，毫不慌张，马儿又奔跑起来。正当马儿拉动马车走上平坦大道的时候，水怪跳上前来挡住了去路。马车转向岩边，想给妖怪让道，但妖怪还是逼住了马车，这样马车终于碰在岩石上，您那不幸的儿子一头倒栽下来。马仍然拖着他和翻掉的马车在沙石上狂奔。这一切发生得太突然，我们这些人来不及去救他。后来他在山道的转弯处消失了，海上的妖怪也不见了，好像被大地吞吃了一样。”

忒修斯默默地呆望着地上。“对他的不幸，我并不感到高兴，但也不感到悲哀，”终于他疑虑地说，“但愿我能见到他还活着，问问他的罪孽。”

他的话被一个老妇人的哭喊声打断了。她推开仆人们跑过来，跪在国王忒修斯的脚下。这是王后淮德拉的乳母，她深受良心的折磨，不敢再隐瞒，因此含着眼泪把国王儿子的无辜和王后的歹毒说了出来。

不幸的父亲还没有反应过来，他的儿子被抬了进来，虽然肢体拖残，但还有一口气。忒修斯后悔而绝望地扑在奄奄一息的儿子的身上。儿子气息微弱地问道："我的无辜是否已得到证明？"身边的人纷纷点头，希波吕托斯这才得到了安慰，然后尽力说道："可怜的父亲，我原谅你！"说完就死去了。

忒修斯把儿子葬在桃金娘树下。在这棵树下，淮德拉曾与爱情反复挣扎过，她的尸体也埋在她所喜爱的这个地方，因为忒修斯国王并不想让她已死的妻子丧失体面。

忒修斯和海伦

忒修斯与年轻的庇里托俄斯结下了深厚的友谊。他虽然上了年纪，却又激发了大胆甚至是鲁莽的冒险欲望。庇里托俄斯的妻子希波达弥亚在婚后不久就死了，忒修斯现在也是独居，两个人约定一起出去为自己抢个妻子。

那时有一位姑娘年轻美貌，就是后来闻名于世的海伦。她是宙斯跟勒达所生的女儿，在她的后父斯巴达国王廷达瑞俄斯的宫里长大。忒修斯和庇里托俄斯远征斯巴达，他们在阿尔忒弥斯神庙里看见她跳舞。两个人都抵挡不住爱情的欲火，便大胆地闯进神庙，将她抢走，带到亚加狄亚的特格阿。

他们在这里抽签决定海伦归谁。两人约好，抽中签的一定要帮未抽中签的再去抢一个美女。结果忒修斯抽中了签，他把海伦带到阿提喀地区的阿弗得纳，由母亲埃特拉照料海伦，并让一个朋友保护她。然后，他又跟自己的朋友计划去进行一场伟大而又惊人的冒险。庇里托俄斯在失去海伦后，决定从地府里拐走冥王哈迪斯的妻子珀耳塞福涅。

当然，他们的计划彻底失败了。两人被普鲁同永远拘押在地府里。赫拉克勒斯想要救出他们两人，但只救出了忒修斯。

当忒修斯被关在哈迪斯的地府里的时候，海伦的两个哥哥卡斯托耳和波吕丢刻斯来到雅典，他们有礼貌地要求归还海伦。但雅典人说年轻的公主不在雅典，而且也不知道忒修斯把她藏在哪里。兄弟俩勃然大怒，威胁说要动用武力。雅典人十分害怕，其中有一人名叫阿卡特摩斯知道忒修斯的秘密，于是告诉他们，海伦藏在阿弗得纳。卡斯托耳和波吕丢刻斯立即围攻该城，并很快攻陷了城池。

同时，雅典城里也发生了一件不利于忒修斯的事。厄瑞克透斯的孙子梅纳斯透斯自立为人民的领袖。他想篡夺王位，因此蛊惑城里的贵族们，说国王让他们从乡村迁移到城市，实际上是控制他们，奴役他们。他对那些自由民说，他们放弃了乡间的神庙和神祇，不再依赖当地的大小贵族，却服从一个外地的暴君，以此煽动民众对国王不满的情绪。

现在，阿弗得纳被廷达瑞俄斯的族人攻占了，雅典人惊恐不安，梅纳斯透斯利用人民的恐慌情绪，劝居民给廷达瑞俄斯的两个儿子打开城门，友好地迎接他们入城，因为卡斯托耳和波吕丢刻斯只是反对忒修斯抢去了他们的妹妹。

事实也证明了梅纳斯透斯说的话。那些外来的士兵虽然从打开的城门里冲了进来，控制了城内所有的地区，但他们并没有伤害一个人。他们救出了海伦，在市民的护送下离开了雅典，回到故乡去了。

忒修斯的结局

忒修斯从哈迪斯的地狱里回来后，变成一位严肃的老人。他听到海伦被她的哥哥救了回去，反而如释重负，因为他很为当初的行为惭愧。他虽然重新执政，但国内一片混乱。梅纳斯透斯是叛乱的首领，而且得到贵族的支持。贵族们为纪念忒修斯的叔叔帕拉斯及其儿子们，自称为帕拉斯族人。那些过去仇恨他的人，现在也对他无所畏惧了。普通人在梅纳斯透斯的怂恿下也不愿服从国王的命令。

起初，忒修斯企图动用武力镇压，可是，由于或暗或明的反对，他的努力归于失败。于是，不幸的国王决定彻底放弃这座无法控制的城市。事先他已经把儿子阿卡玛斯和德摩丰送往攸俾阿，让他们投奔国王埃勒弗诺阿。他在阿提喀的一个小镇伽尔盖托斯庄严宣布对雅典人的诅咒，直到很久以后，他当年诅咒人民的地方仍然被标明着。他拍去了身上的灰尘，乘船前往斯库洛斯。他把这座岛上的居民看成自己特殊的朋友，因为那里的国王保存了忒修斯父亲留给他的大笔财产。

那时统治斯库洛斯的国王是吕科墨德斯。忒修斯要他归还他父亲的遗产，以便让他能在那里居住下来。然而命运之神并未让他如愿。也许是吕科墨德斯惧怕这位英雄的名声，也许是他和梅纳斯透斯订有秘密协议，总之，他计划把忒修斯这个不速之客除掉。他把忒修斯带到岛上的一座高峰的悬崖边，谎称让忒修斯看一下他父亲从前的财产。乘忒修斯不备，猛地从背后一推，把他推下悬崖，忒修斯倒栽着跌入大海。

在雅典，不知感恩的雅典人在忒修斯死后不久就把他遗忘了。梅纳斯透斯上台执政，好像合法地继承了祖先的王位一样。忒修斯的儿子们被当作普通士兵，跟随英雄埃勒弗诺阿一起出征特洛伊，直到梅纳斯透斯死后，他们才重新执掌王杖。

几百年以后，雅典人在马拉松与波斯人作战。忒修斯这位大英雄的灵魂又从地底下冒了出来，他率领人民击败了入侵的波斯人。于是，德尔斐的神谕要雅典人取回忒修斯的遗骸，隆重地为他安葬。可是，人们该到哪里去寻找他的遗骸呢？而且，即使在斯库洛斯岛上找到了他的坟墓，他们又怎能从野蛮人的手中夺回遗骸呢？

这时候，希腊出了一位有名的人，那是密尔策阿特斯的儿子西门。他在一次新的讨伐中征服了斯库洛斯岛。正当他起劲地寻找那位民族英雄的坟墓时，他看到一座山坡上空盘旋着一只雄鹰。雄鹰突然像箭一般地直冲下来，用爪子刨开一座坟墓的泥土。西门把这个现象看作神意。他命人在那里挖掘，在泥土深处，他们果然发现一座大棺，棺旁埋葬着一根铁矛，一把宝剑。西门和随从们都不怀疑，这就是忒修斯的墓。他们把神圣的遗骸抬到三橹战船上，运回雅典。雅典人列队迎接忒修斯的遗骸，就像忒修斯活着回到故乡似的。忒修斯死了几百年以后，子孙们才向这位给了他们自由并创建了雅典宪法的英雄表示了无限的感谢和尊敬，而当年他的无礼的同时代人反对他，实在是一件不应该的事。

俄狄浦斯的悲剧

忒拜的国王拉伊俄斯是卡德摩斯后人拉布达科斯的儿子，他和贵族墨诺扣斯的女儿伊俄卡斯忒结婚，很多年过去，她都没有为他生过一个孩子。他非常想有一个儿子，于是到德尔斐请求阿波罗的神谕，所得到的答复是："拉布达科斯的儿子拉伊俄斯，你渴望一个儿子。好的，你将有一个儿子。但命运女神规定你将死在他的手里。这也是克洛诺斯之子宙斯的意愿，因为他听到珀罗普斯的控诉，说你过去曾劫去他的儿子。"拉伊俄斯在年轻时候犯过这个错误，当时他被迫逃离本国，投靠珀罗普斯国王，却以怨报德，在涅墨亚赛会时劫去珀罗普斯的美丽儿子克律西波斯。

拉伊俄斯深知自己过去所做的事情，相信神谕，所以长时期和妻子分住。但由于两人相爱，虽然被警告，但仍又同居，结果伊俄卡斯忒为她的丈夫生了一个儿子。当孩子摆在眼前时，他们想起了神谕，为了逃脱命运的规定，他们决定将新生的孩子两脚脚踝刺穿，并用皮带捆着，放置在喀泰戎山地。但奉命执行这残酷命令的牧人怜悯这无辜的婴儿，将他交给另一个在同一山坡上为国王波吕玻斯牧羊的牧人。然后他回去，说已遵命将婴儿遗弃在荒山上。国王和他的妻子都确信这孩子必死于饥饿或被野兽吞吃，阿波罗的神谕不会实现。他们用这样的想法来安慰自己，认为牺牲儿子可使他免犯杀父之罪。

波吕玻斯的牧人得到这个婴儿却不知道他是谁，也不知道他是那里来的，因为他的脚踝受伤，故称他为俄狄浦斯，意为"肿痛的脚"。随后，他将婴儿送给他的主人科任托斯国王。国王同情这个弃儿，嘱咐他的妻子墨洛珀好生抚养，如同自己亲生的儿子一样，宫里和全国的人也真的这样看待他。后来这个婴儿长成一个青年王子，从不怀疑他是波吕玻斯的儿子，而国王除他以外也没有别的儿子。但一次偶然的事件粉碎了他这种心底的快乐。

一次宴会上，一个纯粹由于嫉妒而对他怀恨的科任托斯公民，趁着酒醉，大声说俄狄浦斯不是国王的真儿子。这辱骂使俄狄浦斯非常痛苦，他一整天暗自怀疑着，第二天清早，他向国王和王后询问这事。波吕玻斯和他的妻子对胆敢说出这话的恶棍很愤怒，但没有说出实情，他们安慰俄狄浦斯，这安慰并不能消除年轻人心中的疑虑。

他决定悄悄地离开宫殿，不让养育他的父母知道，去祈求德尔斐的神谕，并希望太阳神证明他所听到的话是假的。但阿波罗并没有回答他的询问，相反地，预言一个新的更为可怕的不幸。“你将杀害你的父亲，”这神谕说，“你将娶你的生母为妻，并生下可恶的子孙留在世上。”俄狄浦斯听到这神谕非常震恐，因为他仍然觉得波吕玻斯和墨洛珀是他的生身父母，因此不敢回家，唯恐命运女神会指使他的手杀害他的父亲，同时神祇会使他这样疯狂，以致邪恶地娶了他的母亲。

杀死自己的父亲

他离开神坛去玻俄提亚。当他正走到德尔斐与道利亚城中间的十字路上，看见一辆车子向他驶来。在车上坐着一个他从来没有见过的老人，带着一个使者，一个御者和两个仆人。老人和御者焦急地推挤着在狭道上步行的人。俄狄浦斯原本就容易生气，他刚冲到御者面前，老人就挥起马鞭狠狠地打在这个傲慢青年的头上。这激起俄狄浦斯的暴怒。他生平第一次用尽所有力量举起行杖，向老人打去，老人向后仰翻，跌下马车。一场恶斗后，俄狄浦斯究竟是比他们年轻，有力量，两个人被杀死，一个人逃跑。俄狄浦斯继续前进。

他做梦也没有想到这有什么特别，以为只不过是几个普通的福喀亚人或玻俄提亚人企图伤害他，他向他们报复罢了，因为并没有任何表征足以显示这老人的尊严和高贵的出身。但实际上他正是拉伊俄斯，是他的父亲，他是想到皮提亚神殿去的。就这样，命运女神实现了她给予父子双方，而双方都十分用心躲避着的预言。一个从普拉泰亚来的汉子达玛西斯特拉托斯发现地上几具尸体，将他们安葬。

斯芬克司的谜语

不久，一个可怕的怪物在忒拜城外出现，是斯芬克司，她是巨人提丰与妖蛇厄喀德那所生的诸女儿之一，有着美女的头，狮子的身子。

斯芬克司蹲在一座悬岩上，询问忒拜人各种隐谜。假使过路的人不能猜中谜底，她就将他撕得粉碎并吞食。这怪物出现，正是全城悲悼国王在路上为一个不知道来历的人所杀害的时候。现在王后伊俄卡斯忒的兄弟克瑞翁继他成为国王。

斯芬克司甚至吞食了克瑞翁国王的儿子，因他未能解答她所提出的隐谜。这最后的打击迫使国王号召全国，无论谁为忒拜城斩除这个恶怪，就可以获得王国并娶他的姐姐为妻。俄狄浦斯就在这个时候来到忒拜城。危险与锦标都在向他挑战，此外他也并不看重自己为不祥的预言所苦恼着的生命。

他爬上斯芬克司蹲踞的悬崖，这怪物决定以一个她认为不可能解答的隐谜来为难这个勇敢的外乡人。她说：“早晨用四只脚走路，正午用两只脚走路，晚间三只脚走路。在一切生物中，这是唯一用不同数目的脚走路的生物。脚最多的时候，正是速度和力量最小的时候。”

俄狄浦斯听到这隐谜微笑着，并不觉得为难。“这是人呀！”他回答，“在生命的早晨，人是软弱而无助的孩子，他用手脚并用着爬行。在生命的正午，他长成壮年，用两脚走路。到了老年，他需要扶持，因此拄着拐杖，作为第三只脚。”这是正确的解答。斯芬克司因失败而感到羞愧至极，从悬崖上跳下摔死。

克瑞翁实践他的诺言，将忒拜王国给予俄浦斯，并将他的母亲伊俄卡斯忒许给他为妻。她为他生了四个孩子，最先是双生的两个男孩厄忒俄克勒斯和波吕尼刻斯；其次则是两个女儿，大的叫安提戈涅，小的叫伊斯墨涅。这四个人不仅是他的子女，也是他的弟弟和妹妹。

发觉

一直过了很多年，这可怕的秘密仍然没有揭露。俄狄浦斯虽然有罪过，却是一个纯良而正直的国王，他与伊俄卡斯忒共同治理忒拜，得到人民的爱戴和尊敬。

终于有一天，神祇在国内降下瘟疫。忒拜人以为这种灾害是神降的惩罚，认为国王是为神祇所宠爱的人，所以都向他要求庇护。祭司们率领着男女老少，手中持着橄榄枝，拥到宫殿来，要求谒见国王。俄狄浦斯听到人声喧哗，走出来询问原因，并问为何全城都缭绕着献祭的熏烟，到处都听到人民的悲泣。年纪最大的祭司代表众人向他们的国王说出来意。

俄狄浦斯安慰他的人民，说找到了办法，已派克瑞翁到德尔斐去请求阿波罗的神谕，问如何才可以得救。俄狄浦斯正说着，克瑞翁在人丛中出现，当着所有的人民向国王报告阿波罗的神谕。但那神谕并不能使人民十分安心。“神谕吩咐我们清除藏匿在国内的一桩罪恶，别姑息它，因它不是可救赎的净罪。正是杀害国王拉伊俄斯的血腥罪恶使全国陷于悲惨的境地。”

俄狄浦斯怎么也想不到正是由于他杀死了那个老人，神祇才迁怒于他的人民的。他要他们告诉谋杀的故事，但听完后，仍然不明白事实的真相。他宣布由他亲自负责处理，他向全国宣告，无论谁，只要知道杀害国王拉伊俄斯的凶手的情形，都应尽其所知前来报告，假使是别国的人来报告，忒拜城将给以感谢和重赏。但如为袒护朋友而沉默，或隐匿同谋，则将拒绝其参加各种宗教仪式，不得享受圣餐，并不许与国人交往。对谋杀者本人，他要用恶毒的诅咒咒骂他，使他一生困苦不幸，得到悲惨的结局，即使他隐藏在王宫里，也不能逃脱毁灭。

俄狄浦斯又派两个使者去请盲目的预言家忒瑞西阿斯，他预测未来和见所未见的能力差不多可以和阿波罗媲美。很快，这年老的预言家来到国王和围集着的人民的面前。俄狄浦斯告诉他全国人民所遭到的灾祸，并请他用神异的能力帮助找出杀害国王拉伊俄斯的凶手。

但忒瑞西阿斯悲叹着，并向国王伸开两手，好像要挡开一种可怕的东西。他大声呼喊：“这种知识是恐怖的！它带给那个知道它的人悲痛！让我回去吧！国王哟，你要背负你的重担，让我也背负着我自己的！”

这隐晦的言语使俄狄浦斯更加坚持，所有的人也跪下来要求这预言家说个明白，但他拒绝。国王很愤怒，辱骂他是谋杀者的帮凶。说如果他不是老朽的瞎子，国王会以为就是他本人犯了这桩罪行。这种责骂迫使忒瑞西阿斯不能不说真话。

“俄狄浦斯呀，服从你自己所宣布的命令！别再和我说话，别再和人民说话。那正是你呀！你的罪恶使全城遭殃！是的，正是你，是你杀害了国王，并且和你所爱的人在罪恶中一起生活！”

俄狄浦斯还是不明白这事实的真相。他称这预言家是骗子，责备他和克瑞翁合谋篡夺王位，所以设此谎言，要将对解救全城有功的国王推翻。现在，忒瑞西阿斯毫不含糊地称他为谋杀父亲的刽子手和娶母亲为妻的人。

伊俄卡斯忒比国王更不明白事实的真相。当她一听到忒瑞西阿斯说俄狄浦斯是拉伊俄斯的杀害者，她就表示不同意这预言，“现在事实证明，”她轻蔑地说，“这些预言家如何无知！譬如说，神谕曾经说过我的前夫拉伊俄斯将死于自己的儿子的手。但实际上他在十字路口为强盗所杀害。我和拉伊俄斯的唯一的儿子却在出生三日后就被捆绑着丢弃在荒山上。神谕所说的话原来就是这样实现的！”

“在十字路口吗？”俄狄浦斯惊恐地询问，“你是说拉伊俄斯死在十字路口？ 他多大岁数？他的样子如何？”

伊俄卡斯忒并未发觉丈夫的激动，干脆地回答：“他高大而头发灰白，有点儿像你。”

现在俄狄浦斯真的感到恐怖了。就好像闪电劈开了他心中的疑团。“忒瑞西阿斯并没有盲目！”他叫道，“他看到一切，他知晓一切！”

他虽然心里已明白一切真相，但仍然问了又问，希望有充分的答案能证明他所发现的是一种错误，但回答使它更坚定不移。最后他听说一个逃回的仆人曾叙述过国王被杀害时的情形，这仆人在俄狄浦斯即位时，请求远离城市，到最遥远的牧场上为国王放牧。现在，他被召回来，但当他到达的时候，从科任托斯来的一个使者也来了，后者报告俄狄浦斯说他的父亲，国王波吕玻斯已死，要他回去接受王位。

当王后听到这儿，很得意地说：“神谕呀，你所说的真相在哪儿呢？被认为横死的俄狄浦斯的父亲，现在证明是平安地寿终正寝的。”但更敬畏神祇的俄狄浦斯，所想到的恰恰相反。他愿意相信波吕玻斯是他的父亲，但又不能相信神谕是不真实的。同时他还为另一理由踌躇着不想到科任托斯去。因为神谕的第二部分还值得考虑！他的母亲墨洛珀还在活着，命运还可以迫使他与她结婚。但他的怀疑也随即被来召他的那位使者打消，因为他就是多年以前在喀泰戎山上的那个牧人，所以由他来证明即使是科任托斯嗣王的俄狄浦斯也不过是波吕玻斯的养子，是一件极容易的事。当俄狄浦斯追问将婴儿交给牧人的那个仆人是谁时，他发现那正是在国王被杀时逃遁的，后来一直在边境放牧的仆人。

当伊俄卡斯忒听到这些，她离开丈夫和人群，绝望地痛哭着走开了。被召的牧人已经来到。从科任托斯来的使者即刻认识他正是过去将婴儿交托给自己的那个仆人。这老人恐惧得脸色发白，并绝对否认。俄狄浦斯威吓他，他终于说出了真相：

俄狄浦斯乃是拉伊俄斯与伊俄卡斯忒的儿子，因为神谕曾经预言他会杀害他的父亲，所以他们将他舍弃，但他由于怜悯而救了他。

伊俄卡斯忒和俄狄浦斯给自己的惩罚

俄狄浦斯在宫殿中狂奔，要寻找一柄剑从人间斩除那个既是他母亲又是他妻子的妖怪。没有人理他，大家看着他疯狂而暴怒地跑来都远远避开了。最后他走到他的寝室，撬开锁闭着的房门，床榻上面吊着伊俄卡斯忒，头发遮盖着脸面。他面对着这死尸，悲痛得不能说出一个字。最后他大声哭起来，放下尸体。他从她的外衣上摘下金钩子，深深地戳穿自己的眼睛，直到眼窝里血流如注，好让他可以不再看见所做过的和所遭受的一切。

他要仆人们开门，并引他到忒拜人的面前，使他们可以看见这杀害父亲的刽子手，这以母亲为妻的丈夫，这大地的怪物，这神祇所憎厌的恶徒。但由于人民长久以来对这统治者的爱戴和尊敬，他们对他只有同情。甚至被他不公正地责骂过的克瑞翁也不嘲笑他，或因他不幸而快乐。他忙着将这神所惩罚的罪人从众人的眼前带走，将他交给他的孩子们看护。俄狄浦斯为他的这种慈爱所感动。他任命克瑞翁辅佐他两个年幼的儿子，要求将他的不幸母亲埋葬，并请新国王保护两个无母的孤女。

他自己由于罪上加罪，愿意被放逐出国，再到过去他被父母弃置的喀泰戎山地，或生或死，全听命于神意的安排。于是，他将他的两个女儿叫来，做最后的诀别。他感谢克瑞翁所给予他的这么多他不应当享受的慈爱，并至诚祈祷，在新国王统治之下，忒拜人民将重新得到神祇的保佑和爱护。

克瑞翁将他领回宫殿。这曾经为千万人所爱戴的国王，如今已准备好走出他的宫门，如同盲目的乞丐一样，向他王国遥远的边境走去。

安提戈涅的陪伴

在最初的瞬间，当俄狄浦斯发现关于自己的一切真相时，他情愿即刻死去。假使他的人民起来反对他，或以石头掷击他，他会是很欢喜的。只是此时他还得不到死的恩典，所以他请求放逐，并欣幸地接受这一惩罚。

当他的狂乱的心情减轻后，独自坐在黑屋子里，他开始想到盲目无助，对流浪到远方异国的恐惧，留恋家乡的心情油然而生，同时想到自己既已双目失明且失去妻子，那么过去所误犯的罪过应该已经得到救赎。

他毫不犹豫地将他想留住在忒拜的意思向克瑞翁和他的两个儿子厄忒俄克勒斯与波吕尼刻斯说出。然而，克瑞翁对他的慈爱已成过去，他的两个儿子也极自私无情。克瑞翁仍要求他按照最初的决定去做，而他的两个儿子——他们的主要责任应该是帮助父亲，现在也拒绝给他帮助。他们将一根行乞的手杖强塞在他的手里，逼迫他即刻离开王宫。

只有他的两个女儿怜悯他。最年幼的伊斯墨涅留在两个哥哥的家里来料理父亲的一切。年长的安提戈涅愿意和他一起放逐，为这盲目的老人引路。她伴随着他，走上艰苦的旅程。她过去是王宫里娇贵的公主，现在却赤足长途跋涉，忍饥挨饿，忍受风吹雨打，只要她的父亲能得到一顿饱餐，就已经十分满足。

最初俄狄浦斯计划求取灾祸，在喀泰戎山的荒凉地区寻死。但因为他敬爱神祇，不得神意许可不敢这么做，所以他到德尔斐去请示阿波罗的神谕。在这里他总算得到小小的慰藉。神祇们都知道，俄狄浦斯不是在自知和自愿的情况下，违犯自然法律和人类最神圣的道德原则的，这样严重的罪过必须救赎，惩罚不能永远继续下去。神谕告诉他经过一个长时期以后，就可以得到解脱，那时他将到达命运女神指定的地方，在那里，严厉的复仇女神愿给他以解脱。

复仇女神亦称“慈悲女神”，是人类为了讨好和尊敬，对复仇女神的另一称呼。俄狄浦斯虔信神祇，将这一预言的实现委诸命运，自己开始在希腊全境流浪。他的女儿引领他并照顾他，他靠着同情者的施舍过活。他生活节俭，且自待极薄，但那已足够了，因他的长期放逐，他的悲苦，他的高贵的精神，已教会他除了最低的需求，不再渴望任何别的东西。

来到科罗诺斯

在经过乡村城市、旷野荒山的长久流亡以后，一天黄昏，俄狄浦斯和安提戈涅来到大树林包围着的一个和平的小村。夜莺在树林中飞动，空中飘扬着它们悦耳的歌声。正在开花的葡萄藤散发着沁人的芳香，灰色的岩石为桂枝和橄榄树所荫蔽。即使俄狄浦斯双目不见，他的其他的感官也使他感到风景的美丽和可爱，由于他的女儿的叙述，他更知道他们必是来到了圣境。

远处可以看见一座城堡，经安提戈涅询问，原来这里是雅典的属地。因为走了一整天路，俄狄浦斯就坐在石头上休息。一个过路的村人却要他站起来，告诉他这是圣地，不能为人们的足迹所玷污。他告诉父女俩这里是科罗诺斯，并已来到明察一切的复仇女神们的圣林。

现在俄狄浦斯知道他已到达流亡的终点，他的苦恼命运即将解除。他的风采使村人转念，决定让外乡人留在这里，只是将这事报告给国王。

“你们的国王是谁呢？”俄狄浦斯询问，因他流浪了这样久，早已不知世界上的事情。

“你听说过忒修斯吗？”村人回问，“他的声名已经传遍了全世界！”

“请将我的口信带给你们高贵而威严的国王，请他到这儿来。告诉他，我以最大的报酬祈请他一点微小的好意！”

“一个瞎眼睛的人有什么可以回报国王的呢？”这农人微笑着，“但是，”他又沉思地说，“假使你不是双目失明，你的高大身躯和庄严脸庞还是会引起我尊敬的。所以我将你的要求告诉国王。请留在这里，听我的回信。”

当俄狄浦斯又独自和安提戈涅在一起时，他站起来，伏在地上，虔心地向复仇女神祈祷：“你们引起恐怖，但你们也是慈爱的，请你们实现阿波罗的神谕！请指示我生命的道路，并告诉我是否我还得比过去遭受更多的灾难。请怜悯我吧，黑夜的女儿哟！请怜悯站在你面前的俄狄浦斯的影子，他虽然还在呼吸，但他的肉体早已死去。”

当仪态高贵的盲者坐在不许俗人停留的森林里休息的消息传遍全村时，村里的长老们都很吃惊。他们走出来，聚集在他的周围，想禁止他进一步玷污圣地。他们要求他即刻离开，但俄狄浦斯请求他们不要将他从他的流亡终点赶走，这个终点已经由神祇预言过了。安提戈涅也婉言哀求他们。

安提戈涅忽然看见一个女子向他们走来，她骑着一匹小马，脸面半为旅行帽遮盖着，一个仆人骑着马跟随在后面。“这是我的妹妹伊斯墨涅！”她惊喜地叫着，“她正带给我们家里的消息！”

真的是国王俄狄浦斯的小女儿，她和一个忠实可靠的人离开忒拜来告诉父亲国内的情形。好像他的两个儿子都面临着自己招惹来的灾难。起初由于家庭的厄运威胁着他们，他们想将王位让给舅父克瑞翁。后来他们对父亲的记忆逐渐消失了，他们就悔恨过去的冲动，并要求权力和国王的荣耀和威严。同时，两人互相嫉妒起来。波吕尼刻斯要求以长兄的权利首先做国王，年幼的厄忒俄克勒斯不满意他所建议的轮流办法，竟然怂恿人民叛乱，夺取王位并驱逐了他的哥哥。

据说波吕尼刻斯已逃亡到伯罗奔尼撒的伊耳戈，他在那里娶了国王阿得拉斯托斯的公主，得到朋友和盟国的援助，正要兴兵报复，以武力威胁本国。同时一个新的神谕宣示：国王俄狄浦斯的儿子们如无父亲将毫无作为。假使他们要求幸福，他们必须找回自己的父亲，无论他已死去或还活着。

这便是伊斯墨涅带给她父亲的消息。“原来是这样！”他说，瞎眼的脸庞放射着国王的威严光辉。“他们要求一个流亡者、一个乞丐的援助！现在，当我已成为废物时，我会是他们所需要的人吗！”

“是的。”伊斯墨涅继续说着，“因为神谕如此，我的舅父克瑞翁会即刻到这里来。我是赶在他的先头来的。他将尽力说服您，或者挟持您到忒拜的边地，以便由于您的出现满足神谕的要求，因而对他自己和厄忒俄克勒斯有利，但又不致亵渎忒拜城。

“假使我死在忒拜附近，他们会将我葬在忒拜的土地上吗？”

“不，”女儿回答，“您血腥的罪恶使他们不会这么做。”

“那么，他们永远得不到我了！”国王悲愤地说。“假使我的两个孩子贪求政权更甚于爱我，神祇便会使他们永久成为死敌。假使他们要我裁判他们的争端，那么，现在手执王杖的人应让出王位，被逐出的人也不应当回归故土。只有我的两个女儿是我忠实的孩子，让我的罪过不要连累她们吧！我为她们祈请神祇降福，我为她们请求保护。请给我和她们以援助，你们的城也将得到报酬和光荣！”

忒修斯的慷慨援助

俄狄浦斯虽在穷困和放逐中但仍然保持着国王的风度，科罗诺斯的人民都十分尊敬这盲目的老人，并劝他举行灌礼救赎污渎圣林的罪过。直到此时，村中的长老们才知道这国王的名字和他无心的罪恶。

忒修斯有礼貌而严肃地走到这盲目的外乡人面前，同情地对他说话。“不幸的俄狄浦斯哟，我知道你的遭遇。你刺瞎的眼睛已充分向我说明你是什么人，你的不幸使我感动。现在请你告诉我，你怎样找到了我的城，你召我来有什么事？无论你要求什么，我是不会拒绝你的。我并未忘记，我和你一样，是在异地生长并历尽了艰难和危险的。”

“由你简单的几句话，”俄狄浦斯说，“我已看出了一个高贵的灵魂。我到这里来向你请求，这请求同时也正是一个赠礼。我将自己的疲倦的身子交付给你，这是一种微不足道的但是宝贵的财产。请你埋葬我，你的仁爱和公正将得到丰裕的酬报。”

“你所要求的好意是极轻微的，”忒修斯惊奇地说，“提出更多更大的要求吧，我会遵命的。”

“这要求并不如你所想的那么轻微，”俄狄浦斯继续说，“为了我的苦命老朽的骸骨，你将不得不进行一场战争。”于是他将自己遭到放逐的原委，以及他的亲属为着自私的理由企图找到他的情况告诉国王，然后他要求忒修斯给他慷慨的援助。

忒修斯用心倾听着。“单从我的厅堂要迎接每一个客人来说，”他严肃地说，“我就不能将你除外。何况你是神祇引到我的炉边并愿意祝福我和我的国家的宾客，我又怎能不接待呢？”

因此他请求俄狄浦斯自己选择或者随他到雅典去，或者就留在科罗诺斯做他的上宾。俄狄浦斯选择后者。因为命运女神规定他要在那里迎接他的仇敌，并度过他的高贵而荣耀的晚年。忒修斯答应充分保护他，说完就回到城里去了。

克瑞翁的来意

不久忒拜王克瑞翁侵入科罗诺斯，很快找到俄伙浦斯。

“我来到阿提刻，必然使你们吃惊，”他对围集着的村人说。“但请不必惊愕也不必发怒。我还不至于幼稚到很轻易地和全希腊最强大的城市挑战。我到这里来，只是因为本国人民要我来敦促俄狄浦斯回到忒拜去。”于是他掉头向着俄狄浦斯，用花言巧语假装表示他对于他和他的女儿的命运的同情。

但俄狄浦斯举起行杖，示意他，不愿他走近面前。“无耻的叛徒呀！”他骂道。“假使你将我抢走，那不过是在我的悲苦的满杯里再斟上最后的一滴。别想利用我来免除你们所应受到的惩罚。那种惩罚是必然要来到的。我不愿和你一起回去，我要派遣复仇的恶魔与你同去。我的两个忤逆的儿子，除了用作埋葬他们尸骨的墓地外，不能有忒拜的一寸土地！”

现在克瑞翁想用武力劫走这盲目的国王，这时忒修斯听说有武装的人侵入，赶到这里。克瑞翁和他的随从们被迫离开科罗诺斯。

波吕尼刻斯的请求

俄狄浦斯仍然不得安静。他的另一个亲人，虽然不是从忒拜来的，现在已到达科罗诺斯，并在忒修斯刚刚献祭过的波塞冬神庙的圣坛前伏地祈祷。

“这是我的儿子波吕尼刻斯！”俄狄浦斯恼怒地说。“我的这个儿子除了仇恨之外，什么也不配得到。我甚至不愿再和他说话。”安提戈涅却爱这个哥哥，因他是两个哥哥中比较温和慈爱的。所以她劝她的父亲不要再恼恨，至少听听这个不幸的儿子的来意。俄狄浦斯请求他的保护者准备好帮助他，万一来人企图用武力将他带走。然后他召见他的儿子。

一开始波吕尼刻斯的态度就与他的舅父克瑞翁大不相同，而安提戈涅也成功地使她父亲注意到这一点。“我看见一个人正向这边走来。”她喊道。“他独自一个人来，且满面流泪。”

波吕尼刻斯跪在他父亲的面前并抱住他的双膝。他抬头看着他，见他穿着乞丐的褴褛衣衫，两个空洞的眼窝，灰白的头发在微风中飘荡，他心中很悲恸。

“我看见这一切太迟了！”他悲叹地说，“我忏悔，我诅咒自己，我忘记了我的父亲！假使不是我的妹妹侍奉他，他会变成什么样子！父亲哟，我虐待了您！您能饶恕我吗？说话呀，不要这么愤恨地转过头去！我的妹妹们，请帮助我，请他那悲苦的嘴唇说话吧！”

“告诉我们你到这里做什么。”安提戈涅温和地说，“也许你自己的话会让他打破沉默的。”

于是波吕尼刻斯告诉他们他的兄弟怎样将他逐出忒拜，他怎样逃到伊耳戈，国王阿德拉斯托斯怎样招待他，并使他和国王的公主结婚，他在那里怎样争取了七个王子和他们的军队同他结成联盟来进行一种正义事业，并且围困了忒拜城。最后他请他的父亲和他同归，并应允只要他的可恶的兄弟被推翻，他愿意将王冠奉还他的父亲。

儿子的悔悟并不能使这深受打击的人回心转意。“无耻的奸人哟，”俄狄浦斯大声喊道，没有让那个跪在地下的哀求者起来，“当王位和王杖在你们的手里，你们驱逐你们的父亲。你亲自让他穿上这身乞丐的衣服，到现在，当你遭遇同样苦难的时候，你才感动。你和你的兄弟不是我的真儿子，假使我要依靠你们，我早就死了。但神祇的惩罚在等待着你们，你和你的兄弟必死在你们自己的血泊中。这便是我的回答，你可以告诉和你联盟的七个王子。”

波吕尼刻斯惶恐地站起来，畏缩地后退。安提戈涅立刻走上去要求他：“你听我至诚的劝告，将你的军队撤退到伊耳戈去！不要给你的故乡带来战争。”

“这是不可能的。”他踌躇一会回答，“退避对我不仅是侮辱，而是毁灭。我宁肯两败俱伤，绝不愿兄弟和好。”他逃脱他妹妹的拥抱，怀着苦恼的心情走开。

救赎

俄狄浦斯就这样拒绝了两方面的亲人给予他诱惑的诺言，而将他们委之于复仇的神祇。现在俄狄浦斯的命数将要终尽了。雷霆一阵阵地轰鸣，俄狄浦斯了解这来自天上的声音，他急切地呼叫忒修斯。暴风雨之前的黑暗笼罩大地，这盲目的国王战栗着，恐怕他会在说出对东道主所给予的盛意的感激前死去或失去知觉。忒修斯已经来到，俄狄浦斯向他说出对雅典城庄严的祝福。最后他请求忒修斯服从神意，领着他到他可以死的地方去，死时不要让任何人的手碰到他，葬地也只许一人看见。死后不可将这地方指示给任何人，永远不可说出他的坟墓所在，因为这样可以保卫雅典，比利矛坚盾或许多同盟者的强力更能抵抗敌人。

他的两个女儿和科罗诺斯的人民被许可送他一程。他们走入复仇女神圣林的浓荫。盲人好像突然可以看见了一样，他昂然而强健地走在行列的前面，领头向命运女神所指引的目的地走去。

在复仇女神圣林中大地开裂，开口处有着青铜的门槛，由许多弯曲的小道通到那里，这便是地狱的入口。俄狄浦斯自己选择了一条迂回的小道，没有让同去的人走到洞口。他停在一棵空心树下，坐在石头上，解下束缚着褴褛衣服的腰带，然后洗去长久流亡的满身泥土，并穿上他的女儿为他带来的节日华服。他神清气爽，精神抖擞地站立起来，地下传来隆隆的雷声。安提戈涅和伊斯墨涅依偎在他的怀里。他亲吻她们，并说：“别了，我的孩子。从今天起，你们便是孤儿了。”当他仍然紧紧抱着她们时，一种金属的声音不知是从天上还是从地心大声呼唤：“俄狄浦斯呀，为什么还要延迟？为什么还要耽误呀？”

这盲目的国王听着，知道神祇在召唤自己。他放开他的女儿们的手，将它们放在忒修斯的手里，表示今后把她们交托给他。然后他吩咐所有的人都背转身去并且离开，只许可忒修斯一人走到铜门槛那里。

跟随着他的人和他的女儿都听他的话背转身去，直到走了一程才回头看望。这时出现了一个奇迹，国王俄狄浦斯已经不见了。不再有电火在空中闪烁，不再有雷霆的轰震，不再有暴风雨横扫树林，空气宁静而澄清。地府的黑门无声地张开，解脱了老人的一切痛苦和悔恨。

七将攻忒拜

阿德拉斯托斯的女婿

亚各斯国王阿德拉斯托斯是塔拉俄斯的儿子，他一共有五个孩子，其中有两个漂亮的女儿，分别是阿尔琪珂和得伊皮勒。有一则奇怪的神谕：她们的父亲将会把她们嫁给狮子和野猪。国王想来想去，弄不懂这句话的意思。女儿长大后，他想尽快给她们完婚，使这个可怕的预言无法实现，但神祇的预言必然会应验。

有一天，两个逃难的人从不同的方向同时到达亚各斯的宫门前。一个是忒拜城的波吕尼刻斯，他被兄弟逐出故国。另一个是俄纽斯和珀里玻亚的儿子提丢斯，他在围猎时不经意杀害了一个亲戚，于是从卡吕冬逃了出来。

两个人在宫门口相遇时，因夜色朦胧，分辨不清，都把对方当作敌人，打了起来。阿德拉斯托斯听到门外厮杀的声音，就拿着火把出来，分开了两人。等他看到两位格斗的英雄站在他的两边时，不禁吃了一惊，仿佛看到了野兽似的。波吕尼刻斯的盾牌上画着狮子头，提丢斯的盾牌上画着一头野猪。阿德拉斯托斯顿时明白了神谕的含义，他就把两个流亡的英雄招为女婿。波吕尼刻斯娶了大女儿阿尔琪珂，小女儿得伊波勒嫁给提丢斯。国王还庄重地答应帮助他们复国重登王位。

首先远征忒拜。阿德拉斯托斯召集了各方英雄，连他自己在内一共七位王子，率领七位军队。这七个王子分别是阿德拉斯托斯、波吕尼刻斯、提丢斯、国王的姻兄安菲阿拉俄斯、国王的侄儿卡帕纽斯，以及国王的两个兄弟希波迈冬和帕耳忒诺派俄斯。

安菲阿拉俄斯从前曾是国王的仇敌，他有未卜先知的本领，知道这场征战必败，因此反复劝说国王阿德拉斯托斯和其他英雄们放弃这场战争。可是，他的努力没有成功，他只得找了一个地方躲了起来，那个地方只有他的妻子厄里费勒（国王阿德拉斯托斯的姐姐）知道。他们到处寻找，可找不到他。阿德拉斯托斯又少不了他，因为国王把安菲阿拉俄斯看作整个军队的眼睛，没有他是不敢远征的。

阿佛洛狄忒的宝物

波吕尼刻斯从忒拜出逃时，随身戴了一根项链和一方面巾。这是两件宝物，是女神阿佛洛狄忒送给哈耳摩尼亚与卡德摩斯的结婚礼物。戴上这两件东西的人都会招来灾祸。它们已经使得哈耳摩尼亚、酒神巴克科斯的母亲塞墨勒以及伊俄卡斯忒都死于非命。最后，它们又转落在波吕尼刻斯的妻子阿尔琪珂手上。现在波吕尼刻斯试图用项链贿赂厄里费勒，要她说出丈夫躲藏的地方。

厄里费勒早就垂涎外乡人送给侄女的这根项链。当她看到项链上用金链穿起来的闪闪发光的宝石时，实在抵御不了巨大的诱惑，最终把波吕尼刻斯带到安菲阿拉俄斯的秘密藏身处。

安菲阿拉俄斯实在不想参加这场远征，但他不能再拒绝，因为他娶阿德拉斯托斯的姐姐为妻时，曾答应过遇到有争议的问题时，一切由妻子厄里费勒做主。现在妻子带人找到他，他只得佩上武器，召集武士。他在出发前把儿子阿尔克迈翁叫到跟前，庄重地叮嘱他，如果听到父亲的死讯，一定要向不忠诚的母亲复仇。

踏上征途

这支强大的军队分成七队，由七位英雄分别率领。他们充满了信心和希望，离开了亚各斯，踏上了征途。他们到达尼密阿的森林，那里的河流、小溪和湖泊都已干涸，他们饱受炎热之苦，干渴难忍，盔甲、盾牌都成了累赘。走路扬起的尘土落在他们焦枯的嘴唇上，连马匹也渴得嘴边泛出了层层涎沫。

阿德拉斯托斯带了几个武士到处在森林里寻找水源，却一无所获。这时他们遇到一位绝顶漂亮但又十分可怜的女人。她抱着一个男孩，虽然衣衫褴褛、头发飘散，她坐在树荫下，气质高雅，却好像女王一样。

阿德拉斯托斯吃了一惊，他以为遇到了森林女神，连忙向她跪下，请求神祇指点迷津，女人低垂着眼帘回答说："外乡人，我不是女神。如果你看我的外貌有什么非凡之处，那是因为我一生忍受的苦难比世间任何凡人都多。我叫许珀茜柏勒，以前是雷姆诺斯岛上的亚马逊女王，父亲是威武的托阿斯。后来我被海盗劫持拐卖，成了尼密阿国王来喀古士的奴隶。这个男孩不是我的儿子，他叫俄菲尔特斯，是我的主人之子，我是他的保姆。我很愿意帮你们找到所需要的东西。在这片干旱荒凉的地方，只有一处水源。除了我之外，谁也不知道这个地方。那里泉水丰富，足够你们全军人马解渴！"

女人站起来，把孩子放在草地上，哼了一支《摇篮曲》，孩子睡了。许珀茜柏勒带着他们穿过茂密的森林，不一会儿来到一处怪石嶙峋的峡谷，这时，泉水倾泻在岩石上的声音清晰可闻。

"有水了！"山谷间回荡起欢乐的喊声，"有水了！有水了！"全军将士欢呼雀跃，都扑在溪水边，张开干枯冒烟的嘴巴，大口大口地喝着甜美的泉水。后来，他们又赶着车，牵着马，穿过树林，干脆连车带马一直走到水里，让马浸在水中冲凉。现在全军人马从干渴中解脱出来，恢复了精神。

许珀茜柏勒带领阿德拉斯托斯和他的随从们回到大路上。可是，还没有回到原地，她凭着乳母的本性，敏锐地听到远处传来孩子可怜的哭声。一种可怕的预感攫住她的心，她飞快地往前奔去。可是，赶到放孩子的地方，孩子已经不见了。前面不远的地方有一条大蛇盘绕在树上，蛇头搁在鼓鼓的肚子上。许珀茜柏勒悲痛地惊叫起来。

英雄们急忙赶了过来。第一个看到恶蛇的是英雄希波迈冬，他马上搬起一块大石头朝蛇掷去，可是，石头砸在有鳞甲的蛇身上被弹回来，碎得像泥土一样。他又把长矛投去，正好击中大蛇张开的嘴，矛尖一直从蛇头上冒了出来。蛇痛得把身子陀螺似的在矛杆上缠绕，最后终于断了气。

大蛇被打死后，可怜的许珀茜柏勒才鼓起勇气追寻孩子的踪迹。她看到一副悲惨的景象：草地被孩子的鲜血染红了，地上是凌乱的孩子的尸骨。英雄们隆重地埋葬了为他们丧命的孩子。为了纪念他，他们举行了神圣的尼密阿赛会，并尊崇他为半人的神祇，称他为“阿尔席莫洛斯”，意即“早熟的人”。

许珀茜柏勒被孩子的母亲欧律狄刻关进监狱，要处死。幸好许珀茜柏勒的儿子们已经出来寻找她，不久救出了他们的母亲。

围困忒拜城

“这也许是这场远征结局的一种预兆吧！”预言家安菲阿拉俄斯神色阴郁地说。其他人却以为打死毒蛇是胜利的前兆，都很高兴，他们甚至嘲笑预言的失灵。安菲阿拉俄斯心情沉重，唉声叹气，但毫无办法。全军人马从干渴中恢复过来，精神振奋，于是日夜兼程，几天后来到忒拜城下。

城里也在紧张地备战。厄忒俄克勒斯和他的舅父克瑞翁准备长期防守。安提戈涅站在宫殿城墙的最高处，旁边站着一位老人，他是从前她祖父拉伊俄斯的卫士。父亲俄狄浦斯去世后，安提戈涅思念家乡，因此谢绝了雅典国王忒修斯的庇护，带着伊斯墨涅回到了往昔父亲统治的城市。克瑞翁和她的兄长厄忒俄克勒斯张开双臂欢迎他们，因为他们把安提戈涅当作一个自投罗网的人质，一个受到欢迎的仲裁人。

她看到城外的田地上，沿着伊斯墨诺斯河岸，在闻名于世的古泉狄尔刻的周围驻扎着强大的敌军。军队在不断地移动，到处闪烁着金属盔甲和武器的冷光。步兵和骑兵呐喊着拥到城门口，把一座城池像铁桶一般围困得严严实实。

安提戈涅心中恐惧。老人安慰她，又把前来围城的英雄们的情况简单告诉她："那边戴着闪亮头盔的人就是希波迈冬！右边的那一个，穿一身外乡人的战衣，看上去像一个野蛮人似的，是提丢斯，他是你嫂子的妹夫。"

"那个人是谁？"姑娘问道，"那个年轻的英雄？"

"那是帕耳忒诺派俄斯，阿塔兰忒的儿子。阿特兰忒是月亮和狩猎女神阿尔忒弥斯的女友。站在尼俄柏女儿坟旁的两位，年龄大的是阿德拉斯托斯，他是这支远征军的统帅。那个年轻的你认识吗？"

"我看到了。"安提戈涅怀着痛苦的心情说，"我只看到他身体的轮廓，可我认出他了，是我的哥哥波吕尼刻斯！但愿我能像片云朵一样飞到他的身旁，拥抱他！那个驾驶一辆白色车子的人是谁？"

"他是预言家安菲阿拉俄斯。"老人说。

"那个绕墙走动的人，在测量着，寻找合适的攻城地点，他是谁呀？"

"这是骄横的卡帕纽斯。他嘲笑我们的城市，并威胁要把你和你的妹妹掳走，送到勒那泽当奴隶。"听到这话，安提戈涅吓得脸色刷白。她转过身子，不敢往下看了。老人用手搀扶着她，一步一步地走下楼梯，送她回内室。

勇敢的墨诺扣斯

克瑞翁和厄忒俄克勒斯决定派七个首领把守忒拜的七座城门。可是在开战之前，他们也想看一看预兆，推测战争的结局。忒拜城内住着在俄狄浦斯时代就十分有名的预言家提瑞西阿斯。他是奥宇埃厄斯和女仙卡里克多的儿子，他年轻时同母亲去看望女神雅典娜，偷看了不该看的事情，因此被女神降灾弄瞎了双眼。母亲卡里克多再三央求女神开恩，使孩子眼睛复明，雅典娜无能为力。但雅典娜同情他，使他有了更敏锐的听觉，能够听懂各类鸟儿的语言。从这时起，他便成了占卜者。

提瑞西阿斯年事已高。克瑞翁派他的小儿子墨诺扣斯去接他，老人在女儿曼托和墨诺扣斯的搀扶下，颤巍巍地来到克瑞翁面前。国王要他说出飞鸟对底比斯城命运的预兆。提瑞西阿斯沉默良久，终于悲伤地说："俄狄浦斯的儿子对父亲犯下了沉重的罪孽，他们给忒拜城带来巨大的灾难；亚各斯人和卡德摩斯的子孙将会自相残杀；兄弟死于兄弟之手；为了挽救城市，只有一个办法，这个办法也是可怕的，我不敢告诉你们，再见！"

说完，他转身要走。可是，克瑞翁再三央求他，他才留了下来。"幸福女神会降临，但她要跨过门槛是沉重的。龙牙种子中最小的一颗必须死亡。只有在这种条件下，你们才能得到胜利！"

"天哪！"克瑞翁叫起来，"你的话究竟是什么意思？"

"卡德摩斯后裔中最小的一个必须献出生命，整个城市才能获得拯救。"

"你要我的儿子墨诺扣斯去死吗？"国王愤怒地跳了起来，

“滚你的吧！我不需要你的占卜和预言！”

“如果事实带给你灾难，你就认为它不会成为事实吗？”提瑞西阿斯严肃地问道。直到这时，克瑞翁才知道事情的严重性，他跪倒在提瑞西阿斯的面前，抱住他的双膝，请求他收回自己的预言，但这盲人丝毫不为所动。

“这牺牲是不可避免的，”他说，“狄尔刻泉水那里曾是毒龙栖息的地方，那儿必须流着这孩子的血，这样，大地才能成为你的朋友。大地以前曾用龙齿把人血注射给卡德摩斯。现在，大地必须接受卡德摩斯亲属的血。孩子为他的城市做出牺牲，他将成为全城的救星。你自己选择吧，克瑞翁，现在只有这两条路。”

提瑞西阿斯说完就离开了。克瑞翁久久地沉默着。最后，他终于惊恐地喊叫起来：“我多么愿意亲自去为我的祖国去死啊！可是你，我的孩子，我怎能让你牺牲呢？逃走吧，我的孩子，逃得越远越好。离开这座该诅咒的城市，穿过德尔斐、埃托利亚，一直到多多那神庙，就躲在神庙里！”

“好的，”墨诺扣斯说，眼中放着光辉，“我一定不会迷路的。”

克瑞翁这才放心，又去指挥作战了。男孩却突然跪在地上，虔诚地向着神祇祷告：“原谅我吧，你们在天的圣洁之灵，我用谎话安慰了我的父亲。假如我真的背叛了祖国，那我是多么可鄙和怯懦啊！神祇啊，请听我的誓言吧，并仁慈地收下我的一片真心！我愿意用死来拯救我的祖国！我愿从城头上跳进幽深的龙穴。正如预言家所说，我要用我的血解脱祖国的灾难。”

男孩朝宫墙走去。他站在城墙的最高处，看了一眼对方的阵营，庄严地诅咒他们尽快灭亡。然后他从内衣里抽出一把短剑，割断喉咙，从城头上栽倒下去，正好落在狄尔刻泉水边上，跌得粉身碎骨。

攻城

墨诺扣斯献出了自己的生命，神谕实现了。克瑞翁竭力忍住悲伤。厄忒俄克勒斯指挥七位首领把守七座城门，使得每一处容易遭受攻击的地方都有人守卫。

亚各斯人开始进攻，一场攻防战开始了。双方喊声震天，战歌嘹亮，号角嘶鸣。女猎手阿塔兰忒的儿子帕耳忒诺派俄斯冲在最前面，率领他的队伍以盾牌掩护，攻打第一座城门。他的盾牌上画着他的母亲用飞箭征服埃托利亚野猪的图像；预言家安菲阿拉俄斯冲到第二座城门下，他在战车上装着献祭的供品。他的盾牌上没有装饰，也没有任何图案和色彩；希波迈冬攻打第三座城市，他的盾牌上画着百眼巨人伊耳戈斯看守着被赫拉变成母牛的伊俄的图像；提丢斯率领部队攻打第四座城门。他在盾牌上画着一张毛烘烘的狮子皮，右手野蛮地挥舞着一支火把。被放逐的国王波吕丢刻斯指挥攻打第五座城门，他的盾牌上画着愤怒的骏马；卡帕纽斯带领士兵来到第六座城门下。他甚至夸耀他可以和战神阿瑞斯试比高下，他的盾牌上画着一个举起城池、将它扛在肩上的巨人。最后，一座城门，也就是第七座城门，由亚各斯的国王阿德拉斯托斯攻打，他的盾牌上画着一百条口里衔着底比斯儿童的巨蛇。

第一次进攻遭到忒拜人的顽强抗击，亚各斯人被迫后退。提丢斯和波吕尼刻斯大声命令：“步兵、骑兵、战车一起向城门猛攻啊！”命令传遍了整个部队。亚各斯人重新振作起来，气势汹汹地发起进攻，可是又遭到迎头痛击，一排排人死在城下，血流成河。

这时，亚加狄亚人帕耳忒诺派俄斯像旋风般冲向城门。他大声呼喊着，要用火和斧子砸毁并焚烧城门。忒拜人珀里刻律迈诺斯防守着城门，他见对方冲来，命令把铁制的防护墙拉开，正好容得下一辆战车进出，然后猛地砸下去，把帕耳忒诺派俄斯砸死在城下。

第四座城门前，提丢斯暴怒得如同一条游龙。他急速地摇晃着饰以羽毛的头盔，手上挥舞着盾牌，发出嗖嗖的声音，另一只手向城上投掷标枪，他周围的士兵也把标枪像雨点般朝城上掷去，底比斯人不得不从城墙边后退。正在这时，厄忒俄克勒斯赶到了。他集合了士兵，带领他们回到城墙边，然后又逐个巡视城门。

气急败坏的卡帕纽斯扛来一架云梯。卡帕纽斯狂妄吹嘘，即使是宙斯的闪电也不能阻止他攻陷城池。他把云梯靠在墙上，以盾牌作保护，冒着城上飞来的石块，勇猛地向上攀登。这时宙斯亲自来惩罚这个狂妄之徒。他刚从云梯上跳到城头时，宙斯用炸雷劈他，雷声震得大地动摇，卡帕纽斯四肢飞散。

国王阿德拉斯托斯认为这是宙斯反对他们攻城的预兆。于是，他带领士兵离开战壕，下令撤退。忒拜人从城里冲出来。他们感谢宙斯降下的福祉。一场混战后，忒拜人大获全胜，把敌人驱赶到很远的地方。

兄弟对阵

第一次攻打忒拜的战斗结束了。当克瑞翁和厄忒俄克勒斯率领队伍退回城内后，亚各斯的士兵又重新集合，准备再次攻城。面对强大的敌人，厄忒俄克勒斯做出了一个重大的决定，他派出一名使者前往驻扎在城外的亚各斯人的兵营，请求罢兵息战。然后，厄忒俄克勒斯站在最高的城头上向双方的士兵喊话："远道而来的亚各斯的士兵们，还有忒拜人，你们双方犯不着为我和波吕尼刻斯牺牲自己的生命！让我自己来经受战斗的危险，和我的哥哥波吕丢刻斯单独对阵。如果我把他杀掉，那么我就留在忒拜的王位上；如果我败在他的手下，那么国王的权杖就归他所有。你们亚各斯人仍然回到自己的国土上去，不必再在异国流血牺牲了。"

波吕尼刻斯立即从亚各斯人的队伍里跳出来，声明愿意接受弟弟的挑战。双方士兵欢声雷动，赞成这个提议。双方签订协议，两个首领立誓，遵守协议。

决战之前，双方的占卜者都忙碌地向神祇献祭，从祭祀的火焰中看出战斗的结局。他们得到的预兆都很模糊，好像双方都是胜利者，又都是失败者。波吕尼刻斯转过头来，看看远方的亚各斯国土，举起双手祈祷："赫拉女神，亚各斯的保护神啊，我在你的国土上娶妻，在你的国土上生活。祈求你保佑我取得战斗的胜利吧！"

厄忒俄克勒斯也回到底比斯城内的雅典娜神庙，祈求说："宙斯的女儿啊，请保佑我舞动的长矛刺中敌人，让我取得最后的胜利！"

战斗的号角吹响。兄弟俩向前冲出，开始了一场残酷的血战。他们的长矛在空中飞舞，向对方猛刺，但被盾牌挡住，发出铿锵的声音。他们又把长矛朝对方猛烈掷去，但仍被坚固的盾牌弹了回来。一旁观看的士兵们紧张得汗水直流，看得眼花缭乱。最后，厄忒俄克勒斯控制不住自己了，因为他在拼刺时路上有块石头挡住了他。他用右脚把石头踢到一边去，不料把脚暴露在盾牌外。波吕尼刻斯挺起长矛冲了过去，用利矛刺中他的胫骨。

亚各斯的士兵们高声欢呼，以为可以决定胜负了。可是，受伤的厄忒俄勒斯忍住疼，寻找进攻的机会。他看到对方的肩膀暴露，便掷出一矛，正好刺中。随即他退后一步，拾起石头，用力掷去，把波吕尼刻斯的长矛砸断。这时，战局不分上下，双方各失去了一件武器。他们又抽出宝剑，挥舞砍杀。盾牌相击，叮当作响。

尼忒俄克勒斯忽然想起一种攻击的方法，那是他在帖撒利学到的一种绝招。他突然改变姿势，往后退一步，用左脚支撑身子，小心防护身体的下半部，然后用右脚跳上去，一剑刺中波吕尼刻斯的腹部。波吕尼刻斯遭到这突如其来的一剑，受了重伤，倒在地上，血流如注。厄忒俄克勒斯以为取得了胜利，便丢下宝剑，向垂死的哥哥弯下腰去，想摘取他的武器。波吕尼刻斯虽然倒在地上，却仍然紧握剑柄。他见厄忒俄克勒斯弯下腰来，便挣扎着用力一刺，刺穿了弟弟的肝脏。厄忒俄克勒斯随即倒在垂死的哥哥的身旁。

父亲俄狄浦斯的诅咒成了现实。

忒拜的七座城门统统打开。女人和仆人们冲了出来，围着他们国王的尸体放声大哭。安提戈涅扑倒在哥哥波吕尼刻斯的身上，她要听听他的遗言。厄忒俄克勒斯只是发出一声低沉的叹息便断了气，波吕尼刻斯仍在喘息，他朝妹妹转过脸来，眼睛迷糊地看着妹妹说："我该如何悲叹你的命运，妹妹，也悲叹死去的弟弟的命运！从前我们友爱，后来成为仇敌，直到临死，我才感到我是爱他的！亲爱的妹妹，我希望你把我埋葬在家乡的土地上，请求愤怒的家乡人原谅我。"

说完，他就死在妹妹的怀里。这时，人群中传来争吵声。忒拜人认为他们的主人厄忒俄克勒斯取得了胜利，对方却认为波吕尼刻斯取得了胜利。忒拜人占了先，因为刚才兄弟对阵，忒拜人仍然列队，拿着武器，在一旁观看，而亚各斯人以为自己必胜无疑，全都放下了武器，在一旁呐喊助威。现在，忒拜人突然向亚各斯人冲了过来。亚各斯人来不及拿起武器，四散逃窜，成百上千的士兵死在忒拜人的长矛下。

亚各斯人逃跑时出了一件怪事。忒拜英雄珀里刻律迈诺斯把预言家安菲阿拉俄斯一直追到伊斯墨诺斯河岸。这时，河水高涨，马车不能过河。忒拜人已经追来，在绝望中，安菲阿拉俄斯只得冒险渡河。可是，马车还没下水，追兵已经到了河边，长矛几乎刺到了他的脖子。宙斯把这一切都看在眼里，他不愿意让他的预言家耻辱地死去，于是降下一道雷电，把土劈开。裂开的大地张着黝黑的口，把安菲阿拉俄斯和他的战车全吞没了。

不久，忒拜四周的敌人也被消灭。勇敢的英雄希波迈冬和强大的提丢斯都已阵亡。忒拜人打扫战场，带着死者的盾牌和其他的战利品，从四面八方拥来。他们满载着战利品凯旋进城。

残忍的决定

兄弟两人在忒拜城前都已战死，克瑞翁成了忒拜的国王，他对两个外甥的丧事做出了决定：为厄忒俄克勒斯举行隆重的丧礼，如同国王的葬礼一样。市民们倾城出动，一直把灵车送到墓地，但他把波吕尼刻斯暴尸城下，不予安葬。他派人宣布，对背叛祖国的敌人，市民们不得哀悼他的死，也不得掩埋他的尸体，任凭乌鸦和野兽啄食。他还派人看守尸体，以免有人将它偷去掩埋。如有人违反命令，一律用乱石砸死。

安提戈涅也听到这一残酷的命令，但在哥哥临死前曾答应过他的请求。她心情沉重地来到妹妹伊斯墨涅面前，想要说服她一起运走哥哥的尸体。可伊斯墨涅胆小怕事，不敢同意，安提戈涅决定独自去做。

不久，一个看守尸体的人惶恐不安地来到克瑞翁的面前："我们看守的尸体已被人埋葬了。干这事的人已逃掉，没有抓到。我们也不知道这事到底是怎么发生的。尸体上只遮了一层薄薄的土。真的只有很薄的一层土，刚够使地府的神祇们认为这个人已埋葬了。那里没有锄子，也没有铲子，连车轮的痕迹也没留下，真是奇怪啊。"

克瑞翁听到消息后勃然大怒。他又命令立即扒去尸体上面的泥土，重新设立岗哨，严加看守。看守们从上午到中午，坐在火辣辣的太阳下守着。突然，刮起一阵暴风，空中灰尘弥漫。这时一个姑娘走来。她手中拎着一把大壶，里面装满泥土，悄悄地走近波吕尼刻斯的尸体，举起大壶，向尸体倾洒了三次泥土。看守们抓住那个姑娘，不由分说地把她拖去见国王。

倔强的安提戈涅和勇敢的伊斯墨涅

克瑞翁立即认出那女子是他的外甥女安提戈涅。"你真是个蠢孩子”他喊道，“怎么样，这件事，你究竟是承认，还是否认？”

“我承认，”姑娘一面说，一面倔强地昂起了头。

“你知道吗？”国王又问，“你已经违反了我的命令。”

“是的，我知道，”安提戈涅坚定而平静地说，“可是，这个命令不是不朽的神祇发布的。而且，我还知道一种命令，它不分现在和过去，是永远有效的。尽管无人知道它来自何处，但人是不能违反它的，否则就会引起神祇的愤怒，正是这种神圣的命令促使我不能让我母亲的儿子暴尸野外。你认为我这行为是愚蠢的，而骂我是愚蠢的人才真是愚蠢呢。”

“你以为，”克瑞翁看到姑娘倔强，反而更加愤怒，“你的顽强的精神不可屈服吗？落在别人强有力的手中，就不该那样傲慢！”

“除了把我杀死，你还能给我什么折磨呢？”安提戈涅回答道，“为什么还要拖延呢？我的名字不会因我被杀而受到玷污。而且我明白，你的市民们只是因为害怕才保持沉默。他们都在心里赞赏我的行为，因为我尊敬和爱戴兄长，这是做妹妹们的首要义务。”

“如果你一定要尊敬和爱戴他，那么你就到地府里去尊敬和爱戴他吧！”国王大声叫道，他立即命令仆人把她拖下去。突然，伊斯墨涅冲了进来。她听到姐姐被抓的消息，好像顿时摆脱了软弱和害怕。她勇敢地来到残酷的国王面前，承认自己是同谋，要求跟姐姐一起处死。同时，她又提醒国王，安提戈涅不仅是他的姐姐的女儿，也是他的儿子海蒙的未婚妻。克瑞翁没有回答，只是命令把伊斯墨涅也抓起来，把她们姐妹俩都押到内廷去。

提瑞西阿斯的预言

克瑞翁看到他的儿子慌忙朝他奔过来。他知道一定是儿子听说未婚妻被抓了起来，所以前来反抗父亲的旨意。然而海蒙显得十分恭顺，在他表明对父亲的忠诚后，才大胆地为未婚妻求情。

“你不知道人民在议论什么，父亲哟！”他说，“你不知道他们怎样在批评这件事！他们不敢当着您的面说您不愿听的话。但我听到了许多，那就让我告诉你吧。全城的人都同情安提戈涅，她的行为受到全体市民的称赞。没有一个人会相信，她不让疯狗和飞鸟撕食哥的尸体不仅受不到嘉奖，反而被处死。亲爱的父亲，您应该听听人民的呼声，应该向民间的舆论让步。好比洪流中的树木，让步的大树，才是真正的大树；如果抵制洪流，一定会被它冲倒。”

“你是教训我应该有理智吗？”克瑞翁轻蔑地说，“看起来你是袒护她，反对我。”

“我只是为了护卫您的利益才对您讲这番话。”儿子激昂地说。

“我知道，”父亲愤怒地说，“盲目的爱情使你为罪犯辩护。可是，只要她活着，你就不能同她结婚。我决定，把她送到远方一个人迹罕至的岩洞里，只给她少许食物，免得杀戮她的血玷污底比斯城。在那里，让她向地府的神祈求自由吧！她应该知道，与其听从死人的话，还不如听从活人的话，但现在对她来说已经太迟了。”

仆人们立即执行暴君的残酷命令。安提戈涅当着忒拜人民的面，被带进坟墓般的石洞里。她呼唤神祇和亲人，希望跟他们永远生活在一起，然后毫无畏惧地走进石洞。

波吕尼刻斯的尸体渐渐腐烂了，可是仍然没有掩埋，野狗和鸟类争相撕食他的尸体。当年曾经进谒过俄狄浦斯的年老预言家提瑞西阿斯来到克瑞翁面前，向他预告灾祸的来临。他听到吃腐肉吃得过饱的鸟儿在叽叽喳喳地议论，说供在神坛上的祭品在熏烟中冒出了悲惨的晦气。“很显然，神祇们对我们发怒了。因为你亏待了俄狄浦斯的儿子。国王哟，你不能再固执了！糟蹋死者，这会给你带来什么光荣呢？”

克瑞翁听不进这位预言家的忠告。他骂提瑞西阿斯说谎，企图骗取钱财。预言家很愤怒，他当着国王的面，毫无顾忌地揭示了未来的事情。“那你等着瞧吧，还没等太阳下山，你就会为这具尸体再牺牲两个亲人！你犯了双重罪过：第一，你不让死者魂归地府；第二，你不让生者留在世上。”

克瑞翁受到惩罚

国王目送着盛怒的预言家提瑞西阿斯走了出去，突然感到一阵难以名状的恐惧。他召集来城里的长老们商议现在该怎么办。

“从石洞里释放安提戈涅，埋葬波吕尼刻斯的尸体！”他们众口一词。

顽固的国王只得同意大家的意见，因为这是使他全家免于毁灭的唯一做法，提瑞西阿斯的预言已经说得明明白白了。于是，他率领着仆人、随从和士兵来到波吕尼刻斯暴尸的地方，然后又来到安提戈涅被关押的山洞。他的妻子欧律狄刻独自留在宫中。不久，她听到大街上传来的悲鸣声。她急忙离开内室，来到前厅，碰上迎面过来的使者。

“我们向地府的神祇作了祈祷，”使者说，“然后给死者洗了圣浴，火化了他的遗骸，用故乡的泥土给他立了一个坟墓。后来，我们就去那个关着安提戈涅并准备让她在里面饿死的山洞。一个走在前面的仆人远远就听到了悲痛的哭声。国王也隐隐约约听见了，他听出那是他儿子的哭声。我们看到在石洞的后面，安提戈涅用面纱缠成绳索，上吊死了。你的儿子海蒙跪在她面前，抱住她的尸体在哭泣，哀悼他未婚妻的惨死，并诅咒残酷无情的父亲。这时候，国王克瑞翁打开洞门，走了进去。他大声呼喊着：‘我的孩子，快到父亲的身边来吧！我跪下来求你了！儿子在绝望中呆呆地看着他，一声不响地从剑鞘里拔出锋利的宝剑。他父亲急忙退出石洞，躲避他的刺杀。这时，海蒙突然伏剑自杀了。”

欧律狄刻听到这消息呆住了。最后，她匆忙离开了宫殿。这时国王克瑞翁绝望地回到宫殿，仆人们抬着他唯一的儿子的尸体跟着他。不一会儿，他得到报告，王后已在内室自杀，躺倒在血泊中。

安葬亚各斯的英雄们

俄狄浦斯的一族中，只剩下死去两兄弟的两个儿子和伊斯墨涅还活着。据说，她始终没有结婚，没有子女。她死后，这个不幸家族的故事也就结束了。

在攻打忒拜的七位英雄中，只有国王阿德拉斯托斯幸免于难，他逃脱了追击，这要归功于海神波塞冬和农业女神得墨忒尔所生的神马阿里翁。他乘着神马幸运地回到雅典，在神坛前祈求避难，并请求雅典人帮助他隆重安葬在底比斯城下丧身的英雄和士兵。雅典人答应了他的请求，忒修斯亲自率兵来到忒拜。忒拜人只得同意埋葬那些阵亡的英雄们的尸体。阿德拉斯托斯为阵亡英雄们的尸体堆起了七座柴堆，并举行了献祭阿波罗的赛会。当点燃卡帕纽斯的柴堆时，他的妻子奥宇阿特纳突然纵身跳入火堆，自焚而死。被大地吞没了的安菲阿拉俄斯的尸体无法寻到，这使国王为不能亲自给朋友送葬而感到悲痛。

“从此以后，我失掉了我军队的眼目。”他说，“他是勇敢的战士，又是超人的预言家。”

隆重的安葬仪式完成后，阿德拉斯托斯在忒拜城外给报应女神涅墨西斯造了一座神庙，然后和雅典盟军离开了忒拜城。

特洛伊战争

不和的金苹果

美丽的海洋女神忒提斯，是海神涅柔斯和海洋女神多丽斯的女儿，据说是他们的女儿中最贤惠的一个。海神波塞冬和宙斯都追求过忒提斯。普罗米修斯告诉宙斯，忒提斯将来的儿子将比他的父亲更强大，因此建议宙斯将忒提斯嫁给密尔弥冬人的王珀琉斯为妻，而他们的孩子将是一个伟大的英雄。但有一个条件，就是珀琉斯要战胜忒提斯。

珀琉斯得知后想了一个办法，他躲在忒提斯常常休息的山洞，趁她休息时捉住了她。无论忒提斯变成母狮、水蛇及海水，珀琉斯都没有放手，就这样，珀琉斯胜利了。

众神都来到半人马喀戎的山洞庆祝两人的婚礼，只有不和女神厄里斯没被邀请参加。愤怒的厄里斯想出一个诡计，她从赫斯佩里得斯的果园采了一只金苹果，写上“给最美丽的女神”，把它扔在宴会上。赫拉、雅典娜和阿芙罗狄忒都认为金苹果理所当然是自己的，互不相让。宙斯拒绝做裁判，于是，三人带着金苹果到伊达山上，找特洛伊国王普里阿摩斯的英俊儿子帕里斯做裁决。

帕里斯的裁决

帕里斯是普里阿摩斯的小儿子。其母生他前做了一个噩梦，梦到特洛伊受大火洗礼，预言家告诉这位母亲，特洛伊将毁在她的这个儿子手上。因此，普里阿摩斯命仆人阿戈拉奥斯把孩子带到伊达山抛弃，但阿戈拉奥斯不忍心扔掉小婴儿，偷偷养大了他。

此时三个女神来到帕里斯的面前，要他裁决，三个女神都以奖品做出许诺，赫拉答应给他至高无上的权力，雅典娜答应给他最聪明的头脑，而阿芙罗狄忒答应给他世上最美丽的女子海伦做妻子，于是，帕里斯把金苹果判给了阿芙罗狄忒。他成了阿芙罗狄忒的宠儿，但也因此得罪了赫拉和雅典娜，所以赫拉和雅典娜决心毁灭特洛伊人。

这件事后不久，帕里斯回到特洛伊参加了英雄们的竞技，连赫克托耳也败给他。普里阿摩斯的儿子瞧不起帕里斯，德伊福玻斯就拔剑欲杀死他。帕里斯走到宙斯的祭坛寻求庇护，普里阿摩斯的女儿、预言家卡桑德拉看到他后，立刻认出了帕里斯。普里阿摩斯非常开心，尽管卡桑德拉警告他帕里斯是个祸根，他却根本听不进去。

海伦

海伦是美丽的凡间女子勒达和宙斯的女儿。她的美貌冠绝希腊，连阿提卡半岛的英雄忒修斯也曾尝试去劫走她。求婚者接踵而来以致内讧争斗，令她的父亲斯巴达王廷达柔斯不知所措，最后机智的求婚者奥德修斯向廷达柔斯进言："让海伦自己决定，并让所有求婚者起誓，他们对海伦的丈夫永不拿起武器攻击，并且当他求援时全力帮助。"所有求婚者应允后，海伦就挑选了阿特柔斯的英俊儿子墨涅拉俄斯。廷达柔斯死后，墨涅拉奥斯就成了斯巴达国王。

成为王子后的帕里斯受到阿芙罗狄忒的怂恿，乘船到斯巴达寻找海伦。帕里斯和他的朋友埃涅阿斯上了岸，作为客人探访斯巴达国王墨涅拉俄斯，在欢迎的宴会上，帕里斯与海伦互生情愫。过了几天，墨涅拉奥斯说要到克里特岛，临行前嘱咐海伦好好招呼客人。墨涅拉俄斯一走，帕里斯就诱使海伦离开丈夫，跟他一同回特洛伊。海伦为了爱情抛弃了一切，包括她的女儿赫尔弥奥涅。回程途中，海神涅柔斯突然将船停住，警告他们将要付出代价，然而阿芙罗狄忒安慰他们，鼓励他们勇往直前，三天后，他们回到了特洛伊。

希腊英雄

当帕里斯一登船，众神就派使者伊里斯到克里特岛找墨涅拉俄斯。墨涅拉俄斯回到斯巴达后，见到财宝被劫走，海伦又离他而去后，怒火万丈，他找到他的哥哥阿伽门农，阿伽门农建议召集当年起誓的英雄一起进攻特洛伊。

墨涅拉俄斯接受劝告，先到皮洛斯找年长的国王涅斯托尔，涅斯托尔非常生气，决定亲自出征，并且带上自己两个儿子特拉叙墨得斯及安提洛科斯。其他参加征讨的还包括阿尔戈斯国王、提丢斯的儿子狄奥墨得斯，欧博亚国王的儿子帕拉墨得斯，克里特岛国王、米诺斯的孙子伊多墨纽斯，赫拉克勒斯的好友菲洛克忒忒斯，他拥有赫拉克勒斯的弓箭，预言者预言没有这些箭，特洛伊是攻不破的。另外还有萨拉弥斯国王、忒拉蒙的儿子大埃阿斯，以及罗克里斯来的英雄奥伊琉斯的儿子小埃阿斯，不过还有两个人未到。

伊塔卡国王拉厄尔忒斯的儿子奥德修斯以机智闻名，他刚与妻子珀涅罗珀结婚不久，诞下儿子忒勒玛科斯，因此不愿同行。当奥德修斯得知墨涅拉俄斯、阿伽门农、涅斯托尔及帕拉墨得斯来到伊塔卡时，他开始装疯，但被帕拉墨得斯识破，奥德修斯只得履行当年的承诺。从这时起，奥德修斯便恨上了帕拉墨得斯，决心要报复。

另一位未到的是阿喀琉斯，他就是珀琉斯与忒提斯的儿子，注定是要做伟大英雄的悲剧人物。女神忒提斯知道阿喀琉斯会死于特洛伊。当阿喀琉斯还是婴儿时，他母亲就提着他的脚后跟将他浸于冥河之水，令他刀枪不入，但是，据说脚踵处被忒提斯抓住的地方没有浸入冥河，所以成了阿喀琉斯身上唯一的弱点。珀琉斯又将他交给马人喀戎教导，使他能用各种兵器。

当墨涅拉俄斯要出征的消息传到忒提斯耳中时，她便把阿喀琉斯藏在斯库罗斯岛的吕科墨得斯的宫殿中，但是，预言家卡尔卡斯泄露了他的行踪，并告知奥德修斯，阿喀琉斯会身穿女服，使奥德修斯和狄奥墨得斯认了出来。阿喀琉斯高兴能参与战事，他还把两个朋友智者福尼克斯及帕特罗克洛斯带去战场。珀琉斯知道命运如此，就把结婚时众神送的铠甲、海神波塞冬送的马，以及喀戎的长矛都送给了阿喀琉斯。

忒勒福斯

英雄们聚集在奥利斯港湾，军队人数有十万人，船数一千一百八十六。出发前大家都在岸边祭坛献祭，祭坛下面忽然爬出了一条血红的怪蛇，它弯曲成环状爬上了树，爬到树最高处的一个鸟巢，吃了一只雌鸟和八只雏鸟，然后变成一块石头。众人大惑不解，预言家卡尔卡斯给他们揭示了神示，他说英雄们要围城九年，只有到了第十年才能攻下特洛伊。

起航不久，希腊人在米西亚靠岸，这里由赫拉克勒斯的儿子忒勒福斯统治，希腊人以为这里就是特洛伊，开始攻城，勇猛的阿喀琉斯令忒勒福斯逃回城中。清晨时希腊人在收拾尸体时，才知道他们打的是同盟者而非特洛伊人，于是希腊人与忒勒福斯签订和约。由于忒勒福斯是普里阿摩斯的女婿，他不愿出征攻打自己的岳父，但承诺会帮助希腊人。

离开米西亚海岸后，英雄们遇到可怕的风暴，他们迷失了方向，最后又回到出发港奥利斯，第一次行动失败，他们将自己的船都拖上岸，在岸上组成一个很大的军营，许多英雄都回家去，连统帅阿伽门农也离开奥利斯。他们无法得知去特洛伊的航线，只有忒勒福斯才知道，可不久前希腊人刚与他交战，战斗中阿喀琉斯伤了他的大腿，伤口痛到了无法忍受的地步。

忒勒福斯去德尔斐问阿波罗如何才能治好创伤，女祭司皮提亚说，只有阿喀琉斯才能治好他。他就打扮成乞丐去见阿伽门农，他见到阿伽门农的妻子克吕滕涅斯特拉，克吕滕涅斯特拉向忒勒福斯建议，当阿伽门农进来时，就从摇篮抱起阿伽门农的儿子奥瑞斯忒斯，威胁他，如果不治好他的伤，就把小孩摔死。果然这令阿伽门农非常害怕，同意治好他，因为他也知道，只有忒勒福斯可以指出去特洛伊的路。阿伽门农派人找阿喀琉斯，阿喀琉斯却不知如何治好忒勒福斯的伤，奥德修斯告诉阿喀琉斯，疗伤的药就是矛尖上的铁锈。果然，铁锈撒在忒勒福斯的伤口上，伤口快速愈合，忒勒福斯就答应带领众人前往特洛伊。

伊菲格妮娅

海面上一直是逆风，原来是女神阿尔忒弥斯派来的，因为阿伽门农曾杀死女神的神鹿，令女神非常生气。英雄们只得坐等风停，预言家卡尔卡斯告诉大家，只有把阿伽门农的女儿伊菲格妮娅作为祭品献给女神，才会饶恕希腊人。阿伽门农得知后宁愿放弃出征，墨涅拉俄斯再三请求，阿伽门农才勉强答应，并派使者前往迈锡尼，欺骗妻子说女儿要与阿喀琉斯订婚，因而要带女儿来军营。当第一个使者离开军营后，阿伽门农又后悔了，派第二个使者告诉妻子真相，然而第二个使者被墨涅拉俄斯截住了，他谴责阿伽门农的背叛。两人争吵时，克吕滕涅斯特拉及伊菲格妮娅已经到达。

阿伽门农悲恸不已，却装得很平静去看妻女伊菲格妮娅看出父亲有难言之隐。阿伽门农出去想找卡尔卡斯，看有没有其他的方法，阿伽门农一出去，阿喀琉斯就进来要求出发或者放他们回家，克吕滕涅斯特拉祝贺这位女儿的未婚夫，阿喀琉斯不明所以，此时第二个送信的使者向她说出真相，克吕滕涅斯特拉大哭，要求阿喀琉斯保护她的女儿，阿喀琉斯答应了。军营士兵知道后开始骚动，阿伽门农很无奈，奥德修斯率领士兵们直扑阿伽门农的帐篷，阿喀琉斯决定誓死保护伊菲格妮娅。

剑拔弩张之际，伊菲格妮娅站出来请求自我献祭，并说服阿喀琉斯不要保护她，阿喀琉斯顺从了她的意志。伊菲格妮娅走到祭坛前，传令官塔尔提比奥斯命所有人保持沉默，卡尔卡斯拿出献祭用的宝刀，高喊阿尔忒弥斯女神的名字，祈求一路顺风。当刀触及少女之颈，忽然出现奇迹，阿尔忒弥斯带走了伊菲格妮娅，刀所触及的只是一只赤牝鹿，大家都欣喜于女神的慈悲。女神把伊菲格妮娅带到陶洛斯的欧克辛斯蓬托斯海岸边的女神庙做祭司。就在此时，海上已刮起顺风，全体士兵整装待发。

围城前九年

希腊人再次出发，沿途风平浪静，预言家告诉他们，必须在莱姆诺斯岛旁的克律塞岛上对女神克律塞斯献祭才能攻城顺利，菲洛克忒忒斯知道这个祭坛的位置，领袖们在岛上跟着菲洛克忒忒斯来到祭坛，此时一条大蛇窜出并咬了菲洛克忒忒斯的脚，蛇毒令菲洛克忒忒斯脚痛得很厉害，臭味四溢，他的早晚呻吟令大家都埋怨起来，最后奥德修斯建议把他抛弃在莱姆洛斯岛的海岸上。趁着菲洛克忒忒斯在船上熟睡之际，领袖们把他放在岛上两块岩石间，给他留下了弓箭衣服食物，菲洛克忒忒斯就这样被丢弃了。但因为没有他是攻不下特洛伊的，所以，希腊人在围城第十年不得不请他回来。

希腊人终于登上特洛伊的海岸。预言家警告，第一个踏足海岸的就会先死。奥德修斯为了吸引将士上岸，就把盾牌扔到岸上，灵活地跳上盾牌。英雄普罗忒西拉奥斯渴望建立军功，没留意到奥德修斯的诡计，第一个跳上岸杀敌，特洛伊英雄赫克托耳掷出长矛，结束了他的性命。希腊人勇猛杀敌，特洛伊人抵挡不住退回城里。

第二天双方停战收拾尸体和埋葬战士，之后希腊人把船拖上岸并修筑防御工事，阿喀琉斯及大埃阿斯的帐篷设在工事的两端，以便防御偷袭。阿伽门农及奥德修斯的帐篷则在中央，以便统率全军。修好后就派墨涅拉俄斯及奥德修斯与特洛伊人谈判，他们要求归还财宝及海伦，本来特洛伊人自知理亏已准备接受一切要求，但帕里斯不同意，部分兄弟支持他，被收买的安提玛科斯甚至要求扣押墨涅拉俄斯并处死他，预言家赫勒诺斯也说神会让特洛伊胜利。最后，特洛伊人拒绝和谈，战争正式开始。

希腊人开始围城，攻了三次都无功而返，特洛伊人也不敢贸然出城。希腊人只得侵占附近的城邦，彼奥提亚的忒拜也被占领，此城是赫克托耳妻子安德罗玛刻之父埃提翁所治理，阿喀琉斯一天杀了安德罗玛刻七个兄弟，并俘虏了阿波罗祭司克律塞斯的女儿克律塞伊斯及女祭司布里塞伊斯，希腊人把克律塞伊斯送给了阿伽门农。

九年间，很多希腊英雄都战死了，包括帕拉墨得斯，他对希腊人做出了无数贡献。但奥德修斯出于嫉妒之心，加上当时帕拉墨得斯揭穿了奥德修斯装疯的诡计，奥德修斯就趁帕拉墨得斯想议和时诬陷他。奥德修斯把黄金藏在他的帐篷，并散布流言说他被普里阿摩斯收买了，很多人开始相信。奥德修斯又伪造文书，令帕拉墨得斯百口莫辩，被判钉上锁链被人用石头砸死。帕拉墨得斯求饶不果后，就在海边被处死了，这导致后来他的父亲欧博亚国王瑙普利奥斯的报复。起初阿伽门农甚至不允许收葬帕拉墨得斯的尸体，然而大埃阿斯不相信帕拉墨得斯背叛而安葬了他。

阿喀琉斯的愤怒

终于到了围城的第十年，阿波罗的祭司克律塞斯来到希腊军中，恳求阿伽门农释放其女克律塞伊斯，并愿意拿出大量的赎金。阿伽门农不许，并骂走了克律塞斯。克律塞斯回到神庙向阿波罗控诉，于是阿波罗令希腊军染上瘟疫。

第十天，在军中的大会中，阿喀琉斯要求卡尔卡斯揭示神为什么发怒，卡尔卡斯在得到阿喀琉斯的保护下和盘托出，要求阿伽门农归还克律塞伊斯。阿伽门农大怒，但在众目睽睽之下只得遵从，然而他要求得到更多的奖金及军功，要把阿喀琉斯、奥德修斯及大埃阿斯的那份让出来。阿喀琉斯威气得威胁回家去，阿伽门农却说要阿喀琉斯把女奴布里塞伊斯送给他。

阿喀琉斯被激怒，欲杀阿伽门农，此时雅典娜阻止了他，因为两个英雄对赫拉和她来说都是重要的。雅典娜告诉阿喀琉斯，阿伽门农不久后就会为此时的狂言付出代价。阿喀琉斯虽然没有杀阿伽门农，但盛怒之下表示不再参战，然后和朋友帕特罗克洛斯回到帐篷。奥德修斯则将克律塞伊斯带往埃提翁城，归还克律塞斯。

当奥德修斯离开时，阿伽门农真的派传令官带走了阿喀琉斯的女奴布里塞伊斯。阿喀琉斯知道一切都只是阿伽门农的主意，被严重侵犯了荣誉的他愤怒地向住在大海的母亲忒提斯控诉，忒提斯答应向宙斯投诉阿伽门农的无礼，并降罪于他，不过，由于宙斯去了埃塞俄比亚人那里赴宴，要十二天后才回来。从这天起，阿喀琉斯就一直留在帐篷，不参与任何战事。

第十二天，宙斯回到奥林匹斯山，忒提斯乞求宙斯在阿伽门农未向阿喀琉斯道歉之前，先让特洛伊人胜利。尽管宙斯知道这会惹赫拉生气，但念在忒提斯在从前众神欲推翻宙斯之时，曾招来百手巨人布里阿瑞奥斯帮过他，于是宙斯如她所愿，派睡神修普诺斯给了阿伽门农一个假的梦境，让他以为破城在即。

阿伽门农梦醒后立即召集所有的将士，在广场上试探大家的想法，向大家宣布回家去，大家都欣喜若狂把船推到海边。赫拉担心阿伽门农弄假成真，派雅典娜严正地告诉奥德修斯阻止众人，奥德修斯立刻取了阿伽门农象征最高权力的权杖，命令众人回到广场，喧闹又回复到平静，奥德修斯重新鼓舞希腊人。

军队在向宙斯献祭后向特洛伊城进攻，然而他们不知道，宙斯拒绝了他们的献祭。

墨涅拉俄斯和帕里斯决斗

众神的使者伊里斯变成普里阿摩斯的儿子波吕忒斯的样子，向特洛伊人通报希腊军的迫近。特洛伊军列队出城，两军对峙时，帕里斯从特洛伊军走出来，示意和墨涅拉俄斯决斗。

墨涅拉俄斯接受挑战，他终于可以亲手报仇了。帕里斯看到墨涅拉奥斯亢奋的样子，立刻害怕得缩在朋友的旁边，赫克托耳责骂他是个胆小鬼，并指责他是战争的罪魁祸首，帕里斯只得硬着头皮迎战。

墨涅拉俄斯要求普里阿摩斯见证这场决斗，同时伊里斯女神化作普里阿摩斯的女儿拉奥狄克的样子，叫海伦登上斯开亚门的塔楼观战。普里阿摩斯与阿伽门农、奥德修斯等向众神献祭，立誓遵守条约后就回到塔楼上，他不忍近距离看到任何一方的死亡。

决斗开始，由帕里斯先向墨涅拉俄斯掷矛，他的长矛击中了墨涅拉奥斯的盾牌却没有穿过它，当墨涅拉俄斯掷矛时，矛穿过了帕里斯的盾牌及铠甲，幸亏帕里斯反应快，及时跳到一边才免于一死。墨涅拉俄斯挥剑攻击，由于用力太猛，剑断为四节，墨涅拉俄斯便徒手抓住帕里斯，把帕里斯拖往希腊军中。帕里斯被勒得透不过气来，此时阿佛洛狄忒女神割断了帕里斯的头盔带，令墨涅拉俄斯手中只剩下一个头盔，并用浓雾遮住墨涅拉俄斯的视线，伺机将帕里斯带回城中。墨涅拉俄斯大怒，阿伽门农宣布墨涅拉俄斯的胜利，要求特洛伊军交纳贡赋，但是没有得到回应。

众神参与的混战

这时，赫拉要求宙斯派雅典娜去挑动特洛伊人毁约，宙斯不愿顺从，于是雅典娜化身为安忒诺尔的儿子拉奥多科斯的样子，走到潘达罗斯面前，说服他用箭射死墨涅拉俄斯，潘达罗斯发箭，雅典娜却刻意让箭只射进墨涅拉俄斯的肌肤，并无大碍，希腊军的医生玛卡翁在伤口上撒了药粉。

特洛伊军趁机大举进攻，指挥希腊军的是雅典娜，指挥特洛伊军的是战神阿瑞斯。希腊人势如破竹，阿波罗告诉特洛伊人，阿喀琉斯并不在希腊军中，而雅典娜特别加助狄奥墨得斯力量。

潘达罗斯向狄奥墨得斯发箭，箭虽中却没伤了狄奥墨得斯性命，潘达罗斯以为狄奥墨得斯已死，不料狄奥墨得斯已叫另一英雄斯忒涅洛斯替他拔箭，并求雅典娜替他报仇。雅典娜赋予他力气，让他在军中杀伤阿佛洛狄忒女神。

特洛伊的英雄、阿佛洛狄忒之子埃涅阿斯叫潘达罗斯一同击退狄奥墨得斯。狄奥墨得斯掷矛刺死潘达罗斯，埃涅阿斯保护潘达罗斯尸首，狄奥墨得斯向埃阿涅斯掷大石，幸得阿佛洛狄忒保护。狄奥墨得斯追上女神并刺伤了她，阿佛罗狄忒退走，留下埃阿涅斯，狄奥墨得斯再向埃阿涅斯进攻，三次都被阿波罗挡回，第四次进攻时被阿波罗喝退。

阿波罗把埃阿涅斯带到他在特洛伊的神庙里，造了一个假替身放在战场上，阿波罗叫战神阿瑞斯制伏狄奥墨得斯，于是阿瑞斯化身为色雷斯英雄阿卡玛斯，跑去鼓舞特洛伊人，而埃阿斯兄弟、奥德修斯及狄奥墨得斯在指挥希腊人。希腊军却被杀得连连后退，战斗中，希腊军的特勒波勒摩斯被宙斯的儿子萨尔佩冬用长矛刺死，萨尔佩冬也因腰伤被拖走了。

赫拉和雅典娜见大事不妙，雅典娜便变身为英雄斯滕托尔鼓舞希腊人，又对狄奥墨得斯说不用怕对神做出攻击，并劝他攻击阿瑞斯。雅典娜趁阿瑞斯杀死英雄佩里法斯之时，令阿瑞斯看不到她而和狄奥墨得斯两人走到他附近，对其进行攻击，阿瑞斯受伤后回到宙斯那里，宙斯派神医派翁治好了阿瑞斯，令其重回战场。

大埃阿斯迎战赫克托耳

赫克托耳回到城中，在宫中遇到母亲，他叫母亲快去召集特洛伊的妇女们向雅典娜献祭，以制止发了狂的狄奥墨得斯，赫库芭答应后，他又去找帕里斯，见帕里斯在检查自己的武器，就谴责他怎么一点也不紧张，帕里斯说自己正准备战斗。赫克托耳没有多留，就去找妻子安德洛玛克，在城门上他找到了妻子及儿子阿斯提阿那克斯。安德洛玛克知道自己的丈夫将命丧战场，就劝赫克托耳别上战场，赫克托耳没有答应，又从斯开亚门出去迎战，赶上了刚上战场的帕里斯。他们的出现令特洛伊人士气大振，杀死了希腊的许多英雄。

雅典娜欲帮助希腊人，恰巧撞上帮助特洛伊人的太阳神阿波罗，阿波罗只答应休战，两位神决定，为了止战，必须怂恿赫克托耳向希腊最著名的英雄单独挑战。赫克托耳的兄弟赫勒诺斯感应到神的意思，就鼓动赫克托耳，两军暂时停战，只有赫克托耳叫阵。希腊军无人敢应战，墨涅拉俄斯非常愤怒，意欲上前迎战，阿伽门农止住了他，因为单挑赫克托耳是连阿喀琉斯也没必胜信心的事。长者涅斯托尔教训希腊的英雄，于是，有九个人愿意迎战，分别是阿伽门农、狄奥墨得斯、大埃阿斯、小埃阿斯、伊多墨纽斯、墨里奥涅斯、欧律皮洛斯、托阿及奥德修斯，大埃阿斯被抽中出战，他非常高兴地走了出来。

战斗开始，赫克托耳先投枪，被大埃阿斯的盾牌挡住了，大埃阿斯投枪穿过了赫克托耳的盾牌及护甲，可是矛尖偏了一边，没伤到赫克托耳。两位英雄拾枪再战，大埃阿斯又一次刺穿了赫克托耳的盾牌，并刺伤了他的脖子，之后大埃阿斯拾起大石投向赫克托耳，这次伤了赫克托耳的脚。阿波罗迅速将他抬起，两位英雄正要继续战斗，传令官来到制止了战事，以避免两败俱伤，两人都敬重对方的英雄本色，互相交换了腰带以作纪念。

特洛伊人为赫克托耳的伤没有大碍而高兴，希腊军也为大埃阿斯的强大而鼓舞。双方同意休战，入夜后进行了各自的会议，尽管特洛伊军提出交还财宝及额外的珠宝，但希腊军却因帕里斯不肯交还海伦而拒绝停火。

特洛伊人的胜利

第二天早晨，宙斯召集众神，警告他们今天不可帮任何一方，他乘着马车来到伊达山的山顶观战。

战争一直持续到中午，宙斯拿出天秤，将特洛伊人的一边高举，而希腊军一边则倾到地面。宙斯令雷声作响，希腊军全体撤退，只有涅斯托尔一人留在战场，此时帕里斯射伤了他的马的眼睛，马立即变得不受控制，赫克托耳赶到，举剑要杀涅斯托尔，刚好狄奥墨得斯赶到，把涅斯托尔拉上自己的战车，然后去迎战赫克托耳。他刺中了赫克托耳的驭者，马车不受控制，英雄阿尔克普托勒摩斯登上了战车代替驭者，宙斯以闪电投向马前，马吓得乱窜，涅斯托尔劝狄奥墨得斯离开战场，因为宙斯不想见到他的胜利，狄奥墨得斯听从，特洛伊军乘胜追击。赫克托耳对狄奥墨得斯拼命嘲笑，狄奥墨得斯三次想回到战场却都被雷电止住，涅斯托尔明白今天胜利将归特洛伊人。赫拉请求波塞冬援助希腊军，但波塞冬拒绝了她。

战斗直逼至希腊军的围墙边，阿伽门农请求宙斯帮助，宙斯起了怜悯之心，带来吉兆，一只巨鹰将一只鹿攫起并投在宙斯的神坛上面。希腊人士气大增，当中以狄奥墨得斯最为兴奋。

透克罗斯杀死了普里阿摩斯的儿子戈尔古提翁及阿尔克普托勒摩斯，赫克托耳大怒，用巨石打伤了他的肩，幸好大埃阿斯来到掩护，他才幸免于难。特洛伊人由围墙攻至希腊军的船边，尽管女神们想帮助希腊军，但宙斯派使者伊里斯阻止她们，并威胁要动怒，于是女神们都止住了，宙斯对赫拉说，在阿伽门农主动向阿喀琉斯修好前，特洛伊人还要得胜。

帕特洛克罗斯之死

战事的失利使阿伽门农后悔自己当初的行为，只好派奥德修和另一位希腊将领去向阿喀琉斯求和。可阿喀琉斯愤怒未消，坚决不肯出战。阿喀琉斯只是在特洛伊军队已经突破希腊联军的壁垒、纵火焚烧他们的战船十分危急的情况下，才把他的盔甲和战马借给他的好友帕特洛克罗斯，让帕特洛克罗斯前去应敌。

帕特洛克罗斯领导弥尔弥杜纳人杀了许多特洛伊人及同盟军，包括吕喀亚王萨耳佩冬与赫克托耳的双轮马车驾驶者刻勃里俄纳斯，其他帕特洛克罗斯杀的人共有五十四人。但是，在太阳神阿波罗的帮助下，帕特洛克罗斯最终在与赫克托耳的决斗中，被赫克托耳刺死，因此阿喀琉斯借给他的盔甲也丢掉了，这盔甲原是他的母亲忒提斯女神请匠神制造的。

战友之死与盔甲丢失引起阿喀琉斯的第二次愤怒，在取回帕特洛克罗斯在战场上被墨涅拉俄斯及忒拉蒙的儿子大埃阿斯所保护的尸体之后，阿喀琉斯重回战场上，为他被赫克托耳所杀而死去的同伴报仇。

阿喀琉斯和赫克托耳的决斗

阿喀琉斯独自来到特洛伊城下，挑战赫克托耳。虽然安德洛玛刻再次试图劝阻丈夫，但赫克托耳去应战。

两位英雄在特洛伊城下决斗，最终赫克托耳不敌阿喀琉斯，死在阿喀琉斯的剑下。在城楼上观战的普里阿摩斯悲痛不已。

阿喀琉斯将赫克托耳的尸体绑在双轮马车后面拖行，以示亵渎，不允许特洛伊人为其进行示为荣耀的火葬。

悲伤的普里阿摩斯

安德洛玛刻知道丈夫的死讯后伤心欲绝。普里阿摩斯不忍最心爱的儿子赫克托耳死后连尸体还要受辱，决定亲自去把他赎回来安葬。几乎所有的人都认为老国王是疯了，只有普里阿摩斯最美丽的小女儿波莉西娜挺身而出："父亲，让我陪您去吧。您就装成其他城市来给阿喀琉斯敬献美女的使臣，希腊人看见我们手无寸铁一定会让我们过去的。"

波莉西娜的美貌果然让希腊士兵们毫不起疑，将他们引到了阿喀琉斯的帐前。普里阿摩斯扑倒在阿喀琉斯的脚前，流着眼泪颤抖着亲吻了他的手，"噢，阿喀琉斯，我做了从来没有任何一个父亲做过的事情——我刚刚亲吻了杀死了我许多儿子的那双手。你的父亲一定也上了年纪吧，虽然他多年没有见到你，但他总还有希望有一天会再次与你欢聚。而我已经失去了许多儿子，现在连我最心爱的儿子赫克托耳也为国捐躯了。求求你，看在神的面上，看在你父亲的面上，可怜可怜我这个风烛残年的老人，让我把他赎回去吧。"

阿喀琉斯心里涌起怜悯之情，同意了老人的请求，将赫克托耳的尸体换给了他。

阿喀琉斯之死

战争还在继续。阿喀琉斯虽然归还了赫克托而的尸体，但是并没有停止对特洛伊作战。

特洛伊人虽然害怕阿喀琉斯，也仍然渴求战斗，他们从城垣后冲了出来，双方又开始了激烈的战斗。

阿喀琉斯杀死了无数敌人，把特洛伊人一直赶到城门前。他深信自己的力量超人，正准备推倒城门，撞断门柱，让希腊人拥进普里阿摩斯的城门。阿波罗在奥林匹斯圣山上看到特洛伊城前尸横遍野，血流成河，十分恼怒，他恐吓阿喀琉斯，但人间的英雄并不惧怕神祇，仍然不退出战场。

愤怒的阿波罗朝着珀琉斯的儿子容易受伤的脚踵射去一箭，阿喀琉斯感到了一阵钻心的疼痛，像座塌倒的巨塔一样栽倒在地上。阿喀琉斯从不可治愈的伤口里拔出箭矢，愤怒地把它摔开。他看到一般污黑的血从伤口涌出来。他的肢体里热血沸腾，抑制不住战斗的欲望，没有一个特洛伊人敢靠近这个受伤的人。

阿喀琉斯从地上跳起来，挥舞着长矛，扑向敌人。他刺中了赫克托耳的朋友俄律塔翁，矛尖从太阳穴一直刺入脑子。接着又刺中希波诺斯的眼睛，刺中阿尔卡托斯的面颊，并杀死许多逃跑的特洛伊人，可是，他感到肢体在逐渐变冷，不得不停住脚步，用长矛支撑着身体。他虽然不能追击敌人，但发出了如雷的吼声，特洛伊人听到他的吼声，浑身打战，以为他并没有负伤。

阿喀琉斯的肢体慢慢僵硬，终于倒在地上。他的盔甲和武器掉在地上，大地发出沉闷的轰响。

木马屠城

特洛伊城久攻不下，希腊联军非常渴望尽快结束这场旷日持久的战争，回到故乡去。英雄们绞尽脑汁，最后，奥德修斯想出一个妙计。

希腊人用爱达山高大粗壮的松木造了一匹木马，然后联军的战舰突然扬帆离开了，平时喧闹的战场变得寂静无声。特洛伊人以为希腊人撤军回国了，他们跑到城外，却发现海滩上留下一只巨大的木马。

特洛伊人惊讶地围住木马，他们不知道这木马是干什么用的。有人要把它拉进城里，有人建议把它烧掉或推到海里。正在这时，有几个牧人捉住了一个希腊人，这个希腊人告诉国王，这个木马是希腊人用来祭祀雅典娜女神的。希腊人估计特洛伊人会毁掉它，这样就会引起天神的愤怒。但如果特洛伊人把木马拉进城里，就会给特洛伊人带来神的赐福，所以希腊人把木马造得这样巨大，使特洛伊人无法拉进城去。

特洛伊国王相信了这话，正准备把木马拉进城时，特洛伊的祭司拉奥孔出来制止，他要求把木马烧掉，并拿长矛刺向木马，木马发出了可怕的响声。这时从海里窜出两条可怕的蛇，扑向拉奥孔和他的两个儿子，拉奥孔和他的儿子很快被蛇缠死了。两条巨蛇又从容地钻到雅典娜女神的雕像下，不见了。

希腊人又说这是因为拉奥孔想毁掉献给女神的礼物，所以得到了惩罚。特洛伊人决定把木马拉进城里。但木马实在太大了，特洛伊人只好把城墙拆开了一段。当天晚上，特洛伊人庆祝胜利，他们跳着唱着，喝光了一桶又一桶的酒，直到深夜才回家休息，做着关于和平的美梦。

深夜，一片寂静。劝说特洛伊人把木马拉进城的希腊人其实是个间谍。他走到木马边，轻轻地敲了三下，这是约好的暗号。藏在木马中全副武装的希腊战士一个又一个地跳了出来。他们悄悄地摸向城门，杀死了睡梦中的守军，迅速打开了城门，并在城里到处点火。隐蔽在附近的大批希腊军队如潮水般涌入特洛伊城。

十年的战争终于结束了。希腊人把特洛伊城掠夺一空，烧成一片灰烬。男人大多被杀死了，妇女和儿童大多被卖为奴隶，特洛伊的财宝都装进了希腊人的战舰，海伦也被墨涅拉俄斯带回了希腊。

特洛伊战争就此结束。

奥德修斯的游历

特洛伊战争后，那些在战场上和归途中幸免于难的希腊英雄先后回到故乡。只有拉厄耳忒斯的儿子，伊塔刻国王奥德修斯没有回来，命运女神又给他安排了一场奇特的遭遇。

奥德修斯久经漂泊后，来到俄奇吉亚岛。这是一座孤岛，岛上怪石嶙峋，满是参天大树。提坦巨人阿特拉斯的女儿，女仙卡吕普索，把他抢入山洞，愿意委身于他，做他的妻子。女仙许诺让他与天地同寿，而且永葆青春，奥德修斯却仍然忠于他的妻子珀涅罗珀。奥德修斯的忠贞感动了奥林匹斯圣山上的神祇，除海神波塞冬外，没有一个不同情他。海神与他有宿仇，不愿与他和解，但也不敢毁灭他，只是让他在归途中历经磨难，就是这个缘故，他才流落到这座偏僻的荒岛上。

神祇们商议后决定，卡吕普索必须释放奥德修斯。于是，赫耳墨斯来到地上，向这美丽的女仙传达宙斯的命令。

伊塔刻岛的求婚人

雅典娜来到伊塔刻岛，她隐去神祇之身，变形为手执长矛的塔福斯人的国王门托尔，进入奥德修斯的宫殿。奥德修斯的宫中一片悲哀和混乱，美丽的珀涅罗珀和她年轻的儿子忒勒玛科斯已不能成为宫殿的主人。

珀涅罗珀是伊卡里俄斯的女儿，他曾宣布把女儿嫁给竞赛的胜利者。奥德修斯在竞赛中取胜，得到了聪明而美丽的姑娘珀涅罗珀。奥德修斯带着她离开拉西堤蒙回伊塔刻时，伊卡里俄斯恳求女儿不要离开他。奥德修斯请她自己决定。珀涅罗珀默默地把新娘的面纱罩住脸，表示愿意随他回去。此后，她一直忠于爱情，至死不渝。

特洛伊城陷落的消息传到伊塔刻时，她看到其他英雄陆续回到家乡，但不见奥德修斯归来。时间长了，便有人谣传他已死了，后来，越来越多的人信以为真。于是，珀涅罗珀一下子成了年轻的寡妇，她的美丽和巨大的财富吸引了众多的求婚者。单从伊塔刻就来了十二个王子，从邻近的萨墨岛来了二十四个，从查托斯岛来了二十个，而从杜里其翁来了五十二个。此外，求婚者还带了一名使者、一名歌手、两个厨子以及一大群随从。所有的王子都来向珀涅罗珀求婚，并强行住在宫殿里，吃喝玩乐，尽情享用奥德修斯的财富，这种情况已有三年了。

奥德修斯的儿子忒勒玛科斯热情接待了门忒斯，谈话中流露出对父亲的思念，以及对父亲生死的茫然。雅典娜安慰忒勒玛科斯，并且告诉他，他的父亲还活着，只是流落到一座荒岛上，被迫停留在那里。女神鼓励忒勒玛科斯，指引他接下来怎样做：

“让我告诉你怎样赶走这些人。明天你就让求婚者都回去。告诉你母亲，如果她想再嫁人，就应该回到她父亲的宫殿去，他们在那里才可以为她准备嫁妆，举办婚礼。你自己则准备最好的海船，再挑选二十名水手，尽快出海去寻找父亲。你先到皮洛斯岛，询问德高望重的老人涅斯托耳。如果他一无所知，再去斯巴达寻找英雄墨涅拉俄斯，因为他是希腊人中最后一个离开特洛伊的。如果你在那里听说你父亲还活着，就在那里待一年。如果听说他已经死了，你就马上回来，献祭死者并给他建立坟墓。如果求婚者直到那时仍然待在你的宫中不离开，你就得用武力或计谋把他们杀掉。你已经是成人，不是小孩子了！你难道没有听说过年轻的俄瑞斯忒斯为了替父报仇，杀掉了凶手埃癸斯托斯，赢得了辉煌的声誉吗？要好自为之，让后辈也赞美你！”女神说完就突然不见了，忒勒玛科斯猜想这是一个神祇。

忒勒玛科斯在女神走后传令召开国民大会。求婚者也被邀请出席。人到齐后，国王的儿子执矛来到全场。帕拉斯·雅典娜使他变得更加高大和庄重，与会人见了都暗暗惊奇和赞叹，连老人都恭敬地给他让路。他坐在父亲奥德修斯的座位上。

首先站起身发言的是弓着腰的老英雄埃古普提俄斯。他的大儿子安提福斯跟随奥德修斯远征特洛伊，在归国途中在海里溺死。他的第二个儿子欧律诺摩斯，也是求婚者之一。他还有两个小儿子和他住在一起。埃古普提俄斯在会上说："自从奥德修斯出征后，我们就没有开过会。今天是谁突然想起召集我们来开会呢？为什么开会呢？难道是敌人侵犯国境了吗？或者是为了利国利民的事情？不管怎样，我相信，召集会议的人一定是个正直的人，他的用意是好的。愿宙斯给他赐福。"

忒勒玛科斯握着他父亲的王杖走到会场中间，看着年迈的埃古普提俄斯说："尊敬的老人，召集你们来开会的人正是我。我很忧伤，很烦恼。首先，我失去了杰出的亲爱的父亲。现在，我们的家室面临着灾难，家产即将被消耗一空。我的母亲珀涅罗珀为不受欢迎的求婚者所困扰，他们又不愿接受我的建议，到我外祖父伊卡里俄斯家去向我的母亲求婚。他们天天在我家里宰猪杀羊，畅饮我们储存的美酒。他们有这么多人，我怎么对付得了？你们这些求婚者，难道不知道你们是无理的？不怕遭到神祇的报复吗？难道我的父亲得罪过你们？难道我使你们遭受损失，你们非要我补偿不可？"

说着，忒勒玛科斯把王杖扔在地上。求婚者都默默地听着，除了奥宇弗忒斯的儿子安提诺俄斯外，没有人敢说话。他站起来说："无礼的小孩子，你竟敢辱骂我们！这不是我们求婚者的过错，而是你母亲的过错。三年过去了，不，第四年也快过去了，可她仍然在戏弄我们阿开亚人的感情。她对每个人都口头应允，一会儿对这个人表示有意，一会儿对那个人表示好感，但心里又完全是另一回事。我们看穿了她的诡计。她在房里支起一架织布机，对求婚者说要为丈夫的父亲拉厄耳忒斯织好一件体面的寿衣！她以这个借口应付我们，博得了我们的理解和同情。后来，她也真的在白天坐在织布机前织布。可是，到了夜里，她又在烛光下把白天织过的布拆掉。她就这样蒙骗我们，让我们白白等了三年。后来，她的一个女仆把消息偷偷地告诉了我们，我们乘她在夜里拆布时闯了进去，戳穿了她的把戏，并强迫她织完那段布。忒勒玛科斯，我们当然理解你的要求，你也可以把你的母亲送到她的父亲那里去。可是，你必须明确地告诉她，如果她的父亲为她选中一个合适的求婚者，或者她已经看中一个求婚者，她就必须和他结婚。如果她继续戏弄我们这些高贵的希腊人，继续玩弄骗人的织布把戏，我们便要继续住在你的宫殿里吃喝，直到你的母亲选定我们中的一个人为止。否则，我们是不会回家的。”

忒勒玛科斯回答说：“安提诺俄斯，不管我的父亲是否还活在世上，我都不能把生育我的母亲赶出家门。无论是她的父亲伊卡里俄斯还是天上的神祇都不会赞成这样做。如果你们还有一点点公正和廉耻心，就请你们用自己的家财去欢宴吧。如果你们愿意无代价地消耗一个显赫男子的遗产，那也请自便吧！我会祈求宙斯和别的神祇帮助我，使你们如数赔偿！”

正当忒勒玛科斯说话的时候，宙斯在天上向他显示了一种预兆：两头雄鹰展翅从山上飞起，它们飞到会场上空，威胁似的在天空盘旋。突然，它们俯冲下来，用利爪抓彼此的头颈。最后，它们又冲上蓝天，在伊塔刻城的上空飞翔。

善于用鸟儿占卜的老人哈利忒耳塞斯解释说，它表示求婚者即将毁灭，因为奥德修斯还活在人间，他快回来了。求婚人波吕波斯的儿子欧律玛科斯听了不以为然，嘲弄说奥德修斯肯定死在异乡了！别的求婚人也赞同他的看法，并要求忒勒玛科斯的母亲离开宫殿，回到她的父亲伊卡里俄斯的家里去，在那里挑选她的丈夫。

国民大会也结束了，没有做出任何决议。求婚者又在奥德修斯的宫殿里快快活活地大吃大喝，逍遥自在。

皮洛斯城的涅斯托耳

忒勒玛科斯来到海边，用海水洗净双手后，就向日前变作门忒斯来看他的神祇祈祷。雅典娜鼓励他去做自己决定的事，并答应与他同行！

忒勒玛科斯连忙回家，遇到忠实的女仆欧律克勒阿。对她说："请你给我准备十二只双耳大坛的美酒，封好口，再用皮袋装二十石上等细面粉，天黑前我来取。如果我母亲问起我，十二天后才能告诉她，就说我外出寻找父亲去了！"

这时，雅典娜变形为忒勒玛科斯，亲自招募水手，并向一位富裕的公民诺蒙借来一艘大船。然后她让求婚人喝得酩酊大醉，都沉沉睡去。雅典娜又变形为门托尔，来到忒勒玛科斯的面前，催他出发。两人来到海边，水手们已经到齐。海风扬满船帆，这时他们浇酒向神祇献祭。一整夜船在顺风中航行。

太阳升起时，涅斯托耳的城市皮洛斯已经出现在他们的眼前。皮洛斯人正在忙碌地准备给海神献祭。他们宰了九头黑牛，将祭品焚烧，献给海神，同时举行盛大宴饮。当伊塔刻人登陆时，忒勒玛科斯和变形为门托尔的雅典娜向人群走来。

涅斯托耳和他的儿子们盛情款待了他们。雅典娜端起酒杯向海神祈祷，请求海神为涅斯托耳和他的子孙，以及皮洛斯人降福，祈求海神帮助忒勒玛科斯完成他的使命。说着，她把杯中的酒倾洒于地，同时吩咐奥德修斯的儿子也这样做。

年迈的涅斯托耳有礼貌地询问外乡人的身世和此行的目的。忒勒玛科斯说，他是奥德修斯的儿子，前来打听父亲的消息。老人听说后长叹一声，讲起在特洛伊战死的英雄以及他们在归途中的经历，但他对奥德修斯的情况知道的并不比忒勒玛科斯更多。他又讲起阿伽门农之死和俄瑞斯忒斯为父报仇的事。最后，他劝忒勒玛科斯到斯巴达去找国王墨涅拉俄斯。墨涅拉俄斯在海上遇到风暴，被吹到远方的海岸，最近才从那儿回来，也许他知道一些奥德修斯的消息。

雅典娜赞同他的建议，并说："现在天色已晚，请允许我年轻的朋友在你的宫殿里休息。我要回船去照料，并在船上就寝。明天我将乘船去考科涅斯去取一笔欠债。我请求你备好快马，派你的儿子送我的朋友忒勒玛科斯前往斯巴达。"

涅斯托耳答应了这个要求之后，雅典娜就变成一只雄鹰，展翅飞上天空。大家看到出现的奇迹，非常惊异。涅斯托耳握着忒勒玛科斯的手说："亲爱的孩子，你不用悲愁，神祇在保护你。雅典娜在你身边。从前，她在所有的亚各斯人中最喜欢你的父亲！"说完，老人向女神祈祷，保证在第二天清晨向她献祭一头小牛。

第二天天刚亮，精力充沛的老人涅斯托耳就起了床，走到门口，坐在雪白光滑的石凳上，这是放在宫门口专供休息用的石凳。他的几个儿子都来了，珀西斯特拉托斯把伊塔刻的客人也带来了。

仆人牵来一头母牛，这是涅斯托耳亲口向雅典娜许诺的祭品。金匠拉厄耳克斯被招来给牛角包金。女仆们忙着准备佳肴，摆桌子，搬木柴，并端上清水，祭礼所需的一切，都准备齐全。

忒勒玛科斯的同伴们也从船上来到宫门口。涅斯托耳的两个儿子各自握着一只包金的牛角，第三个儿子捧来水盆和祭供的大麦，第四个儿子手执杀牛的利斧，第五个儿子端上一只大盆，用来接取牛血。他们把最好的牛肉献祭给女神，并洒上甜蜜的美酒。其余的牛肉被穿在铁叉上烧烤。

仆人们已经把马套上车，准备把年轻的客人送往斯巴达。女仆把面包、美酒和其他食品放到车上。忒勒玛科斯登上马车，珀西斯特拉托斯坐在他的身边，手执缰绳，挥动马鞭，马匹如飞地朝前奔去。不一会儿，皮洛斯城就被远远地抛在后面。

忒勒玛科斯在斯巴达

斯巴达的国王正在宫殿里举行宴会，庆祝两个子女的订婚：一个是海伦的女儿赫耳弥俄涅许配给阿喀琉斯的儿子涅俄普托勒摩斯，另一个是儿子墨伽彭忒斯与斯巴达的名门闺秀订婚。

正在欢闹之际，忒勒玛科斯和珀西斯特拉托斯来到宫门前，墨涅拉俄斯盛情邀请两个外乡人参加宴会。就在宴会上，美丽得像女神一样的海伦看见了忒勒玛科斯。

“这位年轻人酷似高贵的英雄奥德修斯。”海伦悄悄地对丈夫说。

“我也在这样想呢！”她丈夫说，“他的双手，双脚，眼睛，头发的样子，一切都像奥德修斯。”

珀西斯特拉托斯听到他们的话，高声地回答说：“你说得对，墨涅拉俄斯国王，这位就是奥德修斯的儿子忒勒玛科斯。我的父亲涅斯托耳派我同来，想向你打听关于奥德修斯的消息。”

墨涅拉俄斯惊叫起来：“那么，这位客人就是我的好友的儿子！”于是，他情不自禁地怀念起他的好友来。

第二天早晨，国王又向客人问起伊塔刻的家庭情况。当听说求婚人在那里胡作非为时，他愤怒地说：“这些恶棍竟在伟大的奥德修斯的家里作威作福！有朝一日奥德修斯回来，会像雄狮一样收拾他们的。听我说，海神谱洛托斯预言希腊英雄们在归途中的遭遇和命运。他说：‘我凭我的神眼看到奥德修斯被困在一座荒岛上，流着思乡泪。仙女卡吕普索强行留下了他，他既找不到船，也找不到水手把他带回国。’亲爱的年轻人，这就是我能够告诉你的奥德修斯的全部消息。”

求婚人的阴谋

伊塔刻岛的求婚人依然在奥德修斯的宫殿里大吃大喝。一天，他们中最健美的欧律玛科斯和安提诺俄斯单独坐在一旁闲谈时，诺蒙向他们走来，对他们说：“你们知道忒勒玛科斯什么时候从皮洛斯回来吗？我借给他一条大船，可我现在需要用它到厄利斯去。”

两个求婚人听到这消息吃了一惊。他们不知道忒勒玛科斯已经离开了，还以为他隐居到乡下去了。他们再也坐不住了，去找其他的求婚者。安提诺俄斯气恼地对他们说：“我简直不能相信，忒勒玛科斯真的航海出发了。但愿宙斯让他毁灭，免得他危害我们！朋友们，如果你们给我找来一艘快船和二十名水手，我愿意在伊塔刻和萨墨岛之间的海峡附近伏击他，用死亡来结束他的旅行！”他们都赞成他的主张，答应满足他的要求。

他们的讲话被侍候他们的墨冬听见了，他在心里鄙视这些求婚者。现在，他急忙朝珀涅罗珀的房间跑去，向她报告求婚人的阴谋。王后听后吃了一惊，呆呆地站在那里，许久不能说话。终于，她说道："为什么他一定要走呢？难道他父亲死了还不够吗？难道我们家族的人都得死绝吗？"墨冬无法对她解释，只好伏在门槛上哭泣。

老女仆欧律克勒阿走上前来说："王后，你杀死我吧。这一切我是知道的，我是完全照他的吩咐做的。可我对他发誓，在他走后十二天之内不把他航行出海的事告诉您，除非您发觉他不在了。现在我劝您离开这里，前去请求雅典娜保护您的儿子。"

珀涅罗珀听从了她的劝告。当她虔诚地为儿子的平安祈祷后，她平静地躺下睡了。雅典娜让珀涅罗珀的姐姐，即英雄奥宇梅洛斯的妻子伊菲提墨和她梦中相会。梦中，伊菲提墨安慰妹妹，请她放心，儿子一定会回来的。

求婚人准备好船只。安提诺俄斯率领二十名水手登上了船。在伊塔刻岛和萨墨岛之间有一座布满暗礁的小岛，安提诺俄斯驾船来到这里，他们潜伏在海峡口，准备袭击忒勒玛科斯。

奥德修斯离开卡吕普索，船沉落水

赫耳墨斯奉神祇之命来到俄奇吉亚岛卡吕普索女仙的住地。她马上就认出他是神祇的使者。但奥德修斯不在那里，他仍像往常一样坐在海边，含泪眺望茫茫的大海，心中涌起一股怀乡之情。

女仙听到赫耳墨斯传达了神祇的决定后，惊讶得说不出话来。过了一会，她叹息着说："残酷而嫉妒的神祇哟！难道你们真的不愿意看到一位天仙许配给一个凡人吗？是我把他从死亡中救了出来。当时他抱着破船板，随波逐流，一直漂到我的海岛。今天，你们却在责怪我为什么把他留下，是吗？他的大船被雷电击中，他勇敢的朋友们全都葬身鱼腹了，我以伟大的同情心接纳了这个落难的人，精心调理他，还答应让他永葆青春，与天地同寿。但宙斯的旨意不可违背，那就只好让他回到海上去漂流吧。你们不要以为我会送他，因为我既没有水手，也没有船只！我没有礼物送给他，只能给他出个主意，告诉他怎样才能平安地回到他的家乡。”赫耳墨斯对她的回答很满意，便又回到奥林匹斯圣山。

卡吕普索走到海边，对奥德修斯说：“可怜的朋友，你不必再忧愁了，我放你回去。你自己做个小木船！我为你准备一些清水、美酒和食品，还有一些换洗的衣服，并从岸上给你送上顺风。愿神祇保佑你平安地回到家乡！”

奥德修斯不太相信地看着女仙说：“美丽的仙女，恐怕你心里想的又是另外一回事！只有你向神祇发誓，保证不陷害我，我才敢乘小船出海！”

卡吕普索温柔地微笑着说：“你别害怕！大地、天空和地府都可为我作证，我一定不会陷害你！”

不久，小船做成了。第五天，奥德修斯乘着顺风出海了。他坐在船舵旁小心地掌着舵。一路上，他不敢睡觉，注视着天上的星座，依照卡吕普索在分别时告诉他的识别标记前进。他在一望无际的大海上平安地航行了十七天。到了第十八天，他终于看见淮阿喀亚的山影。

波塞冬刚从埃塞俄比亚回来，路过索吕默山，突然发现了海上的奥德修斯。波塞冬没有参加奥林匹斯圣山的神祇会议，不知道神祇的决定。现在，才知道神祇们乘他不在，强迫女仙释放了奥德修斯。

“好吧。”波塞冬自言自语，“让他经历更多的苦难吧！”他招来了乌云，又挥动三叉戟搅动大海，并唤来暴风雨袭击奥德修斯的小船。奥德修斯浑身颤抖，怨恨地说：“当初死在特洛伊人的枪剑下就好了。”正在这时，一个巨浪打来，卷没了小船。奥德修斯被卷入波浪，湿透了的衣衫沉甸甸的，拖着他往下沉。他挣扎着浮出水面，朝着破碎的小船游去。

他费尽气力才抓住小船，随着小船漂流。正在危急时，海洋女神伊诺看到了他，伊诺是卡德摩斯的女儿。女神非常同情他，从海底升上来，坐在破碎的小船上对他说：“奥德修斯，请听我的劝告！快脱去衣服，离开小船，用我的面纱裹住你的身体，然后朝前游去！”奥德修斯接过面纱，女神突然不见了。他虽然不相信她的话，但仍然听从她的吩咐。他像骑马一样骑在一块漂浮的木板上，脱去了卡吕普索送给他的衣服，用面纱围在身上，跳进汹涌的海浪中。

波塞冬看到这勇敢的人真的跳进海中，不由得摇了摇头说：“好吧，你就在风浪中漂流吧！你得遭受更多更大的痛苦！”说完，海神波塞冬回到他的宫殿去。奥德修斯在海上漂了两天两夜，终于又看见一处满是树的海岸，波涛冲击着礁石发出阵阵轰鸣。他还来不及思考，就被一阵海浪冲上了海岸。他用双手紧紧地抓住一块岩石，可是，一个波浪又把他冲回大海。他只得使劲划动双臂朝前游去。经过一段时间，他漂进了一处浅浅的海湾。这里是一条河流的入海口。他祈求河神，河神同情他，平息了波浪。奥德修斯终于游到河岸，精疲力竭地倒在河岸上，失去了知觉。

一阵冷风把他吹醒。他从身上解下面纱，怀着感激的心情把它扔到海里，归还女神。他光着身子，在风中感到阵阵寒气。他看见附近有座满是树林的小山，于是爬上山去，发现两棵树叶交错的橄榄树。橄榄树枝叶茂密，能够避风挡雨，还能防止阳光曝晒。他用树叶铺上一张床，躺了下来，用一些树叶盖在身上。不久，他沉沉睡去，忘却了一切磨难。

瑙西卡

奥德修斯躺在草地上熟睡，这时他的保护女神雅典娜正在着手为他安排。

女神赶到舍利亚岛，在岛上淮阿喀亚人建了一座城市。女神走进贤明的国王阿尔喀诺俄斯的宫殿，来到国王的女儿瑙西卡的内室。瑙西卡生得美丽、端庄，如同一个漂亮的女神。她睡在宽敞而又明亮的卧室里，门外有两个侍女看守。雅典娜如清风似的走到姑娘的床前，变形为姑娘的侍女，出现在姑娘的梦中，对她说："你这个懒姑娘，你的母亲会笑话你的，你的美丽的衣服还放在橱里没有洗净呢，如果你明天和人订婚了，你怎么办呢？你将没有一件干净的衣服穿。起来，快去洗衣服。我陪你去，帮你一起洗，让你尽快把衣服洗完。"

姑娘突然醒来，急忙起床，带着女仆，驾着马车来到河边。她们将衣服搓洗干净，一件件晾在被河水冲刷得干干净净的河岸上。洗完衣服，她们在清水里沐浴，涂上香膏，在草地上尽情地戏耍，等待衣服在阳光下晒干。

姑娘们快乐地抛着球，享受着美好的时光。瑙西卡一边抛球，一边唱歌，大家跟着她一起唱了起来。这时，瑙西卡向她的女伴掷去一球。隐身在一旁的女神雅典娜把球引向河水的急流中。姑娘们一阵喧闹，把睡在橄榄树下的奥德修斯惊醒了。他欠起身想："我在什么地方？我刚才确确实实听到了姑娘们欢乐的笑闹声。"

他一边想，一边拉断一根树叶浓密的树枝，遮盖自己光着的身体，然后从树丛里走出来。他的身上仍然沾着海草和海水的泡沫，看上去像个野人。姑娘们以为遇上了海怪，吓得四处逃窜。只有阿尔喀诺俄斯的女儿站立原地，因为雅典娜给了她勇气。

奥德修斯站在远处，恳求她赐给一件衣服，并指点他去寻找人们居住的地方。瑙西卡唤来逃散的女仆们，当奥德修斯在隐蔽的小河里冲洗干净后，她们才听从女主人的吩咐，给他送上长袍和紧身衣。奥德修斯的保护神雅典娜使他显得更加健美威武，气宇轩昂。他从树丛里走出来，坐在略略离开姑娘们的地方。

瑙西卡惊讶地打量着眼前这个俊美的男子，对身边的女伴们说："一定有个神祇在保护他，并把他带到淮阿喀亚人居住的地方。刚才他又脏又丑，现在却像自天而降的神祇一样。如果我们民族有这样一个出色的人，而且命运之神选他做我的丈夫，那我多么幸福啊！好了，姑娘们，去吧，给外乡人送上美酒和食品吧！"奥德修斯在忍受了长久的饥渴后，第一次愉快地享用了一顿美餐。

姑娘们把晒干的衣服放在马车上。瑙西卡仍然执着缰绳，为了避免被别人闲话的尴尬，姑娘请奥德修斯远远跟在马车后面。

"进城后，你很快会从许多住房中找到我父亲的宫殿。进了宫殿，你抱住我的母亲的双膝，如果她喜欢你，那你一定可以得到她的支持和帮助!”瑙西卡说着，缓缓地赶着马车，使奥德修斯和女仆们可以跟得上。来到雅典娜的圣林时，奥德修斯一人留下，他虔诚地向他的保护女神雅典娜祈祷，女神听到了他的祈祷。

奥德修斯和淮阿喀亚人

雅典娜女神化身淮阿喀亚姑娘，将奥德修斯带到阿尔喀诺俄斯的宫殿前，并提醒说:“你必须先找王后！她的名字叫阿瑞忒，是她丈夫的侄女。阿尔喀诺俄斯非常敬重她，淮阿喀亚人也非常尊敬她。她聪明贤淑，善于用智慧调解人民的争端。你要是能得到她的同情，就用不着担心了。”女神说完就匆匆离开了。

奥德修斯径直走进国王的大厅。因为天色已晚，大家都准备结束宴会，并向神祇赫耳墨斯举行祭礼。奥德修斯在浓雾的包围中穿过人群，来到国王和王后面前。雅典娜一举手，在他周围的浓雾顿时消失，他上前跪在王后阿瑞忒的脚下，抱住她的双膝，哀怜地恳求说:“克塞诺耳的女儿阿瑞忒哟，我作为一个哀求者，伏在你和你的丈夫面前，愿神祇赐予你们幸福和欢乐，请你们帮助我，这个流亡在外的可怜人重返家乡！我已经在外流浪很久了。”

国王扶起奥德修斯，让他坐在自己身边的椅子上。他没有问外乡人是谁，从哪儿来，就允许他住在宫中，并保证让他平安地返回自己的家乡。

当客人们都离去，只剩下国王、王后和外乡人时，阿瑞忒望着他身上漂亮的衣服，突然认出了这是她织造的。她非常奇怪，问道："外乡人，请告诉我，你从哪儿来，是谁送给你这件漂亮的衣服的？"奥德修斯如实叙述了他被仙女卡吕普索留在俄奇吉亚岛，后来，在海上遭到风浪，漂到这儿，遇上了瑙西卡。

"我的女儿应该这样做。"国王阿尔喀诺俄斯微笑着说，"但她没有完全尽到义务，她应该马上把你带来见我！"

"国王哟，请别责怪她。"奥德修斯说，"她本来准备这样做的，但我拒绝了。因为我怕引起您的怀疑！"

"我绝不会多疑的，"国王说，"但做一切事有个规矩总是好事。现在，如果神意要求像你这样的人娶我的女儿为妻，我是多么愿意啊！我愿意给你宫殿和财产！但我不会强迫你留在这里。明天，我将给你海船和水手，使你可以回到家乡去，我尽力帮助你。"

奥德修斯非常感谢他的盛情。

第二天清晨，国王召集人民在市场上举行会议。国王把客人也带到会上。大家都惊奇地打量着拉厄耳忒斯的儿子，雅典娜已给予他非凡的品貌和威严。国王郑重地把外乡人介绍给他的人民。他要求市民们准备一艘大海船和五十二名淮阿喀亚年轻的水手。同时，他还邀请在场的贵族共赴招待外乡人的宴会，并命令阿罗波曾赋予音乐天才的歌手特摩多科斯在席间献艺。

集会结束后，年轻的水手们准备了一艘坚固的大船。他们竖上桅杆，挂上船帆，用皮带缚紧船桨。一切准备停当后，他们来到国王的宫殿。宫殿的大厅和庭院里挤满了应邀的贵宾。仆人们杀了十二只羊，八头猪和两头公牛。

国王阿尔喀诺俄斯还送给奥德修斯丰厚的礼物，装在一只精致的箱子里，然后把箱子送到奥德修斯的住处。奥德修斯准备到大厅和宾客们欢饮。这时他突然看到瑙西卡在大厅的门口。奥德修斯进宫后还是第一次看到她。公主为人庄重，深居内廷，不参加男子们的宴饮。现在，她想跟高贵的客人告别。公主赞叹地望着奥德修斯魁梧的身材和俊美的脸庞，温柔地说："高贵的客人，愿你健康幸福！希望你归国后也能时常想起我！"奥德修斯深受感动，回答说："尊敬的瑙西卡，如果神祇给我赐福，让我平安地回到故乡，我一定把你当作神祇一样，向你祈祷，因为你是我的救命恩人。"

说着，他进入大厅，在国王身边坐下。盲人歌手特摩多科斯被带进来，坐在中间。奥德修斯听到盲歌手歌唱木马计的故事和奥德修斯的业绩，禁不住暗暗地流下泪来。国王阿尔喀诺俄斯注意到了，止住了歌手的歌唱，并说："我们最好还是让竖琴休息吧。自从歌声响起时，我们的客人更加忧伤，更加悲哀，我们无法使他欢乐。外乡人哟，请告诉我们，你的父母亲是谁，你从什么地方来？我并非出于好奇而问你，我们必须先知道你的祖国，知道你的家乡，淮阿喀亚水手才能把你送回去。"

奥德修斯听到这友好的要求，回答说："尊敬的国王，你不要以为歌手并没有给我带来欢乐！正好相反，听到美妙的歌喉，真是一件乐事。瞧，一个民族英雄的事迹由歌手歌唱，客人们在美食面前，一边品尝，饮酒，一边倾听，世上再也没有比这更快乐的事了。亲爱的主人，如果你真想知道我的身世，我也愿意趁着酒兴说给朋友们听听，以此感谢朋友们对我深厚的情意！"

奥德修斯讲述他漂流的故事

我是拉厄耳忒斯的儿子奥德修斯，我的故乡在阳光灿烂的伊塔刻岛。在特洛伊战争结束后，我返回家乡。现在，请你们听我讲讲归途中的漂流故事吧。

喀孔涅斯人

我们的船被一阵大风一直吹到伊斯玛洛斯，那是喀孔涅斯人的都城。我们杀死守城的男人，瓜分了妇女和其他财物。我建议我的朋友们赶快离开那里，可我的同伴们听不进我的话。他们贪图战利品，并留下来饮酒作乐。那些逃走了的喀孔涅斯人从内地搬来了救兵，乘我们欢宴时突然向我们发起攻击。我们寡不敌众。可怜我的六个同伴还没有站起身就被杀死在餐桌上，其余的人幸好逃得快，才幸免于难。

食忘忧果的民族

我们向西航行，刚到伯罗奔尼撒南端的玛勒亚时，北方吹来的一阵飓风，又把我们送回了浩瀚的大海。我们在风浪中颠簸了九天九夜，到了第十天，我们来到洛托法根人的海岸。这是一个食忘忧果的民族。我们上岸汲足了淡水，并派两个同伴在一个使者的陪同下去打探情况。他们发现食忘忧果的人正在召开国民大会。他们受到隆重而热情的接待。主人捧出忘忧果，请他们品尝。这种忘忧果具有奇特的作用，比蜂蜜还甜，吃过的人就会忘记忧愁，乐而忘返，希望永远留在那里。我们派出去的人都不愿回船了，我们只得强行把他们拖上了船。

库克罗普斯人

我们又继续航行，来到野蛮的库克罗普斯人居住的地方。他们不耕不织，一切听从神祇的安排。这里的土地肥沃，不用耕种就能五谷丰收，葡萄藤上结满累累的葡萄。宙斯使这儿每年风调雨顺，并普降甘霖，使土地肥沃。他们没有法律，也不召开国民大会。他们都住在山上的岩洞里，和自己的妻儿生活，从不与邻人往来。

在邻近库克罗普斯的海湾外，有一座森林茂密的小岛。岛上野羊成群，自由自在，从来没有猎人去捕杀。岛上无人居住，因为库克罗普斯人不会造船，没有人能够渡海到岛上去。岛上土地肥沃，只要有人耕种，很容易获得丰收。这里的滩涂绿草丛生，土质松软，那些小山坡是种植葡萄的好地方。这里有天然的避风港，船只进了海湾不用下锚系缆，也很安稳。在黑夜里，神祇引导我们来到这座美丽的小岛。天亮时，我们上岛围猎，打到许多山羊。我们共有十二只船，每只船上分到九只山羊，我自己留下十只。一整天，我们高高兴兴地坐在海岸上吃羊肉，喝着从喀孔涅斯人那儿抢来的葡萄酒。

波吕斐摩斯

第二天清晨，我突发奇想，希望上对岸去看看那里的风土人情。那时我对那里的居民还一无所知。我们摇船过去，上了岸，看到高耸的山洞，周围长满桂树，树下是成群的绵羊和山羊，巨大的石块砌成围墙，墙外是松树和栎树构成的高大的围篱。这儿住着一个身材高大的巨人，他在远处的牧场上放牧，孤独一人，跟邻人毫无往来。他是一个库克罗普斯人。

我挑选了十二名最勇敢的朋友和我同行，并吩咐其余的人都留在船上。我带上一皮袋美酒，这是在伊斯玛洛斯时一个阿波罗神庙的祭司送给我的礼物，因为我曾经饶了他的性命。此外，我还挑了一些精美的食物，把酒和食物都放在篮子里，我想这些东西一定能够赢得巨人的欢心。

当我们来到山洞时，巨人还没有回家，他仍然在牧场上放牧。我们走进山洞。看到里面的陈设非常惊讶。大块的乳酪饼装了一篮又一篮，羊圈里挤满了绵羊和山羊，地上到处是篮子、挤奶桶和水罐。我的同伴劝我马上把乳酪拿走，把绵羊和山羊赶上船，然后回到岛上的朋友那里去。唉，我要是听从他们的劝告该多好啊！可是，我抑制不住自己的好奇心，一心想看看山洞里住的是什么人。我宁愿得到他的一份礼物，也不愿将他的东西偷走，不光彩地离开这里。于是，我们点起一堆火，向神祇祭献供品。然后我们也吃了一点乳酪，等待主人回来。

巨人终于回来了，宽阔的肩膀上扛了一捆巨大的干木柴。他把木柴扔在地上，发出一阵可怕的轰然声。我们吓得跳起来，躲在洞中的角落里，看着他把母羊群赶进山洞，公绵羊和山羊仍留在外面的围栏里。然后，他搬来一块巨石封住了洞口。这块巨石连二十二匹马也不能拖动！巨人重重地坐在地上，一面挤绵羊和山羊的奶，一面让羔羊吸母羊的奶。他把一半的羊奶倒入无花果汁中拌和，使之成为凝乳，并装在篮子里，让它干燥。他又把另一半羊奶盛在大盆里，这是他一天的饮料。巨人做完这一切，才开始点火，这时他猛然发现我们挤在山洞的角落里。我们也第一次清楚地看到这个高大的巨人。他像所有的库克罗普斯人一样，只有一只闪闪发光的眼睛，长在额间。他的两条大腿犹如千年橡树，双臂和双手粗壮又有力，可以把岩石当作皮球玩。

“外乡人，你们是谁呀？”巨人粗暴地问道，声音如响雷，“你们从哪里来？你们是强盗吗？或者你们是做买卖的？”我们被问得心惊胆战，最后，我壮起胆子回答说：“我们是希腊人，刚从特洛伊战场上回来。我们在海上迷了路，到这里来请求你的帮助和保护。请敬畏神祇，倾听我们的请求吧。因为宙斯保护寻求保护的人，他将严厉地惩罚那些危害哀求者的人！”

库克罗普斯人发出一阵可怕的笑声，说：“外乡人，你是一个傻瓜，根本不知道跟谁在讲话！你以为我们敬畏神祇，并怕他们报复吗？即使雷神宙斯和其他的神祇加在一起，我们库克罗普斯人难道会害怕吗？我们比他们强大十倍！除非我愿意，否则不会放过你和你的朋友们！现在告诉我，你们的船在哪里？你们把它藏在什么地方？”

库克罗普斯人问得很狡猾，可我已有提防，因此回答得更狡猾。“好朋友，我的船嘛，已经被大地的震撼者波塞冬在山岩上摔得粉碎。我和这十二个人死里逃生！”巨人听了以后一声不响，他伸出大手，抓起我的两个同伴，像扔两只小狗似的把他们摔在地上。两人顿时脑浆迸裂、血肉模糊地躺在地上。巨人将他们撕开，如同山中的饿狮一样吞食它的猎物。他不仅食他们的肉，而且把内脏、骨髓，连同骨头都吃光了。我们悲痛难忍，高举双手向宙斯祈祷，控诉巨人的罪恶。

巨人吃饱了，又喝了羊奶解渴，然后躺在山洞的地上睡了。我想朝他走过去，用利剑刺入他的肋部，结果他的生命。但我很快放弃了这个念头，因为这样做对我们并没有好处。谁能把巨大的石块从洞里搬开呢？我们仍会封在洞里活活地饿死。因此，我们只能听凭他酣睡，在恐惧中坐待天明。

第二天早晨，库克罗普斯人起了身，又抓起我的两个同伴作为他的早餐。他吃完后，搬开洞口的巨石，把羊群赶出山洞，然后，又把石头塞住洞口。我们听到他挥着响鞭，吆喝着牧群走开了。我们每个人都惶恐地留在山洞里，默默地等待着下一次轮到自己被吃掉。

我寻思着逃生的办法，终于想出了一个好办法。在羊圈里有一根库克罗普斯人使用的巨大木棒，这是新砍下的橄榄木，像大船上的桅杆一样。我用它削了一根六尺长的杆子。我请朋友们将它磨滑，然后将杆子的一端削尖，放在火上烤干，使它变得十分坚硬。我小心地把它藏在山洞一边的粪堆里。这时我们抽签决定在巨人睡着时由谁帮我把尖木杆戳进他的独眼中去。

晚上，可怕的巨人又赶着牧群回来了，像昨晚一样，又把石头堵住洞口，并抓去我的两个同伴。他正在吞食时，我解开盛酒的皮袋，把浓浓的美酒倒进木桶，将它送到巨人面前，说："收下吧，库克罗普斯人，请喝吧！吃人肉喝这样的酒真是再好不过了。我特意把它送给你，希望你可怜我们，放我们回去。"

库克罗普斯人接过木桶，一句话也不说，便将桶里的酒一饮而尽。可以看得出酒的芬芳和浓烈使他感到心满意足。他第一次用友好的口气说道："外乡人，再给我喝一桶，将你的名字告诉我，让我以后也送你一件满意的礼物。我们，我们库克罗普斯人也有美酒。为了让你知道在你面前的人是谁，那么我告诉你吧，我叫波吕斐摩斯。"

他这么要求，我当然乐意再给他喝更多的酒。于是我接连给他倒了三桶，乘他酒劲发作、神志迷糊时，我灵机一动，对他说：“库克罗普斯人，你想知道我的名字吗？我的名字很奇特。我叫‘无人’，大家都叫我‘无人’。”

库克罗普斯人说：“好的，你应该得到回报！无人，我将在最后一个吃你。无人，你对这份赠礼感到满意吗？”

他讲最后这句话时，舌头已经僵硬，说不清楚了。他身子向后仰去，随即倒在地上，粗壮的脖子歪在一边打起鼾来。我飞快地把尖杆放进火堆里。当它点着时，我迅速把它抽出来，由四个朋友帮助我，抓住木杆，狠命戳进巨人的眼睛里。我转动着木杆，就像木匠在木头上钻孔一样。巨人的睫毛和眉毛都已烧焦，发出吱吱的声音。他的那只被烫伤戳瞎的眼睛也吱吱作响，如同灼热的铁块浸入冷水一般。巨人痛得大声吼叫，声音响彻山洞，格外恐怖。我们吓得蜷缩在山洞的角落里。

波吕斐摩斯将木杆从眼睛里拔出来，把它丢得远远的，眼里鲜血直流。他狂怒得像发了疯似的，尖声叫喊起来，呼唤其他的库克罗普斯人。他住在山上的本族兄弟急忙跑来，围着山洞，询问他发生了什么事。巨人在山洞里大声说：“兄弟们，无人刺杀我！无人骗了我。”外面的库克罗普斯人听到他的回答，便说：“既然无人伤害你，你在这里叫什么？你莫非发了疯吗？这种病我们库克罗普斯人是不会医治的。”说完，他们一哄而散。

这个瞎了眼的库克罗普斯人痛苦地呻吟着，摸索着来到洞口，掀开门口的巨石，自己坐在洞里，伸出一只手，不断地摸索着，想抓住趁机和羊群一直逃出去的人。我看到周围都是毛皮特别厚实的肥羊。我悄悄地用柳条将它们每三只捆在一起。

在中间一只公羊的肚子下带我们的一个人，旁边的两只正好掩护他。我自己选了那只最大的头羊，抓住羊背，骑上去，然后慢慢地转到它的肚子下，紧紧贴住。我们就这样贴在羊身下，等着天亮。

天终于亮了，公羊先跑出洞外到牧场吃草。母羊乳房鼓鼓的，咩咩地叫着，等着挤奶。它们倒霉的主人在每一头往外蹿的公羊的背上仔细地摸着，知道上面没有人，愚蠢的巨人绝没有想到羊肚下藏着人。载我的那只羊走得慢，最后才到门口。

波吕斐摩斯摸着它说："我的好羊，你今天怎么落在最后了？你平时总是走在羊群的最前面。你总是第一个走到草地，第一个走到溪水边，晚上，你也总是第一个回到羊圈。你难道在为主人悲哀吗？是啊，如果你跟我一样，也能说话，那么你一定会告诉我，那个可恶的人和他的同伴藏在哪里。我要把他的脑袋在山洞的墙上撞碎，我才会解恨。"

巨人说着，也让这头羊走出洞口。现在我们都到了洞外，可惜我们只剩下七个人了。我们拥抱在一起，并为死去的同伴感到悲哀。我劝他们不要难过，快把羊群赶到船上去。等我们都上了船，在海上航行了一段距离，我才朝爬上山坡的库克罗普斯巨人嘲弄般地呼喊："喂，波吕斐摩斯，你的对手并非等闲之辈，你的恶行得到了报应，你已经尝到神祇的惩罚！"

波吕斐摩斯听到了这话，怒不可遏。他从山上抓起一块石头，顺着喊声朝我们的船掷来。他掷得很准，差点砸中船舵。巨石激起的波浪和水花把我们的船又冲回岸边。我们奋力划动，才使船离开了巨人。我又一次大声呼喊起来，虽然我的朋友们担心他用石头砸来，竭力劝阻我。"听着，库克罗普斯人！

如果有人问你，是谁戳瞎了你的眼睛，告诉他们：你的眼睛是征服特洛伊城的英雄，拉厄耳忒斯的儿子，伊塔刻的奥德修斯戳瞎的！”

库克罗普斯人听到这话，愤怒地吼道：“古老的预言现在应验了！多年前欧律摩斯的儿子，预言家忒勒摩斯说，我的眼睛将会被奥德修斯戳瞎。我一直以为他是一个高大的家伙，跟我一样是巨人，而且力大无穷，敢于跟我单独决斗。想不到他竟是这么一个弱小的人！可是，奥德修斯，我请求你回来，这次我会待你像宾客一样，并请海神保佑你一路平安。你要知道，我就是波塞冬的儿子。”

说着，他就祈求父亲波塞冬在我的归途上制造灾难，最后还说：“即使他能回到故乡，也要尽量拖延很久，让他受尽漂流之苦，让他在船上忍受孤独的折磨，让他回家后也遭到不幸！”

我相信，海神一定答应了儿子的请求。不久，我们回到了那个小岛，立即分配从库克罗普斯人那里带回的羊。朋友们都同意把载我逃生的那只羊分给我，我把它献祭给宙斯，并焚烧羊腿献给他。可是，神祇不接收这个祭品，不愿跟我们和解，神祇已经决定毁灭我的同伴和所有船只。

当然，神祇的这个决定，我们并不知道。第二天，太阳升起在海上时，我们又上了船，向故乡航行。

埃洛斯的风袋

我们来到希波忒斯的儿子埃洛斯居住的海岛。他是神祇的好友。这座岛像是浮在海上一样，周围铜墙环绕，砌在陆地边缘的陡峭的山岩上。

埃洛斯在岛上建造了一座宫殿。他有六个儿子，六个女儿。这位好心的国王招待我们在岛上住了足足一个月。我恳请他帮助我们回国，他也一口答应了，并赠给我鼓鼓的皮袋。这是用九岁老牛皮制成的，里面装着各种各样的风，都是可以吹遍世界的大风，因为宙斯让他掌管各类风，他有权叫风儿吹起，或停息。

他亲自用银绳把风袋捆在我们的船上，把袋口扎紧，不让一点儿风漏出来，但是他没有把所有的风都装进去。当我们出发时，西风轻轻吹起船帆，送我们回乡。如果不是我们的冒失和愚蠢，我们本可平安地回家的。

我们在海上航行了九天九夜。到了第十天的晚上，我们已经来到家乡伊塔刻岛的附近，连岛上燃烧着的烽火也看得清清楚楚。偏偏在这时，我由于连日劳累，不禁睡着了。我的同伴由于嫉妒和好奇偷偷打开了风袋，所有的风都呼啸而出，将我们的船又吹进波浪汹涌的大海上。

我被风声惊醒。当我看到我们遭到的不幸时，恨不得跳进海里，让波浪把我埋葬。肆虐的大风又把我们送回埃洛斯的海岛。我让同伴们留在船上，只带了一个朋友和一个使者去国王的宫殿。当他听说了我们转回来的原因时，管理风的埃洛斯生气地从椅子上站起来，大声说："真是可恶的人，神祇会惩罚你的！滚出去！"他把我赶了出去。

莱斯特律戈涅斯人

我们悲伤地回到船上继续航行。我们在海上漂泊了七天，仍然没有看见陆地的影子，都感到绝望了。最后，我们看到一处海岸，岸上有一座碉楼众多的城堡。后来听说，它叫忒勒菲罗斯城，是莱斯特律戈涅斯人居住的地方。

我只看见城头青烟升上天空。我派出两个朋友和一名使者前去侦察。他们沿着一条林间小道向冒烟的地方走去，来到城墙附近，遇到一位年轻的女子，她是莱斯特律戈涅斯国王安提法忒斯的女儿，正要到阿尔塔奇亚的泉水那儿去汲水，姑娘高大得使他们吃惊。她友好地给他们指点去父亲宫殿的路，并满足了他们的愿望，介绍了关于城市和居民的情况。

他们进了城，并走进宫殿，看见莱斯特律戈涅斯人的王后，高大得如同一座山峰站在他们面前时，都惊得目瞪口呆。看来莱斯特律戈涅斯人也是吃人的巨人。王后急忙叫出丈夫，他立即抓起使者，下令将他洗净烹煮，当作他的晚餐。其余两人吓得拼命逃跑。国王下令追击。一千多全副武装的莱斯特律戈涅斯巨人追了上来，用巨石朝我们的船砸来，四周响起船板破碎和垂死者的呻吟声。

我早已把自己的船停在一块岩石的后面，可怕的巨石砸不到这儿。其他的船都被砸沉了。后来我带着幸存下来的少数伙伴，驾船逃离了港口。海面上漂浮着同伴的尸体，惨不忍睹。

女仙喀耳刻

我们挤在一只船上，继续航行。过了几天，来到埃埃厄海岛。这里住着美丽的女仙喀耳刻，她是太阳神和海神女儿珀耳塞所生的孩子，是国王埃厄忒斯的妹妹。喀耳刻在岛上有一座漂亮的宫殿。

当我们驶进港湾时，还不知道谁住在这儿。我们停泊后，因过分疲劳和悲哀，就躺在岸边的草地上睡着了，一直睡了两天两夜。第三天清晨，我佩着剑，执着长矛，出发去探询情况。不久，我发现了一缕青烟从宫中升起，不禁想起不久前发生的可怕事情，因此决定还是回到朋友们的身边。我给他们讲起宫中冒出青烟的事，可是他们都没有勇气去侦察，因为他们还记得库克普罗斯人的山洞和莱斯特律戈涅斯国王的海港。

只有我一个人还没有丧失勇气。于是，我把同伴们分为两队，我率领一队，欧律罗科斯率领另一队。然后我们在战盔里抽签，结果欧律罗科斯中签，他就带着二十二名伙伴出发。他们心惊胆战地朝着我所看见有烟冒出的地方走去。

不久，他们到了一座华丽的宫殿，这儿就是女仙喀耳刻居住的地方。他们走近宫门，突然看见宫院里有许多野狼和猛狮在奔跑。野狼露出尖尖的牙齿，狮子抖动着蓬乱的鬣毛，奇怪的是那些野兽很温和，只是慢慢地走过来，像向主人摇尾乞怜的狗一样。我们后来才知道，它们原来都是人，是被喀耳刻用魔法变成了野兽。

他们听到宫殿里传来喀耳刻美妙的歌声，她一边唱歌，一边赶织一件神奇而漂亮的衣裳。只有仙女才有这种本领。我的朋友们一齐唤她出来。喀耳刻友好地请他们进去。除了欧律罗科斯外，大家都跟她进去了。欧律罗科斯是一个很谨慎的人，他吸取了以往的教训，怀疑其中有诈。

喀耳刻把其余的人领进宫殿，她端来了乳酪、面粉、蜂蜜和醇厚的美酒，把它们掺和在一起，调制成可口的糕点，乘人们不注意时在里面掺进了一些魔药。吃了这种糕点的人，就会神志迷乱，忘记他们的故乡，并变成动物。我的同伴们刚咬了一口，就变成了全身长毛的公猪，并发出了猪叫声。这时喀耳刻把他们赶进了猪圈，扔给他们一些僵硬的橡实和野果。

欧律罗科斯从远处把这一切都看在眼里，他连忙转身向船上奔来，向我报告朋友们的悲惨遭遇。我一听，连忙佩上宝剑，拿起弓箭，要他带我去宫殿。可是，他用双臂抱住我的双膝，恳求我留在这里，不要自投罗网。

我让他留了下来，独自去救我的朋友们。在路上，我遇到一个年轻人，他向我举起金杖，因此，我很快认出他是神祇的使者赫耳墨斯。他送给我一株开着白花的黑根草，告诉我这草是魔草，可以使我不必害怕喀耳刻的魔药，然后又告诉我应对的办法。说完后，他就离开了。

我朝喀耳刻的宫殿走去。到了宫门口，我大声呼唤她。她友好地招呼我进去，请我坐在华丽的椅子上，并在我的脚下放了一张搁脚凳，然后在一只金碗内调酒。还没等我把酒喝完，她就迫不及待地用魔杖触我，并且毫不怀疑她的魔力。我按照赫耳墨斯说的，抽出宝剑朝她奔去。她惊叫一声倒在地上，伸出双手抱住我的双膝，向我哀求："从来没有人能抵抗我的魔力。莫非你就是奥德修斯？许多年前，赫耳墨斯向我预言，说你从特洛伊回国时必经此地。如果真是这样，就请你收起宝剑，让我们成为朋友吧！"

可我并没有放下宝剑，回答她说："喀耳刻，你把我的随从骗进宫殿，用魔法将他们变成猪，你怎能要求我做你的朋友呢？我不可能做你的朋友，除非你在这里发誓，保证不伤害我。"她像我要求的那样发了誓。我才放了心，安安稳稳地睡了一夜。

第二天清晨，我和喀耳刻共进早餐。桌子上摆满了美味佳肴，然而我并未进食，满面愁容。她禁不住问我为什么如此忧郁。我对她说：“一个人在自己的朋友遭了难时，哪有心绪高兴地饮宴呢？如果你要我高高兴兴地和你用餐，就请你把我的朋友恢复人形！”

喀耳刻立即拿起魔杖，把我的朋友们从猪圈里赶了出来。他们都围着我，看上去都像九年的老猪一样。喀耳刻用另一种魔药一个个地涂抹他们，突然猪毛脱落，他们又变成了人，而且比以前更年轻，更英俊。这时女神殷勤地请求我留下来和她一起生活，我答应了。

我很快回到海上去见留守的朋友。他们以为我早就死了，现在看到我，都欢呼着奔了过来。我建议他们把船拉上岸，然后都到喀耳刻那里住一段时间，同伴们同意了。

女仙请我们放心，并热情地招待我们。所以我们的心情一天比一天快乐，在她那里整整住了一年。朋友们劝我动身回国。我也产生了思乡之情。当天晚上，我抱住喀耳刻的双膝，恳求她履行诺言，放我回去。

喀耳刻回答说：“你说得对，奥德修斯，我不能强迫你留在这儿。可是，在你回家前，你必须先到地狱去，到哈得斯和珀耳塞福涅的阴间王国去，向底比斯的预言家提瑞西阿斯的幽灵询问未来的事。老人虽然死了，但珀耳塞福涅仍然让他保留了预言未来的本领。”

我听到她的话，不禁毛骨悚然，“别担心。”喀耳刻说，“你只要竖起桅杆，张起船帆，一阵风将会把你吹到那里。当你渡过包围地球的海洋，到达俄刻阿诺斯海滩时，你就在长着一排排白杨树和柳树的地方登陆。这就是珀耳塞福涅的圣林，在这里你将找到地府的入口处。这里是两条黑河，即菲律弗勒格通河和库奇托斯河流入阿赫隆河的地方，两条黑河其实是冥河的支流。在山谷的一块岩石边，你会发现一个裂口。你必须在那里挖一个小洞，供上蜂蜜、牛奶、水和面粉，给亡灵献祭，并且许愿回到伊塔刻后再给他们献祭。当然，你应该给提瑞西阿斯献祭一头黑山羊。你还应该献祭一公一母两只黑羊，在你的同伴们献祭牲口焚烧祭品，并向神祇祈祷时，你就从岩石缝里望着里面的溪水。这时你会看见死者的幽灵，这些幽灵会争相拥来，想尝尝祭品的鲜血。你必须用剑把它们挡住，在向提瑞西阿斯打听前程前别让它们靠近。他很快就会出现，并给你指点回家的路程。”

她的话使我稍感安慰。第二天早晨，我把朋友们召集在一起，告诉他们女仙的话，同伴们纷纷抱怨，我命令他们立即跟我一起到海船上去。

喀耳刻已在我们前面，把献祭的羊送上了船，还为我们准备了充足的蜂蜜、美酒和面粉。我们到海边时，她悄悄地走了。我们把船推到海里，竖桅张帆，喀耳刻给我们送来一阵顺风，鼓起船帆。不一会儿，我们又在大海上航行了。

在阴间

太阳落进了大海，一阵大风把我们送到世界的尽头——奇墨里埃人的海岸。这里终年浓雾，是阳光永远也照不到的地方。我们按照喀耳刻的吩咐，来到两条黑河汇合处的山岩前。然后，我们献祭。当羊血刚从切开的喉咙里流入我们掘开的土坑时，死者的幽魂就从岩缝里涌出来，男女老少都有，还有许多战死的英雄们，带着伤口，披着血染的战袍。他们成群结队，大声呻吟，在祭供的土坑上面飘荡。我依照喀耳刻的吩咐命令同伴们焚烧祭羊，并祈求神祇保护。我抽出宝剑，把幽灵赶开，在提瑞西阿斯的灵魂出现前，不让他们吮羊血。

提瑞西阿斯的灵魂终于出现了，右手拄着一根金杖。他立刻认出了我，对我说："尊贵的拉厄耳忒斯的儿子，你怎么离开了阳间，来到了令人恐怖的阴间？请把宝剑从土坑上移开，让我喝一口祭供的鲜血，然后我告诉你未来的事情。"我往后退了一步，把剑推入剑鞘。

他俯下身，舐着黑色的羊血，然后说道："奥德修斯，你希望我告诉你回归祖国的可喜消息。可是，有一个神祇在阻拦你，你不能逃脱他的手掌，这是海神波塞冬。你曾经深深地得罪过他，把他的儿子波吕斐摩斯的眼睛戳瞎，因此，你的归程不会平安。但你不必失望，最后你仍能回到故土。你首先在特里纳喀亚岛登陆，如果你不动太阳神养在那里的圣牛和圣羊，你就能平安回家。如果你伤害它们，你的船和你的朋友就会遭殃。即使你一个人侥幸逃出，也要孤独可怜地过上许多年，才能由外乡人的海船载回故乡。你回家后，仍然悲愁和烦恼，因为骄横的男人在挥霍你的财产，向你的妻子珀涅罗珀求婚，你将用计谋或武力杀掉他们。不久，你又得漂流，来到一个地方。那里的人不知道大海，不知道船只，也不知道在食物中放盐调味。在那个遥远的国家里，有人会奇怪地问你为什么在肩上扛一把木铲。这时，你就把船桨插在地上，并向海神波塞冬献祭，请求海神谅解。你把航海知识传给异国的民族，这时海神将会息怒。然后，你重新回家。你的王国从此繁荣昌盛，你也可以活到老年，在一个离大海很远的地方离开世间。”

这就是他对我的预言。我感谢他，并问：“我的母亲的幽灵坐在那里，可她默默无言，也不看我一眼。请告诉我，我该怎样使她认出自己的儿子呢？”

“让她喝些祭供的鲜血，她就会开口说话了。”提瑞西阿斯回答。说完，他的阴魂消失在黑暗的阴间王国里。我的母亲的阴魂走近我，并吮吸鲜血。突然，她认出我来，流着泪对我说：“亲爱的儿子，你怎么活生生地来到这死人的王国？你从特洛伊回国，一直在海上漂流吗？”我把情况详细地告诉了她，然后问她怎么死的，并打听家中的情况。

她回答说：“你的妻子仍在家中，坚贞不渝地等你回去。她日日夜夜地为你流泪。你的儿子忒勒玛科斯管理着你的财产。你的父亲拉厄耳忒斯在乡下居住，不愿到城里去。整个冬天，他像仆人似的躺在炉边的稻草上，衣衫褴褛，生活很苦；夏天，他露宿野外，躺在树叶上，他是因为悲叹你的命运才过这种生活的。我的可爱的儿子，我也是因为想念你而死的。”

我听了深受感动，张开双臂，想去拥抱母亲，可是，她像梦中的幻影一样消失了。

现在许多阴魂拥过来，全是著名英雄的妻子。她们都吮吸祭品的鲜血，向我诉说各自的命运。她们的幻影也消失了。我抬起头来，看到了令我激动的幻影。那是大统帅阿伽门农的阴魂。他慢慢地走近土坑，吮吸鲜血。然后，他抬起头认出了我，悲痛得哭了起来。他朝我伸出双手，但无法够到我。我急忙问起他的情况，他说：

“尊贵的奥德修斯哟，也许你以为是海神把我淹死的，其实不是如此。我妻子克吕泰涅斯特拉和她的情人埃癸斯托斯乘我沐浴时谋杀了我，在我怀着对妻儿的想念之情从远方归来时，被他们杀害了。为此，我也劝你，奥德修斯，千万要小心，不要太相信自己的妻子，不要因为她的热情而把秘密都告诉她。但我忘了你的妻子是聪明而贤淑的！尽管如此，我仍然劝你悄悄地返回伊塔刻，因为能够完全相信的女人几乎是没有的啊！”

说完这些晦涩的话，他就转身消失了。接着，阿喀琉斯和他的朋友帕特洛克罗斯的阴魂来到我的面前，后面跟着安提罗科斯和大英雄埃阿斯。阿喀琉斯先俯下身去吮吸鲜血，他认出了我，觉得很奇怪。我对他说明到这儿来的原因，并说他生前像神祇一般受人尊重，死后也一定是伟大的阴魂，过得幸福。

他听了忧伤地回答说：“奥德修斯哟，不要对死者说安慰话了！我宁愿在人间当奴仆，也不愿在阴间当君王。”我忍住悲伤，对他讲起他的儿子涅俄普托勒摩斯的英雄业绩，他听了满意地离开了。

其他死者的阴魂吸了鲜血后都和我交谈，只有埃阿斯除外。我在特洛伊城前与他争夺阿喀琉斯的武器，我赢了，他因此自杀，所以他对我很痛恨，冷冷地站在一边。我温和地对他说：“忒拉蒙的儿子哟，难道到了地府你还不能忘掉我们的争斗吗？这是命运女神的安排啊。因此，高贵的王子，请你跟我说话吧！”可他仍然默默无言，转身消失在黑暗中。

我看见那些死去的英雄的幽灵都拥到我的身边，突然感到害怕了。赶紧和我的同伴们离开了裂口，朝我们的大船走去。

塞壬女妖

她们专门以美妙的歌喉迷惑航海的人。她们坐在绿色的海岸上，看见船只驶过，就唱起动听的魔歌，被歌声吸引而想登陆的人最终死亡。因此，这儿的海岸上尸骨成堆，显得恐怖而阴森。

我们的船在女妖海岛旁突然停了下来，因为吹动我们前进的顺风突然停息了。海面平静如镜。我的朋友们放下船帆，将它们卷起来，开始摇桨前进。这时，我想起了喀耳刻的预言，她说："当你经过塞壬女仙居住的海岛时，女仙们会用歌声引诱你们，你必须用蜡把朋友们的耳朵塞起来，不让他们听到歌声。如果你自己想听听她们的歌声，你就叫朋友们先把你的手脚捆住，绑在桅杆上。你越是请求他们放下，他们就得把你捆得越紧。"

我马上割下一块蜂蜡，将它揉软，然后用它塞住我的朋友们的耳朵。他们也照我的吩咐，把我捆在桅杆上，然后又用力摇桨。塞壬女妖们看到船只摇近，都变作媚人的美女来到海岸上，用甜蜜而清脆的嗓音唱道：

来呀，奥德修斯，荣耀的希腊人，
请停下来，倾听我们的歌声！
没有一只船能驶过美丽的塞壬岛，
除非舵手倾听我们美妙的歌声。
优美的歌给你们快乐与智慧，
伴随你们平安地航海前进。
塞壬女仙完全知道在特洛伊的原野，
神祇使双方的英雄备尝生活的艰辛。

我们的睿智如普照天下的日月，

深知人间发生的战争与爱情。

我听着听着，心里突然产生了一股抑制不住的愿望，想奔到那儿去。我用头向朋友们示意，请他们放开我。朋友们却什么也听不到，只是用力地摇桨前进。其中有两位朋友，欧律罗科斯和珀里墨得斯牢记我的吩咐，他们走过来，把我捆得更紧。直到我们平安地驶过塞壬岛，完全听不见她们的歌声了，朋友们才取出耳中的蜡条，并把我从桅杆上解下来。我很感谢他们毫不动摇地前进，摆脱了塞壬女仙的引诱。

卡律布狄斯和海妖斯策拉

我们继续前进。不久，我看到前方水花迸溅，波涛汹涌。这里就是卡律布狄斯大漩涡。它每天三次从悬崖下奔涌而出，并在退落时将通过的任何船只全都吞没。我的朋友们吓得连手上的桨都掉在水里，差点被波浪卷没。

喀耳刻曾经对我讲起过卡律布狄斯大漩涡，我再三提醒朋友们注意。但喀耳刻还提醒我提防海妖斯策拉，为了不致引起朋友们的恐慌，我没有对他们提及。只是我忘了喀耳刻提醒我的事：在跟海妖搏斗时不要穿铠甲。可我仍然穿上铠甲，手持两根长矛，站在船头，准备迎头痛击冒出水面的海妖。我不知道海妖从哪里出来，便小心地四处观察。我们的船渐渐地逼近隘口。

我想起喀耳刻说："她不是可以杀死的海妖，光凭力量和勇敢是制伏不了她的，唯一的办法就是避开她。她住在卡律布狄斯大漩涡对面的山岩上，山峰高耸入云，山腰有一个阴暗的山洞，那是太阳永远也照不到的地方。她就住在这里。她可怕的叫声如同狗吠，一直飘到很远的地方。海妖有十二只不规则的脚，有六个蛇一样的脖子，每个脖子上各有一颗可怕的头，张着血盆大口，露出三排毒牙，随时准备把猎物咬碎。她把她的一半身子潜伏在山洞里，而把六个头伸出洞外，吞吃海豹、海豚和其他海里的大动物。还从来没有一艘船经过这里不被她攫去几个水手的。”

我正想着这怪物的模样，船已接近卡律布狄斯大漩涡，它真像火炉上的一锅沸水，波浪翻腾，激起漫天雪白的水花。当潮退时，海水混浊，涛声如雷，惊天动地。这时，下面黑暗的泥泞的岩穴便可一眼见到。当我们惊恐地注视着这一可怕的景象时，当舵手正小心地驾船往左绕过旋涡时，海怪斯策拉突然出现在我们面前，一口就叼去了我们的六个同伴。我看见他们在妖怪的牙齿中间扭动着双手和双脚，挣扎了一会儿，他们便被嚼碎，成了血肉模糊的一团。

太阳神的牛群

我们终于穿过了卡律布狄斯大漩涡和海妖斯策拉之间的危险隘口。现在，船航行在平静的海面上。特里纳喀亚岛出现在我们眼前，岛上阳光明媚，生意盎然，那里传来神牛的哞哞声和绵羊的咩咩声，它们是太阳神的牧群。不幸和灾难使我们变得聪明多了。我想起了喀耳刻和提瑞西阿斯的警告，便连忙吩咐同伴们避开太阳神的海岛，但我的同伴们听到这话很不高兴，他们强烈地反对，欧律罗科斯非常恼怒。我知道一定有一个和我敌对的神祇想要毁灭我们。我只得说：

“欧律罗科斯，你们不该逼我上岸。我是唯一反对上岸的人。不过，我可以对你们让步。只是你们先得庄严发誓，决不可宰杀太阳神的一头牛，一只羊。你们只能吃喀耳刻送给我们的食品！”他们都愿意发誓。于是，我们驾船驶入海湾。这是河流的入海处。我们离船上海岛，并用了晚餐。我们又想起被海妖斯策拉吞掉的六个同伴，心里都很悲痛，禁不住流下泪来。后来我们都因疲劳不堪，倒地睡着了。

后半夜时，宙斯突然吹起一阵可怕的飓风。天亮时，我们很快把船驶到山岩下避风。我知道天气骤变定有缘故，便再次警告同伴们，千万不能杀害太阳神的牛羊。出乎我们的意料，这次大风使我们在那里逗留了足足一个月。海面上有时刮南风，有时刮东风。东风和南风对我们都是不利的。同时，我们还面临着一种威胁——喀耳刻送给我们的食品渐渐吃完了，我们开始挨饿了。

同伴们只好捉鱼捕鸟，用来充饥，我忍不住顺着海岸走去，希望能遇到一个神祇或凡人能为我们解难。我在远离朋友们的地方找了块浅滩，走近海边，把双手伸进海水里洗干净，以便伸出一双洁净的手向神祇祈祷。我虔诚地伏在地上，祈求神祇给我们一条生路。神祇却使我昏昏沉沉，进入梦乡。

当我不在时，欧律罗科斯向我的朋友们提了一个极危险的建议。“朋友们，你们听着，死有各种各样的死，但活活饿死是最难受的。我们为什么不去杀几头牛，把最好的肉献祭神祇，而把剩下的肉用来填饱我们的肚子呢？我们将来回到伊塔刻时，再给太阳神建造一座漂亮的神庙，请他宽恕。如果他真的恼恨我们，要给我们降下风暴，使我们沉船落水，那么好吧，我宁愿在海里淹死，也不愿活活饿死。”

饥肠辘辘的同伴们听到这话都很高兴。他们即刻从太阳神的牧群中选了几头肥牛，把它们赶过来，并对神祇祈祷，然后将牛杀死，把牛油裹着内脏的牛肉献给神祇。因为船上的酒早已喝完了，他们只好用清水代替酒浇在祭品上，给神祇举行灌礼。他们把剩下的一大堆牛肉穿在铁叉上烧烤，他们围成一团，撕着牛肉，吃得津津有味。我醒了，在远处就闻到牛肉的香味，大吃一惊，但已经毫无办法。

太阳神听说了在他的圣地上所发生的事后，恼怒地来到奥林匹斯圣山，向神祇们申述这件亵渎神灵的罪孽。太阳神威胁说，如果偷牛的罪人们得不到惩罚，他就把太阳车赶到地府去照耀死人，永远不给大地送去光明。

宙斯愤怒地从神位上站了起来。“你还是用阳光照耀神祇和凡人吧！”他说，“我将用雷霆把他们的船击得粉碎，使它沉入海底。”这些话是高贵的女神卡吕普索事后告诉我的，她是从神祇的使者赫耳墨斯那里听来的。

我回到船边，见到我的朋友们，把他们狠狠地责备了一顿，但这一切都已经晚了，神牛已被杀死，牛肉堆放在我的面前。可怕的预兆表明他们犯了大罪：剥下的牛皮自己走动，就好像活着一样；在铁叉上的烤牛肉哞哞鸣叫，跟活牛的鸣叫一样。可是，我那些饿昏了头的同伴们仍然不顾这些预兆，他们大吃大嚼，整整六天，到了第七天，风势减弱，他们登上船，向大海航行。

海岸渐渐看不见了，最后完全看不见了。这时，宙斯在我们头上堆起重重乌云，海水也变得越来越黑。突然吹来强劲的西风，船桅上的两根缆绳断裂了，桅杆轰然倒下，舵手被当场砸死，天空中又射来一道闪电，轰击船只，空中充满硫黄烟火的气味。我的朋友们都跌落水中，在波浪中挣扎，最后被波浪吞没了。

船上只剩下我一人，在甲板上徘徊。船的两舷裂开，并脱落了，飘到水里。残破的船体像片树叶在波浪中翻滚。但我还没有失去理智，我顺手抓住荡在桅杆上的皮绳，把桅杆和船体捆结实，做成一只小舢板。我坐在上面，随着波浪颠簸漂荡。

暴风终于平息了。海面上吹起阵阵南风，这使我又产生了新的恐惧，因为我又会被吹进斯策拉的岩洞和卡律布狄斯大漩涡里去。这事果真发生了。拂晓时，我看到斯策拉的岩洞和可怕的卡律布狄斯大漩涡，还没有来得及思考，船就被卷进旋涡里，只有桅杆顶留在水面上。我连忙抓住悬岩上一棵下垂的无花果树的树枝，像蝙蝠一样吊在空中。当我看到桅杆和船体做成的舢板又从旋涡里冒上来时，就马上落到舢板上，用双手当船桨，拼命划动，离开了大漩涡。天哪，要不是宙斯开恩把我的舢板从海妖斯策拉的岩洞旁引开，让我安全渡过隘口，我早就成了海妖的美餐。

我在茫茫的大海里漂了九天九夜。在第十天夜里，神祇们可怜我，把我推上俄奇吉亚岛。这里是高贵而威严的女仙卡吕普索居住的地方。她收留了我。

哦，尊敬的国王，最后这件事，昨天我已经对您和王后说过了，我就不赘述了。

奥德修斯告别淮阿喀亚人

第二天早晨，淮阿喀亚人把赠送的礼物送到船上。国王在宫中举行了盛大的告别宴会。他们先给宙斯献祭，然后宾主开怀畅饮，盲人歌手特摩多科斯唱起他最美的赞歌。

淮阿喀亚人衷心地为奥德修斯祝福。阿尔喀诺俄斯吩咐使者蓬托诺俄斯最后一次为客人们斟满美酒，每个人都感激地站起来，为奥林匹斯圣山上的神祇们浇酒献祭。

奥德修斯默默地登上船，静静地躺下睡了。水手们也坐在各自的位置上。最后解缆起锚，船随着船桨有力的击水声欢快地前进。

奥德修斯回到伊塔刻

奥德修斯睡得又沉又香。大船飞快而平稳地在海面上航行。当晨星显耀在天空时，船已经朝伊塔刻岛驶去，不久，就进入了平静的港湾。这里是祭奉海神福耳基斯的圣地。港湾中间的岸上长着一棵古老的橄榄树，树旁有一座幽暗的山洞，这是海洋女神们的住所。洞里有许多石罐石坛，这是蜜蜂储蜜的地方。一旁还有几架织机，仙女们用织线织出美丽的衣裳。山洞里涌出两股永不枯竭的泉水。山洞有南北两个进口：北边有一个门，让凡人进出；南边有一个隐蔽的门，让仙女们进出。

淮阿喀亚人在山洞附近上岸。他们把奥德修斯连人带床抬到洞前树下的沙地上，并把国王阿尔喀诺俄斯和其他王子们赠送的礼物都放在稍远的不使人注意的地方，免得路过的行人乘主人熟睡时偷去。他们不敢把奥德修斯唤醒，因为他们相信熟睡是神祇们送给奥德修斯的礼物。他们悄悄地告别了他，又上了船，划桨向家乡驶去。

海神波塞冬对淮阿喀亚人在帕拉斯·雅典娜的帮助下胆敢夺走他的猎物非常恼怒。他向万神之父宙斯要求报复淮阿喀亚人，宙斯同意了。当淮阿喀亚人的船只来到舍利亚岛正向故乡驶去时，波塞冬突然从波浪中跳出来，朝着大船猛击一掌，然后沉入海底。顿时，船只和船上的一切都变成了石头，像生了根似的停在那里。正在岸边迎接的淮阿喀亚人看到这情景都大吃一惊。

国王阿尔喀诺俄斯听说了这件事，叹息一声，说："天哪，我曾听我父亲说起一个古老的预言，它今天终于应验了。父亲对我说，因为我们善于航海，可以把任何外乡人平安地送回自己的故乡，所以波塞冬心里对我们很恼恨。将来有一天，一条淮阿喀亚人的船，在送客回来的途中会变成石头，像一座小山似的耸立在我们的城外。以后，我们不能再把寻求保护的外乡人送回去了。现在，我们应该宰杀十二头公牛，献祭愤怒的海神波塞冬。我们向他祈祷，请他原谅我们，以后别把我们的船只都变成小山，并用这些坚固的小山包围我们的城市。"淮阿喀亚人听到这话，心里都很害怕，赶忙去准备祭品，向海神献祭。

奥德修斯在伊塔刻的海滩上醒了过来。他离家太久，已经认不出这块地方了。况且，雅典娜降下浓雾，将他团团围住，她不愿意让他冒冒失失地回到他的宫殿里去，因为求婚人仍在胡作非为。

奥德修斯坐起来，用拳头敲敲自己的额头，痛苦地叫起来："我是多么不幸啊，又到了一个陌生的国家。我在这里又遇到什么新的怪物呢？我要是留在淮阿喀亚，和淮阿喀亚人生活在一起，该多好啊！他们是那么友好，但现在他们好像也骗了我。他们答应把我送回伊塔刻，却把我扔在这块陌生的地方。但愿宙斯惩罚他们。他们一定也偷去了我的礼物！”

奥德修斯向四周张望，他看到铜三脚鼎、大锅、黄金和衣服都整齐地堆放在那里。奥德修斯点了一遍，发现什么也没有少。他沉思着在海滩上徘徊。雅典娜变形为一个牧人，奥德修斯友好地问他，这是什么地方。“你一定是从远方回来的人，因为你还不知道这是什么国家。”女神说，“告诉你吧，这是世界有名的海岛。它叫伊塔刻！”

奥德修斯听到他日思夜想的祖国的名字，心里多高兴啊！可是，他仍然很留神，没有对牧人说出自己的名字。他假装说，他带了一半财物从克里特岛过来，另一半的财产留在那里给了儿子们。他还编造说，克里特岛的强盗企图抢劫他的财产，他不得已才逃了出来。他说完他的故事，雅典娜微微一笑，爱抚地摸了摸他的脸颊，突然变成了一个高大而美丽的年轻姑娘。

“的确，”她温柔地说，“你是一个狡黠的人，即使神祇要胜过你，也必须极其精明才行！你回到了自己的祖国，却仍然不说真话，我们不谈这些了。如果你是凡人中最聪明的，那么我就是神祇中最明智的。你还没有认出我，而且不知道正是我帮助你渡过了种种难关，并使你受到淮阿喀亚人的友好接待。我现在特地赶来，想帮助你隐藏这些财物，并要告诉你，你回宫后必将遇到的困难和考验。”

奥德修斯听了大吃一惊，他抬起头，仰望着女神，回答说：“您是尊敬的宙斯的女儿，您可以变换成各种模样，一个凡人怎能认出您来？自从特洛伊陷落后，我还一直没有看到您的真身。

现在，请求您告诉我，我真的回到了可爱的祖国吗？您不是在安慰我吗？”

“你用自己的眼睛去看吧！这不是福耳基斯海湾，那不是橄榄树吗？你不是曾经在前面的仙女洞里献祭了不少的祭品吗？这长满高大树木的涅里同山，你也许没有忘记吧？”

雅典娜一面说，一面拂去他眼前的层层迷雾，使他清楚地看到家乡的山水。奥德修斯兴奋地伏在地上，吻着大地，并向保护地方的仙女们祈祷。雅典娜帮他把带回来的礼物藏在山洞里，并在一切藏匿停当后，推来一块巨石拦住洞口。

接着，奥德修斯和雅典娜坐在橄榄树下，商量回宫后对付和消灭求婚人的办法。雅典娜对他说出了求婚人的无耻行径，并称赞他妻子的贤惠和忠贞。奥德修斯听到这事后，望着苍天大叫一声：

“仁慈的女神，如果您没有把这一切都告诉我，那我回家以后一定会像回到迈肯尼的阿伽门农一样惨遭杀死。如果您愿意援助我，即使我面临三百个敌人也不会害怕。”

女神听了微微一笑，答应帮助他，她用神杖轻触奥德修斯，他的肌体顿时收缩干枯，成了一个衣着褴褛的乞丐。女神给他一根棍子和一个背在肩上的破口袋，然后隐去了。

奥德修斯和牧猪人

奥德修斯变成了乞丐，穿过茂密的山林和高地，来到女神指定的地点，他在这里找到了牧猪人欧迈俄斯，这是他一个忠心的仆人。

牧猪人看到他的主人，以为眼前的外乡人是个乞丐，带他进了草房，给他在地上铺了些树叶和树枝，又在上面垫了一张粗陋的野羊皮，然后请他坐在羊皮上。奥德修斯感谢牧猪人的好意。欧迈俄斯听了，回答说："老人家，我们一点也不能亏待客人。当然，我没有什么财产，不能好好招待你。如果我的主人在家，我的情况一定要好一些。他会赐给我房屋、田地和妻子。那样，我就能慷慨地款待外乡的朋友了！"

说完，牧猪人走进满是猪崽的猪圈。他抓了两只，把它们杀掉，准备招待客人。他把肉切成片，穿在铁叉上，撒上面粉，放在火上烤得喷香，递给奥德修斯。他又把罐里的甜酒倒在木碗内，放在外乡人的面前，说："吃吧，外乡人，请尽情地享用。这是小猪崽肉，大肥猪都被无耻的求婚人吃光了。他们一定听说我的主人已经死去，所以他们前来向他的妻子求婚，全不依照平常的规矩，而是放肆地挥霍他的财物。他们每天不是宰一两次猪羊，就是日夜饮宴，在宫中喝光了一桶又一桶的美酒。"

牧人说话时，奥德修斯不停地大吃大喝，一句话也没说，心里却在动着复仇的念头。

欧迈俄斯询问奥德修斯的身世，为什么来到伊塔刻。奥德修斯给牧猪人编造了一段故事，说他是没落的富家子弟，家住克里特岛，又编了一些离奇的冒险经历。他在故事中提到了特洛伊战争，说在那里认识了奥德修斯。他说在回家途中风浪使他漂到忒斯普洛托斯人的海岸，那里的国王对他讲奥德修斯曾在忒斯普洛托斯做客，后来他到多多那的神坛祈求宙斯的神谕去了。

他们正在欢乐地吃喝时，乌云遮住了月亮，西风在空中呼啸，随即大雨瓢泼而下。奥德修斯因衣衫褴褛，感到寒冷，不由得紧紧裹住衣衫。欧迈俄斯见状连忙起身，在离火坑不远的地方给客人铺了一张床，床上铺了厚厚的山羊皮和绵羊皮，他让奥德修斯躺下，还给奥德修斯盖上一件厚厚的长袍。自己就执着长矛在猪圈旁过夜，看守猪崽。奥德修斯暗自庆幸有这样一位忠心的仆人，即使他认为主人已经死了，仍小心地为主人看守家财。

忒勒玛科斯离开斯巴达

雅典娜飞到斯巴达，在国王墨涅拉俄斯的宫殿里找到了从皮洛斯和伊塔刻来的两个青年。雅典娜让忒勒玛科斯赶快回伊塔刻去，并且告诉他："求婚人埋伏在伊塔刻和萨墨岛之间的海峡上，必须绕道而行，并且只在黑夜里航行，神祇会送上顺风。到达伊塔刻岛时，让同伴们赶快进城，而你去寻找看管猪群的牧人欧迈俄斯，并在他那儿待到天明，然后派人告诉你的母亲珀涅罗珀，说你已经平安地回来了！"女神说完话就消失了。

忒勒玛科斯请求国王允许他当天回乡。墨涅拉俄斯送上金杯，墨伽彭忒斯献上银壶，海伦把衣服塞在他的手里。忒勒玛科斯收下这些礼物，表示诚挚的感谢。

他们用完送行的早餐，上了马车。墨涅拉俄斯看到一只雄鹰从宫中飞来，鹰爪下抓着一只白鹅，一群男女叫嚷着追了过来。雄鹰一直飞到两个青年的马前。看到这个吉兆大家都很高兴。海伦还说："朋友们，请听我的预言吧！雄鹰抓到宫中的肥鹅，这表示奥德修斯经过长久漂流后将以复仇者的身份回到家乡。也许他已经到了家乡，正准备收拾那批养得肥肥的求婚人。"

两个青年告别后，驾车出发了。第二天，他们平安地到达皮洛斯城。忒勒玛科斯请珀西斯特拉托斯驾车绕城而行，直接把他送到海边的大船那儿，因为他怕朋友的父亲又会盛情挽留。他们到了海边，珀西斯特拉托斯跟朋友依依惜别。

突然，一个人急急地朝他奔来，并伸出双手，大声呼喊着：“年轻人哟，凭着这些祭品，凭着神祇，凭着你全家的幸福，我请求得到你的庇护，让我登上你的大船吧。我是预言家忒俄克吕摩诺斯，我的家在皮洛斯，从前生活在亚各斯。在那里我由于一时气愤打死了一个人。死者的亲戚权势大，他们发誓要我偿命。我不得不到处流浪，现在他们追踪到这里，恳求你让我上船吧。”

忒勒玛科斯非常同情他，便让他上船同行，并答应他，到了伊塔刻也会照顾他的生活。顺风吹满船帆，船只飞快地航行在大海上。

忒勒玛科斯回到伊塔刻

忒勒玛科斯回到了伊塔刻。遵照雅典娜的吩咐，他叫水手们先进城去，自己则上岸去找牧猪人。

一只雄鹰从面前飞过，它的利爪抓住一只鸽子。预言家忒俄克吕摩诺斯把忒勒玛科斯拉到一旁，凑近他的耳朵，悄悄地说：“孩子，如果我的观察不错，这便是你们家庭的一种吉兆。别的人永远也不能统治伊塔刻。你们始终是这块土地的主人！”

忒勒玛科斯和忒俄克吕摩诺斯分别，又为他介绍自己可靠的朋友克吕蒂沃斯的儿子庇埃俄斯，在自己回城之前，由他接待这位预言家。他挥手跟大家告别，步行到乡下去。

这时，奥德修斯和牧猪人正在草棚里准备早餐，别的牧人忙着把猪赶出去。看见忒勒玛科斯站在门口，牧猪人高兴得连忙放下杯子，朝他年轻的主人迎上去，并拥抱他，吻着他的手，眼泪也不禁淌下来，好像他的一个亲人死而复生一样。一位年老的父亲看见他晚生的儿子在外漂流十年重回故土，也不会比牧猪人更高兴。忒勒玛科斯没有马上进来，直到听仆人说家里没有发生什么事时，他才把长矛交给牧猪人，走进草棚。

欧迈俄斯用树叶和树枝给年轻的主人铺了一张柔软的座位，并在上面盖了一块羊皮。忒勒玛科斯坐了下来。牧猪人端上烤肉，递上面包，并用木碗斟上酒。三个人坐着就餐时，忒勒玛科斯问迈勒俄斯，面前的外乡人是什么人。牧猪人把奥德修斯自己编造的故事简单地说了一遍。

忒勒玛科斯对牧猪人说："你是我的朋友，像慈父一样。请帮助我吧，请你进城给我的母亲捎个口信，告诉她我在这里。不过要小心，别让任何求婚人知道这件事。"

"我是不是先绕道去找你的祖父拉厄耳忒斯？自从你去了波洛斯，听说他焦急得不吃不喝，十分悲伤。"

"尽管如此，我也不愿你走太远的路，这太费时间。我希望让母亲尽早知道我回来的消息！"

牧猪人立即穿上鞋子，把鞋束紧，然后手执长矛，匆忙离去。

奥德修斯对儿子表明身份

雅典娜正等着欧迈俄斯离开草屋。他刚走，她就变为一个美丽的女人站在门口，不过她只让奥德修斯和猛狗看到她。猛狗并不吠叫，只是低声叫着跑到一边去了。女神建议奥德修斯不必向儿子隐瞒自己，而应该和他一起进城去，并说自己随后就来。女神用金杖在他身上点了点，即刻奇迹出现了，奥德修斯顿时变得年轻高大，像以前一样。他面色光润，双颊饱满，头发和胡须浓密。随后女神消失了。

奥德修斯又回到草屋，他的儿子惊讶地注视着他，以为遇到了神祇，便虔诚地垂下头，说道："外乡人，你的模样突然变了。你一定是天上的神祇！让我向你献祭，请你保护我们！"

"不，我不是神祇，"奥德修斯说，"你该认出我来，儿子，我是你的父亲！"说着，奥德修斯流着泪跑上前去，拥抱儿子。忒勒玛科斯仍然不敢相信。

"我真的是你的父亲，我离家整整二十年，现在回到了故乡。我就是奥德修斯。是女神雅典娜先将我变为乞丐，然后恢复了我的原形。对神祇来说，这是很容易的事。"

现在，儿子鼓起勇气含着热泪，拥抱父亲。后来，忒勒玛科斯问父亲是怎样回到家乡的。奥德修斯把途中的险遇都告诉了儿子。最后，他说："现在我到了这里，我的儿子。女神雅典娜要我们商量一个办法，杀死那些无耻的求婚人。你先把他们的名字告诉我，看看我们两人的力量是否可以对付他们，或者是不是该到附近去寻求援兵。"

"父亲，您光荣的伟业我早就听说过。"忒勒玛科斯回答说，"我知道您有勇有谋，可是，我们两个人无法对付这么多的求婚人。"

"你别忘记，"奥德修斯说，"雅典娜和宙斯在援助我们。我的计划是这样的，你明天进城去，跟求婚人在一起，装做什么事也没发生的样子。我仍然会变为一个老乞丐，由牧猪人领我进宫。不管他们在大厅里怎样侮辱我，即使他们朝我掷东西，或者把我拖到门外，你都得竭力忍住。到关键的时候，我给你使一个眼色，你就把大厅里的各种武器都搬走，藏到内廷去。如果求婚人发现了，问起他们的武器和盔甲，你就告诉他们，武器都搬到外面去了，因为武器离炉子太近，被烟熏黑了。不过，你要给我们两个留下两把利剑，两根长矛和两面牛皮盾。别让任何人知道奥德修斯回来了，包括祖父拉厄耳忒斯和牧猪人，甚至包括你的母亲珀涅罗珀。同时，我们要试探一下，看仆人中有谁还能忠诚地站在我们这一边。”

忒勒玛科斯回答说：“我一定照您吩咐的去做。可是我想，你要求试探仆人，这要花很多时间。宫中的女仆由我去考验她们，其余散居在各处的男仆，等您重登王位后再去考验他们吧。”

奥德修斯认为儿子说得有理，很赞成他的意见，并为他有主见而感到高兴。

城内和宫中

载着忒勒玛科斯和他的同伴乘皮洛斯归来的船已到达伊塔刻的港口。他们派了一个使者前往宫殿，向珀涅罗珀报告儿子回来的消息。欧迈俄斯乘周围无人时，悄悄地向她传达了年轻的主人吩咐的话，他还请她速派人把这消息告诉他的祖父拉厄耳忒斯。牧猪人办完事后，又急忙赶了回去。

求婚人从饶舌的女仆那里知道忒勒玛科斯回来了，他们怏怏地坐在一起商量。他们一计不成，又准备在城内把他干掉，把他的财产分光，只把宫殿留给他的母亲和她未来的丈夫。

但是，来自杜里其翁的尼索斯的儿子安菲诺摩斯不赞成这个计划。他是求婚人中最高尚的人。“朋友们，我不想偷偷地杀害年轻的忒勒玛科斯！杀害一个王族的最后一根独苗，毫无疑问，这是残忍的，卑鄙的。我们还是祈求神意吧。如果宙斯同意我们这样做，那么我愿意亲自杀死忒勒玛科斯；如果神祇不同意，那么我劝你们放弃这个计划。”他的意见得到求婚人的赞同，他们推迟了行动计划，回到宫殿。

他们的侍者墨冬又把听来的消息赶紧报告了王后。墨冬是王后珀涅罗珀安在求婚人中的内线。珀涅罗珀想到这些伪善的求婚人这么狠毒，心里很痛苦。她回到内廷，伏在床上放声大哭。她为自己的丈夫哭泣，直到女神雅典娜使她昏昏睡去。

忒勒玛科斯，奥德修斯和欧迈俄斯来到城里

当天晚上，牧猪人回到了草屋。这时，奥德修斯和他的儿子忒勒玛科斯正忙着宰杀一头小猪，准备晚餐。因为奥德修斯又被雅典娜的金杖点过，重新变成了衣衫褴褛的乞丐，所以牧猪人认不出他来。

“你从伊塔刻带来什么消息？”忒勒玛科斯大声问道，欧迈俄斯告诉他，求婚人的船已回来了。忒勒玛科斯偷偷地朝父亲笑了笑。

第二天早晨，忒勒玛科斯准备进城去，他对欧迈俄斯说：“老人家，我现在要去看望我的母亲。你把这位可怜的外乡人带到城里去，让他可以在城里求乞。我无法接济每一个穷人，我自己的事已经够我烦恼的了。”

奥德修斯对儿子装假的本领感到惊奇而且满意。忒勒玛科斯急忙走了，他来到宫门口，这时天色还早，求婚人还没有起床。

他把长矛靠在门柱上，自己走进大厅。女仆欧律克勒阿一看见主人走进门，便含着高兴的泪花朝他走去，欢迎他平安归来。其他女仆们也围着他，连连吻他的双手。

他的母亲珀涅罗珀也连忙从内廷出来，苗条的身材就像阿尔忒弥斯，漂亮的面容就像阿佛洛狄忒。她哭泣着拥抱儿子，吻着他的面颊。“亲爱的儿子，你终于回来了。”珀涅罗珀呜咽着说，“我真担心再也见不到你了。你为什么瞒着我，偷偷地到皮洛斯去了？你打听到什么有关父亲的消息呢？”

“啊，我的母亲，”忒勒玛科斯竭力忍住他的真实感情，悲愁地说，“别提起父亲了，免得我烦恼。”

珀涅罗珀也悲愁地对儿子说：“忒勒玛科斯，我还是回内廷去一个人待着，偷偷流泪为好，因为你看来不会把听到的关于父亲的消息告诉我，是吗？”

“亲爱的母亲，墨涅拉俄斯在埃及时听海神谱洛托斯说，我的父亲在俄奇吉亚岛被女仙卡吕普索强行留下了。他没有水手，也没有船，只好无可奈何地待在那里。”

王后听到这消息很激动，这时预言家忒俄克吕摩诺斯来到宫里，他打断了年轻主人的话，说道：“王后，你的儿子并不知道全部情况，请听我的预言吧：奥德修斯已经回到了家乡，他在等待机会，报复求婚人。那是一只飞鸟给我的预兆，当时我就把这个吉兆告诉了你的儿子。”

“但愿您的预言能够应验。”珀涅罗珀叹息着说，“到时我不会忘记酬谢您的。”

欧迈俄斯和奥德修斯也出发到城里来。奥德修斯背着破口袋，手里拿着牧猪人给他的乞讨棍。他们来到城里的一口水井边，突然遇到羊倌墨兰透斯和他的两个助手，他们正赶着几只肥羊，给求婚人送去，让他们享用。羊倌看到牧猪人和衣衫褴褛的乞丐，便辱骂他们，还朝奥德修斯的屁股上踢了一脚。奥德修斯突然挨了一脚，但没有栽倒。他心里思量是否要把对方打翻在地，但忍住了。

牧猪人怒不可遏，严厉地斥责牧羊人。墨兰透斯骂骂咧咧地从两人面前走了过去，到了宫殿，他坐到求婚人的餐桌上，因为他是求婚人所宠爱的人，他们经常让他和他们一起用餐。

奥德修斯和牧猪人也来到宫殿。这位大英雄看到久别的故居时，不由得激动起来。他们商量了一阵，决定由牧猪人先进去观察情况，奥德修斯则暂时留在门外。

躺在门外的一条老狗突然站了起来，竖起耳朵。这条狗名叫伊耳戈斯，是奥德修斯亲自喂养大的。以前，它经常随英雄外出打猎，现在老了，无人看顾，只能伏在门外的垃圾堆上，身上肮脏不堪。它看到了奥德修斯，虽然他变了模样，但它仍然认出了主人。它向他垂下耳朵，摇着尾巴。可是它太衰弱了，无力向他奔过来。奥德修斯看到这里，不由得偷偷地抹去眼泪，强忍悲痛，对牧猪人说："这只狗年轻时该不会这样吧，看它的样子像是纯种的猎犬。"

"是的，它是我那不幸的主人的爱犬，是一只顶呱呱的猎狗。可现在主人不在了，狗也受欺侮。仆人们甚至不给它喂食！"说着，牧猪人走进宫殿。这只狗认出了二十年前的主人，便把头伏在前爪上，心满意足地死去了。

乞丐奥德修斯来到大厅

忒勒玛科斯在宫殿里第一个看到了牧猪人进来，便招呼他过来。欧迈俄斯小心地向四周看了看，然后，搬起一把椅子，坐在他的对面。这椅子是给求婚者切肉的人在餐桌前坐的。使者看到牧猪人坐下了，便给他端上烤肉和面包。

不一会儿，乞丐奥德修斯也拄着棍子，踉踉跄跄地走进来，坐在门槛上。忒勒玛科斯一看见他，便从篮里取出整块面包和一大块烤肉递给牧猪人，对他说："请把这些给那个可怜的外乡人吧，请告诉他用不着害羞，可以直接到求婚人面前去行乞！"

奥德修斯用双手接过面包和烤肉，很是感激，他把食品放在面前的布袋上，开始吃了起来。宴会开始后，歌手菲弥俄斯给客人们唱歌助兴。后来，他停下不唱了。大厅里充满了求婚人欢叙畅饮的声音。

这时，女神雅典娜也悄悄地走进来，没有人能看到她的身影。她劝奥德修斯向每个求婚人乞讨，以便观察哪个最粗鲁，哪个较温和。虽然女神决定严厉地惩罚他们，但她想区别对待，有的要死得平缓一点，有的要死得悲惨一点。

奥德修斯照她的吩咐去向求婚人行乞。他伸出双手，真像一个老乞丐一样，向每个求婚人乞讨。王后珀涅罗珀把牧猪人叫来，悄悄地吩咐他把乞丐带进来，想要询问他一些事情。

欧迈俄斯把王后珀涅罗珀的意思告诉了乞丐，但他回答说："我很愿意把我所知道的关于奥德修斯的消息说给王后听，我知道他的许多事，但还是不让这些求婚人知道的好。所以请告诉珀涅罗珀，请她现在忍耐一下，等到晚上我再去把一切都告诉她。"

珀涅罗珀听到回话，认为有理，她决定耐心等到晚上。

珀涅罗珀和求婚人

雅典娜鼓起王后珀涅罗珀的勇气，使她决心来到求婚人的面前，激起他们内心的热望，并在丈夫和儿子忒勒玛科斯的面前证实她的坚贞和忠诚，虽然她还不知道那个乞丐是她的丈夫。

忠心耿耿的老女仆赞成她的决定。珀涅罗珀来到宴会大厅，欧律玛科斯看见美艳动人的王后，就忘乎所以地叫喊起来："伊卡里俄斯的女儿，如果全希腊的阿开亚人都能看到你，那么明天将会有更多的求婚人上门了，因为你美丽的体态和容貌天下任何女人也比不上！"

珀涅罗珀回答说："欧律玛科斯，自从我的丈夫和希腊人征讨特洛伊以来，我的美貌就已经消失了！如果他回来了，我的生命之花就会重新开放！现在，我只有悲哀。当他和我告别时，他握住我的手说：'亲爱的妻子，希腊人不可能全部从特洛伊生还，特洛伊人是骁勇善战的，我不知道是否会活着回来。因此，务必请你管理好家务，照顾好我的父母，就像你现在所做的一样。如果你的儿子长大成人，而我仍然没有回来，那么，如果你愿意，也可以重新嫁人。'他当时说了这些话，现在一切都成为现实！可怜哪，可怕的结婚日子日益逼近，我多么害怕！想到这天啊，我多么盼望他能回来啊！因为这些求婚人完全不照通常的规矩办事，天下哪有这样的求婚方式？如果一个男子想娶出身名门的女子为妻，那么得按风俗，送上牛羊，赠给未婚妻珍贵的礼物，而不能随心所欲地挥霍别人的财产！"

奥德修斯听她说出这么贤惠睿智的话来，心里很高兴。安提诺俄斯却代表求婚人回答说："尊贵的王后，我们每一个人都想给你送上最珍贵的礼物，并请求你接受！但我们希望你首先从我们中间先选定你的未来的丈夫，在这之前，我们绝不回去。"求婚人纷纷点头，赞同他的意见。即刻他们派仆人回去，不久，他们捧来了大量的礼物。

奥德修斯和珀涅罗珀在一起

当宴会结束，大厅里只剩下奥德修斯和他的儿子。两人藏起了武器，奥德修斯让儿子去休息，自己则去试探妻子和女仆们。

忒勒玛科斯离开了。这时珀涅罗珀来到大厅里，她美丽娇艳，光彩夺人，如同阿尔忒弥斯和阿佛洛狄忒。女仆们在桌上摆上面包和酒杯。珀涅罗珀对奥德修斯说："外乡人，首先请你告诉我你的名字和你的身世。"

"王后，你什么都可以问我，只是不要问起我的身世和我的家乡。我这一生遭受的苦难够多了，所以不想回忆往昔。"

"外乡人，自从我的丈夫外出后，我一直茹苦含辛，你也亲眼看到那些求婚人，如何纠缠我。我已经用计回避他们三年了，现在却不行了，我已经没办法可想了。"接着，她把怎样设计织锦，后来女仆们怎样泄露秘密等告诉了他。

"现在，我再也无法推诿了。我的父母催逼我，我的儿子也生了气，因为求婚人在挥霍他该继承的家财，你可以想象我的处境了。所以，你不用再对我隐瞒你的家世了。你毕竟不会是树木和山岩所生的儿子吧！"

"既然你要我说，那我就告诉你吧。"于是，他把那个关于克里特的老故事说了一遍。他说得那么逼真，珀涅罗珀听了感动得流下了眼泪。奥德修斯虽然很同情她，但仍然抑制住内心的情感。

“外乡人，我想考你一下，看看你是否真的在家里款待过我的丈夫。请告诉我，他当时穿什么衣服，他的样子怎样，有谁和他在一起？”

“因为时间太久，已经很难记得清了。大英雄在我们克里特岛登陆，那是二十年前的事了。我好像记得他穿一件紫金色的羊毛披风，上面一副金扣，绣着的图案是一只猎犬，前脚抓住一只正在挣扎的野兽。外套的里面则是一件细白葛布的紧身衣。他的随从是个名叫欧律巴特斯的使者，黝黑的脸膛，鬈头发。”

王后听了又淌下眼泪，因为这一切都跟发生的情况相吻合。她吩咐女仆们给外乡人铺床洗脚，让他安寝，但奥德修斯不愿接受这些不忠的女仆们侍候，他只想要一个草垫子。

“王后，如果您有一个忠心的老女仆，像我一样经历过许多苦难，那就让她给我洗脚吧。”

“欧律克勒阿，是你亲自把奥德修斯养大的。现在你去给这外乡人洗脚吧，他的年龄大概和你的主人一样大。”

欧律克勒阿认出奥德修斯

欧律克勒阿看着乞丐，说：“瞧这双手，这双脚，就像奥德修斯的一样。一个人在不幸之中总是容易衰老的！”说到这里她禁不住流下泪来。当她准备为他洗脚时，又仔细端量着面前的乞丐说：“有许多外乡人到过这里，可是，没有一个人如你这样和奥德修斯相像的，你的身段、两脚和说话的声音跟我的主人奥德修斯的一样。”

“是啊，见过我们两人的人都这样说。”奥德修斯随意回答了一句。他看到老人舀来温水时，便连忙避开亮光，因为他不想让她看到右膝上的一块深深的疤痕，那是年轻时他围猎野猪，被野猪獠牙咬伤后留下的。他担心被老人看到认出他来。他虽然避开亮光，但老女仆还是用双手摸出来了。她惊喜得不禁放开手，他的脚落到水盆里，溅起的水洒到地上。

“奥德修斯，我的孩子，这是你啊。我用手摸到你的伤疤了。”奥德修斯急忙伸出右手捂住老人的嘴巴，又用左手将她拉到身旁，小声地对她说：“老人家，你想毁了我吗？你说得不错，可是现在还不能说出真话，绝不能让宫中的任何女仆知道这件事！如果你不守口如瓶，你也会惨遭不幸的。”

老女仆平静地回答说，“您难道还不相信我吗？但其他女仆，您千万要提防啊！”

奥德修斯洗过双脚、抹了香膏后，珀涅罗珀又跟他谈起来。她并不知道刚才的事，因为女神让她专注地想着心事。

“善良的外乡人，看来你是一个聪明的人，请你给我圆一个梦吧。我在宫中养了二十只鹅，我喜欢看它们如何吞食用水拌和的小麦。最近我做了一个梦，梦见山上飞来一只雄鹰，这只鹰咬断了二十只鹅的脖子。它们都死了，躺在院子里，雄鹰却飞到空中。我开始大声地哭起来，但梦还在继续。我看见来了一群妇女，她们安慰我，劝我不要烦恼。突然，那只雄鹰又飞回来了，停在墙旁的窗台上，用人的声音对我说：‘别烦恼，伊卡里俄斯的女儿，这是一种预兆，不是一个梦。求婚人就是这群鹅，而我这只鹰就是奥德修斯。我回来结果了他们。’听到这话，我突然醒了，立刻出去看我的鹅群，我看见它们都在院子里争食。”

“王后哟，奥德修斯在你梦中的预言一定会实现。你的梦中幻景没有别的解释。他一定会回来的，求婚人没有一个能活命。”

珀涅罗珀叹息着说：“梦如同浮光掠影，而明天就是一个可怕的日子，我要决定嫁给谁了。我将为求婚人举行一场比赛。以前我的丈夫喜欢把十二把斧子依次排列，然后他从很远的地方一箭射去，穿过十二把斧子的小孔。现在我决定：求婚人中谁能用奥德修斯的硬弓一箭穿过斧孔，我就嫁给谁。”

“尊敬的王后，就这么办吧，明天一定要举行射箭比赛！因为还没等到那些人张弓搭箭，一箭穿过十二把斧头的小孔，奥德修斯就回来了。”

牧牛人

清晨，宫殿里又喧闹起来。牧猪人送来了肥猪，并向他招待过的老朋友亲切问好。牧羊人墨兰透斯也送来了肥羊，将它们拴在圆柱上。他经过奥德修斯的面前时，再次嘲弄奥德修斯，但奥德修斯只是摇摇头，一声未吭。

现在，一个诚实的人走进宫殿，他就是牧牛人菲罗提俄斯，他为求婚人送来一头牛和几只肥山羊。见了牧猪人，便问他：“欧迈俄斯，那个外乡人是谁啊？他很像我们的国王奥德修斯。”说完，他又朝奥德修斯走去，向他问候说：“外乡人，你好像很不幸，但愿你将来会幸福！我刚看到你，就不由得流下了眼泪，因为你使我想起了奥德修斯，他现在也许衣衫褴褛，在各地流浪，像个乞丐一样。我在年轻时就为他放牛。现在虽然牛羊成群，我却不得不把肥牛一头头地送给求婚人享用。我希望奥德修斯有一天会回来收拾这些无赖。不然，我也许早就离开伊塔刻到别处去了。”

“牧牛人，”奥德修斯说，“看来你不是一个卑贱的人。我敢指着宙斯发誓，奥德修斯今天就会回来。你将亲眼看到他是怎样惩罚这些求婚人的！”

“但愿宙斯保佑，使你的话能实现到时候，我绝不会袖手旁观的！”

射箭比赛

求婚人经过密谋，决定杀害忒勒玛科斯。这时他们来到大厅，空气中飘着一股烤肉的香味，仆人们在调制美酒。牧猪人欧迈俄斯传送着酒杯；牧牛人菲罗提俄斯分发篮子里的面包；牧羊人墨兰透斯给求婚人斟上美酒。于是，通常的宴饮开始了。

珀涅罗珀觉得现在是布置射箭比赛的时候了。她一直走进大厅，要求求婚人安静，然后对他们说：“你们这些求婚人请听着，凡是想得到我的人，都必须做好准备，我们将举行一种比赛！这里有我丈夫的一张硬弓，那里依次排着十二把斧头。不管谁，只要能拉弓一箭射过十二把斧头的穿孔，就可娶我为妻，我也将随他去。”

安提诺俄斯立即说：“各位求婚人，来吧，让我们进行这场比赛吧。当然，拉动这张硬弓，可不是一件容易的事。我们中没有一个人像奥德修斯那样健壮。朋友们，那就开始吧！”

第一个站起来的是勒伊俄得斯，他是唯一不满求婚人胡作非为的人，厌恶他们在餐饮时放肆的吵闹。他从容地走近门槛，试着拉，但没有拉开。“还是让别人来试试吧，我不是合适的人选！”说完，他把弓和箭袋靠在门旁，两只手却累得举不起来了。求婚人一个个地试着拉弓，但都失败了。

最后，只剩下安提诺俄斯和欧律玛科斯两人。

奥德修斯向牧羊猪人和牧牛人表明身份

牧牛人和牧猪人走了出去，奥德修斯紧跟在他们后面。等到他们走出宫殿大门和前院时，奥德修斯赶上他们，轻轻地对他们说：“朋友们，如果我没有看错并可以信赖你们，我想告诉你们一些事情。否则，我宁愿沉默。首先我问你们，如果神祇突然让奥德修斯从外地归来，你们将站在哪一边？是站在求婚人一边，还是站在奥德修斯一边？你们大胆地说心里话吧！”

“奥林匹斯圣山上的宙斯哟，”牧牛人大声说，“如果神祇能够实现这个愿望，让他归来，你将会看到我要为他战斗！”牧猪人欧迈俄斯也向神祇祈祷，让奥德修斯平安回来，以此作为对外乡人提问的回答。

奥德修斯看到他们对自己的忠诚，便说：“那么，请你们听着。我就是奥德修斯！经过二十年，吃尽了辛苦，我回到故乡了。我发现，在成群的仆人中只有你们两人是忠诚的。因此，等我制伏求婚人以后，我将给你们重赏！让你们每人有一个妻子，一块土地，在我宫殿附近给你们造一所房屋。将来，忒勒玛科斯会像亲兄弟一样看待你们。为了向你们证实我说的是真话，我给你们露出我腿上的伤疤，那是我以前围猎时被野猪咬伤的。”说着，他撩起破烂的衣服，露出了那块大伤疤。

两个牧人激动得哭了起来。他们伸手拥抱主人，吻着他的两肩和面颊。奥德修斯叮嘱他们说："亲爱的朋友，千万要小心，不能让宫中的人知道我在这里！我们必须一个个地走回去。今天，求婚人一定不会同意我参加比赛的。而你，欧迈俄斯，大胆地把硬弓递到我手里。同时，吩咐女仆们把内廷的大门拴住。不管她们听到大厅里有喧闹声还是呻吟声，都不准进来。而你，忠诚的菲罗提俄斯，把守宫殿的大门，将门闩好，用绳子捆紧。"

吩咐完毕，奥德修斯走回大厅。一会儿，牧人也跟着进来了。欧律玛科斯正把弓放在火上烘烤，想使它松软。可是，他仍然拉不开弓。欧律玛科斯十分沮丧，叹息着说："其实，不能得到珀涅罗珀也无所谓，伊塔刻和其他地方有的是希腊女人。令人难堪的是，我们比起奥德修斯来差多了，我们的子孙后代也会嘲笑我们的！"

安提诺俄斯斥责他的朋友说："欧律玛科斯，别这样说。今天是阿波罗的节日，在节日是不宜张弓搭箭进行比赛的。让我们推迟比赛，先去喝酒吧。把斧子都留在这里，我们明天再来比赛。"

奥德修斯参加射箭比赛

奥德修斯走到前面，面对求婚人说："我请求你们也让我试试，看看我可怜的身体里是否还有一点力量。"

"外乡人，"安提诺俄斯叫起来，"你是疯了，还是醉糊涂了？你也想参加比赛？"

珀涅罗珀打断了他的话，温和而平静地说："安提诺俄斯，你也太过分了，排斥陌生人参加比赛是不公平的！难道你们担心乞丐会张弓射中，并要求我做他的妻子吗？我不相信他会这样想。你们不必这样担心。”

“王后，我们并不担心。”欧律玛科斯回答说，“不是这个意思！我们是说希腊人会说闲话，他们会说那些求婚人都是废物，没有一个能够拉开奥德修斯的硬弓，得不到王后珀涅罗珀，最后，倒被一个来自异乡的乞丐毫不费力地拉起硬弓，射中了十二把斧头的小孔。这不是天大的笑话吗？”

忒勒玛科斯对他母亲说：“母亲，这张弓给还是不给，宫中除了我，谁也不能做主。谁也不能阻止我把弓箭交给谁，我现在就把它交给这个外乡人。至于您，母亲，最好进内廷去，射箭是男子的事。”

珀涅罗珀听到儿子的话非常惊讶，但她还是顺从地退了进去。牧猪人把弓拿到手里，递给了乞丐，同时吩咐老女仆，将女仆都关在内廷。菲罗提俄斯则奔到前廷，小心地闩上大门。

奥德修斯仔细地检查这把熟悉的硬弓，他要看看它在这么长的时间里是不是被虫蛀了，或有别的损坏。奥德修斯轻轻地拉了一下弓弦，试试它的张力。弓弦发出一种清脆的响声，求婚人听到这声音都吓得脸都变了色。宙斯在天上发出雷鸣，作为一种吉兆。这时，奥德修斯取出一支箭，搭在弓上，并拉开弓弦，用右眼瞄着，最后沉着地射去。飞箭从第一把斧子的小孔穿进，从最后一把斧子的小孔中飞出。然后，他不动声色地说：“忒勒玛科斯，你接待的外乡人总算没有使你丢脸！看来，我的力量还像当年一样。现在到了给这些阿开亚人开晚餐的时候了。趁天还未黑时，开晚餐吧。我们还可以弹琴歌唱，为宾客娱乐！”这是他跟忒勒玛科斯事先约定的暗语。忒勒玛科斯立即佩剑执矛，穿着一身铠甲奔到父亲的面前。

向求婚人复仇

奥德修斯捋起破衣袖，手中握着硬弓和装满箭矢的箭袋，站到高高的门槛上。他把箭里的箭都倒在脚边，向求婚人大声地说："第一轮比赛已经结束，现在进行第二轮比赛吧。这次由我选择目标！"

说着他拉起弓，搭上箭，瞄准正在举杯喝酒的安提诺俄斯射去，正中他的咽喉，箭头从颈后穿出。他口鼻喷血，酒杯也从手上滑落。他倒下时把桌子撞翻了，菜肴和杯盘都洒在地上。求婚人见他倒下了，都从椅子上跳起来，奔到墙边找武器，可矛和盾都不见了。他们还以为陌生人偶然射中了安提诺俄斯，他们不知道他们都面临着同样的命运。

奥德修斯对他们声震如雷地吼道："你们这些畜生，你们以为我永远不会从特洛伊回来了！你们挥霍我的财产，诱骗我的女仆，并在我活着时就来向我的妻子求婚。你们在神祇和凡人面前都不感到羞耻！现在你们的末日已经到了！"

求婚人听了大惊失色，各自寻找逃跑的路。只有欧律玛科斯强作镇定地说："如果你真是奥德修斯，那么你就有权利向我们发怒，因为我们在你的宫中，在你的国内，做了一些不该做的事情。可是，应该承担责任的罪魁已经死在你的箭下了。安提诺俄斯唆使我们干了这些事，他其实并不是真心向你的妻子求婚。他是想当伊塔刻的国王，计划谋害你的儿子。他现在受到了应得的惩罚。我们是你的同族兄弟，请宽恕我们。请你息怒！我们每人都给你补偿二十头肥牛，并送给你所要的黄金和青铜，以求你的谅解！”

“不！欧律玛科斯，”奥德修斯严厉地回答说，“即使你们把所继承的遗产全部给我，我也不会甘休。我要你们以死来抵偿你们的罪孽，任何人也休想逃出我的手掌！”

求婚人吓得心惊胆战，瑟瑟发抖，欧律玛科斯抽出宝剑。可是，他还没来得及冲上去，飞箭已射穿了他的胸部，利剑从他手中落到地上。欧律玛科斯痛苦地在地上翻滚，用头撞着地面，不一会儿便死了。

现在安菲诺摩斯挥剑向奥德修斯扑去，企图夺路而逃。忒勒玛科斯持矛向他掷去，正中他的后背，他扑倒在地。忒勒玛科斯拔出长矛，站到门槛上，与他的父亲站在一起，并给父亲递上一面盾牌，两根矛和一顶铜盔。忒勒玛科斯又急忙奔进武器库，取来四块盾牌，四顶铜盔，八根矛，四顶有马鬃盔饰的头盔。他和两个忠诚的牧人都武装起来，他们把第四套盔甲交给奥德修斯。于是，四个人站在一起，并肩作战。

奥德修斯箭无虚发，求婚人一个个死在他的箭下。箭射完了，他把硬弓靠在门框上，用盾挡住身体，戴上头盔，盔饰可怕地颤动着。他握着两根粗大的长矛，四下观察着。在大厅里有一扇边门，通向内廷的过道。门很小，只容一个人通过。奥德修斯曾吩咐牧猪人欧迈俄斯看守这门，但欧迈俄斯跑去武装自己时，求婚人阿革拉俄斯看到门口无人，便对同伴们喊道：“朋友们，我们快从边门进城搬救兵。只有这样，才能尽快把这个人消灭！”

站在一边的牧羊人墨兰透斯说：“边门很小，过道很窄，每次只能通过一人。他们四个人中只要有一个站在前面，就能把我们全杀掉。还是让我一个人悄悄地钻出去，从他武器库里把武器搬来。”说着他就这样做了。不久，他搬来十二面盾牌、十二顶头盔和十二支长矛。

奥德修斯突然看到对手们武装起来，吃了一惊，回头对忒勒玛科斯说：“这一定是不忠实的女仆或牧羊人干的事！”

“啊，父亲，恐怕这是我的过失。”忒勒玛科斯回答说，“刚才我忙着取武器，匆忙中忘记关门。”牧猪人听到这话，急忙朝武器库奔去，准备关门。他从开着的门里看到牧羊人正在里面拿武器，便赶紧回来报告。奥德修斯吩咐他同牧牛人一起去，把牧羊人抓住，把他的双手和双脚反绑起来，吊在库房中间的梁柱上。然后把门关上，立刻回来。

两个牧人遵命而去。他们悄悄地走近牧羊人，把他抓住，按在地上，用绳子把他的手脚反捆起来，再把一根长绳套在屋顶的钩子上，捆住他的身体，然后将他拉了上去，吊在横梁边。随后，牧猪人和牧牛人关上门，仍然回到奥德修斯的身边。

这时，又有第五个人来参战。这是变身为门托尔的雅典娜，奥德修斯认出了女神。求婚人看到这新来参战的人，非常愤怒。雅典娜鼓动奥德修斯勇敢地对付求婚人。她说：“你好像不如在特洛伊战争中那样勇敢了。你用计谋征服了这座城市，可现在，捍卫你的宫殿和财产时，你怎么迟疑不前呢？”她用这些话激励奥德修斯，是因为她不想直接参加作战。说完话，她突然像只鸟儿一样飞上去，停在满是烟灰的横梁上。

“门托尔走掉了，”阿革拉俄斯对朋友们说，“现在只剩下他们四个人了。你们不要把长矛同时掷出去，先掷六根，集中瞄准奥德修斯！如果他倒下去，其他人便容易对付了！”可是，雅典娜让他们的长矛掷偏了。一根中在门柱上，另一根砸在门板上，其他的掷在墙上。

奥德修斯提醒他的同伴们注意瞄准，四个人一起把长矛掷出去，没有一根偏离目标。求婚人看到他们的同伴纷纷倒下，都退避到大厅的角落里。不一会儿，他们又大胆地从角落里冲了出来，从死者身上拔出长矛，继续投矛，但大部分没有掷中。只有安菲诺摩斯的矛擦伤了忒勒玛科斯的手背，克忒西波斯的矛在牧猪人的肩膀上划了一道口子。但他们两人反被忒勒玛科斯和牧猪人用长矛掷中，倒地身亡。

奥德修斯和他的朋友们从门槛上跳下来，向求婚人大肆冲杀。勒伊俄得斯跪在奥德修斯的脚下，抱住他的双膝，苦苦哀求："可怜我吧！ 我没有对你家做过坏事，我一直劝阻他们，可他们不听我的！我所做的只是举行灌礼，难道这也有罪吗？"

"如果你为他们举行灌礼，"奥德修斯严厉地说，"那么你至少为他们的幸福做过祈祷！"说着，他挥剑砍下了勒伊俄得斯的头。

歌手菲弥俄斯吓得面如土色，惊慌失措，不知道该从边门穿出去逃命呢，还是该抱住奥德修斯的双膝求他饶命。最后，他还是选择了后者，将竖琴放在地上，跪在奥德修斯的面前。"请饶恕我吧！"菲弥俄斯呼叫着，"如果你杀死一个用歌声娱乐神祇和凡人的歌手，你会后悔的。我可以歌颂神祇，也可以歌颂你。你的儿子可以为我作证，是他们强迫我来唱歌的！"奥德修斯举起宝剑，不过他还在犹豫。这时忒勒玛科斯向他跑来，大声说："父亲，请住手！别伤害歌手。他是无辜的。另外，如果使者墨冬还没有被杀死，我们也应该饶恕他。他照顾我如同自己的孩子，对我们是很和善的。”墨冬正裹着一张生牛皮躲在椅子下。他听到有人为他求情，连忙钻出来，跪在忒勒玛科斯的面前。

看到这样子，奥德修斯也不禁笑起来，他说：“歌手和使者，你们两人不用害怕了，忒勒玛科斯已救了你们。出去告诉外面的人，忠心的人有好报，不忠的人该杀头。”两个人连忙逃出大厅，到了前廷，四脚仍然颤抖，只得坐了下来。

惩罚不忠的女仆们

奥德修斯看看四周，已经看不到一个活着的敌人了。他们都横七竖八地躺满一地。奥德修斯吩咐他的儿子把老乳母叫来。她进了大厅，看到主人站在尸体中间满身血污，两眼射出凶狠的目光，像一头可怕的狮子一样，他的威严使她高兴得几乎哭起来。

奥德修斯请她把宫中女仆们的情况说出来，哪些人是不忠的，哪些人是忠诚的。

“宫中共有五十个女仆，”欧律克勒阿回答说，“她们中有十二人背叛了你，既不听我的吩咐，也不听珀涅罗珀的吩咐。”

奥德修斯吩咐把十二个不忠不义的女仆带到这儿来。十二个女仆颤抖着走进来。奥德修斯把儿子和两名忠诚的仆人叫来，对他们说：“让这些女仆帮你们把死者扛出去。然后命令她们用海绵擦桌椅，把大厅打扫干净。当她们做完这一切，就把她们押出去，用利剑杀死！”

女仆们吓得尖声哭叫，挤作一团。奥德修斯逼着她们去干活。她们把死者抬出去，把桌椅擦干净，把地上的血迹清除掉，把破烂什物扫出大厅。最后，她们被两个牧人带到厨房和宫殿之间的空地上，使她们无路可逃。忒勒玛科斯把一根粗绳子系在一排柱子上，然后用绳索套住她们的脖子，吊在粗绳上。她们挣扎了一会儿，便咽了气。最后，恶毒的牧羊人墨兰透斯也被押过来，被乱刀砍死。

复仇的事这时已经完成。

欧律克勒阿把大厅和内廷熏了一遍后，又招来所有忠诚的女仆。她们流着欢乐的泪水，围着主人，亲吻他的双手，奥德修斯也感动得流下了眼泪。

奥德修斯和珀涅罗珀

欧律克勒阿急忙来到女主人的内室，欣喜地唤醒正在熟睡的珀涅罗珀，对她说："可爱的女儿，快快醒来。你日夜盼望的人已经回来了！奥德修斯已经回来了！他已将那些让你担惊受怕的求婚人全都杀死了！"

珀涅罗珀睡眼惺忪地说："欧律克勒阿，你在说胡话吧？你为什么用这种话把我惊醒呢？"

"王后，请您别生气，他们在大厅里所嘲弄的那个外乡人，那个乞丐就是奥德修斯。其实，你的儿子忒勒玛科斯早就知道了，可是，在完成对求婚人的复仇之前，他必须保守秘密。"

王后一骨碌从床上跳起来，抱住了老人，眼泪扑簌簌地滚落下来。"这是真的吗？如果奥德修斯真的在宫里，他一个人怎能对付得了那么多的求婚人？"

"这我既没有看到，也没有听到。"欧律克勒阿回答说，"我们女仆都被关在内廷。后来，你的儿子来叫我时，我看到您的丈夫正站在一堆尸体中间。现在尸体已拖出去了。我把整个房子用硫黄熏了一遍。你不用怕，可以去了。”

珀涅罗珀因满怀着恐惧和希望而颤抖。她们走出大厅，珀涅罗珀默默地站在奥德修斯的面前，炉火在熊熊燃烧。奥德修斯垂着头，看着地上，等待她先说话。王后又惊又疑，仍然没有开口。过了一会儿，她好像觉得那是她的丈夫，但又感到他仍是一个外乡人，一个衣服破烂的乞丐。

忒勒玛科斯忍不住了，几乎是恼怒地，但仍然带着微笑地说：“母亲，您为什么一动不动地站在那里？坐到父亲身边去，仔细看看他，并且问他呀！哪有一个女人跟丈夫分别二十年后，看到丈夫回来，还像您这样无动于衷的？难道您的心硬似石头，没有感情吗？”

“喃，亲爱的儿子，”珀涅罗珀回答说，“我已经惊讶得呆住了。我不能说话，不能问他，甚至也不能看他！可是，如果这真的是他，是我的奥德修斯回来了，我们自会互相认识的，因为我们都有别人不知道的秘密标记。”

奥德修斯听到这里，朝儿子转过身子，温和地微笑着说：“让你的母亲来试探我吧！她之所以不敢认我，是因为我穿了这身讨厌的破衣服。但我相信她会认出我的。现在，我们首先得考虑一下其他的事情。如果一个人在国内杀死了一个同族的人，那他就得弃家逃走，即使他的权势大，不怕有人来替死者复仇。现在，我们杀死了国内和附近海岛的许多年轻的贵族，那可不是一件小事。我们该怎么办呢？”

“父亲，”忒勒玛科斯说，“您是世界上最聪明的人，这得由您做出决定。”

“我愿意告诉你们。”奥德修斯回答说，“最明智的办法应该是这样的，你，还有两个牧人，以及屋里所有的人，都应该先去沐浴更衣，而且要穿上最华丽的衣服，女仆们也该穿上最漂亮的衣服。然后，歌手弹琴奏乐。这时从门外走过的人一定以为我们这里还在举行庆宴。求婚人被杀的消息便不会传出去。同时我们准备到乡下的田庄去，以后的事，神祇一定会告诉我们该怎么做。”

不一会，宫里传出一片琴声和歌舞声，门外的大街上挤满了人，他们猜测一定是珀涅罗珀选定了她的丈夫，宫里正在举行婚礼呢！直到傍晚时，人群才渐渐散去。奥德修斯在这段时间里沐浴更衣，并抹上香膏。雅典娜使他神采奕奕，矫健俊美，头上鬈发乌黑，看上去像神祇一样。他回到大厅，坐在妻子对面。

“真是奇怪的女人哟，一定是神祇给了你一副铁石心肠。其他的女人，当她看到丈夫受尽折磨重回故乡时，肯定不会这样固执地不认她的丈夫。”

“不理解女人的男人哪，我不敢认你，既不是因为骄傲，也不是因为轻视。我清楚地记得，二十年前奥德修斯离开伊塔刻时的样子。好吧，欧律克勒阿，从卧室搬张床出来，铺上毛皮，让他就寝。”

珀涅罗珀这么说，想试探一下她的丈夫。但奥德修斯皱起了眉头，看着她说：“你在侮辱我。我的床没有一个人能搬得动。它是我自己建造的，这里有一个秘密。在我们建造宫殿时，这地方中间有一棵橄榄树，粗大得像根柱子。我没有砍掉它，使这棵树正好在我卧室里。等墙砌好后，我削去枝叶，留下树干，上面盖上天花板。后来，我把树干磨得光洁，用它做了床的一根支柱，又安上雕着花纹、镶着金银和象牙的床架，再用牛皮绳做成绷子。这就是我的床，珀涅罗珀！我不知道它是否还在那里。可是我知道，如果有人想搬动它，就得把橄榄树齐根锯断。”

珀涅罗珀听到他说出了只有他们两人才知道的秘密，激动得双腿发抖。她哭泣着从椅子上站起来，朝丈夫奔去，一把抱住他的脖子，连连吻着他，说：“奥德修斯哟，你永远是个最聪明的人。请别生我的气！不朽的神祇使我们遭受了多少苦难和厄运，因为我们年轻时生活欢乐，过分幸福，使他嫉妒了。请你不要怪我，没有立即温柔地投入你的怀抱，没有立即欢迎你，我的一颗可怜的心始终怀着戒备，担心有一个假冒的人来骗我。现在，我完全相信了，因为你说出了只有你和我才知道的秘密！”奥德修斯高兴得心都在发颤，也泪流满面，紧紧抱住可爱而忠贞的妻子。

这天晚上，夫妻两人互诉衷肠，各自谈起别后二十年的苦难。珀涅罗珀直到她的丈夫把他的漂流故事说完，才平静下来。两人上床就寝，屋里笼罩着一片甜蜜温馨的气息。

奥德修斯和拉厄耳忒斯

第二天清晨，奥德修斯做好了出门的准备。他对珀涅罗珀说：“我们两人已经饮完人生的苦酒，现在，我们阔别重逢，并重新成了宫殿的主人。你应该照看好宫中的财产。我现在必须到乡下去，看看我的父亲。求婚人被杀的消息迟早会传出去，因此我劝你，最好跟女仆们暂时避开，免得好奇的人向你打听。”说着，奥德修斯背上利剑，并唤醒忒勒玛科斯和两个牧人，他们三人也带上武器。

日出时分，奥德修斯和他们一起穿过街道，走出城去。雅典娜降下一层浓雾，遮住他们。一路上，谁也没有看见他们。不一会儿，他们来到年老的拉厄耳忒斯美丽的庄园。奥德修斯对跟随而来的人说："你们先进去，杀一口肥猪，准备好午餐。我先到田里去，或许我的父亲在那里耕作。我要看看他能不能认出我来。我会马上和他回来的，然后我们再欢欢喜喜地用餐。"

奥德修斯向田地走去，先到了果园，在这里他没有看到一个园丁。他们都下地去砍伐树木了，准备建围篱。奥德修斯只看到他的老父亲在整修葡萄藤。老人看上去像个长工一样，身上穿了一件满是补丁的肮脏的粗布衣服，腿上打着一副皮套，手上戴着手套，头上戴着一顶羊皮帽。奥德修斯看到父亲这副寒酸的样子，心里很痛苦。他真想扑上去拥抱父亲，吻他的脸颊，但他担心父亲会承受不了突如其来的欢乐，因此，他决定让父亲先有一点心理准备。

他走到父亲面前，小心地试探说："老人家，您看来很精通园艺。葡萄、橄榄、无花果、梨树、苹果树都照料得很好；花畦和菜畦也料理得好极了。只是有一点你忽视了，请恕我直言，千万别生气：您好像没有受到很好的照顾，身上穿得破破烂烂的，而且很肮脏！您的主人不该这样亏待你。您能不能告诉我，您的主人是谁？您为谁在料理果园？刚才我遇到一个人，他告诉我，这里就是伊塔刻。这难道是真的吗？不过，刚才那个人非常不友好。我向他打听我的一个朋友是否还在这里时，他爱理不理的，没有回答我。我以前在国内招待过一个贵宾，他是伊塔刻人，并告诉我，他是拉厄耳忒斯国王的儿子。临别时，我送给他许多珍贵的礼物！”

奥德修斯善于编造故事。拉厄耳忒斯听了抬起头来，含着泪说：“善良的外乡人，你的确来到了你想寻找的国家。不过这里也住着许多卑鄙而傲慢的人，他们贪得无厌，你即使用多少礼物送给他们，也难以满足他们的欲望。你所要寻找的那个人已经不在人世了。如果你真能在伊塔刻见到他，他将会怎样盛情报答你对他的好意啊！但请你告诉我，你是什么时候招待这个客人的？唉，他是我的儿子，他现在像石头一样沉在海里了。哦，我忘了问你，你是谁，从哪里来，到哪里去？你的船停在哪里，你的同伴呢？”

“尊敬的老人，”奥德修斯回答说，“让我告诉您吧，我是厄珀里托斯，是阿吕巴斯的阿菲达斯的儿子。一场风暴将我的船从西卡尼亚刮到你们的海岸，它现在停在离城不远的地方。您的儿子奥德修斯离开我的家乡已有五年了。他临走时非常高兴，并有飞鸟预示了一种吉兆。我们彼此都希望常常见面，互赠珍贵的礼物。”

年迈的拉厄耳忒斯突然感到眼前发黑。他用双手抓了一把黑土，撒在他的白发上，并大声悲泣起来。奥德修斯心痛欲裂，猛地朝父亲冲上去，拥抱他，吻着他，并大声说：“父亲，我就是你所打听的人！过了二十年我终于回到了家乡。擦干您的眼泪吧，一切痛苦都已经过去了。我告诉您一个好消息：求婚人都被我杀死了。我是奥德修斯！”

拉厄耳忒斯吃惊地注视着他，终于忍不住地喊道：“如果你真是奥德修斯，如果你真是我的儿子，就请露出一个明显的证据，让我相信吧！”

奥德修斯说："亲爱的父亲，请你看看这块伤疤吧，这是一头野猪给我留下的伤痕。此外，还有一个证据：我想把您以前给我的树木指给您看。当我童年时，您带我去果园，我们走在果树之间，您指着各种果树，告诉我它们是什么树。最后，您送给我十三棵梨树、十棵苹果树、四十棵无花果树和五十株葡萄藤。"

老人完全相信了，一下晕了过去。奥德修斯用强壮的手臂紧紧抱住父亲。当他恢复知觉后，大声呼叫："啊，宙斯和诸位神祇啊，你们还在保护我们，使那些求婚人受到应得的惩罚！可是，我的儿子，你刚回来，我又得为你担心了。你把伊塔刻和附近海岛上的许多贵族的儿子都杀了，整个城市和邻近地区的人都会联合起来反对你啊。"

"亲爱的父亲，请放心吧！"奥德修斯安慰他说，"您不必为此担心，带我回您的屋子里去吧。忒勒玛科斯、牧牛人和牧猪人都在那里，他们已经准备了午餐。"

他们回到屋子里，看见忒勒玛科斯和两个牧人正在切肉斟酒。拉厄耳忒斯先由老仆人伺候沐浴，涂抹香膏，然后穿上华丽的长袍。在他穿衣时，雅典娜悄悄地走近他，使他挺直了腰，变得高大而威严。他走出来后，奥德修斯看到他，惊讶不已。最后，他们欢乐地坐在一起，共进午餐。

平息城里的叛乱

伊塔刻的城里传开了求婚人惨遭杀害的消息。死者的亲属从各方拥来，奔向王宫，他们在宫院的角落里发现了一大堆尸体。他们大声号哭，并扬言要为死者报仇。伊塔刻人把尸体抬到城外安葬。从邻近岛屿来的人把尸体抬上船，运回故乡安葬。然后，死者的父母兄弟和其他亲戚聚集在市场上，举行国民大会。

雅典娜在奥林匹斯圣山上俯视，看见一群人准备叛乱，于是，她来到父亲宙斯面前，说："万神之父，请告诉我，你是想通过战争解决伊塔刻人的争端呢，还是想和平解决？"

"女儿哟，你不是已经决定，并经我同意，让奥德修斯回归故乡，并向求婚人复仇吗？既然我已同意，你就可以随意去做吧。不过，如果你想听听我的意见，那就听着：奥德修斯已惩罚了求婚人，他永为国王，并在一个神圣的盟约中立誓。我们神祇应该让死者的亲属忘记他们的痛苦，使他们像从前一样，和国王友好相处，使伊塔刻王国繁荣昌盛。"

女神听到这话很高兴。她离开奥林匹斯圣山，飞过云空，降落在伊塔刻的岛上。

最后的胜利

在拉厄耳忒斯的庄园里，他们欢乐地用完午餐。但他们仍然围着桌子，听奥德修斯讲述他的故事。最后他说："我有一种预感，我们的对手正在城里准备对付我们。我们最好派一个人去侦察，看看外面的动静。"一个仆人站起来，走了出去。他还没有走多远，就看见一群全副武装的人向庄园拥来。他惊慌地跑回来，大声说："他们来了，奥德修斯，他们已经到了庄园门口！你们快准备战斗！"

坐着的人赶忙跳起来，拿起武器。奥德修斯，他的儿子，两个牧人，还有仆人的总管多利俄斯的六个儿子，组成了一支队伍，最后年老的多利俄斯和拉厄耳忒斯也参加进来。奥德修斯领着他们冲出了大门。

他们刚到门外，高贵的女神雅典娜变形为门托尔，也加入他们的队伍。奥德修斯一眼就认出了女神，他非常高兴，更充满了信心和希望。

“这是什么日子啊，”拉厄耳忒斯喊道，“我是多么高兴啊！我们祖孙三代人并肩作战！”

雅典娜跑来对老人耳语道：“阿耳克西俄斯的儿子哟，你是我最看中的勇士，快向宙斯和他的女儿祈祷吧，然后勇敢地掷出你的矛。”拉厄耳忒斯立即向宙斯和雅典娜祈祷，并掷出他的长矛。长矛击中敌人的首领奥宇弗忒斯的头盔，穿透了他的面颊，奥宇弗忒斯跌倒在地上死了。

奥德修斯和忒勒玛科斯率领同伴们如愤怒的狮子冲入羊群一样，向敌人突击。他们用利剑和长矛刺杀敌人，几乎把敌人全都杀死了。这时雅典娜立即出来让他们停止砍杀。她用神祇的声音喊道：“伊塔刻的公民们，退出这场不幸的战斗吧，赶快退出战斗！你们已经流够了鲜血，双方立即停止战斗！”

雷鸣般的声音震得敌人手中的武器都掉落在地上。他们望风而逃，向城里奔去，只希望保住一条命。

奥德修斯和他的伙伴们听到女神的声音备受鼓舞，他们挥舞武器向敌人追去。变形为门托尔的雅典娜走在最前面。可是，宙斯要求和平，这位万神之父朝女神脚前降下一道闪电。女神停住了脚步，转身对奥德修斯说：“拉厄耳忒斯的儿子，抑制你的好战情绪吧！否则，无比强大的雷霆之主会发怒的。”

奥德修斯和他的伙伴们听从了她的劝告。雅典娜把他们带到城里的市场上，并派使者去召唤市民前来集会。宙斯的愿望实现了。他们都平静下来，消除了愤怒。变形为门托尔的雅典娜让奥德修斯和人民订立神圣的盟约，他们尊奉奥德修斯为国王和保护人。奥德修斯被欢呼的人群簇拥着回到宫殿。珀涅罗珀头戴花冠，身穿节日的盛装，带领一群女仆从宫中出来欢迎。

这对重新团聚的夫妇又幸福地生活了许多年。正如预言家提瑞西阿斯在地府中预言的那样，奥德修斯到高龄才安详地去世。

对神不敬的人

西西弗斯和柏勒洛丰

埃俄罗斯的儿子西西弗斯是所有的人类中最狡猾、最奸诈的人。他在两个国家之间的狭窄地带建立并统治着美丽的城邦科任托斯，由于他背叛了宙斯，死后被打入地狱受惩罚。每天清晨，他都必须将一块沉重的巨石从平地搬到山顶上去。每当他自以为已经搬到山顶时，石头就突然顺着山坡滚下去。作恶的西西弗斯必须重新回头搬动石头，再次爬上山去。

西西弗斯的孙子柏勒洛丰，即科任托斯国王格劳卜斯的儿子。他因为过失杀人，被迫逃亡，来到提任斯，在这里受到国王普洛托斯的热情接待，并被赦免了罪行。柏勒洛丰仪表堂堂，身材魁梧，国王普洛托斯的妻子安忒亚对他一见倾心，企图引诱她。可是，柏勒洛丰心地善良，为人高尚，对她的挑逗十分冷淡。

安忒亚见不能得逞，于是恼羞成怒，在丈夫面前说："我的丈夫，如果您不想受羞辱，败坏自己的名誉，就该把柏勒洛丰杀死，因为他是个不老实的人，他企图引诱我，让我背叛对您的爱情。"

国王轻信了她的话，心里升起一股无名怒火。但因为他对年轻的柏勒洛丰十分赏识，所以又不忍心杀害他，想用别的办法报复他。他派柏勒洛丰到他的岳父，即吕喀亚国王伊俄巴忒斯那里，并让他带去一封密封的家信，其实信上要国王把来者处死。

被蒙在鼓里的柏勒洛丰毫不怀疑地出发了。他急匆匆往前走，走向死亡，知道真相的诸神一路保护他。他渡过大海，穿过美丽的河流克珊托斯，来到吕喀亚，见到了国王伊俄巴忒斯。这是一位热情有礼的君主，他设宴招待外乡的贵客，并不问他是谁，更没有问他从哪里来。柏勒洛丰的高贵的举止和俊秀的仪表足以表明他不是一个寻常的客人。

国王赠予客人各种荣誉，每天都像过节似的宴请他，并为他宰牛敬献神祇。直到第十天，他才问起客人的身世和来意，柏勒洛丰告诉他，自己从普洛托斯国王那里来，并呈上一封家书。伊俄巴忒斯国王看完信，吓得倒抽一口冷气，十分惶恐，因为他很喜欢面前这位风度翩翩的客人。可他想，如果没有重大原因，他的女婿一定不会要求处死他的。国王若有所思地点了点头，不忍心派人杀害他。

最后，为了摆脱为难的境地，伊俄巴忒斯决定派他去做必死无疑的冒险。他先命令柏勒洛丰消灭危害吕喀亚的怪物喀迈拉。这怪物是巨人提丰与巨蛇厄喀德那所生的儿子，它上半身像狮子，下半身像恶龙，中间像山羊，口中喷着火苗，烈焰腾腾。

天上诸神都可怜这个无辜的年轻人。他们眼见柏勒洛丰将要遭到大祸，便派波塞冬和美杜莎所生的一匹双翼飞马珀伽索斯去援助他。可是飞马怎样才能援助他呢？它从来没有让人骑过，十分狂野，很难抓住和驯服。

柏勒洛丰努力了一阵，累得精疲力竭，最后竟在皮勒内河边睡着了。他做了一个梦，梦见他的保护神雅典娜交给他一副带有金色饰物的辔头，对他说：“给波塞冬献祭一头公牛后，就可以使用这副辔头！”柏勒洛丰突然从梦中醒来，看到手上果然有一副金光闪闪的辔头。

柏勒洛丰杀了一头公牛祭祀波塞冬，并给保护他的女神雅典娜造了一座祭坛。这一切都做完后，柏勒洛丰果然毫不费力地把双翼飞马驯服了，他把辔头套在马头上，然后穿上盔甲，骑马腾空而行，弯弓搭箭，射死了怪物喀迈拉。

伊俄巴忒斯又派柏勒洛丰去攻打索吕默人。索吕默人蛮勇好战，居住在吕喀亚边地。出乎国王的意料，柏勒洛丰又在艰苦的战斗中取得了胜利。后来，国王又派他去跟亚马逊人作战，他也安然无恙地得胜回来。伊俄巴忒斯见难不倒柏勒洛丰，于是心生一计，在柏勒洛丰凯旋途中设置埋伏准备狙击他。可是，袭击柏勒洛丰的士兵全被他消灭，无一生还。

直到这时，伊俄巴忒斯才明白这个年轻人根本不是罪人，而是神的宠儿。他再也不敢杀害他了，反而把他接回宫中，和他分享王位，还把美丽的女儿菲罗诺厄嫁给他为妻。他的妻子生下两个男孩和一个女儿，生活过得十分美满。

终有一天，柏勒洛丰的幸福也到了尽头。他的大儿子伊桑特洛斯在跟索吕默人的战争中不幸阵亡。女儿拉俄达弥亚跟宙斯生了英雄的儿子萨耳珀冬，后来却被狩猎女神阿尔忒弥斯一箭射死。只有小儿子希波洛库斯活到高龄。

柏勒洛丰因为拥有双翼飞马，也变得骄矜起来。他骑着马想到奥林匹斯圣山，参加神祇的聚会，尽管他是个凡人。可神马不愿听从他的指挥，在天空直立起来，把他摔落坠地。柏勒洛丰虽然没有摔死，但遭到神的抛弃。他到处漂流，羞于见人，一直躲躲藏藏，隐居在没有人烟的地方，孤单地度过余生。

坦塔罗斯

坦塔罗斯是宙斯和一位仙女的儿子，他统治着吕狄亚的西庇洛斯，以富有而出名。因为出身高贵，诸神对他十分尊敬，他可以跟宙斯同桌用餐，不用回避神祇们的谈话。

可是，他的虚荣心使他实在不配享有神赐的福祉。他开始对诸神作恶。他泄露他们生活的秘密；从他们的餐桌上偷取蜜酒和仙丹，用来分给凡间的朋友。有人在克里特的宙斯神庙里偷走的一条金狗，坦塔罗斯窝藏赃物，拒不交出，将金狗窃为己有。

有一天，他邀请诸神到家中做客。这个自作聪明的人为了试探一下神祇们是否通晓一切，让人把自己的儿子珀罗普斯杀死，然后做成一桌菜，款待他们。在场的丰收女神德墨忒耳因思念被抢走的女儿珀耳塞福涅，在宴席上心神不定，只有她出于礼貌稍微尝了一块肩胛骨。别的神祇早已识破了坦塔罗斯的诡计，纷纷把撕碎的男孩的肢体丢在盆里。命运女神克罗托将他从盆里取出，让他重新活了过来，只是肩膀上缺了一块，那是被德默忒耳吃掉的，后来只好用象牙补做了一块。

坦塔罗斯蔑视神祇，被罚入地狱，永无休止地忍受三重折磨。

他站在一池深水中间，波浪就在他的下巴上翻滚，他却忍受着烈火般的干渴，喝不上一滴凉水，虽然水就在嘴边。他只要弯下腰去想喝水，池水立即就从身旁流走，留下他孤身一人站在一块空空的平地上。

同时他又饥饿难忍。在他身后就是湖岸，岸上长着一排果树，果实累累，连树枝都被压弯了，几乎就吊在他的额前。他只要抬头朝上张望，就能看到树上蜜水欲滴的生梨、鲜红的苹果、火红的石榴、香喷喷的无花果和绿油油的橄榄。这些水果似乎都在微笑着向他招呼，可是，等他踮起脚来想要摘取时，空中就会刮起一阵大风，把树枝吹向空中。

除了忍受这些折磨，最可怕的痛苦则是连续不断的对死神的恐惧，因为他的头顶上吊着一块大石头，随时都会掉下来，将他压得粉碎。

伊克西翁

伊克西翁是色萨利的国王，他既英俊潇洒又力大无穷，但个人的品行不像他的外表那样出色。

他对美丽的姑娘黛一见倾心，于是向她求婚，但她的父亲极不情愿离开自己的孩子。最后伊克西翁发誓，让黛的父亲得到王室的金库，这位父亲才答应把黛嫁给国王。伊克西翁把黛领回家，却丝毫没有履行诺言的意思。很长时间过去了，老人没有得到一点钱，于是去找伊克西翁，絮絮叨叨搅得他不得安宁。终于伊克西翁决定彻底除掉这个老头，也就是自己的岳父。他打开了金库，一把将老人推了进去，然后将他活活烧死。

宙斯为此勃然大怒。惊恐的伊克西翁跑到圣山，苦苦哀求众神和众人之父宽恕他的不诚实。他的请求得到了准许，却立刻恢复了本性。他兴高采烈地在辉煌璀璨的神的殿堂里流连，好色的眼睛竟然盯上了赫拉，神后光彩照人的美丽使他神魂颠倒。他忘记了家里的黛，盘算着怎样让让赫拉与他一道私奔。

看到这些，宙斯把一朵赫拉形状的云送到了伊克西翁面前。这位不虔诚的国王迫不及待拥抱这朵云，并使她生下了半人半马的怪物。怒不可遏的宙斯把伊克西翁打入地狱，将他绑在一个不停旋转的火轮上，急速旋转的火轮撕扯着他的躯体，永不停歇。

图书在版编目（CIP）数据

古希腊罗马神话 /（德）古斯塔夫·施瓦布（Gustav Schwab）著；光明译 .— 长沙：湖南文艺出版社，2019.1
书名原文：Greek&Roman Mythology
ISBN 978-7-5404-8677-8

Ⅰ .①古… Ⅱ .①古… ②光… Ⅲ .①神话—作品集—古希腊②神话—作品集—古罗马 Ⅳ .① I17

中国版本图书馆 CIP 数据核字（2018）第 082546 号

上架建议：名家经典·文学

GU XILA LUOMA SHENHUA
古希腊罗马神话

作　　者：[德] 古斯塔夫·施瓦布（Gustav Schwab）
译　　者：光　明
出 版 人：曾赛丰
责任编辑：薛　健　刘诗哲
监　　制：蔡明菲　邢越超
特约策划：王　维
特约编辑：尹　晶
版权支持：辛　艳
营销支持：张锦涵　傅婷婷
装帧设计：梁秋晨
出版发行：湖南文艺出版社
（长沙市雨花区东二环一段 508 号　邮编：410014）
网　　址：www.hnwy.net
印　　刷：三河市天润建兴印务有限公司
经　　销：新华书店
开　　本：880mm × 1230mm　1/32
字　　数：258 千字
印　　张：11.5
版　　次：2019 年 1 月第 1 版
印　　次：2019 年 1 月第 1 次印刷
书　　号：ISBN 978-7-5404-8677-8
定　　价：46.00 元

若有质量问题，请致电质量监督电话：010-59096394
团购电话：010-59320018